José Antonio Ponseti

Vuelo 19

Papel certificado por el Forest Stewardship Council®

Primera edición: abril de 2019
Primera reimpresión: mayo de 2019

© 2018, José Antonio Ponseti
© 2019, Penguin Random House Grupo Editorial, S. A. U.
Travessera de Gràcia, 47-49. 08021 Barcelona

Printed in Spain – Impreso en España

ISBN: 98-84-9129-247-0
Depósito legal: B 5251- 2019

Impreso en Rodesa, Villatuerta (Navarra)

SL92470

Penguin
Random House
Grupo Editorial

*A Mamen, por la complicidad, las risas y la paciencia.
Por creer en esta historia, volar a mi lado
y no desaparecer como los chicos del Vuelo 19.
Gracias por tanto amor.*

«No podíamos comunicarnos entre nosotros porque las radios no funcionaban. Pero teníamos que obedecer órdenes, por lo que seguimos volando sobre el mar».

Roald Dahl, *Volando solo*

PRIMERA PARTE

PERDIDOS

1

TE HAN INFORMADO MAL SOBRE MÍ,
ESTOY MUY VIVO.= GEORGIE.

Llevaba demasiados días escondido en ese motel, medio aturdido, sin entender qué había sucedido realmente. ¿En qué momento huir se había convertido en un buen plan? George Paonessa estaba harto, triste y casi sin dinero.

—¿Dónde están todos? ¡Maldita sea, qué narices ocurrió!

Los periódicos de las últimas semanas estaban tirados por el suelo de la habitación, un cuartucho donde la cama crujía y las sábanas olían a limpio, lo único agradable de ese lugar. Las paredes habían sido pintadas de un verde turquesa descolorido, con rastros de mosquitos aplastados. Las ventanas de madera apenas podían abrirse si no se hacía un esfuerzo sobrehumano, las había deformado la humedad. En el techo un ventilador batía sus palas y giraba lentamente con un zumbido machacón, y de las tres bombillas que había solo dos alumbraban. No había baño, solo un lavabo, así que tocaba salir al pasillo cada vez que tenía que ir al váter, uno para toda la segunda planta. Era un motel de dos pisos y por fortuna no se había cruzado con nadie. George tenía miedo de que le pudieran reconocer, su foto salía publicada en la prensa junto a muchas otras.

Se levantó de la cama y dio cuatro pasos hasta una pequeña butaca marrón que estaba en la esquina, junto a la ventana. Cogió uno de los periódicos locales y en primera página a cuatro columnas se informaba de una noticia que le incumbía:

El Vuelo 19 desaparece sin dejar rastro
Cinco aviones Avenger y catorce hombres han sido engullidos por el mar.

—¡Catorce no, solo trece! Sigo aquí vivo, muy vivo. Paonessa siguió leyendo.

Un avión de rescate con trece tripulantes desaparece cuando buscaba el Vuelo 19. En total hay veintisiete hombres de los que no se sabe nada y seis aviones desaparecidos.

Quería recordar algo de ese 5 de diciembre, pero no lo lograba. La única sensación que tenía era el miedo, un pánico aterrador que le bloqueaba la mente. El miedo y él ya se conocían de antes, le había acompañado durante la guerra, pero nunca como ahora.

—Pero ¿cómo caímos y dónde? ¿Cómo conseguí salir del avión y llegar hasta Jacksonville?

Cerró los ojos y respiró profundamente intentando entender, buscando respuestas para tantas preguntas. Le angustiaba no poder recordar y le costaba concentrarse. Se quedó en un duermevela soñando situaciones terribles, como que su avión era derribado una y otra vez. La pesadilla estaba llena de angustia y de muerte. Le dolía todo el cuerpo, pero la cabeza le iba a estallar. Vivía en un tormento continuo donde todos sus sueños se mezclaban.

Estaba en blanco, no recordaba nada, o casi nada, pero tenía una imagen grabada a fuego: la de un hombre arrastrándole mientras él le gritaba pidiendo ayuda. En ese instante un espasmo sacudió todo su cuerpo y comenzó a comprender que estaba cruzando el umbral para recuperar lo que su cerebro le negaba. Sentía mucho frío y estaba mojado.

—Pero ¿qué estoy haciendo bocarriba flotando en el agua?

Una mano le sujetaba con fuerza por el cuello de la cazadora.

—Pero ¿adónde me llevas?

No entendía dónde estaba, pero no era profundo, tocaba con facilidad el fondo. Un fondo esponjoso, una mezcla de plantas y barro. Sabía que si se ponía en pie el agua no le llegaría a las rodillas. El hombre seguía caminando en silencio tirando del joven italiano y en la oscuridad a duras penas se intuía su cara.

—¡Era de noche! Ahora lo recuerdo.

No era un sueño, aparecían borrosas unas botas altas y ropa muy sucia, nada más... Bueno, sí, la noche estaba llena de sonidos, inundada por el griterío de animales salvajes.

—¿Dónde estoy? —repetía desconsolado.

Abrió los ojos y estaba otra vez sentado en la habitación del motel. Se sintió aliviado, dejó de tiritar de frío e intentó incorporarse lentamente, apoyando la mano con fuerza en la repisa de la ventana que estaba junto a él. Tenía los brazos llenos de arañazos.

—Esto es una locura, casi no me queda dinero. He pasado las Navidades en este cuartucho solo, llorando, aterrado y desesperado. No puedo más, tengo que hablar con mi hermano. Pero si me encuentran, ¿me acusarán por desertar? ¡Dios mío!, ¿qué ha pasado?

La angustia que sentía no le dejaba razonar con claridad o quizá tenía más bien que ver con el golpe en la cabeza que se había dado al estrellarse o tal vez aquel hombre que le arrastraba le pegó...

—¿Qué voy a hacer ahora? Maldita sea, yo no he hecho nada malo.

Salió de la habitación como pudo y divisó que al final del pasillo había una puerta lateral y unas escaleras exteriores. Poco a poco su cuerpo se fue activando, sentía dolor, pero era un marine y estaba preparado para soportarlo.

Las lágrimas resbalaban por sus mejillas mientras caminaba por la calle buscando un lugar desde donde mandar un telegrama. Mientras se secaba la cara con un pañuelo que en algún momento fue blanco, tomó la decisión de que lo enviaría en clave para que solo su hermano entendiera que estaba bien y después se marcharía hacia el oeste. Varios de sus compañeros de armas vivían en California y estaba seguro de que le ayudarían.

Vio una oficina de telégrafos al otro lado de la calle. Antes de entrar miró a través del cristal enorme y sucio que tenía unas letras grandes y blancas donde se leía «Western Union, Telegraph and Cable Office». «Este lugar debe de llevar años funcionando», pensó.

Tenía un mostrador dividido en cuatro partes y en cada una había una ventanilla metálica desde las que se atendía a los clientes. Levantó la mirada y se fijó en el techo y en las bombillas que lo adornaban, estaban casi todas apagadas y era la luz del sol que entraba a través de los cristales sucios la que iluminaba indirectamente toda la estancia, dándole una sensación de paz al lugar.

Al abrir la puerta se cruzó con una mujer mayor, a la que ayudó a salir. Ella le sonrió agradecida mientras le deseaba un feliz día, él agachó la cabeza para que no lo reconociera. En el interior no había nadie, tan solo un empleado al otro lado del mostrador que andaba organizando papeles sin prestar atención a nada.

—Hola, necesito enviar un telegrama.

Al escuchar que alguien le preguntaba el hombre hizo un amago de darse la vuelta, pero se quedó a medio camino observando a Paonessa de reojo y respondiendo con desgana.

—Rellene uno de esos papeles. —Señaló hacia el mostrador donde había un pequeño montón de hojas—. Escriba el mensaje en mayúsculas. ¿A qué ciudad lo va a enviar?

—Es para Washington, para el D. C.

A Paonessa se le entrecortó la voz, le costaba hablar, no se había relacionado con prácticamente nadie en los últimos días, solo consigo mismo. Por momentos pensó que se estaba volviendo loco, pero sintió que hablar solo le había ayudado a aclarar sus ideas.

—Muy bien, escriba el mensaje. ¿Ya sabe cómo funciona esto? Cuantas más palabras, más le va a costar, ¿lo entiende, muchacho?

—Sí, claro, gracias.

Pensó que el empleado de correos había pasado una Navidad tan nefasta como la suya. Qué actitud... No se podía ser más agrio y borde.

Se acordó de su madre muerta, Irene.

—Mamá, ayúdame, no sé cómo voy a salir de esta —repetía una y otra vez.

Ya estaba hablando solo de nuevo. Instintivamente comenzó a rezar a la Virgen mientras juntaba un puñado de palabras para su hermano.

«Estimado Joseph, estoy vivo», no le pareció una buena frase. «Querido hermano, sigo vivo. Ya te llamaré». Arrugó el papel, no le gustaba. Pensó en qué decir para convencer a su hermano y a la familia de que estaba bien y que así no se preocuparan.

—Qué, hijo, ¿cómo lo lleva? ¿Es algún mensaje de amor?

—No, no exactamente —respondió Paonessa.

—Pues tómese su tiempo, aún no anochece.

Daba la sensación de que al amargado le molestaba el tiempo que se estaba tomando para completar el mensaje. De repente todo fluyó, tanto el mensaje como la clave secreta. «Te han informado mal sobre mí. Estoy muy vivo» y firmaría al final del texto como «Georgie», que era como le llamaba su madre.

—Aquí tiene el telegrama. —Se lo dio al gruñón.

—¿Georgie es usted?

—Sí, claro, ¡soy yo!

El hombre lo miró fijamente.

—Ya está usted muy crecidito para ir firmando con diminutivos, ¿no le parece?

—Y a usted qué le importa. —Paonessa se controló, pues lo que menos necesitaba era armar un follón en un establecimiento público—. Me llamo Georgie —afirmó de nuevo moviendo la cabeza.

—Vaya carácter.

No le contestó, pagó y salió de la oficina caminando lentamente hacia la estación de autobuses de la Greyhound. Tenía por delante varios días de viaje hasta llegar a Los Ángeles.

La mañana del 26, día de San Esteban, era fría y gris en la ciudad de Washington, los barracones de los marines estaban al sureste. La mayoría de los muchachos fumaban como carreteros, jugaban a las cartas y escribían a sus novias para comprobar si aún los esperaban. Mataban las horas y el aburrimiento en ese lugar, todos ansiosos por volver a la vida civil. Muchos de ellos habían combatido en el Pacífico. Ya eran veteranos, lo serían para siempre. Querían olvidar y empezar de nuevo, pero los días pasaban demasiado despacio y todavía sentían en la garganta el sabor amargo de lo que les había tocado vivir. Demasiada muerte, demasiado miedo, demasiado ruido para el enorme vacío que sentían. Y ahora tocaba esperar.

En la guerra todo iba demasiado rápido, cada minuto podía ser el último en una trinchera, en un avión, en el mar... Y ahora, ahora los tenían esperando, esperando para nada, consumiendo horas, días, semanas... Solo querían que los dejaran salir de ese maldito compromiso con el Ejército. Estados Unidos no sabía qué hacer con toda esa gente, tantas tropas repartidas por medio mundo que solo pensaban en volver a casa.

Joseph Paonessa era uno de esos chicos, cabo en los marines. Su familia estaba entre las afortunadas, pues todos sus hermanos habían luchado en la guerra y ninguno de ellos había muerto, pero su infierno particular tenía fecha, el 5 de diciembre. Esa mañana su hermano George Paonessa salió junto a otros trece hombres en un vuelo de entrenamiento frente a las costas de Florida. Ese era el Vuelo 19. Desapareció del mapa, se esfumó, se lo tragó la tierra o el mar, quién sabe... Pero el Vuelo 19 nunca volvió a su base.

Ventiún días sin noticias, esperando el milagro de que estuviera en alguna isla solitaria del Caribe. La Marina había dado por terminada la búsqueda y, de repente, el telegrama desde Jacksonville, una pequeña ciudad al norte de Florida. Tenía que ser él, nadie salvo su madre le llamaba Georgie.

Tantas preguntas, tantas dudas estaban volviendo loco a Joseph. Si había sobrevivido al 5 de diciembre, ¿de qué se escondía?, ¿qué había sucedido con los cinco aviones del Vuelo 19?, ¿dónde estaban sus compañeros?, ¿qué le estaba pasando a su hermano y por qué un telegrama y no una llamada telefónica?, ¿dónde y con quién había pasado las fiestas de Navidad?...

Joseph se encaminó hacia las oficinas de los marines. En Washington todo el mundo conocía ese viejo edificio colonial donde había nacido el cuerpo. Tenía que llamar a Fort Lauderdale, si su hermano estaba vivo...

—Señorita, necesito hablar con el NAS Fort Lauderdale, con el capitán William Burch...

La telefonista, una joven rubia que estaba de pie frente a una pared llena de agujeros y de interruptores, o al menos esa era la sensación que tenía Joseph, introdujo con rapidez dos clavijas en ese puzle de conectores y giró con energía una pequeña manivela. La muchacha llevaba puestos unos auriculares y tenía frente a su boca un micrófono en forma de trompetilla por el que hablaba.

—Operadora, operadora..., le llamo desde Washington, del cuartel general de los marines, necesito hablar con el capitán Burch.

Al otro lado respondió otra voz femenina.

—Aquí Fort Lauderdale, un momento, le comunico inmediatamente con la oficina del capitán.

—Señor —la operadora rubia llamó la atención de Joseph Paonessa—, en la cabina número cinco. Le paso la llamada, gracias.

Solo habían transcurrido unos minutos, pero la espera se le hizo eterna a Joseph. El capitán Burch no era la persona más apreciada por los familiares de los desaparecidos del Vuelo 19. Burch estaba cazando patos el 5 de diciembre con un dudoso permiso que se había autoconcedido y no se enteró de la desaparición de sus catorce hombres hasta el día 6 a media mañana.

Al otro lado de la línea se oyó un ruido.

—¿Capitán Burch?...

—Sí, soy yo, Burch. ¿Con quién hablo?

—Joseph Paonessa al habla, señor...

A Burch le cambió el semblante. Llevaba semanas recibiendo críticas y reproches de las familias de los desaparecidos, y todo apuntaba a que estaba de nuevo frente a una de esas llamadas.

—Dígame, Paonessa, ¿qué sucede?

Intentó ser amable y condescendiente, sabía que todos lo estaban pasando mal y era muy difícil explicar por qué no tenía ni una sola pista ni un trozo de fuselaje, un paracaídas o un chaleco salvavidas..., absolutamente nada del Vuelo 19.

A Joseph le tembló la voz.

—Señor, mi hermano está vivo.

Burch se contuvo, dudó si colgar el teléfono y dar la llamada por terminada. ¿Le estaban tomando el pelo otra vez? «Una maldita broma de mal gusto», pensó. Cada día se repetían este tipo de llamadas situando el Vuelo 19 y a sus hombres en alguna isla remota o en bases secretas o flotando en mitad del océano e incluso de fiesta en algún bar de la playa.

La madre del teniente Taylor, líder del Vuelo 19, había puesto anuncios en la prensa local ofreciendo mil dólares a cambio de información. La noticia había caído en manos de Associated Press y ahora todo el país se había enterado. A Katherine Taylor la abrumaron con mensajes de apoyo, pero eran muchos los que se lanzaban a llamar a la base para ganar la recompensa. Burch no colgó, en esa voz había algo distinto. Aguantó por curiosidad, la voz entrecortada y la palabra «vivo» le hicieron sujetar con más fuerza el auricular.

—¿Cómo dice? ¿Es usted el hermano de George Paonessa?

—Sí, y mi hermano está vivo —afirmó con rotundidad Joseph.

—¿En qué se basa para pensar eso, muchacho?

—He recibido un telegrama de él.

A Burch le cambió el tono. Conocía otros casos en donde algún desalmado se había aprovechado del sufrimiento de las familias que habían perdido a un ser querido para sacarles dinero.

—¿En serio? —preguntó con sarcasmo—. ¿Y por qué cree que es su hermano quien le ha enviado ese telegrama?

Joseph tragó saliva o lo intentó, tenía la boca reseca, igual que la primera vez que entró en combate. Era una reacción ante el miedo y la incertidumbre de no saber qué pasaba en realidad... Esperaba ese momento en la conversación, sabía que era difícil creer que fuera un telegrama de su hermano... Él mismo tenía muchas preguntas y ninguna respuesta.

—Señor, lo ha enviado él desde Jacksonville.

Burch se lanzó antes de dejar continuar a Paonessa.

—... Y eso ¿qué significa? ¡No significa nada! Puede ser algún loco que se haya enterado por la prensa.

Su actitud distaba mucho de la aparente calma con la que había comenzado la llamada, estaba al borde de perder los papeles. Joseph le interrumpió subiendo el tono de voz.

—Mire, capitán, lo ha enviado desde Jacksonville y firma como Georgie. Solo mi madre le llamaba así, ¡entiende!

Nadie fuera de nuestra familia, y cuando le digo nadie es nadie, utiliza ese diminutivo.

Burch dudó del telegrama, de los Paonessa, del diminutivo Georgie... Aunque ¿y si era verdad? ¿Y si alguien del Vuelo 19 estuviese vivo? Pero eso..., eso era imposible.

Burch estaba en silencio, pero tenía tantas preguntas y tantas dudas. Habían buscado desde el Caribe hasta las Bahamas, se habían rastreado cientos de millas en pleno océano Atlántico, en tierra, en los Everglades, Florida entera de norte a sur y de este a oeste... y no habían visto nada, absolutamente nada, ni un solo resto. Joseph continuó hablando y cortó en seco las elucubraciones de Burch.

—... Dice que estoy mal informado y que está más vivo de lo que me cuentan.

La reacción del capitán fue tajante.

—Necesito ver ese maldito telegrama, ¿me oye, Paonessa?

—Sí, señor, a sus órdenes. Se lo haré llegar cuanto antes —respondió Joseph con desgana y harto de la actitud de Burch.

Colgó y se arrepintió en lo más hondo de su corazón de haber informado sobre el telegrama. No solo por cómo le había tratado Burch, sino porque quizá su hermano no quería que nadie supiera que seguía vivo. Algo malo le tenía que pasar para actuar de esa manera y seguramente ese mensaje era solo para él. Cogió el telegrama otra vez y lo volvió a leer buscando alguna clave, algo escondido. Nada salvo el «Georgie» y que estaba muy vivo. Se giró de nuevo hacia la operadora rubia y le pidió que le pusiera con un número de Mamaroneck, en Nueva York. Tocaba llamar a casa, se lo tenía que contar a su padre.

En Florida la operadora había estado escuchando la conversación y en el NAS Fort Lauderdale, la base del Vuelo 19, la noticia del telegrama corrió como la pólvora de boca en boca, alguien había llamado a Burch, pero nadie sabía si podía ser cierto que el sargento George Paonessa, el radio-perador del FT 36, estuviese vivo y en Jacksonville. Pero si era así, a lo mejor alguno más del Vuelo 19 se encontraría en algún lugar esperando a ser rescatado... y esto activaría de nuevo el protocolo de búsqueda y rescate.

2

«Nunca estás preparado para morir», eso es lo que pensaba George Paonessa mientras escuchaba las explosiones del bombardeo marítimo sobre las islas. Los barcos aliados disparaban para cubrir el desembarco de las tropas norteamericanas, después le llegaría el turno a las escuadrillas de aviones de los marines y de la Armada.

«Ahora nos toca a nosotros», pensó. Y a continuación escuchó cómo por los altavoces del portaaviones se daba la orden para que los pilotos y sus tripulaciones ocuparan sus puestos de combate. Estaba listo para subirse a la torreta del avión que le había sido asignado, se agachó para entrar por la portezuela lateral. Le vinieron muchas sensaciones a la cabeza, pero ninguna positiva. Empezó a rezar a la vez que se ajustaba el enganche del paracaídas, se puso también el cinturón de seguridad, montó la ametralladora, sonó el «crack, crack» de la palanca y comprobó también que disponía de toda la munición y que todo estaba correcto. Entonces escuchó la voz de su piloto por los auriculares.

—¿Estás bien, Paonessa?

En cuanto el aparato levantara el vuelo tendría que disparar sobre todo lo que se moviese para cubrirse las espaldas.

—Sí, sí, todo ok —respondió abrumado y asustado por lo que estaba a punto de vivir.

Volvió a rezar en italiano como le había enseñado de pequeño su madre, Irene...

—Santa María, Madre de Dios, *prega per noi peccatori...* —El brusco despegue del avión terminó abruptamente con la plegaria—. Madre, ayúdame a salir vivo de esta.

Sus ojos escudriñaban cada palmo de cielo en busca de bandidos, los aviones Zero japoneses podrían aparecer en cualquier momento, se veían muchas nubes, demasiadas, y eso le intranquilizaba. No habían pasado ni diez minutos y su escuadrilla estaba picando para soltar las bombas. El humo de las explosiones no le dejaba ver pero disparó hacia las nubes, quizá podría haber algún avión al acecho. Estaba tan aferrado a la ametralladora que le costaba apartar el dedo del gatillo.

—Ya está bien, Paonessa, no es necesario que derribes a uno de los nuestros —escuchó que le decía por los auriculares su piloto y sonrió por primera vez desde que todo aquello había comenzado.

Le dolían los brazos, las manos, los dedos... Se agarraba a la ametralladora como si se le fuera la vida en ello, lo que seguramente ocurría. Estaba tenso, mirándolo todo , mirando al cielo. Era puro nervio.

Seis días interminables duró la lucha, seis días de rezar a la Virgen, de lágrimas contenidas, del traqueteo incansable de la ametralladora, de mal dormir... Seis días donde murieron más de cuatro mil hombres y donde Paonessa se convirtió en veterano.

Para él la guerra acababa de comenzar, siguió destinado en el Pacífico, pero por suerte los aliados llevaban las de ganar y parecía que toda esa locura estaba llegando a su fin. En mayo de 1945 terminó en Europa, Japón se rindió oficialmente el 2 de septiembre de ese mismo año.

A Paonessa le destinaron a Florida para una segunda fase de entrenamiento, esta vez como operador de radio en un avión TBM Avenger. El marine pensó que era un tipo con suerte porque ahora vivía cerca de Miami, en Florida, con un sol que le llenaba de vida cada mañana. Y no solo eso, las playas, el mar, las palmeras, las chicas, las fiestas...

La guerra y sus malditos recuerdos pasaron a un segundo lugar. Tenía claro que no quería seguir mucho más tiempo en los marines, soñaba con montar su propio negocio y viajar a la costa oeste, a California. La ciudad de sus sueños era San Francisco, le fascinaban las imágenes del tranvía subiendo por Powell Street Hill con sus calles de adoquines... Allí montaría una pequeña tienda de embutidos y quesos en Little Italy, en pleno corazón de North Beach. Pero el plan pasaba por arrancar en Los Ángeles, donde tenía un puñado de buenos amigos, camaradas en la guerra, hermanos de armas, con los que había compartido miedos y alegrías. Por lo único que dudaba era por estar tan lejos de los suyos. Su padre, Frank, vivía en el estado de Nueva York con sus hermanas y no sabía qué pasaría con sus hermanos ahora que había terminado todo.

Con Joseph hablaba a menudo. Con su hermano compartía sus inquietudes: el viaje a California, pero también la esperanza y las dudas. Joseph siempre le animaba y le decía que tenía que pelear por sus sueños, pero cuando la sangre italiana empujaba con fuerza le sumía en la tristeza y extrañaba su vida en familia, cerca de los suyos. Al fin y al cabo George era un chico de pueblo, de jugar en la calle con los vecinos que a su vez se convertían en amigos para toda la vida, de llegar tarde a la mesa por esos últimos cinco minutos del partido de béisbol con la pandilla... La infancia de George y de sus hermanos fue feliz. Los Paonessa eran una familia humilde, pero unidos bajo el inmenso corazón de Irene, su madre, que había muerto en 1942, y el espíritu de lucha y de trabajo incansable de su padre, Frank.

26 de diciembre de 1945

El autobús hacia Los Ángeles se puso en marcha. Estaba sentado solo junto a la ventanilla, con la mirada perdida. La cabeza le estaba doliendo otra vez, cerró los ojos y se dejó llevar por el vaivén. Logró dormirse y, entre sueños, vio al hombre que le arrastraba por el agua. Algo le golpeaba y le rozaba la cara y los brazos, eran ramas, pequeños arbustos, cada vez había más vegetación.

—¡¡Socorro, ayuda, estoy aquí!! —gritó cuando le pareció oír de nuevo el sonido de un motor.

Antes de perder otra vez el conocimiento, agotado, había lanzado una bengala de emergencia, pero no recordaba nada más.

—Shhh, ¡calla ya! —le ordenó el hombre que le arrastraba. Este tenía la voz rota, castigada seguramente por el alcohol—. Al final nos descubrirán y lo único que quiero es salvarte la vida. ¡Cállate!

Hasta ese instante Paonessa estaba seguro de que esa sombra que le agarraba y tiraba de él no lo quería ayudar, no pensaba en nada bueno, pero quizá estaba equivocado, aunque su voz interior, su propio instinto, le tenía en alerta.

3

5 de diciembre de 1945
09.00 horas. NAS Fort Lauderdale

Cielo azul, unas cuantas nubes, una suave brisa, nada de humedad... Era un día estupendo para ir un rato a la playa y para volar, así se lo soltó Paonessa a Thompson, su compañero de vuelo ese día. Ambos eran miembros de la tripulación del capitán Powers, el piloto del TBM Avenger FT 36.

—Sí, tú siempre tan positivo, pero hay previsión de mal tiempo mucho antes del atardecer —respondió Thompson con una sonrisa, intentando fastidiar a su amigo.

—No te preocupes, que para entonces estaremos cenando algo muy rico acompañados de unas amigas a las que he invitado esta noche.

—No cuentes conmigo, Paonessa, tengo que escribir.

—No seas aburrido, Thompson, la vida es un momento y este es el nuestro. Además cualquier día nos licencian y se terminó lo bueno.

Thompson acompañó la carcajada que no pudo contener con una frase lapidaria.

—Eso es lo que todos queremos, italiano loco, irnos a casa de una vez por todas.

A esa misma hora, en uno de los hoteles de las Olas Boulevard, una de las calles principales de Fort Lauderdale, los Gildersleave estaban disfrutando de sus merecidas vacaciones en Florida. Era la primera vez que salían de su casa en Nueva Jersey, exactamente de Trenton, un pequeño pueblo donde su gente trabajaba en la industria de guerra montando aviones para la General Motors. La empresa había cambiado de negocio obligada por las circunstancias, adiós a los coches, hola a una inversión mucho más rentable, los aviones TBM Avenger.

El señor Gildersleave estaba listo para salir después de desayunar, se había vestido con un pantalón corto azul marino y una camisa estampada que le costó un mundo abrocharse, debido a su barriga ganada con esfuerzo cerveza a cerveza. Llevaba en la cabeza un sombrero Panamá para protegerse del sol.

—Cariño, ¿vamos a regresar para almorzar?

La señora Gildersleave tenía ya puesto el bañador a esas horas de la mañana. Se lo había comprado en Macy's, en Nueva York, especialmente para las vacaciones. La prenda era de cuerpo entero, floreado con mucho color, y su parte baja tenía forma de pantalón corto y le hacía un trasero estupendo. Se miraba una y otra vez en el espejo del vestidor, pues era el bañador más bonito que había tenido en su vida, y después de pasarse los últimos años trabajando, construyendo máquinas para la guerra, su única aspiración en ese momento era la de no dejar escapar ni un solo rayo de sol de ese fantástico día.

—No, gordito, nos vamos a quedar en la playa hasta que desaparezca el último rayo de sol, aunque llueva... —le respondió con un tono suave y coqueto de voz.

El señor Gildersleave sonrió, no le sorprendió esa respuesta. Sabía que le esperaba una jornada intensa de agua, arena y sol, y aunque se pronosticaba mal tiempo a partir del mediodía, estaba seguro de que no se moverían de la playa.

—Muy bien, mi amor, nos llevaremos algo de comer y unas cervezas, ¿te parece?

—Claro que sí, no te olvides el sombrero.

—No, cariño, ya lo llevo puesto.

Estaba entregado a los deseos de su feliz esposa.

En la base de Fort Lauderdale, el cabo Kosnar había pasado muy mala noche por la metralla que aún llevaba dentro de su cabeza desde la batalla de Guam. A finales de julio de 1944 había caído herido en una explosión y no le habían podido extraer todos los restos de metal. Desde entonces su vida pasaba por un sinfín de problemas de sinusitis, sabía que no le dejarían volar en esas condiciones. La noche anterior había estado cenando con alguno de los chicos, con Gallivan, Gruebel, Paonessa y el divertido Lightfoot... Realmente habían estado de celebración. Todos formaban parte de los marines y les tocaba volar a la mañana siguiente en el Vuelo 19.

El sargento Gallivan era el mayor de dos hermanos y con ventiún años era todo un veterano. Le tocó vivir lo más duro de la guerra, luchó en Guadalcanal con el escuadrón 143, los Rockets Raiders, un puñado de valientes cuyo sobrenombre y el emblema que lucían los pilotos y los aviones eran obra de uno de sus amigos, Alex Raymond. El bueno de Alex tenía mano para trazar garabatos y se pasaba el día con un personaje inventado para desconectar de ese mundo de locos, lo llamaba Flash Gordon.

El año 1943 fue una pesadilla para todos. Gallivan salió de las Islas Salomón para pelear en una de las batallas más sangrientas y quizá menos conocidas de la campaña del Pacífico. La batalla de Tarawa, en setenta y seis horas murieron seis mil cuatrocientos hombres.

Los chicos siempre le preguntaban por Tarawa; cuando eso ocurría cambiaba la expresión de su cara, se ponía en pie sobre una mesa y, como si fuera un gran actor de Broadway encima del escenario, comenzaba a recitar:

—Querido público, amigos y compañeros, os voy a contar una historia de valor y sacrificio, la historia de cómo los marines conseguimos tomar la isla.

Solo faltaba la música de la orquesta y las luces, pero la función acababa de empezar.

—Cuéntanos, cuéntanos —gritaban todos divertidos.

—Gracias al mayor Mike Rayan, a él se lo debemos, mientras los japoneses disparaban y bombardeaban a todo lo que se movía cerca de la playa, el mayor se dio cuenta de que había una zona menos protegida por el enemigo. Poco a poco reunió a todos los supervivientes de las distintas unidades que estaban tirados en la arena y fue montando sobre la marcha un grupo que peleó a sangre y fuego aguantando las embestidas de los japos.

Llegados a ese punto, todos a coro gritaban:

—¡Cómo llamaron a esa unidad! ¡¡¡Cómo llamaban a esos hombres!!!

Gallivan cambiaba el tono, como si de un cuento de misterio se tratara, bajaba la voz y casi susurrando decía...

—Eran los huérfanos... —y después a voz en grito repetía—: ¡¡Los huérfanos de Rayan!!

En este instante volvían el ruido y los golpes en la mesa de sus camaradas.

—Pero, esperad, eso no es todo aún, falta algo más...

—Ooohhh —exclamaban todos a una...

—La unidad del mayor Jones, la flota del condón, llegaba remando en sus botes de goma, tipos duros y preparados que, junto a los huérfanos, terminaron con los japoneses.

Más golpes en la mesa y el jolgorio de sus compañeros daban por finalizada la actuación.

Todo lo que contaba Gallivan era verdad, quizá algo sobreactuado, pero Tarawa fue un infierno, todo lo que aprendieron los marines en aquellas setenta y seis malditas horas lo utilizarían tiempo después en Iwo Jima.

Pero nunca compartió con ellos todos los chicos que vio morir ni habló de ese olor a combustible, pólvora y carne quemada por los lanzallamas que se pegaba a la nariz. Tampoco describía el calor sofocante y la humedad que los hacía sudar sin parar, aunque quizá eran el miedo y la ansiedad los que provocaban ese sudor. Mosquitos, noches de terror y de contraataques... No había nada de idílico en esas islas. Gallivan no sabía cómo era el cielo, pero el infierno en la tierra, sí.

Le ascendieron a sargento y pidió ser artillero de vuelo y lo consiguió. Por fin podía hacer algo diferente desde que se había alistado con dieciocho años. Gallivan conocía bien el aparato con el que volaría al día siguiente, el TBM Avenger ya lo había utilizado cuando peleaba en Guadalcanal. Florida le encantaba; para un chico de Northampton, Massachusetts, estar en pleno mes de diciembre sin nieve junto al mar era algo excepcional.

Gruebel tenía dieciocho años y llevaba poco más de un puñado de meses en los marines, no había entrado en combate, solo había escuchado y visto la guerra en los noticieros de la radio y en los cines. Era un excelente operador de comunicaciones y había estado destinado en Memphis y en Eagle Mountain Lake.

Lightfoot también había cumplido dieciocho, era alto y fuerte, de pelo claro. Un tipo divertido, criado en una familia de larga tradición militar. Los Lightfoot habían luchado en la guerra de Independencia, en la Primera Guerra Mundial y ahora en la Segunda. William se alistó en 1943. Su hermano Eugene pertenecía al Ejército del Aire y había desaparecido en combate en algún punto cerca de Malasia donde le habían derribado, pero nunca encontraron su cuerpo ni su avión.

Gruebel y Gallivan volaban juntos a la mañana siguiente con el capitán Stivers en el FT 117, uno como operador, el otro como artillero. Lightfoot en el FT 81 con el teniente

Gerber de piloto y con Kosnar de artillero. Paonessa en el FT 36 con el capitán Powers y con Thompson.

Pero esa noche tocaba cena especial, nada que ver con el vuelo y el ejercicio de la mañana siguiente.

—Oye, ¿qué vas a hacer? ¿Cómo lo vas a celebrar?

Gallivan soltó una carcajada. Estaba frente a sus últimas veinticuatro horas como militar. Por la mañana se subiría por última vez a un Avenger, le habían comunicado oficialmente que el 6 de diciembre lo licenciaban.

De nuevo se puso en pie, flacucho, fuerte y con una sonrisa permanente, y arrancó su discurso.

—Señores, compañeros y amigos...

—Otra vez no, fuera, déjanos en paz —protestaron algunas voces entre sonrisas y jolgorio.

—Señores —repitió—, lo tengo todo preparado, voy a ir a todos los bares, a todas las salas de baile y a los mejores restaurantes desde aquí hasta Massachusetts.

Las carcajadas le obligaron a mantenerse firme en lo que acababa de decir.

—Venga, hombre, no lo dirás en serio —gritaban al unísono sus amigos.

—Creo que conduciré hacia el norte parando en todos los lugares que encuentre por el camino. —Ahora fue él el que no aguantó y se rio, intentó controlarse, bebió un sorbo de la cerveza que tenía en la mano y se animó a continuar—: Y quiero llegar a casa el día de Navidad... Seré el mejor regalo de este año.

Su público se vino arriba, le abrazaron y le intentaron mantear. Mientras agarraba con fuerza su cerveza, él se resistió como pudo. Seguían las carcajadas y las bromas; Paonessa, entre risas, y mirándolo fijamente, le soltó:

—Te vamos a tener que sacar a rastras de alguno de esos bares para que llegues a casa por Navidad...

—A ver si te encontramos entre tantas fiestas —gritó Kosnar.

Kosnar también estaba pendiente de que le licenciaran, había coincidido con Gallivan en el Pacífico. Su ilusión era ser piloto de combate, pero a última hora le cambiaron el destino. No fue a Pensacola a formarse como piloto, sino que lo enviaron a Fort Lauderdale como instructor de artillería.

La noche continuó entre bromas y buen humor aunque todos se retiraron temprano, no querían tener un mal vuelo a la mañana siguiente. Kosnar, Gallivan y Gruebel quedaron para almorzar algo antes de despegar.

26 de diciembre de 1945

El autobús hizo una pequeña maniobra extraña para evitar un bache en la carretera. Paonessa se despertó y observó alrededor, descubrió que en el asiento al otro lado del pasillo viajaba una chica sola. Los dos se miraron, pero Paonessa giró la cabeza y se concentró en el paisaje, parecía que no habían salido de Florida. El marine decidió cerrar los ojos y seguir recordando.

4

5 de diciembre de 1945
13.00 horas. NAS Fort Lauderdale

Llovía suave pero intensamente. Thomas Jenkins, comandante y oficial de entrenamiento de Fort Lauderdale, estaba decidido a retrasar el despegue de alguno de los últimos grupos de la mañana, no quería que la lluvia y las nubes que quedaban entorpecieran el arranque del ejercicio, cambiaría la hora del Vuelo 18 y del 19.

Mientras tanto, en los hangares se trabajaba intensamente para tener todos los aparatos revisados y listos para despegar. El teniente comandante William Krantz estaba al mando de los mecánicos. Krantz era un hombre serio, protestón y, según su equipo, enfadado desde su nacimiento. En aquel momento andaba enredado con las radios de los Avenger. Hacía un par de días que la del FT 81 se había quedado muda, sin funcionar en pleno vuelo, pero aparentemente ya estaba reparada.

—¿Quién le ha metido mano a este trasto? ¿Has sido tú, Kohlmeier?

Antes de recibir la respuesta de Richard Kohlmeier, el especialista en reparar las radios Charles Kenyon, oficial de operaciones y teniente comandante —igual que Krantz—, entró corriendo en el hangar, intentando evitar la lluvia.

—¿Qué pasa, Krantz? Se escuchan tus gritos desde el otro lado de la base.

—Ah, hola, Charles, lo de las radios es un desastre, son viejas, no tenemos piezas de recambio y cada novato que sube al avión las maltrata cambiando las frecuencias constantemente.

Krantz llevaba razón en todo.

—Ya sabes, William, que de eso se trata, de practicar, ¿te suena? Son pilotos en periodo de entrenamiento y cuando entrenas lo tocas todo tantas veces como sea necesario.

—Lo sé, pero los equipos están hechos polvo..., los de los cuatro que van a volar hoy, los TBM 1.

—¿Los del Vuelo 19?

—Sí, los de Powers, Stivers, Gerber y Bossi... Como caigan un par de rayos no garantizo que los podamos escuchar. Es más, tal y como están estos aparatos..., si se alejan unas millas de la base, olvídate de poder hablar con ellos.

—Bueno, pero Taylor, el instructor, ¿lleva uno de los nuevos?

—Así es, de cinco con suerte hablarás con uno, ¡fantástico! —La exclamación de Krantz sonó irónica y cargada de veneno.

—Vamos, vamos, tranquilízate, es el último vuelo en prácticas y todos tienen experiencia, ¿qué les puede pasar? No me respondas, ya te lo digo yo: nada de nada.

—Lo que tú quieras, pero también está lo del código secreto para que no los escuche el instructor, cambiando la frecuencia una tras otra... Es un despropósito.

—Ahora sí que no sé de qué me hablas...

En realidad, Kenyon sabía perfectamente a lo que se refería. Todos los estudiantes pactaban una frecuencia para que no los escuchara el piloto que estaba al mando por si tenían alguna duda o algún problema y así poder hablar entre ellos sin ser escuchados, era como copiar en clase sin que te pillaran.

—Bueno, ¿te queda alguna queja más, Krantz?

—Me quedan muchas, todos estos aparatos no paran de volar y solo tenemos algunos repostados y listos; los otros, los que no han gastado mucho, no los recargamos de combustible salvo que lo exija el piloto.

—¿Quién no va a tope del 19?

—Stivers, que pilota el FT 117, su avión lleva suficiente para el ejercicio, pero no está lleno; y el FT 28, el de Taylor, no va hasta arriba, pero como es un TBM 3 gasta menos.

No lejos del hangar de los mecánicos estaba la zona de las salas donde se reunían los pilotos. El teniente Charles Taylor, instructor del Vuelo 19, estaba con ganas de cambiar sus planes.

—¿Qué le sucede, teniente Taylor?

—Quería pedirle, señor, que me dejara no volar hoy.

—En serio, Taylor, ¿de dónde saco yo un instructor a estas horas para que ocupe su sitio?

Faltaba menos de una hora para despegar y lo único que quería el teniente Arthur Curtis, oficial al mando de los instructores, era terminar el día sin incidentes, pero Taylor llevaba unos días intentando no subirse a un avión.

—¿Qué le pasa, Taylor?

—Nada, señor, que no termino de estar cómodo volando.

—¿Cómodo? En serio, ¿cómodo?

Taylor sonrió.

—Se lo he pedido al teniente Williams.

Howard Williams era uno de los mejores amigos de Taylor y llevaba unos días preocupado por su compañero de aventuras, este le había querido colocar varios de los vuelos programados para él. Para Williams y para la mayoría de pilotos de la base Taylor era el número uno entre los pilotos.

—... ¿¿¿Y???

—Tampoco puede.

—Entonces qué quiere que haga, Taylor, suba a ese avión, haga el ejercicio, no nos haga perder el tiempo ni que se retrase el ejercicio y pase el resto de la semana con...

Curtis hizo una pausa, no quería meter la pata porque Charles Taylor era un tipo con muy buena planta, un excelente piloto que tenía un encanto especial con las mujeres; se decía que había tenido varios romances con actrices famosas y que cambiaba de novia cada semana...

—¿Con Alice? —medio preguntó Curtis.

—Sí, con Alice, señor.

Taylor no solo era guapo, sino que también tenía una excelente educación. Se crio con su madre, Katherine, y su tía Mary, a las que adoraba. Su madre era profesora de español en Corpus Christi, en Texas, donde vivían.

La noche anterior había estado hablando con ella.

Ring, ring, ring.

—Ya voy, ya voy.

Hasta tres veces sonó el teléfono mientras Katherine Taylor caminaba hasta el aparato que estaba en la cocina. A esas horas de la noche solo podía ser Charles.

—Hola, mamá.

—¿Qué tal, hijo?, ¿cómo estás? No esperaba que hoy llamaras tan tarde.

—Ya ves, tenía un rato libre antes de acostarme.

—¿Estás bien, Charles?

—Sí, mamá.

No quería preocupar en exceso a su madre, realmente no le pasaba nada o, por lo menos, nada malo, aunque no se sentía bien, algo le rondaba por la cabeza. Taylor siempre había intentado no asustar a su madre; durante la guerra mantuvo en todo momento un tono cordial para no asustarla, incluso cuando estuvo destinado en el Pacífico y le tocó entrar en combate.

—Mañana tengo un vuelo en la zona de las Bahamas, es el ejercicio final para cuatro nuevos pilotos.

—¿Y tiene alguna dificultad ese ejercicio?

—No, mamá, es un vuelo rutinario de navegación y bombardeo. Nunca he volado en las Bahamas, pero según me dicen no es muy diferente a los Cayos.

La conversación continuó entre madre e hijo, pero al igual que Taylor mantenía su aparente tono cordial, miss

Taylor conocía muy bien a su hijo y el tono con que este hablaba no dejaba lugar a dudas. Ella se dio cuenta de que algo no terminaba de estar bien con el vuelo del día siguiente, por eso trató de disimular:

—Todo irá bien, Charles, no es tu primera salida, aunque no conozcas la zona eres un gran navegante, ya verás cómo te diviertes.

Katherine se dirigía a él como si fuera su hijo de diez años y no todo un veterano curtido en un puñado de batallas. Taylor suspiró.

—Sí, tienes razón. —Y decidió dar por terminada la conversación con un—: Te quiero, mamá, hasta mañana. Dale un beso a la tía Mary y a Georgia.

—Lo haré ahora mismo, llamaré a tu hermana en cuanto cuelgues. Hasta mañana, Charles, y llama en cuanto aterrices.

La señora Taylor estaba intranquila después de la llamada, notó a su hijo más preocupado de lo habitual. Aunque ella era mucho más feliz desde que había terminado la guerra, estaba deseando que su hijo dejara de volar. Tenía ganas de que le licenciaran pronto, así podría regresar a casa y comenzar una nueva vida.

Al teniente Taylor le quedaban solo dos vuelos antes del siguiente permiso y esta vez pasaría la Navidad en familia. Pero Taylor no estaba bien, algo le atormentaba por dentro, la vida se le hacía cuesta arriba con todos los recuerdos, las malas noches y las pesadillas que le acompañaban desde que había entrado en combate. Hasta entonces su carácter frío y serio le había ayudado a disimular su lucha interior. En ninguna revisión médica habían detectado su tormento existencial: le pesaba la vida.

El Vuelo 19 al completo estaba esperando a su instructor de esa mañana, pero hasta el momento no había noticias de Taylor. De los cuatro pilotos, tres —Powers, Gerber y Stivers— eran marines, y Bossi, el más joven y con menos horas de vuelo, formaba parte de la Marina igual que Taylor. El resto de hombres, nueve entre operadores de radio y artilleros, estaban fuera fumando y charlando animadamente; solo faltaba Kosnar, finalmente no le habían autorizado a volar por la sinusitis.

5

5 *de diciembre de 1945*
13.30 horas. NAS Fort Lauderdale

El teniente William Stoll estaba terminando sus últimas explicaciones antes de salir con su grupo de estudiantes del Vuelo 18. La hora prevista era las 13.45, aunque realmente esa era la hora asignada al Vuelo 19, pero seguían los retrasos esa mañana debido al tiempo inestable y a las pocas ganas de Taylor. Unas nubes negras se desplazaban hacia el norte de la base, en esa zona llovía, el viento parecía ir en aumento y podía complicar los últimos ejercicios del día. Sin embargo, la previsión del tiempo que llegaba de los británicos de la RAF, desde Windsor Field en la isla de New Providence, en plenas Bahamas, no parecía tan mala. El problema era que más al norte de las Bahamas no había ninguna estación y no se sabía qué fenómenos atmosféricos podían encontrar hacia el este.

Stoll no le prestó demasiada atención a Taylor, que llegó tarde a la reunión, sí se fijó en que estaba anotando en la pizarra los mismos datos que él les había pasado a sus estudiantes: la velocidad del aire, la dirección, la distancia de cada una de las mangas del vuelo, la temperatura, la presión atmosférica y la altitud a la que pensaban volar.

El teniente Taylor les preguntó a sus cuatro pilotos si había alguna duda.

—¿Entonces estamos todos en la misma página, verdad, Bossi?

—Sí, señor, no tengo dudas sobre el ejercicio.

Pero quien no lo tenía del todo claro era Stivers.

—¿Disculpe, teniente, cómo organizará el ejercicio, va a cambiar de líder en cada manga?

—Esa es la idea, capitán, cada uno de ustedes navegará en una parte del vuelo, pero aún no he decidido cómo nos organizaremos.

Powers pensó que la respuesta era un tanto extraña; no había ningún misterio en el ejercicio, así que daba igual dar los nombres de cómo se repartirían cada manga.

Taylor continuó a lo suyo, estaba apuntando también las referencias visuales, aunque intentarían no utilizarlas; los dos vuelos iban a hacer el mismo ejercicio, le llamaban vuelo a ciegas, pura navegación con la ayuda de la brújula.

En la primera parte volarían 56 millas hasta Hen and Chickens, un pequeño islote cerca de Bimini, en el lado más occidental de las Bahamas, para realizar prácticas de bombardeo de unos veinte minutos de duración; continuarían otras 67 millas tomando como referencia Great Cayo Stirrup. La segunda manga tendría 73 millas y se pasaría sobre Gran Bahama hasta Great Cayo Sale, posteriormente un nuevo giro a la izquierda y desde ese punto 120 millas más, y una hora aproximadamente hasta la base. Quizá llegarían algo al norte, en Florida, y deberían tomar rumbo sur siguiendo la costa. Básicamente, y explicado de forma sencilla, se trataba de volar hacia el este para girar hacia el noreste y dar el último giro hacia el oeste hasta Fort Lauderdale, un triángulo.

Stoll y su grupo despegaron a las 13.45. Al norte continuaba lloviendo y Taylor, terminada la reunión de pilotos, había desaparecido, así que seguía retrasando su salida.

6

El Vuelo 19 al completo estaba dentro de sus aviones, los TBM Avenger, listos, con los motores en marcha y esperando a su instructor. Paonessa estaba contento por volar con el capitán Powers porque era un buen piloto, una gran persona y un amigo personal. Powers era un excelente estudiante formado en la Universidad de Princeton, educado, con madera de líder, un veterano que estaba encantado con la vida porque acababa de ser padre de una niña que se llamaba Susan. El capitán estaba muy feliz, como su esposa Joan, a la que Paonessa conocía bien.

—Paonessa, ¿estás ahí? —preguntó Powers por la radio.

—Sí, aquí estoy, señor.

—Thompson, ¿todo en orden? —le tocaba responder al artillero.

—Sí, señor, listo para volar.

El piloto de un Avenger, una vez que estaba sentado en la cabina, no veía a sus hombres sentados a su espalda, ni al operador de radio ni al artillero. Algunos meses atrás, cuando estaba de prácticas de vuelo en Miami, el capitán Powers fue protagonista de una situación terrible, su artillero Michael Belvito desapareció en pleno ejercicio. Cuando el capitán aterrizó y bajó del avión vio que no estaba el artillero ni la puerta trasera ni el paracaídas. Nunca encontraron a Belvito, lo buscaron durante días en el mar. Powers fue trasladado y enviado a Fort Lauderdale a raíz de ese incidente para que completara su entrenamiento como piloto.

Powers insistió y llamó de nuevo a Thompson.

—¿Está todo bien al fondo? ¿Está cerrada la puerta?

—Sí, capitán, todo perfecto.

Paonessa intervino de nuevo.

—Todo bien, señor. ¿Qué tal en casa con la recién llegada?

—Bien, aunque Joan está más preocupada desde que somos padres, teme que me pueda pasar algo en estos vuelos. Anoche no quería que hoy hiciera esta práctica, tiene un mal presentimiento.

—Pues está la cosa como para no volar —respondió Paonessa—, con Taylor pidiendo no salir de misión a la mínima oportunidad... Creo que los jefes están un poco hasta el gorro de sus salidas de tono.

De Taylor se contaban muchas cosas últimamente, que si chicas, que si fiestas, que si pocas horas de sueño. Ninguna era verdad, pero en una base con demasiada gente aburrida estas cosas pasaban. Powers siguió con lo suyo e insistió una vez más.

—Thompson, ¿todo bien atrás?

—Sí, tranquilo, señor, todo comprobado y asegurado.

—¿Ya has pasado por la oficina de correos esta mañana? —le preguntó Paonessa.

Thompson escribía a diario a los suyos. Esa misma mañana había dejado en el correo la carta escrita la noche anterior, pues no había ido a la cena con los muchachos. Él prefería escribir a sus seres queridos.

Querida familia, estos últimos días no tenemos demasiado trabajo en la base. Estamos fuera de tiempo para poder terminar con todos los ejercicios que supuestamente nos han asignado. Prefiero presentarme voluntario a todas las misiones de vuelo con tripulación.

Mañana me toca con el capitán Powers y con el loco y querido de George Paonessa. No os preocupéis, el italiano dice que la Virgen viaja junto a él cuando vuela y le reza para que todo salga bien.

Os echo mucho de menos...

Thompson siempre les explicaba la misión que tenía asignada y lo que hacía en la base. Aquella mañana tocaba el Vuelo 19 y contaba los días que le quedaban para regresar a casa por Navidad antes de que le enviasen a un nuevo destino. No era el único que esa mañana había acudido a la oficina de correos, Bossi también había estado allí para enviar una carta a los suyos.

Taylor llegó apresurado y sin su carpeta de mapas, pero ese no era su único problema. Se subió a su avión, que tenía pintado un FT en el costado y el número 28 en la parte superior del ala derecha y en la inferior del ala izquierda. Se ajustó primero el paracaídas y después el cinturón de seguridad. El personal de tierra lo había dejado todo preparado, alas desplegadas y motor en marcha. Le preguntó primero a su operador y después al artillero si estaban listos.

—¿Todo bien?

—Sí, todo ok, listos para despegar, señor.

Fue en ese instante, y no antes, cuando se dio cuenta de que no funcionaba su reloj de pulsera. Para un piloto el reloj era un elemento básico para todas la operaciones de navegación, no podía volar sin él, lo necesitaba para calcular dónde estaban en cada momento, golpeó con el índice derecho el cristal antes de ponerse los guantes, repitió una vez más, pero el segundero no caminaba.

—Buff, será posible —comentó en voz alta.

Durante la reunión les había recordado a sus estudiantes una de las máximas para hacer el vuelo a ciegas: si volaban en un curso conocido a una velocidad conocida durante un tiempo conocido se debería llegar al destino señalado. Ahora su problema era que no tenía cómo controlar el tiempo.

—Parpart, ¿llevas reloj? —preguntó a su operador de radio.

—Sí, lo llevo, teniente.

—¿Funciona?

—Perfectamente, señor.

—De acuerdo, voy a pedirte la hora varias veces hoy durante el ejercicio. El mío ha decidido estropearse ahora mismo. Vaya desastre.

Parpart miró hacia arriba a Harmon, el artillero, que había estado escuchando la conversación... Con un gesto el operador de radio le dio a entender que no le parecía ni medio normal que al piloto no le funcionase el reloj.

Taylor conectó la radio y habló a su grupo de pilotos.

—Señores, vamos con el chequeo antes del despegue. Comprobamos, compartimento de bombas, ¿ok?

—Comprobado.

—Flaps del morro y de las alas, ¿funcionando?

—Funcionando.

—Presión de aceite, combustible, ¿todo ok?

—Ok.

—Rueda de cola, ¿ok?

Todo estaba correcto antes de salir. Ahora tocaba pedir permiso para despegar a la torre de control.

—Muy bien, caballeros, vamos a despegar. Stivers, una vez estemos en el aire, irá el primero y nos llevará hasta el punto de bombardeo, volamos en formación hasta el objetivo, yo iré cerrando. Cada uno de ustedes será responsable de la navegación de una parte del ejercicio.

—Torre, aquí Fox Tare 28, Vuelo 19, permiso para girar a la izquierda y despegar.

—Fox Tare 28, aquí Torre, permiso concedido, Vuelo 19, pista dos dos.

A las 14.09 Taylor llevó su avión hasta la cabecera de la pista, un minuto después estaba subiendo las revoluciones del TBM 3 con su mano izquierda mientras sujetaba la palanca de vuelo con la derecha. El motor rugía embravecido, soltó el pedal del freno y rápidamente empezó a rodar sobre una pista que seguía mojada; la fina capa de lluvia que había caído al mediodía no se había secado y todo lucía con un tono más oscuro de lo normal. El morro del aparato se levantó con suavidad; instantes después ya estaba en el aire dirección este, recogió el tren de aterrizaje, miró hacia atrás y vio a Stivers que comenzaba a maniobrar para el despegue.

George Stivers se había graduado en Annapolis y estaba frente a su último ejercicio, al igual que sus compañeros, para conseguir el certificado de piloto de Avenger. Con la mano derecha tiró hacia atrás con fuerza de la palanca de vuelo, mientras aceleraba a fondo; soltó el freno; rodó por la pista y el FT 117 despegó. Este era un avión de los antiguos, el mismo modelo que llevaban el resto de los estudiantes en prácticas, un TBM 1 con una ametralladora del 50. El teniente Taylor pilotaba un avión más moderno.

Por la mañana el FT 117 había sido utilizado en otras dos salidas, no lo habían repostado y no iba completo de combustible. Stivers pensó durante el chequeo que tampoco era necesario, tenía de sobra para el vuelo, lo apuntó y se lo hizo saber a Taylor; el ejercicio era corto, tres horas aproximadamente y estarían de nuevo en la base.

Stivers conocía muy bien a su tripulación, había peleado junto a Gallivan en Tarawa y pertenecía a los Raiders, la legendaria unidad de los marines en el Pacífico Sur. Tarawa, la batalla que tanto le gustaba contar al bueno de Gallivan y de la que Stivers también se guardaba la parte oscura y terrible que le tocó vivir durante esas setenta y seis horas. Gruebel, el operador de radio, era un entusiasta de su trabajo con mucho talento, todos hablaban muy bien de sus conocimientos y de su buena actitud.

—¿Qué tal vas ahí atrás? —le preguntó a Gallivan.

—Como un príncipe en primera fila viendo cómo despegan el resto de los pájaros.

Era la ventaja de ir sentado en la parte de atrás y mirando en contradirección, cubriendo las espaldas del Avenger.

—Gruebel, ¿qué tal tú?

—Fenomenal, hace mucho viento, ¿verdad, capitán?

—Sí, hoy nos vamos a mover. No te marees.

Gruebel soltó una carcajada.

—He comido poco hoy, señor, por si acaso.

El operador de radio contaba con un espacio en las entrañas del Avenger donde se sentaba y trabajaba emitiendo mensajes en morse y haciendo cálculos de bombardeo, también había un sitio para otra ametralladora más y unas pequeñas ventanas laterales.

Después de Stivers despegó Powers, con Paonessa y Thompson.

—Paonessa, ¿has rezado?

—Estoy en ello, capitán.

—Gracias, ya sabes lo que dice mi mujer, siempre me pide que lo hagas.

—Tranquilo, señor, volamos con la protección de la Virgen y de mi madre.

Era verdad; en combate, en vuelos de entrenamiento y hasta cuando jugaba a las cartas, a Paonessa siempre le venía bien un poco de ayuda de la Virgen y de su madre, Irene.

—... *tu sei benedetta fra le donne e benedetto è il fruto del tuo seno, Gesù.*

Thompson sonrió; aunque no decía nada, estaba encantado con Paonessa y sus rezos, había mucho de superstición en todo ese ritual.

Powers llevaba pintado en blanco en el costado del Avenger FT y en las alas el número 36. Cuando ya estaba subiendo el tren de aterrizaje posterior y el de las alas Thompson vio cómo despegaba Gerber.

Jimmy Gerber se había quedado solo con Lightfoot, el operador de radio, después de que no permitieran volar a Kosnar por la sinusitis. Gerber se alistó al día siguiente del bombardeo de Pearl Harbor. Nacido en Minnesota, era todo un veterano al que le había tocado pelear en Attu y Kiska, en las Aleutianas, territorio americano invadido por Japón en una maniobra extraña de distracción durante la batalla de Midway.

—Nos vamos, Lightfoot; ¿todo revisado?

—Sí, paracaídas, ok; cinturón, ajustado y abrochado.

Gerber y Lightfoot estaban en el FT 81.

Bossi escuchó a Taylor por la radio, le estaba apremiando.

—Vamos, tu turno, Bossi.

—Pues sí que empezamos bien, ya va con prisas —protestó el joven a su tripulación.

El motor del TBM puso a prueba sus mil seiscientos caballos mientras circulaba por la pista dos dos a toda velocidad hasta que levantó las ruedas del suelo.

De todo el grupo, Bossi era el único que quería vivir pilotando aviones, eso era lo que le contaba a cualquiera que le quisiera escuchar. Se alistó en la Marina para ser piloto. Llevaba a Herman Thelander de artillero, un chico de diecinueve años de Kinbrae, Minnesota, un pueblecito con poco más de cien habitantes en medio de la nada. Se había alistado en 1944 para pelear y lo único que hacía era saltar de base en base por toda Florida. La guerra había terminado demasiado pronto para él, antes de que estuviera listo para luchar. Volaba en el avión de los novatos, el FT 3, y se había juntado con Burt Baluk también de diecinueve años, operador de radio sin experiencia en combate, amigo de Bossi. Era la tripulación más joven, sin ningún veterano y con menos horas de vuelo de los cinco aparatos.

Ya sobre la playa de Fort Lauderdale pasaron por encima de las cabezas de los Gildersleave.

—Cariño, mira esos aviones, nos persiguen hasta en vacaciones —gritaba la señora Gildersleave desde el agua mientras agitaba los brazos y saltaba luciendo feliz su bañador.

«Son unos auténticos tanques del aire», pensó él. El TBM Avenger era un avión muy robusto construido para vengar la afrenta que había supuesto para los norteamericanos el bombardeo sin previo aviso de Pearl Harbor. Solía llevar un torpedo en sus entrañas o cuatro bombas.

El señor Gildersleave agitó los brazos, se tiró toda la cerveza por encima, perdió el equilibrio y terminó sobre la arena.

—¡¡Qué desastre!! Me he quedado sin cerveza. —Mientras, su mujer reía a carcajadas.

Los artilleros del Vuelo 19 vieron a alguien en la playa saludando, en verdad lo que pudieron distinguir en el aire fue un bañador floreado saltando y a alguien tirándose una cerveza por encima, poco se podían imaginar que los Gildersleave iban a ser los últimos en verlos desde tierra firme ese 5 de diciembre.

26 de diciembre de 1945

Paonessa abrió los ojos, seguía con dolor de cabeza y medio aturdido. El autobús estaba casi lleno, en la última parada habían subido más pasajeros. Ya no estaba solo, la chica morena de ojos castaños sentada al otro lado del pasillo ahora estaba a su lado.

—Disculpe, este era mi asiento al principio pero, al ir medio vacío, me senté al otro lado.

Paonessa la miró atentamente, era la primera chica que le hablaba en días.

—No se preocupe, yo voy medio dormido. Bueno, la verdad es que no sé cuánto tiempo he estado dormido.

—Unas cinco horas, no se ha bajado usted en Talla-hassee. Hemos parado unos veinte minutos a comer y para ir al baño. Ahora ya estamos en Alabama.

Paonessa estaba tratando de recuperar la compostura; de su vestimenta de militar lo único que quedaba eran las botas oscuras, ni el pantalón de tela que llevaba ni la camisa ni la chaqueta eran suyas, pero afortunadamente le quedaban bien, tenían la talla adecuada. No sabía de dónde había salido esa ropa.

—Lo siento, llevo unos días sin dormir y no soy el mejor compañero de viaje, señorita...

—Julie.

—¿Perdón?

—Julie, me llamo Julie.

—Encantado, yo soy George.

Paonessa no quería dar ningún dato más, desconocía quién podía estar al tanto de las noticias que se habían publicado. Era un desertor, estaba huyendo, aunque no sabía muy bien de qué o de quién. Por otro lado, continuaban las pesadillas con el hombre de la voz quebrada arrastrándole por el agua. Pero por primera vez estaba tranquilo, no le molestaba ir sentado al lado de esa joven, comenzaba a ser un buen plan el viaje hasta California.

7

5 de diciembre de 1945
9.00 horas. Miami

La teniente Ellen Sorenson, pelo corto castaño, ojos claros y delgada, era un miembro de los guardacostas de Estados Unidos. Esa mañana se había entretenido un poco más de lo normal en el desayuno y ahora le tocaba correr para no llegar tarde al trabajo. Conducía un Ford negro del 41 por las calles de la ciudad, a toda velocidad, camino de las oficinas del centro de evaluación en el edificio DuPont, en Downtown, Miami.

Llevaba el pelo cubierto por un pañuelo que sujetaba su melena castaña. «No me ha dado tiempo ni a secarme bien el pelo», pensó, «a ver si con la brisa lo soluciono y no se me moja el sombrero». Se quitó el pañuelo mientras sacaba la cabeza por la ventanilla, moviéndola con suavidad para que el aire se lo secara.

El uniforme de los guardacostas venía rematado con un sombrero azul marino y blanco que, en el caso de Ellen, terminaba mojado casi cada día porque la teniente apuraba un poco más de tiempo en la cama y salía corriendo de la ducha sin poder secarse el pelo.

La última semana había acusado algo más el cansancio por las intensas sesiones de trabajo de búsqueda y localización de barcos y aviones gracias a la alta frecuencia. Le fascinaba que a través de una señal de radio se pudiera calcular un punto exacto donde situarlos. Le apasionaba lo que hacía. En Atlantic City se había convertido en la número uno y ahora era el momento de mostrar todo su talento sobre el terreno resolviendo casos reales. En un mundo de hombres Ellen no solo era un soplo de aire fresco, era la mejor.

El comandante Richard Baxter, su jefe directo, sabía muy bien la suerte que tenía al contar en su equipo con Sorenson y así se lo había dicho al comodoro Benson, máxima autoridad en los guardacostas. Ella era todo un ejemplo, quería cambiar, como otras muchas chicas en aquellos tiempos, la situación de las mujeres en su país. Nacida en California, licenciada en Ciencias, se alistó en 1943. Algo reservada, brillante, destacaba en todo lo que hacía. La enviaron a Atlantic City, en Nueva Jersey, a un curso intensivo de buscadores de dirección de alta frecuencia. Después a Miami, al centro de evaluación donde llevaba ya tres meses con ejercicios diarios.

Diciembre le estaba gustando. «El sur de Florida tiene un encanto mágico en estas fechas», pensó mientras cruzaba uno de los innumerables puentes de la ciudad. Para una chica como ella, que amaba el mar, era un lugar de ensueño. Aprovechaba cada minuto libre que tenía para disfrutar de la playa, pues era complicado poderse escapar por la cantidad de horas de entrenamiento a las que estaba sometida diariamente desde que había llegado de Atlantic City. La brisa entraba por la ventana del coche, la trasladaba hasta la fina arena y le hacía soñar también con California. Se acercaba la Navidad, quería volar a casa y disfrutar con los suyos de unos merecidos días de descanso. «Son las primeras Navidades sin guerra... Hay que hacer algo especial». Le brillaban los ojos cuando pensaba en su familia y en el final de la guerra. Los dos últimos años habían pasado a toda velocidad, casi borrados de su calendario y de su memoria.

La mañana parecía tranquila, tenía por delante en la oficina un ejercicio de localización de un supuesto barco perdido en algún punto del Caribe. Utilizaría la señal de tres estaciones a lo largo de la costa para conocer la ruta y saber dónde había desaparecido. Sin saberlo Ellen y su equipo iban a realizar un ejercicio que resultaría clave horas más tarde.

Aparcó el Ford negro del 41 a pocos metros de la entrada del edificio donde trabajaba, se ajustó el sombrero, bajó del coche y se puso bien la chaqueta y la falda. «Estoy impecable», pensó mientras se dirigía hacia la puerta principal del DuPont.

8

5 de diciembre de 1945
14.20 horas. Volando en algún punto
sobre el Caribe

El capitán Stivers lideraba la escuadrilla, el viento aumentaba y le preocupaba salirse del curso establecido. Estaba concentrado, navegando hacia el punto de bombardeo de Hen and Chickens. Miraba de reojo la aguja de combustible, estaba gastando más de lo que él tenía previsto. Por desgracia, sabía que el avión consumía mucho con el viento racheado. Stivers volaba sin cerrar del todo la cabina, se pasaba menos calor, aunque no era precisamente un día caluroso, los TBM tenían un par de posiciones para dejar el *cockpit* abierto o entreabierto.

—¿Estamos cerca, capitán? —Gruebel tenía prisa por terminar con el ejercicio, no le gustaban las tormentas.

—No, nos quedan unos diez minutos. Está aumentando mucho la fuerza del viento, por eso supongo que se nos va a echar encima el mal tiempo al atardecer.

—No me apetece mojarme —soltó entre risas Gallivan desde la torreta del artillero.

—Tranquilo, para cuando comience a llover, estaremos en casa.

La voz de Taylor sonó en la radio interrumpiendo la conversación.

—Señores, sigan concentrados, estamos a escasos minutos de llegar al primer objetivo de este ejercicio. Les recuerdo que cuando estemos sobre el punto haré un par de pasadas para comprobar que no hay ninguna embarcación en el área, después soltaré los botes de humo blanco que serán su diana en esta práctica, el punto al que tienen que bombardear.

—Espero que no tardemos más de veinte minutos en completar el ejercicio —advirtió Taylor—. Parpart, ¿qué hora es?, avísame en diez minutos, y en cuanto arranque el ejercicio, me cantas cada cinco minutos hasta que termine.

Al no funcionar el reloj de pulsera de Taylor, las continuas preguntas de «qué hora es» habían provocado en el operador de radio un control obsesivo del paso de los minutos. Parpart se estaba volviendo loco mirando las malditas manecillas.

—Vamos a ver si le acertamos al humito —bromeó Paonessa con Powers—. Thompson, te apuesto una cerveza a que le damos a la primera, ¿qué te parece? —El italiano no perdonaba una—. Aquí tienes mi reto sobre el que escribir mañana en tu carta.

—De acuerdo —contestó Thompson.

Pero Paonessa subió el nivel de dificultad.

—Solo cuenta la primera pasada, nada de segundos intentos.

Powers soltó una carcajada, era uno de los duros del grupo, sin ninguna duda, junto a Jimmy Gerber y a los chicos del FT 117, y ahí estaba con un par de descerebrados de su tripulación apostando por una maniobra que tenía que realizar él. Un año antes los habría matado por una locura como esa, pero desde que había nacido su hija algo había cambiado en su interior, veía la vida con otros ojos, mucho más divertidos y relajados.

—De acuerdo, señores, apuesta aceptada con las condiciones marcadas por el simpático italiano —soltó Powers.

La risotada fue general.

De nuevo Taylor sonó en la radio:

—Después del ejercicio seguirán volando hacia el oeste hasta el punto de giro y entraremos en la segunda manga. Si le parece bien, señor Bossi, será usted quien nos conduzca por la ruta hasta Great Cayo Stirrup.

La respuesta de Bossi llegó inmediatamente.

—Aquí Fox Tare 3 para Fox Tare 28, recibido, señor.

Reinaba el silencio en ese avión, los chicos estaban pendientes de todo lo que sucedía en cada momento, en cada maniobra que se ejecutaba. Estaban con los nervios a flor de piel, y para colmo de males les tocaba ponerse a liderar el grupo. La juventud y la menor cantidad de horas de vuelo acumuladas les provocaban mucho vértigo, pero Bossi había nacido para pilotar y superaba bien esas situaciones.

Stivers llamó a Gerber al FT 81, pues seguía preocupado con el combustible. Con el viento y el cálculo que había hecho algo no le cuadraba: o su avión gastaba más que el resto o llevaba menos de lo que pensaba.

— Gerber, ¿qué tal vas de combustible?

— Bien, por encima de los tres cuartos. ¿Por qué, Stivers, algún problema?

— La aguja me marca por debajo de los tres cuartos. Tanto vuelo esta mañana... que me lo han dejado medio seco.

Lightfoot se apuntó a la conversación para poner un poco de cabeza al enfado.

— Tranquilo, Stivers, vas bien, cuando salgamos del segundo giro llevaremos viento de costado, no te va a faltar ni una gota para llegar a la base.

No era del todo cierto, los vientos cruzados iban a continuar durante toda la jornada.

Paonessa seguía a lo suyo, acomodándose en el asiento y mirando de vez en cuando por una de las ventanillas laterales, poco podía ver, pero quería asegurarse de que no le engañaban en la apuesta. Desde esa posición tocaba fiarse del piloto cuando soltasen las bombas para saber si acertaban.

Pero algo estaba cambiando; al pegar la cara al cristal se dio cuenta de que se estaba reduciendo la visibilidad y de que ya no se distinguía bien la línea del horizonte, había muchas nubes muy oscuras con pinta de tormenta... Se lo comentó a Powers.

—¿Es cosa mía o cada vez vemos menos?

—Cuanto más al este volamos peor está la cosa, ¿ves esas nubes hacia el horizonte?

—Sí, no tienen muy buena pinta, densas y oscuras; es un frente feo y nadie nos ha avisado de que esto se pondría complicado. Es un desastre cómo funcionan los de la meteorología, nos van a amargar el día.

—Espero que terminemos antes de que empiece la tormenta, por el aspecto es una de las gordas.

—Pero nadie nos ha informado —se quejaba Paonessa con razón.

—Ya sabes cómo va esto, nos dan el parte de la mañana y listo, y si llueve por la tarde nos mojamos y ya está.

Las previsiones dejaban mucho que desear en una zona donde en unos minutos cambiaban las condiciones. Thompson se fijó en que por el lado de estribor las nubes eran blancas y enormes, crecían en vertical como si se tratara de montañas de nata encima de una bola de helado oscuro; el problema es que ni eran dulces ni traían consigo buenas noticias: la zona oscura solo traería agua, rayos y truenos, la peor compañera de viaje en esas latitudes.

Jimmy Gerber tenía la misma sensación. Desde muy joven había desarrollado un sexto sentido para las tormentas eléctricas, se le erizaba el pelo. No sabía qué provocaba esa reacción en su cuerpo, pero le estaba pasando de nuevo.

—La que se va a montar, vamos a tener un festival de rayos en un rato. ¿Vas bien, Lightfoot?

—Sí, señor, pendiente de todo y de cómo se nos está complicando el tiempo. ¿Cómo sabes lo de los rayos?

—Se me eriza el pelo.

—Perdón, ¿cómo dices?

—Sí, lo sé, es increíble, pero se me eriza el pelo cuando se acerca una tormenta eléctrica.

Lightfoot se aguantó las ganas de reír, le pareció surrealista lo que le confesaba Gerber.

—A los nacidos en Minnesota nos pasan estas cosas, qué le vamos a hacer, y ya te aviso de que creo que se avecina una segunda parte más difícil. Espero que el ejercicio sea corto, debemos de estar prácticamente sobre el punto de bombardeo.

—Aquí Fox Tare 117 a grupo, ahí abajo está el *SS Sapona*, en dos minutos estaremos sobre la zona de bombardeo.

En mitad del agua se distinguía claramente una vieja estructura metálica, era la referencia visual que tenía el Vuelo 19 para arrojar las bombas. Un viejo carguero semihundido por un huracán en 1926 y al que durante su corta vida —se había construido a finales de la Primera Guerra Mundial— habían convertido en un casino, en un club nocturno y, en la época de la prohibición, en un almacén clandestino de whisky. Ahora era un punto de bombardeo. El viento embravecido provocaba que las olas pasaran por encima de lo que quedaba del *Sapona*. Hacía ya veinte minutos que habían sobrevolado las playas de Fort Lauderdale y estaban a punto de iniciar la primera parte de su último examen, en mitad de la nada, aproximadamente a dos millas y media al sur de Hen and Chickens.

—Taylor a Vuelo 19, dejo formación para comprobar que no haya ninguna embarcación en la zona, manténganse juntos hasta que lance la señal y comenzaremos. El orden de ataque en el primer bombardeo: Powers primero, después Jimmy Gerber, detrás Stivers y cierra Bossi. ¿Entendido?

Stivers se sorprendió, faltaba poco, pero ese no era el punto previsto, aunque veían el barco tenían que acercarse un poco más o por lo menos eso es lo que se les había dicho durante la charla antes de despegar.

—Qué te parece, Gallivan, es cosa mía o alguien tiene prisa por terminar cuanto antes esta tarde.

—Mejor, es lo que quiero; cuanto antes regresemos, más tiempo voy a tener para recoger mis cosas y largarme a disfrutar de mi nueva vida de civil.

Mientras Taylor se aseguraba de que estaban solos para soltar las bombas de prácticas, a unas cuantas millas al norte sobre las Bahamas y girando desde la segunda hacia la tercera manga, el Vuelo 18 había tenido algún que otro problema de navegación. El teniente Stoll estaba regañando a uno de sus estudiantes por la radio.

—¿Has estado en la reunión de esta mañana en la misma habitación que yo? Maldita sea, ¿no ves que en algún punto de la manga anterior has girado antes de tiempo? El viento está influyendo en la práctica y no estás siendo todo lo preciso que exige este ejercicio, ¿entendido?

Stoll se dirigió ahora a todo el grupo.

—¿Alguien me puede explicar en qué momento nos hemos salido de la ruta? Señores, me da que alguno de ustedes tiene un buen lío con el ángulo de deriva. Para que me entiendan: si seguimos así no llegaremos a la base. Bueno, tenemos que corregir hacia el oeste y volver sobre nuestras coordenadas. Caballeros, vamos un poco despistados hoy.

9

En tierra, al mando de la estación naval de Fort Lauderdale, estaba el teniente comandante Donald Poole. Era el oficial de vuelo y estaba de un humor de perros con todo el lío que tenían ese día. Movía los labios ostensiblemente hablando consigo mismo y protestando.

—Para colmo de males, el capitán cazando patos; no sé qué es peor: si estar en guerra o estar en paz con toda la base pensando en largarse de aquí.

Se cruzó, camino de su oficina, con el teniente Curtis, oficial al mando de los vuelos de entrenamiento, que había estado controlando el despegue del 19, además de convencer a Taylor de que se subiese al avión. Curtis estaba mirando su reloj y haciendo el cálculo mental de dónde debían de estar las escuadrillas en vuelo a esas horas: el 18, de regreso, y el 19, a punto de soltar bombas. Cuando levantó la mirada se topó de frente con Poole.

—Todos los vuelos de entrenamiento de hoy están listos, señor —le comunicó Curtis—, a estas horas el Vuelo 18 ha completado la práctica de bombardeo y vuela de regreso. El Vuelo 19 está soltando sus bombas sobre Hen and Chickens y tenemos encima de nuestras cabezas al teniente Cox y sus novatos.

Cox era un veterano curtido durante la guerra en el manejo de los Avenger y ahora compartía su experiencia con los grupos de pilotos que se incorporaban a la Marina. Tenía fama de duro y de ser un buen instructor.

Poole miró el reloj, sabía perfectamente que todos habían despegado a tiempo menos el 18 y el Vuelo 19.

—Van con retraso, maldita sea, Curtis, y tenemos previsión de mal tiempo... ¿En qué está pensando?

Curtis hizo una mueca, se le torció el gesto de la cara, no podía mentir, pero intentó cargar las culpas a la lluvia caída cerca de la una y a las órdenes de Jenkins.

—Sí, señor, el Vuelo 19 ha despegado tarde, pero verá, la lluvia...

—Déjeme adivinar, Taylor otra vez, ¿qué le pasa a ese muchacho?, si solo le queda un vuelo más para irse de permiso a casa y olvidarse de todo hasta después de Navidad.

Antes de que Curtis tuviese tiempo de decir nada, Harold Burke se unió a la conversación.

—¿Qué te sucede, Poole?

Burke era el capitán médico de la base, el hombre más visitado a diario por los muchachos que se inventaban cualquier excusa para conseguir la baja de servicio. Solo querían jugar a las cartas y hablar con sus chicas, y no por este orden precisamente.

—Hola, Doc, los chicos del 19 van tarde porque Taylor quería que alguien volara en su puesto, aunque según el señor

Curtis el mal tiempo parece ser el culpable de todo: caen cuatro gotas y se para el mundo en esta base.

—Bueno, no es exactamente así —replicó Curtis.

—Pero ¿está enfermo? —preguntó Burke con sorpresa—. No ha venido a verme.

—No —replicó Poole—, será que tiene mal de amores o que está cansado de todo esto, como todos. Desde que ha terminado la guerra la gente solo piensa en salir corriendo para su casa.

Poole estaba insoportable.

—Es normal —dijo el doctor—, a la mayoría de estos muchachos les ha tocado vivir auténticas locuras. Muchos de ellos han visto la muerte de cerca y quieren comenzar una nueva vida, no les podemos culpar por eso... Quieren una vida como la que disfrutaron sus padres antes de que Hitler y los japoneses decidieran cambiar el ritmo al planeta. Todos han pasado los exámenes médicos en la consulta y son aptos para volar, pero hay mucho desastre y cansancio acumulado.

Antes de que continuara, Poole le interrumpió.

—¿Cansancio, Doc? Lo que les pasa es que duermen muy poco porque están recuperando todas las noches de fiesta de los últimos tres años.

Burke sonrió, conocía tan bien a Poole que sabía cuándo no tenía que responder a su amigo, aunque esta vez se la soltó con cariño.

—Qué mal día se te pone cuando el jefe está cazando patos.

Curtis sonrió y Poole le lanzó una mirada con cara de querer operarle de amígdalas.

—Estaré en la oficina, Curtis, que me avisen cuando aterricen los vuelos.

—A la orden, señor.

Curtis y Burke se marcharon comentando lo cascarrabias que estaba Poole esa mañana, pero antes de llegar al barracón médico Curtis se animó a preguntar por Taylor.

—¿Ha visto a Taylor estos últimos días, Doc?

—No, hace días que no coincido con él, ¿le preocupa algo?

—Está raro, más pendiente de no volar y más despistado de lo normal; esta semana se ha dejado hasta los auriculares de vuelo antes de una misión.

El doctor no supo qué responder, Taylor había llegado con fama de tipo frío y distante. Uno de sus buenos amigos y compañero de armas durante la guerra, George H.W. Bush, decía que era tan frío como un pepino, pero Taylor siempre se había mostrado cordial en la consulta, y muy gélido no debía de ser cuando tenía tanto éxito con las chicas… Le tenía confundido.

10

En la base de Banana River, la jornada siempre comenzaba con intensidad. Banana River era un pedazo de tierra rodeado de agua, a su derecha estaba el océano y en el lado izquierdo, la desembocadura del río. Miraras hacia donde miraras era un hervidero de gente. En los comedores se servían desayunos a los rezagados y en los hangares los mecánicos reparaban y preparaban aviones con los que se iba a volar durante la jornada. La misma actividad se vivía en el agua, los marineros trabajaban en los hidroaviones y los barcos... Más de tres mil personas en turnos de veinticuatro horas, y al mando de todos ellos estaba el comandante Robert D. Cox. Serio, eficaz y de trato directo con sus hombres, se le veía a menudo caminando por la base charlando con los mecánicos y los marineros. Era uno de esos oficiales formados a la vieja usanza, que era capaz de interesarse tanto por el trabajo que realizaba un piloto como por el del marinero encargado de recoger los platos del comedor.

La historia de la base había comenzado a finales de 1938 cuando el Gobierno norteamericano decidió invertir más de trescientos millones de dólares para crear uno de los puntos estratégicos más importantes en el este... Todo este arsenal se construyó pensando en la amenaza nazi, que ya andaba llamando a la puerta, ya había aires de guerra en Europa. La idea era crear un refugio para destructores, submarinos y aviones justo al sur de Cocoa Beach, entre el Atlántico y el trozo en forma de plátano que tenía el río Banana en su parte final.

Los primeros problemas con los que se toparon cuando se dispusieron a levantar la base fueron que todo estaba plagado de mosquitos y que no había manera de limpiar la vegetación, que se resistía una y otra vez al paso de las máquinas. Para rematar, nadie había tenido en cuenta que estaba expuesta al azote de los huracanes.

Los contratistas consiguieron acabar con parte de la flora, pero la pelea con los mosquitos duraría años. En sus inicios Banana River contaba con un par de pistas de aterrizaje y alguna caseta de madera, nada más. El personal dormía en casas particulares de las poblaciones cercanas. En enero de 1941 llegaron los primeros aviones y los hidroaviones, que se convirtieron en la principal arma de trabajo. Pero la mañana del 7 de diciembre todo cambió, el bombardeo de Pearl Harbor convirtió a Estados Unidos en un país en guerra y de repente la base se encontró en primera línea de combate.

Caos total y absoluto, así definió el comandante Tullsen, que estaba al mando en esos días, lo que pasó en ese lugar. No había ni rejas ni puestos de vigilancia, cualquier persona podía entrar y salir de Banana River sin ser visto paseando tranquilamente. No tenían armamento, no había ni una sola bomba para los aviones, y a alguien se le ocurrió que podían rellenar bidones con aceite y gasolina y montar detonadores para poder arrojar algo contra barcos y submarinos enemigos si se acercaban a la costa.

Entre 1942 y 1943 vivieron la pesadilla de los submarinos nazis y japoneses que operaban en el área de las Bahamas atacando a todos los barcos que pasaban por la zona. Hasta las playas llegaban los restos de naufragios acompañados de los cuerpos de muchos de los tripulantes de las embarcaciones hundidas, Florida y sus habitantes vivían en primera persona la crueldad de la guerra.

También les tocó sufrir las patrullas y el toque de queda después de que un grupo de saboteadores nazis desembarcaran en Florida con explosivos. Algunos fueron interceptados cerca por el FBI, pero otros consiguieron llegar hasta Chicago y Nueva York. Banana River coordinó la vigilancia de la costa a caballo y a pie, hasta que fue el Ejército el que se encargó del trabajo.

La base seguía creciendo, de los cinco edificios de principios de 1940 se había pasado a más de cien a finales de 1943. Eran tiempos duros y de vergüenza, la segregación la tenía dividida en tres zonas: una para mujeres, otra para blancos y la última para negros. En total más de cinco mil marineros, personal de tierra y pilotos.

Aprendieron a ser efectivos en las misiones de vigilancia y rescate. Algo que no habían logrado en los primeros seis meses de guerra, cuando el enemigo llegó a hundir en toda esa zona supuestamente protegida casi a cuatrocientos barcos, muriendo más de cinco mil marineros. La presión de Washington era enorme, pero a pesar de ello no cundió el desánimo; al contrario, la efectividad del enemigo provocó que poco a poco se fueran mejorando las operaciones, en muchos casos gracias al PBM Mariner, un monstruo que podía volar más de doce horas y que olía constantemente a combustible; muchos de los muchachos que volaban en él le llamaban el depósito con alas. Se utilizaba para la vigilancia de todos los barcos que entraban y salían del país, pero para muchos era el ángel de la guarda, sobre todo si había problemas o si se quedaban tirados, eran los encargados del rescate. Al terminar el conflicto armado todas las misiones pasaron a ser de entrenamiento y rescate.

El teniente comandante Norman Brule se había quedado al mando de la base esa tarde, estaba en su oficina coordinando todas las operaciones de las próximas horas hasta medianoche. Había previstos un par de ejercicios nocturnos, pero el tiempo al atardecer iba a complicar mucho la salida de aviones.

—Va a seguir lloviendo y el viento está aumentando, no me gusta nada la noche que nos espera. ¿Cuántos aviones tienen previsto estar en alerta?

Brule estaba reunido con el teniente Duane Walker, al mando de las operaciones de vuelo.

—Vamos a esperar el nuevo parte dentro de un par de horas a ver cómo avanza la tormenta, pero no creo que podamos hacer mucho, quizá un par de ejercicios, pero me preocupa poner en riesgo a la gente sin necesidad.

—Por cierto, ¿por dónde anda el jefe?

Walker se refería al comandante Robert D. Cox.

—Se ha marchado a casa; si hay alguna novedad tengo órdenes de llamarle inmediatamente, como siempre quiere estar en todo.

Robert Cox vivía a 15 millas de la base del NAS Banana River. Quería estar permanentemente informado de todo lo que pasaba. Su intensidad de mando rozaba lo enfermizo, pero era lógico con tantos hombres bajo sus órdenes.

Banana River tenía doscientos veintiocho aviones operativos, siempre había alguien en el aire. Se coordinaban con todas las bases de la zona, incluso con las de otros estados, y eran los primeros en ser activados en una situación de emergencia. Su área de influencia llegaba hasta el Golfo de México, Missouri, Luisiana y Texas. Si algo sucedía, se convertían todos en una red gigante de información que coordinaba Banana River.

11

5 de diciembre de 1945
Dos millas y media al sur de Hen and Chickens,
Bahamas

Powers estaba lanzando el Avenger hacia la columna de humo que salía del agua junto al *SS Sapona,* soltó las bombas de prácticas y recuperó altura.

—Boom, impacto directo y el bueno de Thompson paga la primera ronda hoy. —Powers se reía y Paonessa celebraba la apuesta contra su amigo.

—Muy bien, muy bien, pago la primera ronda, pero que conste que el punto de bombardeo era muy fácil —comentó Thompson.

—Vamos, vamos, con este viento y como se está poniendo el agua..., no es tan fácil, te lo aseguro —respondió Powers.

El tiempo estaba cambiando rápido en el Caribe, la tormenta se acercaba cada vez más desde el noreste, el océano se movía inestable, peligroso, tanto que las olas no solo pasaban por encima del *Sapona,* sino también sobre los botes de humo, comprometiendo el ejercicio.

Jimmy Gerber inclinó el aparato buscando la misma trayectoria que Powers. Lightfoot se agarró y fijó la mirada hacia la pequeña ventana, las bombas impactaron sobre las olas, detrás apareció Stivers y remató Bossi.

—Muy bien la primera pasada, vamos a por la segunda, señores... Cambiamos el sentido de ataque —dijo Taylor—, ahora tendrán viento de cola.

Supuestamente de cola porque seguían los vientos cruzados. El ejercicio se complicaba, pues el viento empujaría las bombas si las soltaban antes de tiempo y no impactarían en el blanco.

Paonessa estuvo a punto de ir a por el doble o nada, se calló, conocía muy bien la pericia de Powers y una ronda pagada por Thompson le pareció suficiente.

—Paonessa, ¿vamos a por una segunda apuesta?

—No, gracias, capitán, no queremos abusar, con una ronda pagada al día es suficiente. —Sonrió.

—Anímate, Thompson, hoy es un buen día para invitar a los amigos —dijo.

—No, gracias, señor.

No había terminado la frase y el FT 36 volvía a la carga sobre el objetivo, de nuevo blanco directo. Thompson se libró de una buena..., le habría tocado pagar toda la noche.

—Muy bien, nos ha salido un ejercicio perfecto.

Se cumplió lo que quería Taylor, es decir, no perder el tiempo. En poco más de veinte minutos los cinco aviones

TBM Avenger daban por concluido el simulacro de bombardeo y enfilaban rumbo al este, en busca del punto marcado para girar hacia la izquierda y continuar con la segunda manga. Bossi navegaba conduciendo al grupo. Tenía calculado el trayecto desde el punto de bombardeo, el problema es que estaban algo más al sureste de lo previsto, las fuertes rachas de viento y las prisas del teniente Taylor los habían sacado de la zona donde supuestamente debían estar. La referencia para continuar volando partía de los restos del *Sapona* y no del lugar donde se habían lanzado los botes de humo.

—Teniente Gerber.

—Dime, Lightfoot.

—¿Vamos sobre el horario previsto?

—Afirmativo, son las 14 y 53 minutos —respondió el piloto.

—¿Y ahora nos queda pura navegación?

—Sí, afirmativo, si Bossi lo hace bien tenemos que seguir unos veintisiete minutos rumbo 103 grados y después girar hacia el noroeste hasta el siguiente punto, ahí o nos toca a nosotros o a Powers continuar al frente y solo faltaría un tramo más hasta la base.

—Pero con estas ráfagas de viento tan fuerte no sé si podremos cumplir con el programa.

—Espero que sí, pero nos va a complicar la vida. Yo sigo con el pelo erizado así que me temo lo peor. Si nos alcanza la tormenta, a ver qué decide Taylor.

Sin ser conscientes de ello los cinco aviones ya estaban volando fuera de ruta hacia su siguiente punto, desviados mucho más al este de lo previsto. Taylor, como instructor y máximo responsable del ejercicio, no intuyó el error de cálculo provocado por el viento; además: tenía estropeado su reloj de pulsera, dependía de preguntar la hora a cada momento y aún no había detectado que la brújula de su avión no funcionaba correctamente y que estaban perdidos.

Bossi orientó el morro de su aparato hacia el rumbo que había calculado, comprobó que todo estaba bien y miró hacia abajo, en mitad del agua había un pequeño grupo de islotes a sus once. Esa era la referencia visual que buscaba, aunque no debía utilizarla pues era un ejercicio de navegación a ciegas, pero había un problema: se suponía que debían quedar a su derecha sobre sus dos y no al otro lado.

—No sé si estas pequeñas islas son las que estoy buscando, tienen que quedar a nuestra derecha cuando las pasemos y no a la izquierda.

Baluk, el operador de radio, no sabía qué responder a su piloto.

—Quizá es mejor que se lo consultemos a Taylor, señor.

—Ni en broma, es capaz de armarnos una buena. Vamos a seguir y en la próxima referencia visual ya corregiremos si nos hemos desviado.

No estaba seguro, no sabía si coincidía con el punto de paso que él tenía, pero optó por la máxima de todo piloto: vuela, navega y comunica.

A lo lejos intuyó algo parecido a un barco, pero cada vez había más nubes y se veía menos.

—Paonessa para Powers, señor, ¿esos islotes a nuestras once?

—¿Qué les ocurre?

—Si no me equivoco no deberían estar ahí; bueno, en realidad somos nosotros quienes no estamos pasando por el lado en el que se supone que debemos estar.

Powers conocía la fama de buen navegante de su operador de radio.

—No sé qué decirte, George, estoy mirando la carta de navegación y creo que tienes razón, pero se supone que nuestro instructor es quien corrige la ruta a sus estudiantes. Voy a calcular si nos hemos ido de excursión mucho más al este.

Unos minutos después habían cubierto prácticamente la distancia prevista, pero Bossi no vio ninguna de las islas para orientarse y poder corregir la trayectoria de esa manga. Lo que hizo fue girar sin más.

—Bossi para Taylor, señor, voy a girar, pero no tengo referencias con tanta nube.

—Ok, Bossi, todo está bien, giramos sobre la segunda manga, confirmamos el punto en el que nos encontramos y cambiamos de guías. Esta parte es para usted, señor Gerber.

El FT 81 pasó a ocupar la cabeza del grupo.

—¿Señor?

—Nos guía usted hasta el próximo *check point* y de ahí Powers nos llevará hasta casa.

Taylor no comprobaba nada, ni con todas las dudas de Bossi al no tener referencias le dio por calcular el punto exacto en donde estaban. Miró su brújula, pero el curso que indicaba no parecía el correcto, no entendía por qué ninguna de las dos señalaba hacia el mismo punto... Todos los Avenger llevaban dos brújulas, la segunda, la de emergencia, se suponía que debía señalar el rumbo correcto. Dudó, pero finalmente optó por confiar en sus estudiantes.

La vida del Vuelo 19 se estaba complicando por momentos, poca visibilidad y aumento del mal tiempo. Alguno de los pilotos empezaba a sospechar que algo no andaba bien.

En el primer avión Gerber se volvía loco. Nada cuadraba. No estaba en la ruta prevista. Miró de nuevo el ángulo de deriva. Nada, eso no estaba bien.

Paonessa seguía distraído y fascinado mirando el agua y las olas entre nube y nube. Se entretenía buscando islotes que le permitieran adivinar por dónde estaban pasando, sentado en la zona del operador de radio era feliz y disfrutaba del viaje.

—¡George!

El capitán Powers le sacó de ese momento mágico que le tenía tan absorto.

—¿Qué sucede?

—Tienes razón, algo no cuadra en lo que estamos haciendo, estoy seguro de que no estamos donde se supone que deberíamos estar.

Powers estaba preparando su último tramo de navegación y le estaba pasando lo mismo que a Gerber, no le coincidían los datos. Aparentemente y por alguna razón que no se explicaba, estaban muy al este.

A Paonessa y a su don para orientarse les tocaba ponerse a trabajar. En varias ocasiones durante la guerra había ayudado a más de un piloto a no terminar perdido en mitad del océano y con los pies en remojo.

—Repasa lo que hemos hecho desde el punto de bombardeo y a ver si encuentras en qué momento nos hemos desviado. ¡Ah!, y lo más importante, averigua dónde crees que podemos estar.

—Pero ¿no se supone que tenemos un instructor para controlarnos?

—No me tires de la lengua, Paonessa, que terminamos frente a un consejo de guerra.

Thompson replicó desde la torreta.

—No será para tanto, señor.

—Chicos, creo que Taylor ni se ha dado cuenta.

—FT 81 para Powers.

Los dos marines estaban utilizando la frecuencia pactada para que no los escuchara Taylor.

—Dime, Gerber.

—Oye, Powers, no me cuadra nada del curso que volamos, no sé dónde estamos.

—Tengo el mismo problema, Gerber, estamos repasando nuestra trayectoria de vuelo con Paonessa ahora mismo...

—El viento, señor.

—¿Qué pasa, Paonessa?

—El viento... No hemos calculado la fuerza real del viento. Tenemos mal ese dato, por eso estamos fuera de ruta.

Powers tragó saliva y Gerber estaba ya maldiciendo.

—No hay nada como el último vuelo de prácticas para meter bien la pata, será posible.

—Nos toca llamar al jefe a ver si se ha dado cuenta de este error. No entiendo por qué no ha dicho nada... Lo mismo el ejercicio de hoy era perdernos en las Bahamas para descubrir si sabemos navegar —murmuró Powers.

Estaba enfadado y seguro de que Taylor no se había enterado de nada, parecía que no estaba pendiente del ejercicio de vuelo.

—Powers para líder.

—Aquí líder, qué te pasa, Powers.

—Líder, ¿sabes dónde estamos exactamente?

La llamada descolocó a Taylor; no solo no sabía dónde estaba, sino que su cabeza le llevó a pensar que volaba en una misión de vigilancia en el Golfo de México, cerca de Cayo Hueso. Por un instante creyó que aún estaba en plena guerra.

26 de diciembre de 1945

Paonessa se despertó empapado en sudor, había soñado otra vez con agua y con el tipo de la voz rota arrastrándole por el barro. Respiró profundamente para tranquilizarse, se había despertado de golpe, sobresaltado. Abrió los ojos, ahora estaba en el autobús camino de Los Ángeles; Julie, su compañera de asiento, le sujetaba el brazo con fuerza, ella le había sacado de la pesadilla.

—¿Estaba soñando algo feo?

—Discúlpeme, no la entiendo.

—Estaba teniendo un mal sueño, se movía y balbuceaba hablando de un hombre que le quería hacer daño.

—Lo siento, no pretendía molestar.

Reflexionó un instante sobre las palabras de Julie, él no era consciente de que le quisieran hacer daño.

—No, no se preocupe. Lo entiendo, aún tiene la guerra muy presente.

A Paonessa se le abría una vía de escape de una situación embarazosa fuera de control, no sabía si había dicho algo del Vuelo 19, algo que quizá hiciera sospechar a Julie, aparentemente no.

—Sí, perdóneme, me atormentan a menudo imágenes de estos últimos años.

Julie se animó a preguntar.

—Con qué unidad luchó.

—En los marines. —George no mencionó nada de aviones, le resultó fácil decir simplemente que era un marine.

—Mi novio era paracaidista, peleó en la 101.

Los ojos de Julie dejaron de parpadear y se humedecieron, estaba a punto de llorar. Paonessa la miró, era muy hermosa y su novio no había salido vivo de la guerra.

—¿Qué le pasó?

—Lo mataron en algún lugar en Francia, el 7 de junio de 1944.

El novio de Julie murió al día siguiente del día D, en la operación de desembarco de los aliados en Normandía. Formaba parte de los hombres que fueron lanzados sobre Francia en zonas plagadas de soldados alemanes.

—Lo siento mucho —respondió Paonessa.

—No, no, tranquilo, ha pasado mucho tiempo, pero me cuesta hablar de él. Queríamos vivir en California y aquí estoy, camino de cumplir ese sueño... aunque sola.

Las lágrimas resbalaban por las mejillas de Julie; Paonessa se incorporó y le ofreció su manga... Era todo lo que tenía, le daba vergüenza sacar el pañuelo sucio que llevaba en el bolsillo. Julie sonrió, le llenó de ternura que un desconocido, al que había despertado de un mal sueño hacía unos minutos, le estuviera ofreciendo su manga para secarse las lágrimas.

—Tranquilo, siempre me acompaña un pañuelo, nunca sabes si te vas a poner a llorar frente a un extraño.

George sonrió y retiró su brazo mientras Julie sacaba de su bolso el pañuelo.

—Después de todo lo que ha sudado solo faltaría que me secara las lágrimas con su camisa.

Paonessa sonrió de nuevo mientras se frotaba con sus manos los brazos y las piernas intentando secar la ropa húmeda. Estaba empapado. Lo que recordaba del 5 de diciembre le angustiaba, pero algunas piezas empezaban a encajar. Estaba claro que se equivocaron de rumbo, que los cálculos de navegación tuvieron un problema con la velocidad del viento, pero ¿y Taylor? ¿Por qué no los corrigió? Seguía en blanco, esa parte estaba borrada de su memoria. Esa y muchas otras más. No era capaz de entender cómo había llegado a Jacksonville, ni de dónde había salido la ropa que llevaba puesta.

—Perdóneme, con todo lo que habrá pasado en la guerra y aquí me tiene llorando por la muerte de mi novio hace más de un año.

—No se disculpe, todos hemos pasado lo nuestro. Son malos tiempos para los recuerdos, muchos seres queridos se han quedado en el camino.

A Paonessa le apetecía saber más de su compañera de viaje; además, era una buena táctica, prefería preguntarle a ella y no que ella le sonsacara a él.

—Cuéntame, Julie. Por favor, no nos hablemos de usted.

—Muy bien.

—Cuéntame, Julie, ¿qué vas a hacer en California?

A ella le gustó que se preocupara y que mostrara interés.

—Mis tíos viven en Los Ángeles y tienen un negocio de comestibles, ellos se están haciendo mayores y han pensado en mí para ser la encargada, es un buen empleo.

—Suena a música celestial, una de mis grandes ilusiones es tener una tienda de comida italiana en Little Italy, en San Francisco, y poder preparar todas las especialidades que aprendí de mi madre, Irene, desde que era pequeño.

No se le daba mal la cocina y estaba animado a salir adelante en un negocio como ese, el problema era que no tenía dinero para montar algo así ni sabía qué iba a ser de su vida de fugitivo.

—Y tú, George, ¿qué vas a hacer en Los Ángeles?

—Buscar trabajo y comenzar a reconstruir mi vida, tengo un puñado de buenos amigos, compañeros de armas, que estarán dispuestos a echarme una mano. Hasta ahora todo lo que sé tiene que ver con los marines y la guerra, pero soy bueno en la cocina, preparo los mejores canelones del mundo, los mismos que hacía en tiempos mi abuela.

Esbozó una sonrisa, recordó cómo ayudaba en casa a rellenar con carne y a enrollar los canelones uno a uno ante la atenta mirada de su madre. Tenía muy viva la imagen de la mesa de madera de la cocina y de cómo con cuidado, encima de unos trapos blancos y limpios, colocaban las hojas de pasta una al lado de otra y ayudándose de una cuchara pequeña ponían poco a poco el relleno de carne con especias de la receta secreta de la *nonna*. Notó un pinchazo en lo más profundo de su alma. Dejó de mirar a Julie y estuvo a punto de llorar.

—Me encantaría probarlos si algún día los preparas.

—Será un placer invitarte a los primeros canelones que haga en Los Ángeles, aunque intentaré mudarme a San Francisco en cuanto pueda.

A Julie le gustaba su compañero de viaje, le pareció un chico honesto y sensible. Aún quedaban muchas horas de autobús y estaba dispuesta a conocerlo mejor.

Sin saber muy bien por qué, el pensar en su familia llevó a Paonessa de nuevo al Vuelo 19. El marine se acordó de las palabras de Gallivan, que quería ser el mejor regalo de Navidad y llegar a casa la noche del 24, y recordó también a Thompson escribiendo una carta cada día a los suyos. Su mente se quedó con Thompson y, de repente, se vio a sí mismo gritándole para que saliera de la torreta del artillero, pero por más que gritaba no se movía. Paonessa se arrastró como pudo por la panza del avión hasta arriba de agua y llegó hasta su compañero. Le desabrochó el cinturón de seguridad y el enganche del paracaídas se le vino encima, lo cogió entre sus brazos y fue en ese instante cuando lo miró y vio que tenía la cara destrozada. Se quedó sin respiración mientras veía su propio rostro aterrorizado reflejado en la ventana del autobús de la Greyhound.

12

El *SS Fort Williams* era un barco, un buque de carga veterano, que se quejaba de los años que llevaba en servicio y de cómo crujía cada vez que brincaba una ola. Pintado una y otra vez para protegerlo del agua de mar y del salitre, el óxido se estaba haciendo fuerte entre las juntas.

La actividad a bordo era frenética. Los marineros se movían sin descanso y se aseguraban de que todo estuviese en cubierta bien amarrado. Se recogían las cuerdas, se comprobaban los botes salvavidas, se cerraba todo en los armarios y se guardaba cada objeto que podía salir volando, todo tenía que estar listo antes del anochecer, la previsión meteorológica era mala y anunciaba horas de navegación complicadas. El fuerte viento ya los tenía bailando más de lo deseado. El capitán del *Fort Williams* hablaba con su segundo.

—No sé si es mejor que busquemos refugio en alguna isla en las Bahamas durante la noche y salir de nuevo al amanecer.

—¿Tanto nos vamos a mover?

—Me temo que sí —afirmó el capitán—. Mira cómo va cambiando el mar, el viento no afloja y las nubes están cada vez más cerca.

Caminar por la cubierta del barco comenzaba a ser complicado, se movía arriba y abajo mientras las olas rompían con fuerza contra el casco. Estaba seguro de que su tripulación se lo agradecería si conseguían ponerse a resguardo mientras pasaba la peor parte de la tormenta. Había que tomar alguna decisión antes de que oscureciera. Salió del puente con paso rápido, tambaleándose por la cubierta, y se apoyó sobre la barandilla de proa del lado de estribor viendo cómo las nubes seguían creciendo y cómo el agua de las olas al romper le golpeaba en el rostro. De repente, por encima de su cabeza, escuchó un grito, era el vigía que señalaba hacia el cielo.

—¡Señor! ¡Señor! Aviones.

A unas 12 millas hacia el noroeste de su posición, entre las nubes, fue capaz de contar al menos cuatro Avenger volando en formación, uno detrás de otro... Era el Vuelo 19. Ya nadie más volvería a ver a esos aviones, pero eso era algo que no sabían todavía en el *SS Fort Williams*.

—Señor —gritó de nuevo el marinero—, ¿informamos a los guardacostas?

—Ya mañana. Por Dios, tampoco es noticia ver pasar unos aviones.

La guerra estaba tan reciente que la tripulación tenía automatizadas muchas acciones que ya no eran necesarias. Informar inmediatamente de todo lo que se avistaba era una de ellas. El capitán sonrió mientras los aviones se alejaban.

«Tenemos que aprender de nuevo a vivir en paz. No sé por qué sigo con un vigía, nadie nos va a atacar», pensó en voz alta mientras se agarraba con fuerza a unos cabos para no terminar rodando por el suelo. Se giró de nuevo y aún vio la cola del último de los aviones; por un momento dudó, pero la pregunta era evidente.

—Pero ¿hacia dónde van?

—No lo sé —respondió el vigía—, mar adentro.

No entendió hacia dónde volaban, pues se estaban metiendo de lleno en la tormenta.

—Quizá sí que deberíamos de preguntarle a los guardacostas qué hacen por aquí estos aviones.

Una nueva ola golpeó en el casco, le pilló por sorpresa y le empapó hasta lo más profundo de su alma. El capitán soltó un sinfín de maldiciones y se olvidó de todo, solo quería salir de cubierta y refugiarse en el puente de mando.

13

5 de diciembre de 1945
15.15 horas. Volando sobre NAS Fort Lauderdale

El teniente Cox comenzó a volar con su grupo de estudiantes a las tres y cuarto de la tarde. Todas las maniobras de entrenamiento se hacían en el cielo cerca de la estación aeronaval de Fort Lauderdale.

Este grupo de aviones Avenger tenía por delante una hora de táctica y era el primer vuelo para los principiantes. Cox estaba feliz, le encantaba salir el primer día con sus alumnos, recordaba cómo había sido ese momento para él años atrás: una mezcla de nervios, emoción y una buena sobredosis de adrenalina. El despegue de los novatos había sido perfecto, poco a poco se fueron sumando todos los aviones, y diez minutos después comenzaba la clase práctica sobre el mar.

—Estén muy atentos en cada maniobra. Vamos todos en formación volando juntos. Cuidado con las distancias, no quiero que nadie se toque. Los ejercicios los harán individualmente. Supongo que son conscientes de que este va a ser uno de los mejores días de sus vidas. Tienen por delante un mundo de sensaciones y a más de uno le va a poder la emoción, pero atentos, hoy es el día más difícil. Y les voy a explicar el motivo: su falta de experiencia en esta clase de maniobras les puede jugar una mala pasada; si cometen un error, esto puede terminar en tragedia y eso es lo que no queremos que suceda. ¡Entendido!

Recibió una respuesta afirmativa de todos los pilotos, mientras esbozaba una sonrisa recordando a cuántas promociones les había soltado la misma retahíla. Cox miraba lo que hacían en el cielo sus chicos. Lo habían practicado en tierra cientos de veces, tenían bien aprendida la lección. El viento aumentaba, llegaba desde el noreste y con él, no muy lejos, las nubes, pero todos seguían a lo suyo. Llevaban más de cuarenta minutos de ejercicio y Cox corregía las maniobras que no se ejecutaban correctamente, su voz sonaba firme en la radio.

—Cambiamos de dirección, novatos, mantenemos la formación, giramos hacia el oeste, tomamos como referencia la base; vamos, que ya queda poco, señores.

—*Powers, dame tu lectura de la brújula, hacia dónde estamos volando... Creo que nos hemos perdido después del último giro.*

Cox se sobresaltó, no identificó la voz que hablaba por la radio, ¿alguno de sus pilotos se había perdido? ¿Quizá por esa última orden que había dado? En un gesto rápido apretó su mano izquierda con fuerza contra el auricular del casco para intentar escuchar mejor esas voces y menos el ruido atronador del Avenger. No logró oír nada más, la conversación se entrecortaba. Instintivamente miró a derecha e izquierda, estaban todos sus aviones, los contó una primera y una segunda vez, no faltaba ni uno, nadie se había perdido.

—Líder Cox a escuadrón, ¿alguien tiene problemas?, cambio.

Nadie respondió.

La conversación no venía de su grupo, comprobó en qué frecuencia estaba sintonizado, la correcta, 4805 kilociclos. No eran sus chicos. Lo que había escuchado, lo que captaba la radio era de otro vuelo o quizá de un barco. Decidió salir de dudas intentando establecer contacto con las voces que escuchaba.

—Aquí Cox FT 74, ¿me recibe?, cambio...

Silencio..., algunas interferencias, pero no logró ninguna respuesta. Insistió.

—Aquí Cox FT 74, para avión o barco con problemas, cambio.

De repente volvió a oír la voz, solo una frase algo lejana y poco audible.

—*Necesitamos encontrar el curso correcto...*

No entendió nada más, se oían interferencias y un zumbido en sus auriculares, trató de intuir algunas palabras.

—¡¡Maldición!!, líder para pilotos, ¿alguno de vosotros está captando una conversación en la radio?, parece que hay alguien con problemas ahí fuera.

—Negativo, líder.

Nadie había escuchado nada, solo él. Quien fuera no lo estaba pasando bien, estaban perdidos y aparentemente sin referencias para orientarse de nuevo. Cox repitió el mensaje, pero esta vez incluyó el nombre que había escuchado.

—FT 74 llamando a Powers..., ¿me recibe?, cambio.

Silencio absoluto, la nada. Estaba intranquilo, pero decidió aguantar un poco antes de volver a intentarlo.

En algún lugar sobre las Bahamas, Taylor no era capaz de detectar en qué sitio había comenzado el problema, no tenía ni la más mínima idea de dónde se encontraban, le preguntó tres veces seguidas a Parpart la hora, como si en el tiempo estuviera la solución. Llamó de nuevo a Powers por la radio.

—Powers, creo que no me funciona la brújula. Vas a tener que decirme hacia dónde vamos, no tengo ninguna referencia.

El mensaje de su líder cogió a todos por sorpresa; ¿en qué instante había dejado esa brújula de funcionar y qué pasaba con la segunda que llevaban todos los aviones?, ¿también estaba rota?

—De acuerdo, entendido, señor.

Powers no preguntó nada más, pero estaba seguro de que en ningún momento, desde que habían despegado, Taylor había estado atento a las decisiones que se habían ido tomando. Los chicos del Vuelo 19 estaban perdidos en algún lugar cerca de las Bahamas o quizá ya sobre el Atlántico mucho más al este. El ejercicio ya no importaba, solo pensaban en cómo salir del lío. Pero el tiempo no les daba tregua, este seguía empeorando.

—Powers para Bossi, ¿me recibes?, cambio.

El capitán de los marines seguía utilizando el código secreto a espaldas de Taylor.

—Dime, Powers.

—Bossi, ¿puede ser que hayamos girado donde no debíamos?

El joven aviador se sobresaltó al escuchar la pregunta del capitán del FT 36.

—No puede ser, he ido sobre la ruta marcada y debemos de estar muy cerca del segundo punto de giro. En cualquier momento estaremos sobre la visual de la zona de Great Cayo Sale.

—Bossi, no sé tú, pero yo no he visto Gran Bahama.

—No, yo tampoco, pero con tanta nube es probable que hayamos sobrevolado esa zona y por eso no la hemos visto.

Era obligado pasar por ese lugar antes de llegar a Cayo Sale y Bossi lo sabía.

—Podría ser, pero tengo muchas dudas, sinceramente no sé qué pensar.

—Powers, si estamos más al este deberíamos ver la isla de Ábaco, pero tampoco la hemos avistado, es muy complicado tener una visual volando dentro de las nubes... O subimos, tomamos referencias y buscamos algún claro por el que colarnos, o bajamos, perdemos altura e intentamos ver si hay alguna otra cosa, aparte de agua, ahí abajo.

Bossi intentó mantener la calma, resopló un par de veces y comprobó el curso recorrido, todo lo que había hecho hasta entonces, desde el principio. Desde el instante en el que se había puesto a guiar a sus compañeros. Trazó las líneas de esa primera parte, lentamente por encima del mapa, imaginó el camino y lo siguió con su dedo índice hasta llegar al último giro. Estaba todo bien.

—117 para 36, cambio.

—Aquí, Powers, dime, ¿qué ocurre Stivers?

—Creo que Paonessa tiene razón, es el viento el que nos está jugando una mala pasada, seguramente nos ha sacado de ruta desde el principio. Para Bossi todo está correcto porque realmente estamos fuera de nuestro curso desde el punto de bombardeo.

A Bossi se le aceleró el corazón, optó por una nueva repasada de notas mientras escuchaba a Powers y a Stivers en la radio.

—La ruta está bien, no hay errores; pero si ha cambiado el viento, entonces a saber dónde nos encontramos.

Si Stivers tenía razón, estaban muy lejos de donde se suponía que deberían girar. Powers habló con Paonessa y con Thompson, que habían escuchado toda la conversación en la parte de atrás del Avenger.

—Chicos, menudo desastre, estamos hasta el cuello; no me cuadra nada de lo que me ha dicho Taylor. ¿Paonessa?

—Dime, capitán.

—Si tú y Stivers tenéis razón con lo del viento, a ver cómo salimos de este embrollo, llevamos demasiado rato sin ver nada más que agua y nubes, y eso no son buenas noticias.

Paonessa aplicó lo que en combate se denominaba el instinto del veterano, algo que aparecía de manera natural, que no se enseñaba en las academias ni en los barracones, solo funcionaba después de muchos vuelos y de sobrevivir a fuego enemigo y pasaba por apostar siempre a caballo ganador cuando las cosas estaban muy mal.

—Powers, esto es muy fácil, ¿cómo volvemos a casa?

—Fort Lauderdale está hacia el oeste.

—Así es, tomemos la decisión que tomemos, tenemos que volar hacia donde se pone el sol, aunque con todas estas nubes más vale que nos decidamos cuanto antes porque lo vamos a dejar de ver en cualquier momento.

—Estar perdidos en mitad de una tormenta y sin visibilidad, salvo que alguien tenga un plan peor, no es lo que me apetece esta tarde sinceramente, ¡salgamos de aquí ya!, giremos hacia el oeste —remató Thompson.

Powers pensó que Paonessa estaba en lo cierto, daba igual en qué lugar se encontraran, la solución pasaba por poner rumbo hacia el oeste hasta llegar a tierra firme. Y, después, buscar la base siguiendo la costa no era un problema.

Charles Taylor se comportaba de forma extraña, en ningún momento había comentado a su tripulación que no le funcionaban las dos brújulas que llevaba su Avenger. Tal vez no fuera consciente de ello, pero no parecía estar excesivamente preocupado por estar perdido.

El artillero Robert Harmon, intranquilo, decidió pasar a la carga, quizá el avión tenía algún problema mecánico y por eso había dejado de funcionar la brújula. Aunque sinceramente él tampoco entendía nada de lo que hacía Taylor, empezando por la locura de preguntarle la hora cada dos por tres a Parpart y encima sin brújulas, se armó de valor.

—Artillero para piloto, ¿está todo bien, teniente?

La pregunta de Harmon sacó por un instante a Taylor de buscar entre la bruma una pista que le indicara dónde se encontraba, pero realmente su cabeza había comenzado a jugarle una mala pasada. Él no podía entender lo que le ocurría, pero sin razón alguna estaba tratando de localizar el rastro dejado por los submarinos enemigos. Había retrocedido mentalmente en el tiempo a finales de 1942 cuando trabajaba de piloto explorador en la base de Cayo Hueso, donde estaba destinado. En aquellos tiempos volaba en un pequeño hidroavión vigilando las costas del sur de Florida... Entonces se asustó porque fue consciente de que algo no andaba bien. «¿Qué me está pasando?».

—Si no veo ningún submarino artillero, podemos volver a la base.

—¿Cómo dice, teniente?

—Nada, todo ok, creo que estamos sin brújula, pero Powers nos va a guiar hasta la base.

Harmon se preocupó aún más, ahora estaba claro que Taylor no estaba en sus cabales, lo que sucedía no tenía que ver con nada mecánico, el Avenger estaba bien, pero no quien dirigía la máquina. Harmon y Parpart escucharon la voz de su piloto con menos energía de lo habitual, sonaba estresado. La última respuesta le había delatado, tocaba vigilarlo de cerca si querían salir con vida.

El artillero intentó acomodarse un poco mejor en el asiento de la torreta mientras pensaba qué podía hacer, con la mirada seguía las nubes entrecortadas que pasaban a toda velocidad por ambos lados del avión, estaban rodeados de espuma blanca.

Cox se puso de nuevo a ello, había decidido probar suerte una vez más antes de avisar a la torre de Fort Lauderdale.

—Fox Tare 74 llamando a Powers, ¿me escucha?, cambio.

Taylor se sorprendió al oír la voz de otro piloto llamando a Powers, no era nadie del Vuelo 19, y aparentemente nadie más de la escuadrilla estaba escuchando esa llamada; respondió.

—Aquí MT 28, cambio.

Taylor hablaba por radio, pero ¿con quién?, lo más preocupante era que no se había identificado correctamente, Taylor era el FT 28, no el MT 28; los MT eran los aviones de la base de Miami, nada que ver con Fort Lauderdale.

Los chicos del Vuelo 19 escuchaban atentos las palabras de su líder, o estaba hablando solo o había alguien a quien avisar para pedir ayuda. Desconcertante, esa era la palabra que resumía esa situación, ¿qué le estaba pasando a Taylor y con quién hablaba?

—Aquí MT 28, ¿me recibe?

—Le escucho MT 28, aquí FT 74, ¿tiene problemas? Repito, ¿cuál es el problema?

Taylor respondió, pero la señal sonaba de nuevo sucia y entrecortada. Cox oía ruidos y trozos de palabras sin sentido, tenía que hacer algo. Las órdenes en estos casos eran tajantes: informar inmediatamente a la torre de control, alguien tenía problemas serios. La duda de Cox es que no podía entender de quién se trataba.

SEGUNDA PARTE

ODISEA EN EL CIELO

14

Madrugada del 26 al 27 de diciembre de 1945
Birmingham, Alabama

El conductor anunció en voz alta la siguiente parada. Los pasajeros tendrían una hora y veinte minutos para comer algo y después tocaría cambio de vehículo. Al igual que en otras ciudades, la compañía de autobuses Greyhound contaba con un edificio que ocupaba toda la manzana. Un gran cartel de neón montado verticalmente con la silueta de un galgo y la palabra «Bus» que lo iluminaba todo. Al otro lado, frente a la parada de taxis, estaba el Olivia's Café, el único bar de la zona. Era de estilo colonial, con dos enormes ventanales que daban a la calle y a través de los cuales se podía ver el interior del local con sus mesas cubiertas con manteles verdes y azules. Se entraba al local y a mano izquierda el visitante se topaba con una larga barra de metal acompañada de unos veinte taburetes acolchados. El suelo era oscuro de madera. El café siempre estaba abierto, había tres turnos de servicio, las veinticuatro horas del día. Se aprovechaban del ir y venir de los pasajeros. Por la noche la actividad era mayor que durante el día.

Jack y su ayudante Smithy eran los responsables de la cocina, dos negros a los que solo les interesaba el deporte y que se pasaban las noches discutiendo frente a los fogones entre patatas, cebollas y trozos de beicon. Peleas dialécticas interminables sobre quién era el número uno de los boxeadores del momento o sobre qué pasaría con la liga femenina de béisbol tan en auge durante la Segunda Guerra Mundial, y que ahora con el regreso de los muchachos parecía que tenía sus días contados. Los dos discutían y argumentaban entre carcajadas mientras batían huevos y freían grandes trozos de carne en la sartén.

Rouse era la encargada de la barra, alta, morena, coqueta y seria. Muy atenta a los gestos de sus clientes, nunca les hacía esperar. A nadie le faltaba un vaso con agua y una taza de café.

La mesas eran otra historia, Sophie y Dorothy se encargaban de atenderlas, pero bajo sus reglas. Todo pasaba por el grado de simpatía de los clientes, cuanto más amables y simpáticos, mejor era el trato que les dispensaban. No les gustaban las malas caras ni las expresiones fuera de lugar. No importaba poner en juego las jugosas propinas, ese era su territorio y se vivía al ritmo que ellas marcaban.

Paonessa bajó del autobús cojeando, tantas horas sentado le estaban pasando factura a su magullado cuerpo. Todavía no se había recuperado del todo.

—¿Estás bien? —le preguntó Julie, que vio el gesto de dolor de su compañero de viaje mientras cruzaban la calle hacia el Olivia's Café.

—Sí, sí, tantas horas sentado me han dejado entumecido.

Julie pensó que quizá le habían herido en la guerra, pero no se atrevió a preguntar.

—Tengo mucha hambre —murmuró Paonessa.

No recordaba cuándo había comido por última vez, le apetecía invitar a Julie, pero apenas le quedaban unos dólares para él. Optó por la sinceridad.

—Me encantaría invitarte, pero la verdad es que no me queda mucho dinero.

Julie sonrió y le quitó importancia.

—No te preocupes, invito yo. Mis tíos me mandaron algunos dólares para el viaje y aún me queda más de la mitad.

—Te lo agradezco, pero no puedo aceptarlo.

—Insisto, quiero que sepas que es un placer poder compartir el viaje con una persona tan amable que ha luchado por este país y por todos nosotros.

Paonessa se sintió culpable, no porque no fuera verdad lo que decía Julie, sino porque su nueva condición de fugitivo le tenía descolocado. Valoró la situación, la de ser invitado, y llegó a la conclusión de que quizá no fuera una buena idea ponerse caballeroso, no estaba para rechazar una buena cena.

—De acuerdo, pero estoy en deuda, te debo una y como pago me ofrezco a preparar en casa de tus tíos, si me lo permites, mis famosos canelones caseros al estilo de mi *nonna*.

La carcajada de Julie iluminó la vida del joven Paonessa. Se sentaron en una mesa junto a la puerta, y Dorothy les ofreció café y un vaso de agua por cuenta de la casa mientras decidían qué querían comer. Definitivamente no solo Paonessa tenía hambre, Julie se animó a compartir unos huevos revueltos con beicon y salchichas y un sándwich de ternera, todo acompañado de dos platos de patatas fritas.

—Deberíamos pedir el postre —insistió Julie.

—Si nos queda algo del dinero de tus tíos para pedir un postre, vamos a por ello.

Dorothy se acercó de nuevo a la mesa, le gustaba mucho esa pareja de jóvenes que no habían parado de reírse durante toda la cena.

—¿Qué nos recomienda de postre? —preguntó Paonessa.

—El batido de fresa con galleta es una de nuestras especialidades.

—¿Te apetece, Julie?

—Por mí está bien.

Unos instantes después una copa gigante de batido con una galleta y dos pajitas aterrizó en la mesa. El postre los puso en una situación inesperada, para tomar el batido tenían que estar muy cerca el uno del otro. Julie no lo dudó, agarró su pajita y empezó a sorber mientras Paonessa la miraba atentamente.

—Bueno, creo que si no espabilo me voy a quedar sin batido. —Julie sonrió, pero siguió sorbiendo.

La proximidad de Paonessa la puso nerviosa, se dio cuenta de que le apetecía besar a ese desconocido y que no sentía algo así desde hacía mucho tiempo. Si era sincera, no se había fijado en otro hombre desde la muerte de su novio en Normandía. Paonessa aguantó la mirada mientras sorbía el batido. Julie, sin embargo, no se sintió incómoda porque estaba haciendo lo mismo, lo miraba fijamente. La tensión era tan fuerte que el batido había volado, pero los dos seguían agarrando sus pajitas y sorbiendo el aire. El ruido los delató, a Dorothy se le escapó una carcajada mientras se acercaba a la mesa.

—Si tanto les ha gustado, les traigo otro. Ya veo que lo han fundido, cuánta pasión.

Las palabras de Dorothy no les molestaron, sino que fueron el detonante para que mil imágenes cruzaran en un instante la cabeza de los dos. Cada uno llevaba a cuestas su mochila de sentimientos maltratados por la guerra, de dolor no resuelto, de la vida de locos que habían arrastrado durante esos últimos años... En 1945 todo pasaba demasiado rápido... Paonessa rompió el silencio para salir de ese instante.

—¿Te parece bien si pedimos otro? ¿Nos queda dinero?

Las palabras del joven italiano llegaron como una nueva declaración de intenciones; seguían con hambre y estaba muy bueno, así que Julie no lo dudó y pidió otro batido a Dorothy.

Un rato después un empleado de la Greyhound se acercó hasta la puerta del café para anunciar a voz en grito que se volvían a poner en marcha.

—Cinco minutos, en cinco minutos salimos hacia California.

Varias personas se levantaron de sus mesas para dirigirse a paso ligero hacia la calle y subir así a un nuevo vehículo, más moderno que el anterior y totalmente plateado, con una gran franja azul a cada costado.

—Deberíamos pagar y regresar al autobús, Julie.

—Sí. Claro, pide la cuenta, por favor.

Dorothy se aproximó a ellos con una sonrisa, feliz de haber atendido a la joven pareja.

—Me han alegrado ustedes la noche, son de lo mejor que ha pasado por aquí en semanas, el batido va por cuenta de la casa.

—Muchas gracias.

Entre abrumados y avergonzados, Julie y Paonessa se levantaron y se encaminaron hacia la puerta. Quedaban muchas horas hasta Los Ángeles, pero el viaje comenzaba a ser distinto para los dos. Ya en la calle y antes de cruzar, Julie recordó que con el ansia de repetir el postre no había ido al baño.

—Espérame, vuelvo en un instante.

George se quedó apoyado en la pared junto a la entrada del café. Estaba distraído fijándose en cómo al otro lado se había formado una pequeña fila de pasajeros que iban subiendo uno detrás de otro. La luz no le dejaba ver con claridad, pero algo llamó su atención, le pareció familiar. Se le heló la sangre; aquel hombre, la ropa, la estatura, era él, el tipo que le arrastraba por el agua, al que le gritaba para que le salvara la vida. Pero ¿qué estaba haciendo en ese autobús? No supo qué hacer, por un instante pensó en salir corriendo, en huir. Pero ¿escapar adónde? Estaba en Alabama, en mitad de la nada. Julie estaba terminando de ajustarse la ropa, mientras se encaminaba hacia la puerta, cuando se dirigió al marine.

—Venga, vámonos, ya estoy lista.

Cuando miró a George, lo vio pálido y paralizado. Algo le sucedía a su amigo.

—¿Estás bien?

—Estoy sufriendo un pequeño espasmo de dolor —contestó un Paonessa aterrado y alterado mientras trataba de disimular el pánico interior que le había invadido.

Se agarró fuertemente al brazo de la joven y comenzó a caminar hacia el autobús.

15

Torre, aquí Cox FT 74, para operaciones de vuelo de Fort Lauderdale, ¿me recibe?, cambio.

—FT 74, aquí torre de control de Fort Lauderdale, le recibo.

—Tengo la señal de un avión o de un barco con problemas, parece que está perdido, pero no logro contactar de nuevo. ¿Escuchan alguna conversación de alguien en esta situación?, cambio.

—Torre para FT 74, no, negativo, no tenemos constancia de ningún piloto con dificultades. Torre para FT 74, ¿puede intentar identificar el aparato?, cambio.

—Negativo, aunque creo que responde a MT 28, pero sin confirmar. ¿Tienen en vuelo a alguien identificado con MT 28?, cambio.

—No, negativo, ninguno de nuestros aviones vuela bajo MT, cambio.

—Muy bien, torre, entendido. Voy a insistir, intentaré comunicarme de nuevo, me mantengo en posición. Avise al teniente comandante Poole de que doy por terminado el ejer-

cicio con mis novatos y que no aterrizaré mientras no iden-
tifique al aparato con problemas, cambio.

—Afirmativo, quedamos a la escucha.

Nadie del Vuelo 19 se había comunicado con la torre
porque las órdenes eran de contactar solo en caso de emergencia. Taylor y sus estudiantes estaban intentando resolver
sus dudas de navegación, pero tampoco habrían podido hacer
mucho más con los maltrechos aparatos de radio.

Cox se dirigió a sus estudiantes.

—Está bien, señores, ya lo han oído, se terminó la fiesta,
regresen a la base y mañana repasaremos todo lo que ha sucedido hoy en el ejercicio.

La orden fue obedecida de inmediato, uno tras otro los
aviones de los novatos aterrizaron en Fort Lauderdale mientras el teniente seguía volando. Miró al horizonte y vio al norte
cómo las nubes estaban muy cerca y con ellas la tormenta, la
podía sentir dentro del avión con la carlinga medio abierta, el
aire olía a humedad y a lluvia. Tenía combustible de sobra para
seguir un buen rato en el cielo. Tomó la decisión de no alejarse
mucho de la costa para mantener la referencia visual, apretó
con fuerza la palanca de vuelo y el Avenger giró 50 grados
dirección sureste. Y fue en ese instante cuando de nuevo
escuchó a Taylor.

—No sé dónde estamos ni cuándo nos hemos salido de
la ruta...

La torre de control de Fort Lauderdale era un edificio blanco
de tres pisos. En las plantas inferiores estaban las oficinas y el

puesto de mando de las distintas unidades. Todo construido en madera y con grandes ventanas desde las que se podía ver la zona de los hangares y hasta el mar. La parte superior estaba coronaba por una terraza inmensa y en medio había una gran habitación hexagonal, acristalada, desde donde se controlaban las operaciones aéreas. Era una zona de acceso restringido, solo para el personal que estaba de servicio y los oficiales. Mesas repletas de aparatos y cables pegadas a la pared, dejando un espacio central libre para los operadores de radio que controlaban la ida y venida de los aviones. La idea era que todos pudieran moverse por la sala sin toparse con ningún obstáculo. En dos de los ventanales que miraban al este, estratégicamente situados, había unos carteles de reclutamiento, su misión era evitar que los rayos del sol cegasen al amanecer a quien estuviera de guardia en la torre.

Hasta la llamada de Cox el día había transcurrido sin ningún sobresalto. Algún que otro retraso en los despegues de los grupos de prácticas debido al tiempo cambiante, pero nada fuera de lo común. Una jornada más en una base donde, como sucedía en el resto de Florida, sus hombres solo pensaban en terminar temprano y salir hacia la playa para dejar de jugar a los soldados.

El teniente Samuel Hines, de pelo castaño y complexión fuerte, había comenzado su turno a las tres de la tarde, llevaba poco más de una hora escribiendo informes, cuando escuchó por el altavoz de su mesa que conectaba con la torre que había algún avión con problemas.

—Teniente Hines, ¿podría subir a operaciones? Creemos que hay alguien en una situación complicada.

El operador de radio estaba cumpliendo con el procedimiento estándar de emergencia avisando al oficial de guardia. No era la primera vez que terminaban saliendo a por un desorientado que se había perdido por ahí fuera, pero no era un buen día para andar despistado con la previsión de mal tiempo. Hines se levantó de su silla y subió rápidamente por las escaleras hasta la torre.

—¿Qué está pasando?

—El teniente Cox, señor, ha captado la señal de un vuelo que se ha perdido. Puede ser algún aparato de la base de Miami, parece que responde a MT 28, o quizá algún bote.

—Voy a comprobarlo; mientras, dígale a Cox que contacte de nuevo con ellos y que confirme la información.

—Sí, señor, entendido.

Hines se dirigió hacia el teléfono para poner en marcha el protocolo oficial. Bajó las escaleras para llamar al centro de barcos para ponerlos en alerta por si se trataba de un avión que pudiese terminar en el agua y hubiese que rescatar a los pilotos; comunicaban, qué fastidio. Entonces corrió escaleras abajo para avisar al teniente comandante Kenyon; cuando llegó junto a él, ya estaba hablando con la unidad de barcos. Regresó de nuevo a su mesa y llamó a la base aérea de Boca Ratón para avisarlos del problema que tenían y les pidió que estuvieran alerta. Desde allí quedaron en encender las luces de sus pistas por si las nubes seguían cubriendo el cielo y se reducía más la visibilidad, la idea era conseguir la mayor cantidad de luz posible por si la tormenta se les echaba encima y que tuviesen así una referencia visual. La siguiente llamada fue a Miami, el teniente Crandall estaba al frente de la base a esas horas. Los dos se conocían, aunque no eran amigos, pero ya se habían ayudado en otros líos similares.

—Crandall, soy Hines, tenemos un problema...

—Hola, ¿qué pasa?, ¿tenemos?

—Parece que uno de los tuyos anda perdido por ahí fuera.

Crandall se sorprendió.

—No tengo a nadie volando, Hines, ¿por qué crees que es de los míos?

—Parece que se ha identificado como MT 28.

—¿MT 28?, espera, lo voy a comprobar inmediatamente.

No pasaron ni treinta segundos y Hines tuvo su confirmación.

—Yo no tengo a nadie volando con MT 28.

—Ok, voy a preguntar de nuevo. Si puedes, intenta contactar con ellos, o quizá los puedas localizar con el radar. —Antes de colgar Hines insistió con las luces—. Por cierto, si se nos echa la tormenta encima, te agradecería que conectaras tus luces de pista; si no han conseguido aterrizar para entonces, van a necesitar ayuda, gracias.

Hines colgó, estaba intranquilo; si no era de Miami, ¿quién podía ser?

Subió de nuevo las escaleras hacia la torre saltando de dos en dos los peldaños. Si Crandall no tenía a nadie con MT 28, ¿sería un avión mal identificado? Quizá podría ser uno de sus vuelos. Cogió la carpeta con las hojas del plan de operaciones del día para comprobar quién faltaba, y confirmó que no habían regresado todos. Llamó a la torre.

—¿Ha aterrizado el Vuelo 18?

—Sí, señor, hace ya unos minutos y sin novedad.

—¿Y el 19?

—No, señor, sigue en vuelo.

El 19 no había regresado todavía y había un FT 28.

—¡Maldita sea! ¿Será Taylor?

Hines se comunicó con el teniente comandante Poole al mando de la base y le contó lo que sucedía. Para cuando colgó el teléfono, Poole no daba crédito: después de todos los problemas con Taylor para volar de instructor esa mañana, ahora se perdía. Le arrancaría las pelotas en cuanto aterrizara.

—Y para colmo, tengo al capitán Burch cazando patos.

Su puño golpeó con fuerza la mesa haciendo saltar por los aires todo lo que estaba a su alrededor.

—Si es que debería estar de baja por enfermedad, loco muy loco me estoy..., me están volviendo —gritó por el pasillo mientras se dirigía hacia las escaleras para subir a la torre.

El giro de Cox hacia el este le puso de nuevo en contacto con los aviones perdidos; se fijó en su reloj, eran las 16.07 de la tarde y se identificó de nuevo.

—Aquí FT 74 para MT 28, ¿cuál es su problema?

La voz de Taylor sonó en la radio.

—Aquí MT 28, mi brújula no funciona, no tengo referencias y estoy intentando regresar a Fort Lauderdale, Florida. Veo tierra, son unos islotes, estoy seguro de que vuelo sobre los Cayos, pero no sé si estoy muy al sur ni hacia dónde he de volar para llegar a Fort Lauderdale.

El resto de pilotos del Vuelo 19 no daban crédito a lo que estaban escuchando, no era el MT 28 sino el FT 28 y era imposible estar sobre los Cayos. Estaban volando sobre las Bahamas, a muchas millas en línea recta de la zona de Cayo Hueso.

—Stivers para Powers, ¡qué narices está diciendo Taylor!, ¿los Cayos? ¡Ni de broma estamos en Key West!

—No lo sé, Stivers, no sé si se ha vuelto loco o somos nosotros. Voy a intentar restablecer el curso que teníamos previsto, girar hacia Fort Lauderdale y salir de esta pesadilla.

—Aquí Gerber, si giramos hacia el oeste deberíamos llegar a algún punto de la costa.

Powers seguía pensando que era la mejor salida, lo mismo que le decía Paonessa. Tenía bastante sentido, era volver directamente a tierra desde las Bahamas. Quizá no llegarían a Fort Lauderdale, pero volando hacia el oeste terminarían en tierra. Pero las órdenes de Taylor eran otras.

Mientras los pilotos del Vuelo 19 asimilaban que su líder estaba más perdido que ellos, Cox intentaba ayudar a Taylor.

—Si está sobre los Cayos, ponga el sol en su ala de babor y vuele hacia el norte por la costa hasta que llegue a Miami, después a unas 20 millas encontrará Fort Lauderdale. Yo estoy volando hacia el sur, en cualquier momento nos vamos a encontrar.

Taylor se asustó, no le pareció una buena idea que otro piloto le sacara del embrollo en el que estaban metidos, su reputación como instructor no saldría muy bien parada. Conocía perfectamente la zona, había estado volando más de un año vigilando la llegada de submarinos enemigos... De pronto se alarmó de sus razonamientos, se dio cuenta de que su cabeza otra vez le llevaba atrás en el tiempo.

—No, no es necesario que vuele hacia nosotros, ya sé dónde estamos.

Por momentos parecía recuperar el control de la situación. Pero no era verdad. Cox no estaba dispuesto a dejarlo así, llevaba tanto tiempo entrenando a pilotos que sabía cuándo alguien estaba en un lío, y Taylor sonaba a eso.

—Insisto, nos vamos a encontrar de todas formas, yo vuelo en dirección sur por la costa.

La conversación entre Cox y Taylor fue interrumpida por una llamada desde la torre de Fort Lauderdale, quería confirmar con quién hablaba Cox.

—FT 74 para MT 28, me preguntan desde la base si su identificación no es FT 28, ¿eres el líder del Vuelo 19?

Taylor se bloqueó, pero por un instante volvió a la realidad. Ahora sí que estaba de regreso, no volaba desde Miami, estaba en un vuelo de entrenamiento, había dado mal su identificación, él era FT 28. Cuando iba a responder apareció Powers en la radio preguntándole con quién estaba hablando.

—Señor, ¿su conversación es con Fort Lauderdale?

—Negativo, es con el teniente Cox, un piloto en vuelo que ha escuchado lo que hablábamos y está tratando de ayudar, quiere que le confirme quién soy.

En el Vuelo 19 la espera de la respuesta de su líder se hizo eterna, Taylor estaba totalmente confundido.

—Sí, sí, afirmativo, soy FT 28.

Para entonces, pasadas las cuatro y veinte minutos de la tarde, la alarma estaba dada en algunas bases de Florida. La orden inicial era clara, intentar interceptar al Vuelo 19 en el radar y encender todas las luces de todas las pistas de aterrizaje en cuanto comenzara a llover. La tormenta y la puesta de sol complicarían mucho la situación del Vuelo 19 si no conseguían aterrizar en los próximos sesenta minutos.

Pero había un par de problemas con el radar. Las estaciones de larga distancia habían sido desmanteladas una tras otra una vez terminada la guerra. Ninguna de las bases aeronavales a lo largo de la costa de Florida podrían interceptar el Vuelo 19, salvo que estuvieran muy cerca. El segundo problema se llamaba IFF, una señal que enviaban los aviones y los ayudaba a ser identificados en el radar. Durante la guerra los pilotos lo apagaban para no ser descubiertos por el enemigo y lo conectaban cuando estaban cerca de la base; meses después era parte de la rutina, un simple acto reflejo, y, por eso, seguían haciendo lo mismo, apagarlo.

Paonessa estaba a lo suyo comprobando todo lo que habían hecho desde el despegue, notó el ruido del agua golpeando contra el avión, levantó la cabeza y miró instintivamente hacia el costado donde estaba la ventanilla, llovía mucho.

—Powers, en la zona de bombardeo nos hemos desviado más de lo previsto, la corriente ha arrastrado nuestras marcas de humo, y súmale también el viento. Todo esto junto nos ha sacado unas millas más fuera de la ruta. Y no, no hemos corregido ese error, si es lo que quieres saber.

—Lo que quiero, George, es tener un dato que me permita saber dónde estamos.

—Si no me equivoco. —Hizo una pequeña pausa mientras volvía a confirmar sus datos—. Esto no te va a gustar nada, capitán. Desde la zona de bombardeo hasta aquí podemos estar fuera de rango, quizá cerca de 100 millas.

—¿Cómo dices? —Fue una pregunta subida de tono y Powers estuvo a punto de dar un brinco en su asiento—. ¿Estás seguro?

Se habían desviado unos ciento cincuenta kilómetros. La tensión iba en aumento. Taylor apareció en la radio dando órdenes, intentando recuperar algo que ya era imposible, la confianza de sus hombres.

—Asegúrense de que llevan la cabina correctamente cerrada, esto se va a poner serio, estamos muy metidos entre las nubes y no se ve nada. Powers, vamos a ganar altura y buscar algún claro para tener referencias.

El capitán de los marines escuchaba con atención, la verdad es que no sabía muy bien qué es lo que pretendía Taylor, pero por el momento no les quedaba otra que obedecer y regresar.

—Sé que estamos en una situación muy difícil, pero nos tienes que guiar hasta casa.

La decisión estaba tomada, él pasaba a conducir al grupo tal y como estaba previsto inicialmente en el ejercicio, la última manga era cosa suya. El motor del Avenger FT 36 empezó a rugir como una manada de bisontes en plena estampida cuando el piloto movió la palanca para conseguir toda la potencia para ascender. Los nubarrones negros los rodeaban y prácticamente estaban sin visibilidad, su Avenger se sacudía yendo de lado a lado y detrás de él Taylor trataba de seguirle con la única referencia de la luz blanca de la cola, pegados venían Bossi, Stivers y Gerber. Era complicado mantener la formación, incluso el rumbo con las fuertes turbulencias. Las carlingas estaban cerradas, los operadores de radio y artilleros se apretaban los cinturones y comprobaban el enganche del paracaídas, era solo un acto reflejo por la tensión, todo estaba correcto desde el despegue.

—Maldita sea —le gritó Paonessa a Thompson—, espero que no tengamos que saltar, está el agua para pocas bromas y con este viento a saber adónde iremos a parar.

—Venga ya, italiano, ¿no puedes pensar en nada más positivo? —protestó Thompson contrariado.

No quería ni pensar en saltar, nadie en su sano juicio abandonaría el avión salvo que fuera estrictamente necesario. Saltar al mar era una locura, las olas estaban creciendo, ya tenían más de cinco metros, salir vivo era misión imposible en esas condiciones. Thompson apretó los dientes.

—Sigo confiando en tu virgencita, italiano loco.

—Y yo, amigo, y yo, pero hoy la tengo trabajando sin descanso.

Con el motor rugiendo a toda potencia y el viento maltratando al FT 36 se escuchó la voz en italiano de un hombre rezándole a la Virgen.

—Taylor para Powers, ¿me recibes? Dime, ¿qué lees en tu brújula? Creo que la mía se ha puesto a funcionar de nuevo.

Desafortunadamente no era así, nada cuadraba, ninguno de los compases de Taylor servía, pero ¿cómo no se había dado cuenta antes? De repente un grito sonó en la radio.

—Powers, ¡a tu derecha! ¡A tus dos, a tus dos!

Se estaba abriendo un pequeño claro entre las nubes y Stivers lo había visto. Powers giró, uno tras otro los Avenger salieron de la oscuridad de las nubes y disfrutaron de un momento de paz. Por un instante la vida se detuvo, respiraron con alivio, se recompusieron y buscaron a su alrededor una referencia que les pusiera en la ruta correcta. Nada, hasta donde se perdía la vista un enorme frente de nubes les impedía ver ni tan siquiera el agua. Powers fijó su mirada de nuevo hacia el oeste. «Ese es el camino, tenemos que dejar de dar tumbos en medio de esta tormenta», afirmó para sí mismo.

—¡Ya está bien! —La voz de Taylor sonó rotunda. Enfadado y contrariado por lo que estaba sucediendo, ordenó al Vuelo 19 que diese la vuelta—. Vamos a regresar por donde hemos venido, nos damos la vuelta. Powers, quiero que intentemos llegar a nuestro último *check point,* en la zona de Great Cayo Sale.

Por primera vez una orden con algo de cordura. Powers hizo girar el Avenger y de nuevo el resto de los aparatos le siguieron.

—No es mala idea —afirmó Paonessa hablando con Powers.

—No lo sería si supiéramos más o menos dónde estamos, George. Dentro de una hora deberíamos estar en condiciones normales aterrizando en Fort Lauderdale.

—Ya, capitán, eso si no nos hubiéramos perdido. Ahora ya no sé qué pensar, no sé si estamos cerca o lejos.

—No quiero ser cenizo ni ponerme en lo peor —gritó Thompson desde la torreta del artillero—, pero más vale que encontremos esa referencia cuanto antes, no nos queda mucho tiempo de luz, vamos contra reloj.

Era lo que nadie decía pero todos temían. La tormenta les estaba complicando la vida, pero si caía la noche, sin luz, eran hombres muertos.

A los cinco minutos de haber girado en busca de Cayo Sale, los pilotos del Vuelo 19 pudieron distinguir entre las nubes cómo las olas rompían contra un arrecife y también, quizá, la arena de una playa. Las nubes lo complicaban todo. Solo había una opción, descender e identificar. Taylor dio la orden.

—Vamos a bajar, quiero ver qué hay ahí abajo.

Perder altitud era una mala idea. El descenso fue criminal entre cortinas de lluvia que caían sobre el mar y sobre los aviones. Se lanzaron uno tras otro y el viento ayudaba a que el agua entrase por todos los huecos de las carlingas, pero lo peor no era eso, lo peor era la tormenta eléctrica. Los rayos pasaban muy cerca y eran imprevisibles, los podían alcanzar en cualquier momento... Al fin y al cabo eran trozos de metal en medio del caos. Los chasquidos eléctricos tenían a Gerber de los nervios.

—FT 81 para Stivers.

—¿Qué te pasa, Gerber?

—¿En serio tenemos que entrar en el corazón de esta tormenta?, ¿y todo para qué? ¿Para acercarnos a ese islote?, pero si lo vemos claramente desde aquí arriba.

—Vamos, Gerber, todo va a salir bien, mejor acercarnos y confirmar dónde estamos exactamente. Desde aquí arriba no sabemos qué isla es. No podemos meter la pata otra vez y seguir perdidos, tenemos que identificar dónde diablos estamos.

Stivers solo quería animar a su compañero, la situación era cada vez más dantesca, no estaba seguro de lo que estaban haciendo, pero no se fiaba de Taylor. Los veteranos del Vuelo 19 habían entrado en modo combate, en guerra contra todo y contra todos, y tenían claro que ahora lo que estaba en juego eran sus vidas; si erraban a la hora de tomar las próximas decisiones, no saldrían bien parados.

A Taylor le apareció de nuevo Cox en la radio, parecía haber recuperado algo de nitidez en las comunicaciones, pero era el único; la tormenta y la carga de electricidad estática se lo ponían muy difícil al resto de los chicos del Vuelo 19, que no escucharon a Cox.

—Aquí FT 74, teniente Cox para Taylor, sigo volando dirección sur, ¿me recibe?, cambio. Deberíamos estar muy cerca, nos vamos a encontrar en poco tiempo.

—Le recibo, teniente, aquí Taylor, no se preocupe, seguimos volando hacia el noreste, saliendo de los

Cayos. Powers agarró con más fuerza la palanca de su Avenger, estaba más que enfadado, no era capaz de entender por qué Taylor se empeñaba en decir que estaba sobre el área de Cayo Hueso. Maldita sea, estaban en las Bahamas.

—Cox para Taylor, pasa al canal de emergencia, estamos perdiendo de nuevo su señal.

—Recibido.

No hizo ni el más mínimo intento de cambiar de frecuencia. Cuanto más al sur volaba Cox, menos podía escuchar al Vuelo 19, estaba seguro de que estaban volando en direcciones opuestas por más que Taylor insistiera en lo contrario.

La tormenta crecía y los peligrosos rayos eran ahora la única luz que iluminaba a los hombres del 19 entre todas aquellas nubes negras. Los ayudaba a ver algo más mientras el agua seguía cayendo sin parar, sin darles un segundo de tregua.

Paonessa miró de nuevo hacia sus pequeñas ventanas laterales y solo podía ver montañas de nubes una encima de otra, ni un solo claro, el sol había desaparecido definitivamente hacía rato.

—Cox, aquí Taylor, no consigo que funcione el canal de emergencia, lo voy a seguir intentando, cambio, pero creo que no debemos de estar muy lejos de avistar tierra, quizá en unos diez minutos.

—Eso es imposible, Taylor, tenemos vientos cruzados de más de treinta y cinco nudos hora y aumentando, debería estar en el radar de alguna estación y por ahora nadie los ve, así que olvídese de lo que me está diciendo e intente conectar el equipo de emergencia para que puedan rastrearle y, por favor, cambie la frecuencia de su radio.

Si Taylor conectaba el IFF, el sistema de emergencia, aparecería un código especial en la pantalla de los radares de cualquier estación que los localizaría, aunque por ahora nadie captaba al 19.

Aún no oscurecía, pero poco a poco la puesta de sol se acercaba y con ella la noche. En Fort Lauderdale seguían sin reaccionar; Poole no quería dar la orden de que se alertara a Banana River y a los guardacostas, que eran los encargados de las misiones de rescate en unas circunstancias como las que estaba viviendo el Vuelo 19.

Seguía creyendo en sus hombres o al menos a eso se aferraba, convencido de que la capacidad de pilotaje de Taylor y la del resto de la escuadrilla los sacaría del embrollo. Pensaba que todo terminaría en una seria reprimenda por su parte a Taylor, pero no podía imaginar las circunstancias tan complicadas en las que se encontraban los cinco Avenger en su intento de regreso, y claramente Taylor no había tomado conciencia de la situación en la que se había metido.

Ante las dificultades para comunicarse con ellos, lo que sí hizo Poole fue dar la orden para que se avisara a algunas bases aeronavales de la zona y ponerlas en alerta por si captaban señales de radio o de radar. Se llamó a las bases de Florida, Georgia, Texas y Luisiana, todas alerta tratando de encontrar alguna señal. Las luces no se encenderían hasta la noche, pero si eso ocurría, en ese instante las pistas de aterrizaje deberían estar vacías, iluminadas y con los equipos de emergencia preparados.

—Taylor para Cox, no consigo conectar el IFF ni el canal de emergencia de la radio.

—Pero ¿tiene problemas en el avión?

—Negativo, todo está en orden.

El teniente Cox estaba desconcertado y ya no sabía muy bien qué decirle; todo lo que podía salir mal estaba saliendo mal. Taylor ni conseguía cambiar la frecuencia de la radio a 3000 kilociclos para que le escucharan limpiamente desde alguna de las bases ni tampoco conectaba el IFF para el seguimiento por radar.

La preocupación empezó a crecer en su interior mientras se daba cuenta de que el Vuelo 19 necesitaba mucha más ayuda. No le estaba gustando nada la presunta falta de capacidad para resolver esas dos situaciones aparentemente sencillas de Taylor. ¿Cómo era posible que no fuese capaz de cambiar de frecuencia? ¿Le estaba mintiendo? La respuesta era que sí..., con matices. A Taylor le daba miedo que si cambiaba la frecuencia, pudiera perderse la conexión entre los cinco aparatos y no poder seguir hablando con sus hombres. En realidad pensaba que si no acertaba con el cambio, sería un desastre, pues podía ser la muerte segura de todos, sobre todo de los que se quedaran colgados, empezando por él mismo, sin brújulas ni reloj.

«No están en los Cayos, la tormenta está en las Bahamas. No tiene ni idea de dónde se encuentran», se repetía una y otra vez. Cox comenzaba a andar justo de combustible. Pensó en aguantar, volar algo más al sur y después regresaría a repostar. Pero dudaba tanto de Taylor que pasó al plan B.

—Cox para torre de Fort Lauderdale, ¿me recibe?

—Aquí Fort Lauderdale, con dificultades le recibo. Dime, Cox.

El teniente Hines había decidido responder él mismo a la llamada del FT 74.

—Señor, ¿los tienen en el radar?

—Negativo, Cox, no tenemos nada. Ni tampoco los escuchamos.

—Creo que sería una buena idea que enviara un avión hacia las Bahamas. Estoy seguro de que podrá conectar con ellos por radio, el Vuelo 19 no está sobre la zona de Cayo Hueso como piensa el teniente Taylor, señor.

Hines pensaba lo mismo, le parecía una buena idea enviar un avión en esa dirección, pero Poole no pensaba igual.

—No pienso permitir el despegue de ningún avión más hasta que regresen todos los que están en el aire, ¿queda claro, teniente?

La orden de Poole sobre Hines fue tan severa que no dio lugar a una réplica. Otra decisión más que solo iba en contra de los chicos que estaban perdidos.

16

5 de diciembre de 1945
16.20 horas. Port Everglades, Florida

Claude Charles Newman era el comandante al mando de la unidad 4 de rescate de Port Everglades, veterano, gran conocedor de Florida y de sus cambios de clima. Su segundo, el teniente Thompson, había recibido hacía unos minutos una llamada del teniente Hines, que daba la alarma sobre unos aviones perdidos; la petición era salir con los barcos a rescatarlos del agua si no conseguían llegar hasta tierra. Era otra llamada carente de sentido y claramente fuera del protocolo marcado para estas situaciones. Newman estaba preocupado. Su operador de radio buscaba pacientemente alguna señal y la encontró.

—Señor, los tenemos.

En la radio de Port Everglades se escuchaba a Cox y a Taylor. Mientras Cox estaba pensando en regresar para repostar, Taylor seguía equivocado creyendo que volaba sobre algún lugar de los Cayos. El Vuelo 19 se iba quedando sin esperanzas.

Una caseta construida en lo alto de una torre de madera, a unos siete metros del suelo, con ventanas en los cuatro costados... Ahí estaba Newman recuperando la respiración, después de subir dos tramos de escaleras, el segundo parecía interminable. La habitación no era amplia, cabían poco más de seis personas. Junto a la ventana del fondo, frente a la puerta, estaba ese enorme aparato negro y conectados a él un micrófono plateado y unos auriculares, todo encima de dos planchas aguantadas por tres caballetes. Era uno de los bienes más preciados de la base, se hacían turnos de guardia de tres horas. Cuando entraba algún oficial se conectaba un altavoz, una caja cuadrada que tenía una rejilla gastada y golpeada, pero que funcionaba muy bien y permitía escuchar lo que se hablaba entre los aviones. El comandante Newman decidió actuar.

—Aquí Port Everglades, cambio, ¿cuál es su situación, Taylor?

Taylor reaccionó rápido, eran buenas noticias que alguna de las estaciones de la costa los escuchara sin estar en el canal de emergencia, quizá estaban más cerca de lo que pensaban, podría ser que tuviese algo de razón y que no terminaran finalmente en el agua.

—Aquí Taylor, cambio, hemos perdido el segundo *check point* en la zona de Cayo Stirrup y tenemos muchas dudas de dónde nos encontramos. Hemos intentado retroceder hasta Cayo Sale pero sin éxito. Estamos pasando ahora sobre unas pequeñas islas, no veo nada más de tierra.

De pronto, empezaron a perder la comunicación.

—Intente cambiar al canal de emergencia, Taylor, no los tenemos en el radar.

—Ok, Port Everglades, lo intento de nuevo, espere.
—El piloto esperó unos segundos antes de responder—.

Negativo, Port Everglades, no puedo cambiar la frecuencia. Si lo hago puedo perder a algunos de los míos y debo mantener mis aviones intactos.

Taylor se había descubierto, no quería pasar a otra frecuencia.

Paonessa se comunicó con Powers.

—No estoy muy seguro de esto, pero quizá esas islas que hemos visto pertenezcan a Cayo Walker. Si es así ya no habrá más tierra firme a nuestro alrededor, por lo tanto tenemos que haber cruzado ya Gran Bahama y Cayo Sale hace un buen rato... Creo que estamos en mitad de la nada, solo agua y más agua. Estamos volando hacia el este.

Las palabras de Paonessa dejaron en silencio a Powers.

Gerber estaba decidido, solo pensaba en girar y poner el morro de su aparato rumbo al oeste, al igual que el resto de los pilotos estaba atento a lo que decía un dubitativo Taylor hablando con Port Everglades. No pudo aguantarse más, pues estaba harto de no escuchar una propuesta sensata, y llamó a Taylor.

—Señor, si giramos y ponemos curso 270 grados al oeste, vamos a llegar a tierra.

Taylor ni dudó y directamente se lo preguntó a Port Everglades.

—Taylor para Port Everglades, uno de mis aviones cree que si cambiamos el rumbo a 270 grados oeste vamos a llegar a tierra.

El comandante Newman no se atrevió a confirmar o desmentir ese dato, no sabía dónde estaban exactamente y quizá los podía estar enviando más lejos de la costa. Como no respondían, Taylor pensó que Port Everglades los había perdido.

En la torre de control de Fort Lauderdale acababan de escuchar a Taylor preguntando sobre la ruta 270 al oeste para llegar a la base. Poole estaba pálido; aunque confiaba en que todo se resolviera satisfactoriamente, no podía entender que Taylor tuviera dudas de que la base quedara al oeste de las Bahamas.

—Llame a Cox inmediatamente y que le diga a Taylor que vuele sí o sí al oeste.

Mientras el operador de radio intentaba contactar con el FT 74, desde su avión Cox estaba en las mismas, queriendo hablar con la base.

—Aquí Cox para Fort Lauderdale, ¿me recibe?, cambio.
—Nadie respondió a Cox ni nadie le escuchaba.

Su aparato se había quedado mudo, la radio no le funcionaba y en esas condiciones era de poca ayuda. Tampoco iba muy sobrado de combustible, así que optó por regresar a la base. Quería cambiar de avión y despegar de nuevo, pero en dirección a las Bahamas.

Pasado Cayo Walker, Powers continuaba liderando el Vuelo 19 siguiendo la ruta marcada por Taylor. Stivers comenzaba a estar preocupado, pues tenía menos combustible que el resto de sus compañeros. Ya no se trataba de una misión rutinaria de tres horas, ahora todo pasaba por conseguir llegar a tierra firme y no sabían dónde estaban. Otra vez las nubes los habían atrapado.

—Powers a escuadrilla, no nos queda otra que descender. Me temo que esto no os va a gustar, nos vamos a mover mucho.

Otro rayo cruzó por delante de ellos, iluminó las nubes por encima de sus cabezas, las turbulencias ya maltrataban sin piedad a los Avenger y a sus tripulaciones. De nuevo el grupo de pilotos estaba al límite.

«Cuando entras en combate lo que realmente te preocupa no es tu país ni la razón por la que estás ahí, quien te preocupa es el que va a tu lado porque sabes que cuando empiece la lucha vas a depender de él y viceversa». Paonessa no podía dejar de escuchar esa frase una y otra vez dentro de su cabeza, se la había escuchado a un piloto con el que había luchado en el Pacífico. Se acordó de él porque intuía que Powers, Stivers, Gerber e incluso Taylor, todos veteranos, estaban luchando para sacarlos con vida de esa situación. Eso quería creer, pero por un instante pasó por su cabeza una pregunta: «Y ¿si esto termina mal?». Se negó a quedarse con esa terrible idea.

«Un aterrizaje perfecto», pensó Cox mientras su Avenger se dirigía a la zona de los hangares, Poole le estaba esperando. «Madre mía, qué cara trae. A ver qué querrá ahora». Bajó casi de un brinco y le preguntó al mecánico que cuál era el aparato en el que podía despegar de nuevo.

—¿Adónde va, Cox?

—A volar, señor.

—Ni lo sueñe.

Al joven teniente no le gustó la respuesta y continuó caminando hacia otro Avenger, Poole le seguía de cerca.

—No, Cox, esa es mi orden y no hay discusión.

Poole estaba fuera de sí, Cox no quería quedarse en tierra, pretendía salir a por el Vuelo 19 para ayudar a que volvieran sanos y salvos.

—Señor, si me permite volar de nuevo hacia las Bahamas, podría contactar y ayudarlos a regresar.

—No, Cox, veo que no lo entiende. Ya hemos perdido demasiados aviones hoy como para que se meta usted solo en mitad de la tormenta a buscar al Vuelo 19. No asumo ni una pérdida más. Se queda en tierra, ¿lo entiende? ¡Es una orden! Además, según el informe meteorológico de Palm Beach se nos está echando un frente encima con fuertes vientos y agua.

Toda la base de Fort Lauderdale estaba pendiente de la pelea entre Cox y el teniente comandante Poole, el hombre que estaba al mando. Cox desistió, se retiró moviendo la cabeza contrariado, pues sabía que si le dejaban salir podría encontrar al Vuelo 19.

Allan Kosnar corrió hacia él en cuanto se alejó del teniente comandante Poole. Kosnar era el único de los tripulantes del 19 que no había podido volar por sus problemas de sinusitis.

—Teniente, teniente, espere.

Cox se detuvo y giró hacia su izquierda en la dirección por donde venía corriendo Kosnar.

—¿Cree que lo conseguirán? —preguntó angustiado.

—Hola, Kosnar, no lo sé, creo que se han metido en un buen lío, pero Poole no me deja ayudarlos.

—¿Dónde cree que están?

—En algún lugar sobre las Bahamas, en medio de una tormenta descomunal, y lo que más me preocupa es que Taylor no está bien. No creo que sea capaz de traerlos de vuelta. Oye, ¿tú le has visto mal esta mañana?

Kosnar negó con la cabeza, no había visto nada raro, solo el retraso previsto en la salida del vuelo.

—No, ¿cree que le pasa algo? Gallivan y Gruebel me contaron antes de salir que no quería volar y que al final han salido muy tarde. Pero no, yo no he visto nada raro —insistió.

Kosnar miró hacia el cielo y se marchó sin despedirse, camino a la torre de control. Ese era su refugio desde el primer instante en que le informaron de que el Vuelo 19 tenía problemas. Se sentaba junto al operador de radio para escuchar todo lo que se hablaba y las decisiones que se tomaban. Tenía a la mitad de sus amigos metidos en ese lío en el que debería haber estado él también si no hubiese sido por la maldita sinusitis.

—Al final conseguirás marearme —le soltó Gallivan a Stivers intentando distraerse un poco del momento tan horrible que estaban viviendo.

En el FT 81 Gerber hablaba con Lightfoot cuando este empezó a escuchar música latina en sus auriculares.

—Pero ahora ¡qué pasa, qué es esto!

A Lightfoot le sorprendió la música, y la respuesta le llegó del operador de radio del 117, del joven Gruebel.

—Las emisoras cubanas tienen a bien reconfortarnos con unos minutos musicales para amenizar este bonito infierno.

A las interferencias provocadas por la electricidad estática se sumaba ahora la música de las emisoras comerciales cubanas. Al no cambiar la frecuencia, el Vuelo 19 tenía un nuevo problema, el caos en las comunicaciones. Seguir en la banda de 4805 y no pasar a 3000 kilociclos les impedía hablar con las estaciones de tierra y escucharse entre ellos limpiamente, ahora sus voces se entrecortaban y se mezclaban con ritmos caribeños. Las decisiones de Taylor iban de mal en peor.

Bossi se relajó por un instante, respiró profundamente mientras la música conseguía sacarle de la tormenta. Solo fue un momento, quizá un segundo, hasta que otra vez Taylor apareció ordenando un nuevo curso.

—Líder para Powers, giramos a 030 grados.

—Entendido, líder, cambio y corto.

Powers estaba realizando un trabajo impecable manteniendo el rumbo y guiando a la escuadrilla, pero estaba contrariado y no dejaba de dar vueltas a las decisiones de Taylor, este no parecía saber hacia dónde ir para salir de la tormenta y llegar a la base. ¿Seguiría convencido de que estaban en el Golfo de México?

17

5 de diciembre de 1945
16.43 horas. Cuartel general de los guardacostas,
Miami

La teniente Ellen Sorenson estaba con su equipo en un ejercicio de rutina localizando un barco supuestamente perdido en mitad del Caribe. Nada fuera de lo normal en una jornada de trabajo en las oficinas del centro de evaluación de los guardacostas. Mesas llenas de papeles con cálculos, coordenadas, todo tipo de información que se trasladaba a un mapa detallado del área, un plano enorme situado encima de una tabla rígida en el centro de la sala sobre el que se marcaba, con un pequeño barco de madera, el lugar en el que se suponía que se encontraban en altamar. Por la puerta apareció el teniente comandante Murphy, asistente de Baxter y portador habitualmente de las malas noticias; estaba serio y con pocas ganas de broma.

—Teniente, tenemos cinco aviones perdidos sobre las Bahamas. Esto no es un simulacro ni un ejercicio de prácticas, estamos ante una situación real.

Finalmente había llegado la llamada desde Fort Lauderdale, Poole ya no confiaba en que todo terminaría bien por la pericia de sus pilotos. La voz del teniente comandante William Murphy sonó grave, los habían avisado tarde de Fort Lauderdale y ahora les tocaba solucionar la papeleta. Confiaba ciegamente en Sorenson, estaba muy por encima de la media y si alguien podía localizar el Vuelo 19 era ella.

El barco de madera desapareció de la mesa de operaciones, cinco pequeños aviones lo sustituyeron. Había que situar exactamente dónde estaban. Las únicas señales de radio de alta frecuencia eran las que podía calcular con el teniente Taylor, porque solo le escuchaban a él.

—Está bien, necesitamos todas las señales de alta frecuencia que podamos conseguir para situar la posición de estos aviones —gritó Sorenson—. Avisen inmediatamente a Houma en Luisiana y a Pensacola y Júpiter en Florida.

La elección de las estaciones no fue al azar ni fruto de la casualidad, sabía muy bien lo que hacía, eran las que se utilizaron con gran éxito para localizar a los U-Boat, los submarinos alemanes que se acercaron a Estados Unidos durante la guerra.

—Y después envíen mensajes al resto de bases de la costa este y a las del área del golfo —continuó ordenando Sorenson.

En Houma el jefe de la oficina de los guardacostas, Charley Spencer, estaba tranquilamente en su despacho cuando sonó la alarma del teletipo; sobresaltado, brincó de su silla y comenzó a leer el mensaje que llegaba desde el cuartel general.

—Seguir frecuencia 4805 para avión FT 28 perdido al este de la costa de Florida...

El lío era gordo porque el mismo mensaje también lo estaban recibiendo las estaciones de Houston en Texas y Winter Harbor en Maine.

No habían pasado ni tres minutos desde la llegada del teletipo y ya estaban interceptando la primera de las transmisiones de radio del Vuelo 19.

En Júpiter, Otto Freytag, jefe de la estación de los guardacostas, estaba en casa, tenía la tarde libre. Veterano con diecinueve años de servicio, le había tocado vivir todo tipo de situaciones, desde escoltar cargueros en el Atlántico norte peleando contra los submarinos alemanes hasta acudir con lanchas rápidas a todo tipo de emergencia; por eso reaccionó con calma cuando su mujer gritó desde el salón que tenía una llamada urgente. Otto, de complexión robusta, estaba sentado en su balancín en el porche junto a la entrada principal y se levantó como un resorte para coger el teléfono. La llamada era para comunicarle que unos aviones de la Marina se habían perdido y era urgente localizarlos. No se despidió de su mujer, salió tan rápido como pudo hacia la estación y en pocos minutos había conectado la frecuencia 4805. Ahí estaban, perdidos y confundidos; era el Vuelo 19 sin ninguna duda. En pocos minutos comenzó a enviar sus informes al cuartel general.

Ellen Sorenson fijó su mirada en el plano tratando de intuir por dónde podían estar volando. Le preocupaba el tiempo.

—¿Alguien sabe cómo es y dónde está la tormenta prevista para hoy?

La respuesta la recibió al instante, el parte meteorológico era devastador.

—Por lo que parece tenemos un frente entrando por el noreste cubriendo por completo las Bahamas: la fuerza del viento es cada vez mayor, llega más lluvia, las nubes cubren prácticamente todo el sector y en el mar tenemos grandes olas. Estamos ante el frente frío más severo de todo el invierno.

Pensó, un instante antes de articular una sola palabra más, que esos chicos estaban en mitad del peor escenario.

—Vamos a tener que darnos prisa para saber dónde están y sacarlos de ahí cuanto antes; si no, no lo conseguirán. ¿Cuántos aviones les buscan ahora mismo?

Nadie respondió y ella volvió a insistir en voz alta.

—¿Qué unidades están buscando a estos chicos?, ¿alguien me lo puede confirmar?

Sorenson se giró y miró de frente al teniente comandante Murphy.

—Por lo que sabemos hasta ahora, no tenemos a ninguna unidad en la búsqueda del Vuelo 19, Fort Lauderdale no ha permitido volar a sus aviones porque pensaban que resolverían el problema antes de mandar a nadie al rescate.

—Pero eso es una locura —exclamó Sorenson.

—Lo sé, pero hasta ahora, teniente, no era nuestro problema, no sabíamos nada.

—Señor, le voy a decir algo, esos chicos se encuentran en el peor lugar, no estaría de más que avisaran al comandante Baxter.

—Estamos en ello y solo podemos confiar en que sean capaces de encontrar el camino de regreso.

—¿Estamos seguros de esto? —volvió a preguntar Sorenson—. ¿Sabemos cuántas horas llevan en el aire y cuánto combustible les queda para seguir volando?

—Calculan que en el peor de los casos pueden aguantar hasta las ocho, pero no estoy seguro de esto. Sorenson, deme una referencia, una coordenada de por dónde andan y mandaré a los equipos de rescate a por ellos.

Murphy ordenó poner en alerta a las bases de guardacostas más cercanas. En Dinner Key avisaron a la tripulación de uno de sus hidroaviones, un PBY Catalina, para que se presentara y permaneciera en alerta y preparado para salir en cualquier momento. En Port Everglades ya tenían listas a varias de sus lanchas rápidas. En cuanto se descifrara la posición serían enviadas inmediatamente.

Los guardacostas eran una pieza más de una operación que poco a poco estaba alertando a muchos hombres de la Marina en Florida. Lo incomprensible era que a esas horas Fort Lauderdale siguiese sin enviar a nadie sobre las Bahamas.

En Port Everglades estaban igual que los guardacostas, inquietos y con los equipos de emergencia en alerta para entrar en acción. Pero Newman estaba tentado de llamar a Banana River, nadie lo había hecho por el momento.

Sorenson trabajaba contra reloj, preocupada y sorprendida de las decisiones tomadas hasta ese instante, pero puso a sus hombres a trabajar sin descanso. Quería situar rápido a los cinco aviones donde fuera que se encontraran para poder ir cuanto antes a por ellos.

—Bossi para Taylor, no sería mala idea soltar el resto de las bombas que no se han utilizado durante el ejercicio.

—¡Dios mío, las bombas! —exclamó Taylor—. Soltarlas inmediatamente.

Aunque se trataba de artefactos simulados, no eran buenas compañeras de viaje.

Taylor retrocedió mentalmente de nuevo en el tiempo, los recuerdos le llevaron de vuelta al Pacífico, a la primera vez que había terminado en el océano; aquel día se quedó sin combustible antes de llegar al *USS Hancock*, el portaaviones en el que estaba destinado. De regreso de una misión, no tenía apenas combustible y era imposible llegar hasta el barco, estaba claro que se iban a estrellar. Angustiado y asustado, solo pensaba en cómo posarse sobre el agua olvidándose de todo lo demás, incluso de soltar las cargas de profundidad que llevaba a bordo.

Ese día su ángel de la guarda se ganó el sueldo, amerizó sorprendentemente bien, pero en cuanto el avión comenzó a hundirse las cargas se activaron y estallaron. Taylor y su tripulación se habían dado cuenta de que no habían soltado todos los explosivos y al caer al agua optaron por nadar rápido y alejarse del aparato. Por fortuna no les pasó nada, fueron rescatados por sus compañeros y Taylor recibió de su comandante la reprimenda más grande de su vida. No sería la última, se llevó unas cuantas más; la peor, cerca de Guam, cuando no fue capaz de llegar al destino que le habían marcado y se pasó tres días en un bote flotando a la deriva.

—Espero que nadie ande por ahí abajo —le comentó Gruebel a Stivers.

—Da igual dónde caigan, estamos en mitad de ningún sitio, en medio de una tormenta, y las posibilidades de impactar sobre algo son remotas. Déjalas caer de una vez.

Paonessa miró hacia arriba para ver qué tal seguía Thompson en la torreta del artillero.

—¿Qué te pasa, amigo, cómo vas?

—Pues sigo en positivo, son las cinco, nos vamos a quedar a oscuras y a este ritmo sin combustible... Se me está poniendo mal cuerpo, podemos poner rumbo al oeste de una vez.

—Yo creo que te estás mareando de tanto sube y baja. Vamos a salir de esta, ¡me oyes!

—No tengo tu espíritu, italiano.

No era el único avión en donde las horas de tensión estaban haciendo mella en la tripulación.

A Stivers le estaban entrando las prisas, pues veía cómo se inclinaba peligrosamente la aguja del combustible. Había que marcar un nuevo curso hacia el oeste.

—Chicos, vamos a volar ya hacia el oeste y llegaremos a la base. Yo voy muy justo de comida para este pájaro: o encontramos el camino de regreso ya o voy a ser el primero en terminar en el agua.

Powers empezaba a estar harto de los tumbos que ordenaba Taylor, quizá era el momento de presionar para cambiar el rumbo.

—Port Everglades para Vuelo 19, ¿me reciben?, cambio.

Los rayos seguían iluminando constantemente las nubes, esa era la única luz con la que contaba el Vuelo 19; bueno, esa y el piloto blanco de la cola de los aparatos a la que se aferraban unos y otros para no perder la estela del compañero. Volaban en formación *trail,* uno detrás de otro, en fila india. Todo empeoraba, y desde Port Everglades habían captado una nueva orden de Taylor, quería volar 030 grados norte, ganar altura y después volar al este dos grados. Era una orden de locos.

—¿Qué le pasa a este muchacho? No está sobre el Golfo de México ni cerca de los Cayos, tienen que dejar de volar hacia el este de una puñetera vez, está en pleno océano más allá de las Bahamas —dijo Newman en voz alta mientras le escuchaban todos los que estaban en la torre de comunicaciones.

Pero eso no era todo, aún faltaba más... El siguiente mensaje le cambió el semblante.

—Taylor para Port Everglades, ¿me recibe?, cambio.

—Taylor, aquí Port Everglades, cambie a frecuencia de emergencia. Insisto, Taylor, pase a 3000 kilociclos. Le recibimos con dificultad, cambio.

Newman repitió palabra por palabra lo que pensaba de las decisiones que estaba tomando el líder del Vuelo 19, la respuesta de Taylor fue demoledora.

—Tranquilo, Port Everglades, he decidido que en el momento que uno de nuestros aparatos tenga menos de diez galones de combustible nos iremos todos al agua, todos juntos para que nos puedan rescatar.

El comandante Newman contestó con un escueto:

—Recibido, Vuelo 19.

En el cielo, entre las nubes, ninguno de sus hombres le quería seguir escuchando ni una sola palabra más, era una burrada eso de precipitarse todos al agua. Ya de noche y en medio de la tormenta mientras seguía liderando al equipo, Powers tomó la decisión más difícil de su joven vida. Él pensó en su mujer y en su hija recién nacida y también tuvo en cuenta a ese puñado de hombres que estaban intentando sobrevivir... Giró y lo hizo hacia el oeste 270 grados, terminaría en tierra si no se quedaba sin combustible, pero no había otra solución. Le preocupaba el consejo de guerra al que deberían responder él y todos los que le siguieran, por eso preguntó a Paonessa y a Thompson. Estaban en 1945 y aún regía el código militar de guerra en el que se decía que «aunque tuvieran que enfrentarse a la muerte no se desobedecía a un superior». Tocaba cambiar las reglas del juego.

—Powers para Vuelo 19, dejo la formación y cambio rumbo hacia el oeste, buena suerte, chicos.

—Taylor para Powers, ¿qué estás haciendo?

—Volviendo a casa, señor.

—¿Qué dices, Powers?

—Señor, no estamos en mitad del Golfo de México ni en los Cayos. Hemos salido esta tarde a volar sobre las Bahamas y seguramente nos encontramos en algún punto sobre el Atlántico; o volamos al oeste o terminamos en mitad del océano.

Nadie habló por la radio ni Taylor se atrevió a corregir los argumentos de Powers.

Técnicamente se estaba produciendo un motín en el Vuelo 19.

—Stivers para líder, teniente Taylor, señor, con todo el respeto, voy a seguir al capitán Powers, voy muy justo de combustible y todo lo que no sea volar al oeste significa terminar en el agua.

Taylor seguía sin reaccionar cuando escuchó a Gerber.

—Gerber para Taylor, me uno al grupo que pone rumbo al oeste.

Frente a las órdenes confusas de su líder y la clara desorientación que estaba mostrando en todo momento, los tres Avenger pilotados por los marines emprendieron su propio vuelo de regreso.

Bossi por el momento continuaba pegado a la cola de Taylor, aunque le estaba dando vueltas a cómo intentar salir de esa situación. No le parecía mala opción la de Powers, pero temía el fin de su carrera frente a un consejo de guerra. Quizá la solución pasaba por buscar alguno de los islotes que habían dejado atrás y aterrizar. Baluk, el joven operador de radio del FT 3, le preguntó a su piloto.

—¿Qué hacemos, Bossi?

—No lo sé, creo que Powers acierta al volar hacia la costa, pero no sé si estamos muy lejos, si conseguiremos llegar. ¿Qué os parece si buscamos alguno de los islotes y nos ponemos a salvo? Prefiero esperar en una playa a que nos rescaten y no que lo hagan en un trozo de goma.

No era mala idea, el problema estaba en encontrar el islote, Thelander desde la torreta no lo tenía tan claro.

—Pero si hacemos eso, estamos desertando igual que el resto, y nos va a caer una buena por mucho que esperemos plácidamente en una playa.

—Y entonces ¿qué propones? —replicó Bossi.

—No lo sé, en menudo lío nos estamos metiendo.

Pero no eran los únicos que estaban decidiendo qué hacer; en el avión de Taylor, sus dos compañeros de vuelo, Parpart y Harmon, querían convencerlo para que siguieran todos juntos.

—Vayamos hacia el oeste, señor, con Powers, no nos separemos.

Temían quedarse solos en manos de un hombre que se empeñaba en volar hacia algún lugar en mitad del océano.

—Líder para Vuelo 19, está bien, seguimos hacia el oeste.

Por un instante parecía que de nuevo Taylor entraba en razón; fue un alivio para todos, el hecho de que les siguiera evitaba seguramente cualquier tipo de castigo severo.

—De buena nos hemos librado —dijo Bossi a Thelander—. Sinceramente, no quiero convertir este día en algo que marque mi carrera.

—Me parece que, termine como termine, esta jornada nos va a pasar factura, Bossi.

Thelander andaba en lo cierto; pasara lo que pasara, el lío ya era mayúsculo y a alguien le pedirían explicaciones sobre todo lo sucedido.

En el FT 36, Powers escuchó a Taylor pero no le respondió, continuó volando entre las nubes concentrado en dominar el aparato en medio de las turbulencias mientras el agua caía sobre su carlinga.

Hacía un buen rato que el hombre que estaba al cargo del Vuelo 19 había perdido su aparente tranquilidad. Charles

Taylor navegaba entre un sinfín de dudas, las vueltas al pasado y el intento de motín de tres de sus aviones por no estar de acuerdo con sus órdenes le habían terminado de desestabilizar. Llamó de nuevo a Port Everglades, su cabeza le insistía una y otra vez que estaban en Cayo Hueso.

—Taylor para Port Everglades, cambio.

—Dígame, Taylor —respondió el comandante Newman.

—Señor, ¿cuál es la situación del tiempo en la zona?

—Si está sobre Fort Lauderdale, por ahora, despejado, aunque aumentan las nubes rápidamente; si está en los Cayos, algo cambiante y si se encuentra en las Bahamas, en medio de una tormenta y sin visibilidad. Sigan volando hacia el oeste, Taylor, ¿me oye?

Lo de Port Everglades sonó más a una petición desesperada que a una recomendación.

—Esa es la idea, volar 270 grados hasta que lleguemos a la playa o nos quedemos sin combustible —insistió Taylor.

Pero las palabras de Newman se habían convertido en un dilema para el veterano piloto; solo podía estar en las Bahamas, aunque él pensara lo contrario. No era el tiempo cambiante de los Cayos en lo que estaban metidos.

A las 17.26 llegó la temida noche, no se habían dado ni cuenta de la hora que era mientras peleaban contra la tormenta. Thompson se lo dijo a Paonessa.

—Se apagó la luz.

—¿Cómo dices?

—Si esto ya estaba difícil, de aquí en adelante sinceramente no sé qué vamos a hacer.

—Tranquilo, si lo dices por llegar a cenar con las chicas, seguro que nos esperan.

Paonessa solo quería que su amigo no se preocupara y que no notara que él también estaba asustado. Thompson no respondió porque estaba pensando que al final tendría que saltar en paracaídas sobre el mar o en el mejor de los casos sobre algún lugar de Florida, con el agravante de que además, pasara donde pasara, sería a oscuras. Un salto nocturno solo lo hacían los paracaidistas en operaciones especiales, no ellos.

En Fort Lauderdale seguían esperando noticias, y Poole no tomaba decisiones, claramente la situación le superaba. Sorenson había realizado un trabajo excelente y tenía sobre el plano gigante los cinco aviones de madera justo donde estaba el Vuelo 19 o lo que quedase de él.

Se iba a dar la orden a las lanchas rápidas y a los barcos para que zarparan en la dirección hacia donde estaba el vuelo. Pero la primera llamada fue para la estación de los guardacostas de Dinner Key, el PBY Catalina despegó de inmediato. Su misión era contactar vía radio y reconfirmar los datos de los que se disponía del Vuelo 19.

Para entonces el comandante Baxter, máximo responsable de los guardacostas, ya estaba en el cuartel general.

—Los tenemos situados a 122 millas al sureste de Daytona Beach, frente a las costas de Florida —le comentó Sorenson.

Las idas y venidas de Taylor los habían llevado muy al norte, cerca de Jacksonville, casi frontera con el estado de Georgia y a unos doscientos kilómetros mar adentro. Pero lo que no sabían los pilotos del 19 es que estaban a solo cinco millas al suroeste del punto marcado por las coordenadas de la última manga. Taylor estaba a ocho kilómetros de la referencia que necesitaba para recuperar la ruta y volver a la base sanos y salvos. Los marines habían tomado una buena decisión, pero quizá demasiado tarde.

El comandante Baxter llamó a Fort Lauderdale para informar de la situación de sus aviones. Donald Poole se llevó las manos a la cabeza.

—Hines, Hines.

—¿Señor?

—Los guardacostas me han dado la posición estimada del Vuelo 19. Están demasiado lejos para que consigan llegar por sus propios medios. Maldita sea, hemos perdido todas estas horas esperando para nada. Alerte a Banana River, van a terminar todos en el agua.

Pero la alerta ya estaba dada. Cuando habían desaparecido los últimos rayos de sol y la noche ya era una realidad en esa parte del mundo, en Port Everglades el comandante Newman y su segundo, el teniente Thompson, que llevaban horas escuchando las conversaciones de Taylor con Cox y también las idas y venidas y los cambios de curso de Taylor, habían decidido alertar por teléfono a Banana River.

—Tenemos un vuelo perdido desde las cuatro y veinte minutos de la tarde, hora local, de cinco TBM Avenger de la base de Fort Lauderdale. El grupo está liderado por FT 28. Somos capaces de contactar con FT 28 en la banda de los 4805 kilociclos, pero la señal es muy débil. Fort Lauderdale no puede determinar en qué área están los aviones, tenemos preparadas tres lanchas rápidas para salir inmediatamente.

Newman colgó, la señal de alarma sonó en Banana River.

Al mismo tiempo y desde el cuartel general de los guardacostas en Miami se dio la orden de que todas las bases al este y al sur de los Estados Unidos, incluyendo todas las del Golfo de México, iluminaran hasta donde se pudiera. El propósito era convertir la noche en un árbol de Navidad, un gran faro para guiar al Vuelo 19.

Powers seguía hacia el oeste, volaban contra reloj. Eran más de las seis y la falta de combustible de los Avenger comenzaba a ser un problema serio. Las agujas estaban peligrosamente cerca de la última línea, volaría hasta que fallara el motor. ¿Y si eso ocurría? La idea era controlar el avión y posarse sobre el agua. Pero se negaba a perder la fe, lo lograría, iban a llegar a tierra firme, aunque no se veía absolutamente nada, pues junto a ellos también se desplazaba la tormenta.

—Stivers para Powers, amigo, creo que hasta aquí he llegado, esto está fallando, no me queda ni una gota.

—Powers para Stivers, cambia de depósito, igual te queda algo...

—No, no me queda nada, nos vamos a mojar.

—Powers para Stivers, te seguimos en el descenso.

A Stivers le pareció una locura, realmente lo era. Él se daba cuenta de que querían asegurarse de que todos estaban bien, pero eso los condenaría.

—Ni se te ocurra, Powers; si me sigues en el descenso, consumirás combustible que necesitas para llegar a la base. En cuanto aterrices, manda a la caballería a por nosotros.

—Cuenta con ello... ¡Stivers!

—¿Qué?

—Mucha suerte, nos vemos pronto.

El motor del Avenger se paró, las seis toneladas de avión comenzaron a descender. El aire golpeaba la carlinga provocando un ruido ensordecedor. Mientras Stivers conseguía controlarlo, Gruebel mandaba una última señal de auxilio.

—*Mayday, mayday,* aquí FT 117, si alguien nos recibe, caemos, cambio, *mayday, mayday.*

Probó suerte con el código morse, el impacto era inminente. Gallivan se sujetaba con fuerza en la torreta, había cambiado la posición de la cincuenta para no golpearse con ella. Si salían vivos al estrellarse, tenían muy poco tiempo para lanzarse al agua. La opción de saltar en paracaídas no era viable, demasiado tarde, tocaba confiar en el piloto.

—¡Agarraos! Allá vamos.

Dos rayos iluminaron el océano y, en mitad de la oscuridad, Stivers intuyó una pared de agua, una ola contra la que iban a chocar. Entonces, por instinto, movió la palanca e hizo que el aparato surfeara y se posara plácidamente entre dos enormes olas. Gritó con todas sus fuerzas de alegría y soltó toda la tensión acumulada, no podía creer lo que acababa de hacer.

Gallivan salió el primero y saltó al agua, pegado a él le siguió Gruebel. Mientras los dos se alejaban del Avenger, que continuaba a flote, vieron cómo Stivers dejaba la cabina y caminaba sobre el ala de estribor, para después nadar hasta sus compañeros.

—Bueno, aquí estamos, no ha sido un mal amerizaje para ser mi primera vez. Ahora solo falta que nos rescaten.

Juntos, agarrándose con fuerza, los tres flotaban en una pequeña balsa de goma amarilla entre olas de más de cinco metros y con el agua muy fría. Tenían por delante una noche larga y difícil. No habían tardado ni veinte segundos en salir del aparato, que ahora se hundía y los dejaba solos, huérfanos y asustados, pero vivos.

—No sé cuánto tardarán en venir a por nosotros, pero tenemos que mantenernos despiertos. Chicos, no nos podemos soltar, no sobreviviremos si no seguimos juntos.

Stivers sabía que solo habían esquivado la muerte por el momento y que tenían que permanecer juntos. No estaban dispuestos a rendirse, pero las olas no daban tregua y no se veía ni una sola luz a su alrededor.

—No sé si la flota del condón del mayor Jones pasó alguna vez por una como esta...

Las palabras de Gallivan arrancaron una sonrisa a sus dos compañeros, ahí estaban en mitad del infierno, intentando no volcar ni ser engullidos por el mar, y este se iba a poner a contar otra vez alguna de sus historias de guerra. Los otros dos le animaron a voz en grito con un «claro que sí, hoy somos nosotros la flota del condón»... Total, no había mucho que hacer en esa situación, solo aferrarse a la vida, y de eso los dos veteranos y el joven Gruebel sabían mucho.

Los cuatro Avenger seguían dando vueltas tratando de localizar dónde había caído el capitán Stivers y si estaban todos bien. La lluvia no paraba y sonaba sobre los cristales de la carlinga. Las nubes, la noche y el hecho de ser tragado por el océano hicieron que rápidamente desapareciera la luz de cola del Avenger 117, la única referencia que tenían.

—¿Ves algo, Gerber?

—Negativo, Powers.

—¿Alguien ve la luz? —repetía una y otra vez Paonessa con desesperación.

—Nada.

—¿Thompson? ¿Lightfoot? ¿Bossi?

—No, nada de nada, Paonessa.

Habían escuchado el *mayday* de Gruebel y no sabían si lo habrían logrado.

De las voces al silencio, nadie dijo nada durante un buen rato. Eran las seis de la tarde y llevaban casi una hora en el curso 270 oeste.

Taylor no aguantó más, la verdad es que no se veía tierra por ningún lado, tampoco era fácil ver dónde estaban con tanta oscuridad y las nubes que los seguían envolviendo, pero sintió la necesidad de volar al este... Una vez más su cabeza le llevó a los Cayos, el estrés y la incertidumbre podían con él. El motín, perder a Stivers, la noche y la tormenta habían convertido el vuelo en un remolino de sensaciones desagradables. De nuevo dio la orden de volar hacia el este hasta que se quedaran sin combustible, solo en Port Everglades escucharon a Taylor.

El teniente Thompson miró a su comandante.

—¿Lo ha oído usted, señor?

—Sí, no puede ser.

—Es la peor decisión, señor.

Newman lo sabía, pero no podían hacer nada, llamaban una y otra vez al FT 28, pero no los escuchaba. Irremediablemente Taylor había puesto rumbo hacia el océano, Bossi giró y le siguió; los marines, no.

—¿Adónde vamos, Bossi?

—A por el islote; no sé quién lleva razón, si Powers o Taylor. No me fio de ninguno de los dos; a la que podamos nos posaremos en un islote, Baluk.

Tres caminos distintos para cuatro aviones que seguían buscando una solución para sobrevivir, pero el problema pasaba por desobedecer una orden directa de su mando. Powers y Gerber ni lo dudaron, mantenían sus Avenger rumbo oeste, pero si aterrizaban tenían garantizado el consejo de guerra.

El 5 de diciembre todo lo que podía salir mal, salió mal. El hidroavión que se había enviado desde Dinner Key no consiguió contactar con ellos por radio, no le funcionó, y regresó a la base. Sorenson escuchó la noticia con desasosiego y con un enfado mayúsculo. Desde Dinner Key despegó un segundo hidroavión, pero para entonces las temperaturas estaban descendiendo rápidamente, se notaba un frío poco habitual en esas latitudes.

—Taylor para Powers, ¿me recibe?

No quería responder, pero lo hizo.

—Aquí Powers, cambio.

Las interferencias continuaban, Port Everglades apenas los recibía y la música caribeña daba un toque de banda sonora macabra a todo lo que estaban viviendo ese puñado de hombres.

—Tienen que dar la vuelta y volar de nuevo al este, es la única oportunidad.

—No sabe lo que dice, señor, al este solo hay agua, es imposible que estemos donde usted cree estar.

—Powers, estamos en el Golfo de México; si sigue al oeste solo encontrará agua, la mejor opción de ser rescatados es al este.

Powers no continuó con la conversación, estaba claro que no pensaban igual y que había desobedecido a un superior, pero lo único que le preocupaba era salvar su vida y la de sus compañeros. Taylor insistió una vez más.

—Powers, ¿me confirma su rumbo?

Silencio, no obtuvo respuesta.

Harmon y Parpart, asustados por las maniobras de Taylor, eran conscientes de que estaban solos con él y que no se mostraba dispuesto a volar hacia donde supuestamente se hallaba la base. El joven operador de radio del FT 28 lo tenía claro: si se quedaban sin gasolina, saltaría, no quería comprobar si serían capaces de amerizar.

A unas cuantas millas de donde estaban los marines, Taylor siguió girando más hacia el este. Esta vez sorprendió a Bossi, que volaba detrás de él más preocupado en encontrar alguna isla, porque lo perdió del todo, cuando se quiso dar cuenta no estaba la luz.

—¡Maldición, no lo veo! ¡No lo veo! —gritaba, mientras Baluk y Thelander trataban de ayudar desde la parte de atrás.

—Bossi para líder, Bossi para líder, le he perdido, señor, ¿dónde está?

—He cambiado el rumbo; siga volando hacia el este y en el momento en que las nubes desaparezcan me verá, Bossi. Debemos de estar muy cerca de salir de esta tormenta.

Powers escuchó a Taylor; definitivamente había perdido la cabeza, ¿girar más al este? No tenía referencias, no le funcionaba la brújula y se había quedado sin Bossi; era hombre muerto, no saldría de esa con o sin tormenta.

Bossi pensó lo mismo que Powers; si seguía a su líder, no tenían ninguna oportunidad de llegar a tierra firme. Pero tomó la peor decisión, giró hacia el sureste para aterrizar en alguno de los últimos pedazos de tierra que habían sobrevolado un par de horas antes. Sin querer, entró de nuevo en el corazón de la tormenta, y cada minuto que pasaba volando al sur, peor estaba todo... Rayos, lluvia, turbulencias.

En el cuartel general de los guardacostas, Sorenson trabajaba a destajo para ir recalculando la posición del Vuelo 19, lo que no se imaginaba es que ya solo estaban situando a uno de los cinco Avenger, el del teniente Taylor.

—Nueva posición del Vuelo 19 —gritó Sorenson—, siguen volando hacia el este y están a unas 113 millas de New Smyrna Beach, al sur de Daytona Beach en Florida.

Baxter dio la orden.

—Comuniquen a Banana River esta nueva situación para que manden a alguno de sus aviones hacia ese punto.

—Pero ¿por qué se empeñan en seguir volando hacia el este? —preguntó el comandante Baxter a Sorenson.

—Sinceramente no lo sé, señor, no lo puedo comprender.

En Port Everglades recibieron la nueva información de los guardacostas y la analizaron detenidamente. El comandante Newman dedujo que Sorenson no sabía lo que estaba pasando.

—Una llamada de Port Everglades; es para usted, Sorenson —gritó desde el otro lado de la sala William Murphy.

—Sorenson al aparato, ¿con quién hablo?

—Soy el comandante Newman, al mando de la unidad de rescate aéreo número 4. Venimos escuchando al Vuelo 19 desde hace un par de horas y me temo que le faltan algunos datos.

—¿A qué se refiere? —preguntó.

—El Vuelo 19 ya no sigue a su líder. Dos de ellos vuelan hacia el oeste y seguramente Taylor, al que creo que tiene localizado, está volando solo.

—No puede ser, ¿está seguro? Dios mío.

La llamada de Newman desanimó a la teniente, todo estaba saliendo mal.

—Tanto trabajo para localizar al Vuelo 19, pero solo tengo a uno, el resto de los aparatos están volando en distintas direcciones, si es que siguen todos en el aire —gruñó contrariada—. Gracias, comandante; si consigue hablar con ellos, le agradecería que me informara inmediatamente.

—Cuente con ello, buenas noches.

Sorenson colgó el teléfono y se acercó de nuevo al plano enorme sobre el que había cinco aviones de madera volando en formación. Su trabajo sobre el Vuelo 19 necesitaba de una nueva mirada más intuitiva si los quería localizar a todos.

Los teléfonos no dejaban de sonar. Ahora era de Dinner Key: el segundo avión que había despegado para intentar contactar con el 19 estaba de vuelta sin nada, con problemas de congelación estructural severa; definitivamente las temperaturas estaban bajando mucho.

—Oye, Powers. —Era Gerber, al que solo le quedaban unos quince galones de combustible para seguir unos minutos más en el aire—. Con todas estas nubes y esta oscuridad, ¿cómo se supone que vamos a saber si estamos sobre tierra o no?

—No lo sé, Gerber, me imagino que en algún momento parará esta maldita tormenta y veremos alguna luz.

—Pues espero que no tarde mucho porque ya estoy casi seco, hace un buen rato que he cambiado al último tanque, no me queda casi nada. ¿Cómo vas tú?

—No mucho mejor.

Los dos sabían que su condena era quedarse sin combustible en mitad de la tormenta, ya habían visto caer a Stivers y ahora les tocaba a ellos. De lo que no eran conscientes es de que ya estaban volando sobre tierra. Las nubes y la noche los tenían ciegos, pero lo habían logrado. De nada habían servido todas las luces de las bases encendidas, ellos no sabían que habían dejado atrás el mar.

El motor del FT 81 empezó a fallar, Gerber conocía bien la señal de falta de combustible; el Avenger hizo una extraña maniobra, perdió altura, aunque por un momento pareció que se recuperaba, solo fue un espejismo que duró unos segundos..., estaban cayendo. Gerber le preguntó a Lightfoot si quería saltar.

—No, teniente, juntos hasta el final, pase lo que pase.

Gerber lo agradeció.

—De acuerdo. Cuando impactemos en el agua salta rápido con el bote, yo te seguiré. Si no lo logro ponte a salvo, no vengas a por mí.

Gerber tenía malas vibraciones, aunque sabía que Lightfoot nunca cumpliría esa orden.

Powers, Paonessa y Thompson observaban impotentes cómo desaparecían sus compañeros... Gerber y Lightfoot se precipitaban entre las nubes mientras se escuchaba un *mayday, mayday* desesperado.

Cuando el Avenger salió de entre las nubes, justo antes de impactar, Gerber no vio las olas de cinco metros contra las que creía que chocaría; había algo de agua, pero también árboles: estaban sobre tierra. El piloto tiró de la palanca con todas sus fuerzas para hacer subir el morro, pero no lo logró, el golpe fue durísimo.

Lightfoot sangraba de un corte en el costado, le dolía mucho el brazo izquierdo, pero no estaba roto. Malherido, se soltó el cinturón de seguridad y el paracaídas. Había algo de agua dentro del avión, pero claramente no estaban en el mar. Abrió la puerta lateral para salir, fuera no había dejado de llover. Lightfoot tenía una linterna de emergencia e iluminó hacia donde pensaba saltar. Cuando saltó se dio cuenta de que el agua no le llegaba a las rodillas; entonces, rodeado de vegetación, empezó a caminar.

—¿Qué es esto? ¿Dónde estamos?

Buscó el mar pensando que quizá estaban en una playa, pero no había arena. Desconcertado, agotado y malherido, miró hacia la carlinga para ver qué hacía su compañero; le iluminó con la linterna, pero no se movía. Pensó que quizá con el impacto había perdido el conocimiento momentáneamente, así que subió como pudo por el ala, golpeó la carlinga y consiguió abrirla un poco. Gerber no lo había logrado. Miró su reloj, pasaban tres minutos de las seis y media de la tarde, se sentó y lloró.

—Taylor para Bossi, ¿me recibes?

Bossi respondió inmediatamente.

—Sí, aquí Bossi, ¿qué sucede? ¿Dónde estás?

—Volando al este y fuera de la tormenta, no tengo ni una sola nube a mi alrededor.

—¿Y qué es lo que ves?

—Lo que veo, Bossi, es agua, agua por todas partes y nada más.

—¿La costa? ¿Alguna isla? ¿Quizá una zona de arrecifes?

—Negativo.

Las palabras de Taylor reafirmaron la decisión de Bossi, estaba demasiado al este en mitad del océano, tocaba encontrar los islotes o terminaría nadando. El problema es que él seguía en el centro de la tormenta y sin ninguna oportunidad de ver nada.

—Powers, ¿qué tal vamos de combustible?

—Mal, chicos, no os voy a mentir. Quizá tengamos unos veinte minutos más, pero ni sé dónde estamos ni veo nada.

Paonessa quiso darle una vuelta positiva.

—En veinte minutos estamos sobre tierra seguro.

—Sí, pero con esta tormenta vete a saber en dónde —replicó Thompson, que seguía con el cenizo en el cuerpo.

—No tengo muy claro si deberíamos comenzar a perder altitud; si estamos sobre el mar y las olas son muy grandes podríamos chocar contra una de ellas, pero si no volamos bajo, no tendré ninguna referencia visual. —Powers trató de explicarles con calma la situación desesperada del vuelo.

Eran tantas las dudas que tuvo que controlarse para no entrar en pánico, pero la incertidumbre que estaban viviendo le carcomía; no quería morir, quería volver a casa y abrazar a su mujer y a su hija. La tormenta no se suavizaba, no escuchaban nada ni a nadie por la radio... Bueno, realmente, sí que escuchaban algo, música caribeña de las emisoras cubanas que seguía sonando machacona, pero por lo menos se oía algo. Habían perdido a Taylor y a Bossi, si es que seguían en el aire, y no tenían noticias de ninguna base en tierra. Quizá el FT 36 era el último de los aviones del Vuelo 19.

—El motor empieza a fallar, nos vamos a estrellar —gritó Powers—. ¿Saltamos?

—No —Paonessa y Thompson respondieron a una.

Estaban esperando ese momento, se habían preparado, el FT 36 estaba llegando al final de su historia.

—Mamá, ayúdame —repetía Paonessa una y otra vez, y rezó, como siempre, a la Virgen.

El avión hizo un extraño movimiento y casi a cámara lenta empezó a caer, mientras Powers trataba de controlarlo.

—Caemos, caemos, no puedo con él.

No terminaban de salir de la tormenta, Thompson se ajustó tan fuerte el cinturón que casi no podía respirar. Seguían cayendo, no se veía nada, ya no se escuchaba nada del motor, ya no rugía, pero ahora era el aire el que provocaba un sonido ensordecedor mientras continuaban perdiendo altura.

—Mierda, ¿dónde estamos?, esto no es el mar... Hay agua, pero esto no es...

Fue lo último que gritó Powers antes de impactar sobre una zona pantanosa. El estruendo fue enorme, el agua y el barro amortiguaron el choque, pero nadie se movía dentro del FT 36... Eran alrededor de las siete de la tarde del 5 de diciembre.

El FT 36 no era el último avión del Vuelo 19, Taylor y Bossi seguían en el aire volando en direcciones opuestas: uno hacia mar abierto, el otro hacia algún islote en el mismo centro de la tormenta. A las siete de la tarde del 5 de diciembre de 1945 los aviones pilotados por los marines se habían estrellado al quedarse sin combustible. Stivers, Gallivan y Gruebel seguían vivos en el agua, a unas 32 millas de Cabo Cañaveral, en unas condiciones dantescas y justo sobre una de las corrientes oceánicas más rápidas del planeta. Lightfoot estaba herido pero vivo en algún lugar de los Everglades, rodeado de todo tipo de alimañas, Gerber no lo había logrado. Y los tripulantes del FT 36 estaban también en esa zona pantanosa, al norte de Florida.

18

El personal de tierra trabajaba sin descanso para tener listos los dos primeros PBM 5 Mariner, hidroaviones gigantes con capacidad para quince tripulantes, aunque lo habitual no era volar con tanta tripulación. Si estaban llenos de combustible, podían permanecer en el aire entre doce y quince horas. Desde hacía cincuenta minutos todo el esfuerzo giraba en torno al Training 49 y al 32, inicialmente preparados para un vuelo de entrenamiento nocturno, aunque ahora con la alerta por la desaparición del Vuelo 19 eran parte del equipo de rescate.

Una nueva hora de despegue y un nuevo plan de vuelo ya estaban en marcha, las tripulaciones necesitaban personal experimentado en operaciones nocturnas y se dio la orden de que fueran los instructores los que pilotaran esa noche de emergencia.

El teniente Duane Walker, al mando de las operaciones de vuelo, estaba hablando por teléfono con el teniente Charles Johnson, instructor de vuelo.

—Pero ¿cuántos aviones me puedes dar para esta misión, Johnson?

—No lo sé, tenemos dos preparados para un vuelo en prácticas. ¿Pueden volar los estudiantes solos?

—No, eso no, esto es mucho más complicado que un vuelo de entrenamiento, tienen que ir acompañados de instructores.

—Entonces te puedo dar tres PBM, el Training 49 y el 32, y en un par de horas seguramente estaremos listos con el Training 60.

Mientras se producía esta conversación, entró al despacho de Walker el teniente Parmenter, que era el encargado de avisar por teletipo a todas las estaciones aeronavales de lo que estaba sucediendo con el 19. Walker puso la mano sobre el auricular del teléfono para que Johnson no escuchara lo que estaba susurrando a Parmenter.

—¿Se ha enviado el aviso?

—Todo listo, señor, teletipos enviados y recibidos por las bases. Se ha activado la búsqueda general del Vuelo 19. La mayoría va a lanzar sus Dumbos en la próxima hora.

—Genial, ¿cómo sigue el parte?, ¿cómo está el tiempo?

—Según me ha dicho el oficial Dinegar, las condiciones solo aceptan vuelos de emergencia, sería imposible despegar con un vuelo ordinario de entrenamiento. Tenemos turbulencias severas sobre el mar y la temperatura está bajando.

Separó la mano del auricular.

—De acuerdo, Johnson, prepara la reunión, quiero juntar a todos los hombres para explicarles cómo vamos a operar durante las próximas horas.

Volar con mal tiempo era la pesadilla de todos los que servían en Banana River, pues estaba muy reciente lo que le había sucedido al teniente White, desaparecido y engullido seguramente por el océano. Desde hacía meses se había cambiado el control sobre los aparatos de Banana River para no perder más aviones en operativos de rescate, algo que sucedía con demasiada frecuencia.

Durante la guerra, la falta de material y el exceso de horas de vuelo de pilotos y aeronaves producían un sinfín de accidentes. Además, el antiguo sistema de control retrasaba mucho la capacidad de reacción en estos casos para intentar salvar a las tripulaciones que sufrían un percance. Ahora la orden para los aviones era reportar cada dos horas; en el momento que fallaba una de estas conexiones se daban dos horas más de margen y en caso de no responder se iniciaba inmediatamente la búsqueda.

El 9 de julio el Training 36 de White volaba hacia Great Exuma en las Bahamas desde Banana River, el último contacto con el piloto y sus hombres fue a las 23.30, justo cuando estaban cruzando una tormenta; hasta las tres de la madrugada no se activó la alerta de avión desaparecido. Lo que le sucedió al 36 empezaba a parecerse demasiado al Vuelo 19; se detectó tarde el problema y las operaciones para buscarlos también se retrasaron mucho. Despegaron aviones de Banana River, Miami y Morrison Field. Desde Nassau, en las Bahamas, los británicos activaron a la RAF para el rescate. Se lanzaron dos dirigibles y se alertó a todas las bases de la costa este. Salieron nuevos vuelos y barcos desde Port Everglades, Lake City, Jacksonville y Fort Pierce.

Dos semanas de búsqueda exhaustiva a lo largo y ancho del recorrido que había realizado White. Durante esos días se recuperaron chalecos salvavidas, botes, restos de fuselaje de aviones, se vieron luces en el mar y bengalas naranjas de una pistola de señales, pero ni rastro del Dumbo desaparecido. Se averiguó que la noche de la desaparición otros dos PBM, junto al de White, se toparon con una enorme tormenta cerca de New Providence en torno a las 21.30. Hasta ese instante los tres aviones tenían contacto de radar y hablaban por radio entre ellos, pero al cruzar la tormenta el Training 36 desapareció. El 23 de julio de 1945 se dio por terminada la búsqueda sin encontrar nada, absolutamente nada. Participaron unos doscientos aviones, dos dirigibles y dieciocho barcos. No lograr localizar a sus camaradas fue un mazazo para las mujeres y los hombres que servían en la base.

Clarence Urgin era el mecánico responsable del Training 49: simpático y muy eficiente, extremadamente detallista y el más deseado por las tripulaciones por su buen hacer. Ya trabajaba en Banana River en julio cuando desapareció White y la tripulación del Training 36, por eso mientras se aseguraba de que todo estaba correcto dentro del aparato, lo tenía muy presente. Repasó hasta el último rincón, contó tres lanchas de emergencia y cinco kits de supervivencia, con paracaídas, chalecos salvavidas y arneses. Estaba todo. Ya habían llenado los tanques de las alas y el central con mil ochocientos cincuenta y cinco galones de combustible, no querían quedarse cortos en una misión de esas características, calculó que podrían estar en el aire unas quince horas. El teniente Jeffery, instructor de vuelo, se había presentado voluntario para la misión y contaba con una tripulación de doce hombres que incluía pilotos de reserva. Para el Training 32, el otro aparato preparado para el rescate, su piloto era el teniente Gerald E. Bammerlin, que llevaba catorce hombres a bordo.

—Señores, tenemos cinco Avenger perdidos al norte de las Bahamas con poco combustible y con unas nefastas condiciones de vuelo. —Así arrancó el teniente Duane Walker la conferencia con los hombres que tenían que encontrar al Vuelo 19—. El teniente Johnson les explicará cómo vamos a organizar esta operación. No les voy a engañar, vamos contra reloj y a la desesperada, Fort Lauderdale ha dado muy tarde la señal de alerta ya que esperaban que sus hombres fueran capaces de regresar a casa por sus propios medios, pero eso no ha sucedido. No estamos solos en esta búsqueda, están avisadas todas las bases de Florida, Georgia, Texas y Luisiana. Vamos a contar con más Dumbos en el aire y con barcos en superficie, el portaaviones *Solomons* coordinará esa parte. También se ha alertado a todos los mercantes que estén en la zona y a aviación civil por si algún vuelo comercial ve algo que nos ayude a encontrar a esos muchachos. Su turno, Johnson.

—Muy bien. Según los datos que hemos recibido de los guardacostas, los Avenger estarían al norte de las Bahamas volando hacia el este. Por eso, Jeffery, quiero que vuele hacia New Smyrna Beach para intentar interceptar al Vuelo 19...

—Disculpe, señor.

Gerald Bammerlin, el piloto del Training 32, interrumpió a Johnson.

—¿Qué sucede?

—¿Por qué están volando hacia el este?

—Es una buena pregunta; lo desconocemos, parece que su líder cree estar en el Golfo de México, pero este es el segundo problema que tenemos, el primero es que no somos capaces de conseguir comunicarnos por radio ni tienen conectado el IFF, así que no los vemos en el radar.

Un murmullo recorrió todo el hangar entre los veintiocho hombres que estaban a punto de arrancar con la misión de rescate.

—Pero aún hay más, los guardacostas informan de que probablemente no siguen en formación y que varios de los Avenger estarían volando por decisión propia hacia el oeste para llegar a la costa.

El rumor se convirtió en un ir y venir de comentarios entre todos.

—Silencio, por favor, necesito solo un minuto más; no tengo que recordarles lo difícil que es encontrar a alguien en el mar de noche y con grandes olas, la tormenta es muy fuerte y van a estar volando de lleno en estas circunstancias. Por favor, tengan mucho cuidado y seamos muy estrictos con el protocolo, contactemos cada dos horas e informen de cualquier novedad inmediatamente.

El teniente Jeffery había estado escuchando con atención todo lo que tenían por delante, pero antes de dirigirse hacia el avión alzó la mano.

—¿Qué sucede, teniente?

—¿Sabemos si continúan en el aire? —Hizo una pequeña pausa y remató—: ¿O los tenemos que buscar en el mar?

—Si le soy sincero, Jeffery, no lo sabemos, los cálculos de Fort Lauderdale son positivos... Suponemos que aún están volando, quizá aguanten hasta las 20.00, pero no nos lo garantizan. Eso es todo, retírense y tengan cuidado ahí afuera.

Mientras las tripulaciones del Training 49 y del 32 se dirigían hacia sus aparatos, las caras y los comentarios de los muchachos eran claramente de preocupación... Demasiados cabos sueltos para una misión de esta envergadura.

19

5 de diciembre de 1945
19.15 horas. Al este de las Bahamas

Harmon y Parpart discutían acaloradamente en la parte posterior del FT 28 desconectados de la radio para que no los escuchara Taylor. El artillero y el operador de radio estaban decidiendo si aguantaban hasta el final, hasta que se quedaran sin combustible, o si saltaban antes. El estar fuera de la tormenta les daba una posibilidad más de salir con vida de un salto en paracaídas.

—Mira, Parpart, no quiero terminar en una lancha salvavidas junto a Taylor, está loco y nos ha metido en un buen lío. Ni siquiera sé si será capaz de no estrellar el avión.

—Tranquilízate, por el amor de Dios; que esté desorientado no significa que no sepa pilotar, es el mejor de todos y seguro que es capaz de posar este pájaro en el agua sin problemas, ya sabes que le ha pasado más veces.

—Me niego a comprobarlo, amigo, yo voy a saltar antes de que nos quedemos secos... Tú haz lo que quieras, pero piénsatelo bien, nos estamos jugando el pellejo.

—Escucha, Harmon, ¿y si tiene razón? ¿Y si estamos cerca de la costa y saltamos antes de tiempo? No sabemos si saldremos vivos de ese salto y quiero estar seguro de lo que vamos a hacer.

—¿Seguro de qué, Parpart?, ¿de que estamos en mitad del océano?, ¿de que no nos escucha nadie? Ya ni oímos las emisoras cubanas… ¿De verdad crees que si estuviéramos cerca de la costa no nos estarían escuchando? Estamos en mitad de la nada, y te diría más, estamos con la mierda hasta el cuello, no sé si vamos a vivir para contar esta historia... A saber si van a ser capaces de encontrarnos.

Parpart se quedó descompuesto, sabía que lo que estaba diciendo su compañero de vuelo era verdad; habían tratado de convencer a Taylor para volar hacia el oeste y no lo habían conseguido, estaban en mitad de ningún sitio y seguramente más muertos que vivos, daba igual que saltaran o no.

El motor del Avenger falló, uno de los tanques de combustible se había vaciado, fue el último aviso. Mientras Taylor cambiaba de tanque y recuperaba el motor, les habló por radio.

—No nos quedan más de treinta minutos, espero llegar a tierra e intentar un aterrizaje de emergencia. No debemos de estar muy lejos.

Los temores de Harmon se estaban cumpliendo, en los próximos minutos deberían tomar una decisión.

Bossi, Thelander y Baluk seguían en mitad de la tormenta con turbulencias salvajes, sin ver nada, sin referencias e intentando encontrar una isla o algo con un poco de tierra firme donde protegerse y tener la opción de salvar sus vidas.

—Baluk, ¿escuchas algo o a alguien?

—Nada, señor, no puedo contactar con ninguno de los aviones, pero sigue la música de las estaciones cubanas.

La última conversación con Taylor había sido a la desesperada, pero hacía un buen rato que no sabían nada de los marines, quizá lo habían logrado y estaban en tierra firme, la idea de volar al oeste no era tan descabellada. Pero Bossi estaba en un camino sin retorno, la realidad pasaba por quedarse sin combustible, estaba seguro de que tenía muy cerca alguno de los islotes de Cayo Walker o quizá sería capaz de llegar a Gran Bahama. Pero era un error, estaba equivocado; y lejos de todos esos puntos de referencia, las nubes le impedían ver nada y a duras penas podía controlar el avión. Las turbulencias seguían maltratando al FT 3 como si fuera un trapo.

El Vuelo 19 estaba irremediablemente condenado a terminar en el agua; su líder, Charles Taylor, no tenía combustible para seguir más de treinta minutos y Joseph Bossi no sabía qué hacer en mitad de la tormenta.

A las siete y veintisiete minutos de la tarde los dos Dumbos de Banana River, el Training 49 y el 32, estaban iniciando la misión de rescate, despegaron esperando tener la fortuna de encontrar a los hombres del 19. En poco menos de tres minutos el teniente Jeffery cumplía con las órdenes comunicando el inicio de su misión.

—Training 49 para Banana River, ¿me recibe?, cambio.

—Aquí Banana River, le recibimos.

—Muy bien, Banana, ponemos rumbo hacia New Smyrna, comunicamos en dos horas nuestra posición salvo que tengamos noticias del Vuelo 19.

—Recibido Training 49, buen vuelo.

Fue la última vez que se les escuchó.

Por otro lado el teniente Bammerlin se dirigía a su zona de rastreo, algo más al este, para localizar uno de los últimos puntos en donde se pensaba que había pasado el Vuelo 19 sobre las seis de la tarde. Tenían muy poca visibilidad y muchas turbulencias, los catorce hombres que volaban con él seguían atentamente sus palabras.

—Gracias a todos por ofreceros voluntarios para esta misión, tenemos por delante una noche larga y difícil, quiero que estemos muy atentos a cualquier luz o reflejo en el agua, dudo de que sigan en el aire, así que imaginaros el calvario que deben de estar pasando. Sabemos lo complicado que es ver algo o a alguien en estas condiciones, pero vamos a intentarlo.

Algunos de los nuevos no estaban acostumbrados a volar con tanto movimiento, pero ansiaban cumplir con su trabajo y regresar con los chicos del Vuelo 19 sanos y salvos.

El *SS Gaines Mill* era un mercante, un superviviente de los ataques de los submarinos alemanes durante la guerra. Su tripulación estaba formada por un puñado de marineros aguerridos esculpidos por el mar y que raramente buscaban refugio cuando la naturaleza mostraba con toda crudeza lo insignificantes que eran a bordo de ese trozo de metal.

La pericia del capitán y el duro trabajo de cada uno de ellos los tenía en mitad del mar a las ocho de la noche con unas olas que cubrían la proa mientras el timonel mantenía, no sin mucho esfuerzo, el rumbo que los llevaría a buen puerto. Hacía un buen rato que habían escuchado el comunicado de alerta por los aviones perdidos. Era una mala noticia, no estaban las condiciones como para andar con un chaleco salvavidas en el agua.

De repente, por el lado de estribor, en el cielo una gran explosión iluminó la noche, una bola de fuego se precipitó al agua. Sonó la sirena de alarma de a bordo, no lo hacía desde el final de la guerra, muchos hombres se activaron instintivamente cogiendo los chalecos salvavidas y buscando ocupar su puesto, el capitán comenzó a lanzar órdenes una tras otra.

—Todo el mundo a cubierta, todo el mundo a cubierta. —La sirena seguía sonando—. Cambiamos el rumbo, ponga proa hacia las llamas, timonel, avante a toda máquina; radio, llame a los guardacostas y dígales que hemos visto una gran explosión en el cielo, confirme nuestra posición y que nos dirigimos hacia el punto donde hemos visto caer las llamas. Los marineros que salgan a cubierta que lo hagan con los chalecos, no quiero ver a nadie sin su salvavidas, y que se aseguren bien, no quiero perder a nadie esta noche.

El timonel se dirigió al capitán.

—¿Qué cree que ha sido eso, señor?

—Si no me equivoco, hijo, un avión que ha estallado. A saber si será alguno de esos pobres diablos que andaban perdidos.

Mientras el *SS Gaines Mill* se dirigía hacia el punto de la explosión, el portaaviones *USS Solomons*, encargado de coordinar las operaciones de rescate marítimas, acababa de perder a uno de los PBM Mariner en su radar, los había estado siguiendo desde el despegue en Banana River.

El *Solomons* era un barco de entrenamiento, durante la guerra sus misiones de escolta y protección en el Atlántico Norte le habían convertido en la pesadilla de los submarinos alemanes, pero ahora sus camarotes estaban repletos de inexpertos pilotos realizando su bautizo de mar y, por las arcadas que se escuchaban en la zona de los baños, para más de uno eso se estaba produciendo esa noche.

—Comuniquen al puente que mientras esto siga así, con las olas saltando por encima de la cubierta de despegue, es imposible que salga ningún avión.

Las órdenes del contramaestre del *Solomons* fueron comunicadas inmediatamente al puente.

No solo el *SS Gaines Mill* había visto la explosión. Stivers, Gallivan y Gruebel, empapados y helados, resistían en el agua en un pequeño bote. Los tres supervivientes del 117 se enfrentaban como podían a las enormes olas.

—¿Has visto eso? —gritó Gallivan al capitán Stivers mientras sujetaba con fuerza a Gruebel por su chaleco salvavidas.

—Sí, y no son buenas señales, eso era un avión...

—¿Nos estarán buscando?

—Seguramente, pero ese ya no lo hará más...

No querían perder la esperanza, pero no tenían ni un segundo de tregua, el frío se estaba apoderando de sus escasas fuerzas, pero no querían rendirse, aún no.

—Silencio, escuchad, se oye algo —gritó el operador de radio.

Se escuchaba un motor en la lejanía, podía ser el de un avión.

—Rápido, tenemos que lanzar alguna señal —ordenó Gruebel.

—Esperad, no haremos nada, solo tenemos un puñado de bengalas, si las disparamos y no nos ven, estamos muertos.

Stivers tenía razón, sonaba demasiado lejos. Con toda seguridad era uno de los Dumbos que ya estaban en el área buscando, pero las nubes y la tormenta impedían que se viera nada a poco más de tres millas.

El kit de emergencia contenía un par de bengalas, alguna granada de humo, además de un par de latas de agua por cabeza y una ración de comida. El resto, incluyendo el kit de pesca y el cuchillo, de poco les servía; eso sí, la bomba para achicar agua manualmente la estaban utilizando por turnos para vaciar todo lo que seguía entrando con cada ola.

Bossi y los chicos del FT 3 no veían ni escuchaban nada, solo les preocupaba que se estaban quedando sin combustible y su suerte se acababa a la misma velocidad. El joven piloto había propuesto a sus compañeros que saltasen antes de caer al mar con el avión, pero tenían un problema: el operador de radio, Burt Baluk, amigo personal de Bossi, no se atrevía a saltar en esas condiciones, estaba bloqueado.

—Baluk, si no saltas, yo tampoco. No te voy a dejar solo, no te preocupes, posaré este hermoso pájaro en mitad de las olas.

—Lo siento, Bossi, no sé qué me pasa, estoy paralizado.

—Tranquilo, amigo, estamos juntos en esto.

El motor comenzó a fallar, eran las siete y cincuenta y cinco minutos, llevaban más de cinco horas y media de vuelo y se iban a convertir en los penúltimos en caer, aunque ellos no lo sabían.

—Está bien, Thelander, si quieres saltar es el momento, nosotros nos quedamos.

El artillero dudó unos instantes, pero si Baluk estaba bloqueado sin querer saltar, a Herman Thelander le quemaba el culo y solo quería salir como fuese del Avenger.

—De acuerdo, lo voy a hacer.

Su duda era quedarse solo en el agua, pero tampoco sabía si podría sobrevivir a la maniobra de Bossi; les deseó buena suerte, abrió la puerta y la tormenta casi le succionó hacia fuera, entonces se agarró con fuerza con las dos manos, pues las turbulencias eran tan fuertes y las rachas de viento tan cruzadas que tenía que saltar lo más lejos posible del aparato para no golpearse contra él. Tomó impulso y se lanzó, pero falló, un cambio de viento le empotró contra la cola, salió rebotado y abrió el paracaídas antes de perder el conocimiento... No llegó vivo al agua. Baluk lo vio desaparecer y escuchó un golpe, pero no fue consciente de lo que acababa de pasar.

—Está bien, amigo, sujétate con fuerza y en cuanto lleguemos al agua, sal todo lo rápido que puedas, yo saltaré a por ti.

—De acuerdo, Bossi, lo lograremos.

—No te quepa ninguna duda.

El motor se paró y comenzó un descenso en picado. Baluk se agarraba con fuerza mientras transmitía por última vez.

—*Mayday, mayday,* FT 3 cayendo, si alguien nos recibe nuestras coordenadas son...

No tuvo tiempo para decir nada más, el avión chocó contra el agua y empezó a hundirse. Baluk no había muerto, soltó la radio, se desabrochó el cinturón y agarró el bote salvavidas; el agua ya se había colado por todas partes, cogió todo el aire que pudo respirando un par de veces profundamente y buceó para salir del Avenger; cuando sacó la cabeza del agua, Bossi estaba ahí.

—Al final no nos ha ido tan mal. —Se dieron un abrazo y subieron a la balsa—. ¿Crees que Thelander lo habrá conseguido?

—No lo sé —respondió Baluk—, escuché un golpe cuando saltó, pero no lo vi.

Otros dos hombres del Vuelo 19 estaban en el mar esperando a ser rescatados, y aunque felices por seguir vivos, lo que tenían enfrente era la peor tormenta que habían visto en su vida.

—Tenemos que achicar agua, Baluk, a este ritmo duraremos muy poco a flote.

La balsa de los dos hombres se llenaba cada vez que una ola les pasaba por encima, y claramente a un ritmo imposible de solucionar.

—Pase lo que pase, amigo, no soltaremos la balsa y no nos separaremos. Si se llena de agua nos salimos, intentamos darle la vuelta y nos metemos de nuevo.

La idea de Bossi era desesperada, intentar dar la vuelta a la balsa era comprar números para que saliera volando con una ráfaga de viento.

—No es una buena idea, piloto —le respondió Baluk—, mejor que nos atemos juntos a la balsa, engancha el chaleco salvavidas, esto no se irá al fondo del mar de ninguna manera, están construidas para resistir.

—¿Estás seguro de esto?

—Sí, totalmente. Confía, esto es así.

Ninguno de los dos tenía experiencia alguna en una situación real como en la que estaban metidos. No sabían muy bien qué decisión tomar. Tan solo eran dos jóvenes intentando convencerse a sí mismos de que lo que estaban haciendo era lo correcto. Pero esa noche ni el más experto habría sobrevivido en ese infierno.

El *SS Gaines Mill* estaba rodeado de una gran mancha de aceite, el capitán ordenó prácticamente parar las máquinas, navegar lentamente y encender todas las luces del barco.

—Hay que buscar a los supervivientes, pero cualquier cosa que vean nos será de ayuda.

Los marineros se apostaron a lo largo de todo el carguero a estribor y a babor, escudriñaban entre las olas y la oscuridad para intentar encontrar alguna pista de qué había sido esa bola de fuego. Pero no había nada, salvo la mancha. Alumbraban con los focos hacia todas partes. Las voces llegaban desde los dos lados.

—Nada por el lado de estribor.

—Nada por el lado de babor, señor.

—Sigan buscando, algo tiene que haber, no se puede desaparecer sin más —gritó el capitán—. Timonel, seguimos avanzando lentamente.

Una y otra vez inspeccionaron el mar sin descanso, mirando las aguas negras por si intuían cualquier resto. Pero los hombres del *Gaines Mill* no encontraron nada y así se lo comunicaron a los guardacostas.

Banana River seguía sin saber por el momento que uno de sus PBM Mariner había estallado en pleno vuelo.

El teniente Taylor vio cómo la aguja de combustible estaba casi a cero, ya había utilizado los otros tanques, así que avisó sobre lo que estaba a punto de suceder.

—Chicos, no queda combustible, ha llegado el momento de las decisiones: ¿intentamos amerizar o saltamos?

Aunque Harmon y Parpart habían estado discutiendo sobre el tema, afrontar la hora de la verdad era otra cosa; estaban prácticamente fuera de la tormenta y todo parecía más sencillo, pero el viento seguía soplando con fuerza y el salto no estaba exento de peligros. Lo peor de todo era que no caerían juntos y resultaba más difícil que los encontrasen si estaban desperdigados en altamar.

—¿Qué quieres hacer, Parpart? —preguntó Harmon, ahora menos beligerante que unos minutos antes cuando ponía en duda todo lo que decía su compañero de vuelo.

—Saltar, ¿qué podemos hacer si no...? Tenemos muchas posibilidades de no contarlo con el impacto del avión contra el agua, aunque no sé si saldremos vivos de este salto.

Harmon meditó en silencio unos segundos.

—Muy bien, saltamos. Señor, preferimos saltar, ¿y usted?

—No me voy a quedar solo, saltaré también.

El FT 28 caería al agua sin su tripulación. Harmon y Parpart se organizaron atrás, saltaron ellos primero; el último en abandonar la nave fue Taylor.

Antes de abrir la puerta lateral los dos tripulantes comprobaron su equipo; llevaban encima las bengalas, la luz de señales y también el kit de supervivencia, las latas de agua y la comida. Una vez que vieron que todo estaba listo, ya no quedaba casi tiempo, y entonces se abrazaron.

—Parpart, quiero contarte una cosa por si no salgo de esta.

—En serio, Harmon, ¿ahora? Déjate de historias, vas a salir de esta, no nos pasará nada, salvo que vamos a estar unas horas en remojo.

—No, escúchame, no me llamo Robert Harmon, mi nombre es George Devlin. Mentí para poder alistarme porque era menor de edad y no tenía otra opción si quería luchar en la guerra.

Parpart se olvidó por unos instantes del salto y de lo que le esperaba en el agua.

—¿Por qué me cuentas esto ahora?

—Porque no quiero morir con un nombre que no es mío, soy George Devlin, recuérdalo.

Mientras pronunciaba de nuevo su nombre, Devlin empujó la puerta y se dejó caer al vacío; el aire le llevó lejos del avión y Parpart lo vio abrir el paracaídas y alejarse a una velocidad endiablada. No podía dar crédito a la última confesión de su amigo, volvió en sí y sin dudarlo saltó también, y mientras perdía altura colgando del paracaídas, pudo ver a Taylor abriendo la carlinga y lanzándose. Una ráfaga lo alejó de su teniente mientras veía como si fuera a cámara lenta, muy despacio, cómo el FT 28 entraba en barrena, su morro se inclinaba hacia abajo, y ya sin nadie a los mandos impactaba contra el agua; aún tuvo tiempo para ver la luz de cola y cómo se hundía. En ese momento se encontraba solo, cayendo sobre el agua, y fue en ese instante cuando se dio cuenta de que no había enviado un mensaje de socorro. Con las prisas por abandonar el avión y la confesión de Devlin se le había olvidado lanzar un *mayday*. Sus pies estaban entrando en el agua, en mitad del océano, y seguramente nadie sabía dónde estaban; se maldijo por ello.

El viento jugaba con Taylor, suspendido del paracaídas, llevándole de lado a lado, estaba siendo un descenso más que complicado y recordó las otras veces en las que se había quedado sin combustible y en remojo. La última vez que se vio en esa situación se acordó de cuando jugaba con su hermana en Corpus Christi y ahí estaban, vigilantes, su madre y su tía. Volvió a recurrir a esta estratagema. Eso le hizo más llevadero el tiempo de espera. Confiaba en que le encontrarían antes de veinticuatro horas. Lo que le preocupaba eran las explicaciones que le tocaría dar por el desastre del vuelo en prácticas. «Ojalá estén todos bien», pensó. Temía que alguno de los muchachos no lo hubiese conseguido. Despacio fue hundiéndose en el agua, el chaleco salvavidas le mantenía a flote, soltó el paracaídas, pero lo sujetó, se rodeó con él, pues recordaba lo que le había dicho uno de los pilotos que le rescataron cuando no llegó a Guam: «Teniente, siempre es más fácil ver en el agua algo blanco y enorme flotando que no a un hombre». Miró a su alrededor por si veía a Parpart o a Harmon... Nada, ahora eran las olas las que jugaban con él, estaba en una montaña rusa que no tenía fin.

Pasadas las ocho de la noche, el mar seguía embravecido y no solo ponía en aprietos al *Solomons,* que no lanzaba ningún avión, también tenía bailando al resto de las lanchas y barcos que buscaban ya a la desesperada a los hombres del Vuelo 19. Se había cruzado la hora límite, ya ninguno de ellos estaría en el aire.

En Fort Lauderdale el teniente comandante Poole tenía cara de pocos amigos, había dado la orden de que a cualquier precio se localizara al capitán William Burch, comandante en jefe de la base, que seguía supuestamente cazando patos.

Allan Kosnar era el único hombre del Vuelo 19 en tierra y no se apartaba de la radio en la torre de control, aunque ya sin esperanzas de escuchar a sus amigos; seguía atento, no sin dificultades, a las comunicaciones de todos los que estaban participando en el rescate.

El Training 32 se encontraba en la zona asignada para su búsqueda, todas las bases estaban escuchando su comunicación con Banana River.

—Training 32 para Banana River, ¿me reciben?, cambio.

—Sí, teniente Bammerlin, le recibimos.

—Estamos sobre la zona, tenemos vientos cruzados de oeste y suroeste, esto es un infierno de turbulencias severas y visibilidad de entre tres y cinco millas, solo rezo para que no estén por aquí, dudo de que se pueda salir vivo en esta área. —La voz de Bammerlin estaba afectada por el constante traqueteo al que estaba sometido por los cambios del viento y las turbulencias—. El mar está todavía peor, las olas son enormes.

—Entendido, Training 32, siga sobrevolando ese cuadrante hasta nueva orden. Estamos teniendo problemas para comunicar con Training 49, inténtelo usted desde su posición.

—Ok, recibido, Banana River.

Bammerlin llamó a Training 49.

—Training 32 para Training 49, ¿me recibes?, cambio.

Esperó unos instantes, pero la respuesta no llegaba.

—Training 32 para Training 49, ¿me recibes?, cambio. Jeffery, soy Bammerlin, ¿me escuchas?

Solo ruido de interferencias y nada más; los operadores de radio de las distintas bases escuchaban atentamente cualquier comunicación, habían oído a los guardacostas hablando de lo que había visto el *SS Gaines Mill* y también al *Solomons* confirmando que no los tenía en el radar.

Bammerlin se dirigió a su operador de radio.

—Necesito conectar con el teniente Jeffery, sigue insistiendo, a ver si podemos mejorar la señal, estamos en la misma frecuencia, ¿verdad?

—Afirmativo, señor.

—Training 32 para base.

—Aquí Banana River.

—No consigo hablar con Jeffery, lo seguiremos intentando, nos mantenemos a la escucha hasta nueva orden.

—De acuerdo, Training 32, mantenemos línea abierta. Cambio y corto.

En Banana River empezaban a temerse lo peor porque ya no solo estaban en una misión de búsqueda del Vuelo 19; el Training 49 y sus trece hombres también habían desaparecido. Pero mientras tanto el trabajo en tierra no se detenía, querían enviar un tercer Mariner al rescate. Johnson trabajaba sin parar para que sus hombres terminaran de abastecer al Training 60.

A las 20.15 de la noche del 5 de diciembre de 1945 ocho hombres peleaban en el agua: en una balsa muertos de frío, pero con la moral intacta, el capitán Stivers, el sargento Gallivan y el soldado Gruebel —la tripulación del FT 117— escuchaban ruidos de motores a su alrededor y esperaban una mínima señal para lanzar una de sus bengalas. Bossi y su amigo Burt Baluk, el marinero de primera clase, de la tripulación del FT 3, luchaban en otra balsa, en el corazón de la tormenta, muy lejos de los hombres del 117 y con muchos problemas. Poco a poco el cansancio los vencía, cada vez era más difícil mantenerse firmes sin salir despedidos del pequeño bote amarillo. El tercer tripulante, el marinero de primera clase Herman Thelander, había perdido la vida en el salto. Mucho más al este en pleno océano, solos y separados, flotaban Charles Taylor, Walter Parpart y el recién rebautizado George Devlin, antes Robert Harmon.

En tierra, en algún lugar de los Everglades, en una zona de humedales de casi dos mil kilómetros cuadrados de manglares, bosques de pinos y todo tipo de fauna animal habían caído dos Avenger, el FT 81 con el soldado de primera clase William Lightfoot, herido, junto a su piloto Forrest Gerber, que estaba muerto; y no lejos de ahí el FT 36, con el sargento artillero Thompson muerto, el sargento George Paonessa inconsciente y el capitán Edward Powers inmóvil en la carlinga del piloto.

Banana River había perdido al Training 49 en una explosión, el teniente Jeffery y sus doce hombres habían muerto.

TERCERA PARTE

TOQUE DE SILENCIO

20

27 de diciembre de 1945
Cuartel general de los marines, Washington DC

El sol estaba saliendo en Washington y el cabo Joseph Paonessa no había logrado dormir ni un solo minuto esa noche, el telegrama de su hermano había cambiado totalmente la situación de las últimas semanas. No podía entender qué es lo que le sucedía a George, por qué solo había facilitado el mensaje en clave y nada más. Veintidós días después de la desaparición del Vuelo 19, todo era un misterio.

La llamada al capitán Burch y la manera en que lo había tratado le tenían descolocado; no solo no se alegró de la posibilidad de que George estuviera vivo, sino que le pareció que era un problema que eso fuera así. No le gustaba ese capitán; además, no había estado en su puesto cuando tocaba, y así de claro se lo diría en cuanto le entregara el telegrama. Pero lo que de verdad le tenía el corazón encogido era la charla telefónica que había mantenido con su padre. Le había tenido que contar que Georgie había enviado un telegrama y que estaba aparentemente vivo, pero no sabía dónde ni en qué condiciones. No tenía más datos. Frank Paonessa había llorado y suplicado, las palabras de su progenitor resonaban sin cesar en la cabeza de Joseph.

—Busca y encuentra a tu hermano, me da igual lo que tengas que hacer y cómo lo tengas que hacer, pero hazlo.

Era un tema de familia y eso con sangre italiana por las venas era mucho más que una simple súplica. El problema era que no podía salir del cuartel sin más, cruzando la puerta y desapareciendo, le hacía falta un permiso. Sin embargo, lo tenía todo calculado, el capitán Burch le había puesto en bandeja la excusa perfecta; quería el telegrama, pues lo iba a tener. Él se lo llevaría en persona y de paso pararía en Jacksonville, quizá George estuviese ahí, quién sabe si herido, pero no dejaría escapar esa oportunidad.

Antes de las nueve de la mañana ya tenía la información de un par de vuelos militares a Florida; no sabía cómo, pero tenía que meterse en uno de esos vuelos. No fue nada difícil conseguir el permiso para acercarse hasta Fort Lauderdale y entregar el telegrama. La suerte estaba de su lado, al mediodía salía un vuelo de un grupo de instructores para Banana River, de ahí a Jacksonville podría llegar en autobús. Ser el hermano de uno de los desaparecidos del Vuelo 19 tenía que servir de algo.

—¿Por qué quiere volar a Banana River, cabo? —le preguntó el oficial encargado de asignar las plazas del vuelo.

—Tengo que llevar un telegrama a Fort Lauderdale.

—Eso está muy lejos de Banana River, será mejor que lo mande por correo, cabo.

No parecía que el oficial estuviese dispuesto a ayudar a Joseph.

—Señor, mi hermano es uno de los desaparecidos del Vuelo 19 y se lo quiero entregar en persona al capitán de la base de Fort Lauderdale, al capitán Burch.

El oficial lo miró con atención.

—Así que su hermano es uno de los del 19.

—Sí, señor.

—Vamos a ver qué podemos hacer, ese vuelo en el que se quiere subir lleva al personal que ocupará los puestos dejados por los desaparecidos del Training 49.

El círculo se cerraba, otro vuelo que tenía que ver con todo lo sucedido el maldito día 5 de diciembre.

—Por mí no hay problema, señor.

—Muy bien, preséntese a las doce del mediodía, son poco más de dos horas y media de vuelo, a partir de ahí es cosa suya el llegar a Fort Lauderdale.

—Afirmativo, señor.

Joseph lo había logrado, dormiría en Jacksonville y tendría unas veinticuatro horas para encontrar a su hermano o alguna pista para llegar hasta él.

El vuelo fue tranquilo y Joseph aprovechó las más de dos horas para pensar cómo se organizaría. Le daba miedo confirmar si su hermano era la persona que había enviado el telegrama, pero lo tenía que hacer. Se acercaría hasta la oficina de Western Union, con una foto de George y preguntaría si le recordaban, si alguien le reconocía. También recorrería moteles, restaurantes, bares u otros lugares que estuvieran cerca; quizá no había sido casualidad que enviara el telegrama justo desde allí, pudiera ser que no anduviese lejos de ese punto.

Joseph Paonessa era un hombre fuerte de treinta y ocho años, un veterano de los marines, con rasgos italianos inconfundibles y que siempre había sido el referente de su hermano; su relación con George era mucho más estrecha que con el resto de los hermanos.

Un autobús lleno de marineros que salían de permiso de Banana River le dejó en Jacksonville. A finales de 1945 Joseph esperaba encontrarse con un pequeño lugar de casas bajas de madera, como muchas de las ciudades del sur, pero la realidad le desbordó, era una locura mucho mayor de lo esperado, un hervidero de militares en todas las esquinas. Desde el inicio de la guerra la base aérea de Jacksonville se había convertido en una de las tres más grandes del país y alojaba a treinta mil personas, entre mujeres y hombres. Era tan grande la cantidad de uniformes a su alrededor que pensó que su hermano pasaría totalmente desapercibido, y eso supondría una misión casi imposible a la hora de encontrarlo.

Entró en la oficina de Western Union para preguntar, tal y como había planeado, si recordaban si se había enviado ese telegrama desde allí y quién lo había hecho. Un hombre con pocas ganas de hablar miró de arriba abajo al marine.

—¿Por qué debería responderle?

Joseph trató de ser amable.

—Mi hermano ha desaparecido y le estamos buscando, la última noticia que tengo es este telegrama.

El gruñón miró de nuevo el telegrama.

—Estás de suerte, lo envió desde aquí. Es la única oficina que hay.

Joseph no se pudo creer su buena suerte. Se sacó del bolsillo superior derecho del uniforme una fotografía de George junto a su padre, Frank, que se habían hecho en 1940, después de terminar los meses de instrucción con los marines.

—¿Le reconoce? ¿Es él quien envió el telegrama?

Era difícil reconocer a ese muchacho vestido de militar.

—Se parece a un hombre que mandó un telegrama, no sé si este telegrama en concreto, pero vestía ropa de paisano y tenía muy mala cara, nada que ver con el aspecto del de la foto. Sinceramente, no lo sé.

—Fíjese bien, es muy importante —insistió Joseph.

—Creo que sí, pero no estoy seguro, es que no llevaba ropa militar, y ya le digo que tenía muy mala cara, como si estuviera enfermo o no hubiera dormido durante días.

Joseph dudó, no ir vestido con su ropa confirmaría la sospecha de que se había metido en un lío, aunque no tenía sentido andar disfrazado para volar, solo lo tenía si quería esconderse de algo o de alguien; lo de la mala cara podía deberse a que estuviese enfermo, pero ¿enfermo de qué?

—¿Recuerda algo más?

—Ahora que me lo pregunta y que he vuelto a leer el texto, le dije que ya era mayor para ir firmando con diminutivos, se sintió dolido por el comentario y me contestó de malas maneras que ese era su nombre, que se llamaba Georgie.

A Joseph aquello le sonó a gloria; recordaba a su hermano, cuando eran pequeños, rabioso porque se reían de él cuando su madre, Irene, le llamaba Georgie y cómo a puñetazo limpio se defendía de sus hermanos, que le insultaban y le decían que era un mocoso mimado. Así era su hermano, ese era su nombre y punto, y se defendía. Con el paso de los años todo cambió, pero solo el verdadero George Paonessa reaccionaría así.

—¿Recuerda algo más?, ¿quizá hacia dónde se fue?

—Lo vi cruzar la calle y caminar hasta la parada de autobuses.

Eso no eran buenas noticias; si se subió a un autobús, podía estar en cualquier rincón del país. Le agradeció al malhumorado empleado su tiempo y salió de la oficina caminando hacia donde estaban los autobuses de la Greyhound.

21

5 de diciembre de 1945
21.45 horas. A 25 millas, al este
de New Smyrna Beach

La tormenta seguía castigando a todos los operativos de búsqueda y rescate. En el mar las olas eran tan enormes que a los hombres del Training 32 se les hacía complicado creer que alguien pudiera estar vivo en el agua; aun así, seguían lanzando bengalas que caían con lentitud iluminando los sectores donde intuían que quizá hubiese alguien o algo. Mientras tanto, el operador de radio continuaba incansable tratando de conectar con el Training 49, pero sin obtener respuesta.

En la base de Banana River se había montado una reunión urgente, estaban el teniente comandante Norman Brule, a cargo de los vuelos de entrenamiento y de los instructores; el teniente Duane Walker, al mando de las operaciones de vuelo; y el teniente Charles Johnson, instructor de vuelo.

—¿Qué hacemos? La explosión que han visto los barcos podría ser del 49. —Brule estaba preocupado—. Si es así, ¿cómo reorganizamos la búsqueda?

—Johnson, ¿cuándo estará listo el Training 60? —preguntó Walker.

—En unos quince minutos; a las diez de la noche, señor.

Walker se adelantó a lo que iba a sugerir Johnson.

—Creo que lo mejor es que movamos al Training 32 hasta la zona del posible accidente; aunque ahora está lejos de donde han avistado la bola de fuego, prefiero tener a uno de los nuestros en la búsqueda y que nos pueda decir si se trata efectivamente del 49.

—Me parece bien, pero si es así tenemos que comunicarle lo que sospechamos —afirmó Brule—. ¿En cuánto tiempo podría estar sobrevolando el área?

—Depende del viento, señor; con las turbulencias y los vientos cruzados se me hace complicado darle un tiempo estimado —respondió Johnson.

—Pues vamos a por ello; seguimos tratando de comunicarnos con el 49 y si a las 23.30 Training 49 no envía su reporte, avisamos al comandante Robert Cox. No me puedo creer que tengamos veintisiete hombres desaparecidos ahora mismo en esta área, es un sinsentido, y Dios quiera que con este tiempo no ocurra ninguna desgracia más.

Brule tenía razones para estar tan pesimista y no quería ni pensar lo que suponía despertar al comandante... La noche podía convertirse en eterna. Por otra parte, compartía las mismas sensaciones que tenían en el cuartel general de los guardacostas en Miami: si había alguien vivo, estaba en el agua.

Ellen Sorenson era consciente, al igual que el comandante Baxter, de que los hombres del Vuelo 19 estaban, en el mejor de los casos, en alguno de los botes amarillos de emergencia; ya nadie podía seguir volando. Se había transmitido un último mensaje a todos los aviones y barcos que participaban en el operativo de rescate: «Guardacostas informa: cinco TBM perdidos sobre el mar, combustible casi agotado». No querían utilizar el termino «sin combustible», aunque esa era la realidad.

Sorenson y Baxter hablaban junto al mapa gigante en el que ya no estaban solo los cinco aviones de madera del 19, sino que se habían ido sumando los barcos y aviones que participaban en la misión de rescate.

—Me temo, señor, que tenemos por delante una noche larga. No será fácil encontrarlos —afirmó la teniente con el semblante muy serio.

—Lo sé, Sorenson; el problema es que no tenemos una mejoría de tiempo a la vista en los próximos días. Suceda lo que suceda esta noche o mañana por la mañana, seguiremos metidos en la tormenta.

—¿Qué cree que le ha pasado al Dumbo de Banana River?

—Ojalá que me equivoque, pero una explosión en el cielo, en esa zona, no puede ser otra cosa que un PBM Mariner..., y el 49 no responde.

Lo mismo que estaban comentando los guardacostas era lo que se le estaba transmitiendo al teniente Bammerlin.

—Edward, soy Johnson, ¿me recibes?

—Sí, te recibo, ¿qué sucede, teniente?

—Nos han alertado de una bola de fuego en el cielo en el área donde se supone que debería estar el teniente Jeffery, quiero que cambies la zona de búsqueda.

—Entendido, señor, ¿noticias de supervivientes?

—Por ahora, ninguna.

Resopló de rabia. Jeffery era un buen amigo y un gran piloto, no merecía morir así. Por un instante pensó en lo peor, pero se recompuso y ordenó el nuevo rumbo. El curso del Training 32 le llevó hacia New Smyrna, tardarían más de una hora en llegar hasta la posición marcada en esas condiciones.

Katherine Taylor estaba en la cocina de su casa en Corpus Christi, sentada en una vieja silla de madera blanca y apoyada sobre una mesa redonda. Ese espacio íntimo recibía la luz de una lámpara de pie. Preparaba la clase de español que tenía que dar al día siguiente en la escuela, sus alumnos eran un grupo aplicado y revoltoso de adolescentes. Levantó la mirada para ver la hora en el reloj colgado sobre la nevera; se sorprendió, pues era demasiado tarde para que Charles no hubiese llamado. Suspiró, reprochando que una vez más su hijo no fuese a cumplir puntualmente con una de sus promesas: llamar después de aterrizar. Optó por seguir a lo suyo, tenía trabajo para rato, al menos para una hora más, así que se concentró de nuevo en la tarea y se olvidó por un momento de su hijo. Mary Carroll, su hermana mayor, entró por la puerta en ese instante; vivían juntas, era una mujer alta y una segunda madre para Charles y para Georgia, a los que había cuidado desde el mismo instante en que su padre los abandonó.

—¿Ya has cenado, Katherine?

—Sí, he comido un poco de pollo que ha sobrado de este mediodía; pero no me distraigas, que estoy con la lección de mañana.

—¿Ha llamado Charles?

—No, aún no —respondió casi de mala gana; prefería no pensar en ello, pero Mary no parecía estar dispuesta a detenerse.

—Pues ya es tarde, este chico tiene que entender que estamos preocupadas.

—Por favor, Mary, ya está bien; seguro que llama en un rato o mañana por la mañana, estará con sus compañeros celebrando que han terminado el curso. Anda, déjale que se divierta…, después de todo lo que ha pasado en la guerra ya va siendo hora de disfrutar un poco.

Katherine prefería pensar en positivo; no estaba tranquila, pero tampoco pensaba darle munición a su hermana para terminar pasando la noche en vela si Charles no llamaba. Se concentró de nuevo en la clase de español.

De repente, sonó el teléfono y Katherine se levantó de un brinco sin dejar que sonara una segunda vez.

—Dime, ¿Charles?

—No, mamá, soy Georgia; ¿aún no ha llamado?

Estaba claro que le iban a dar la noche. Georgia era la hermana de Charles; estaba casada con Whitney Lowe, otro veterano de familia acomodada, y vivían al otro lado de la ciudad. Por la mañana Georgia había sonsacado a su madre la conversación de la noche anterior con su hermano, lo preocupada que estaba porque sentía que Charles no terminaba de estar bien y cómo se dio cuenta de que no quería volar ese día.

—No, le estaba comentando ahora a tu tía Mary que aún no ha llamado y que seguramente estará celebrando el fin de curso con sus estudiantes.

—Bueno, me imagino que sí. —No quería tampoco preocupar más de la cuenta a esas dos mujeres, así que optó por una retirada a tiempo—. Muy bien, mamá, ya mañana hablamos y me cuentas qué tal está.

—Sí, hija, no te preocupes; te llamo en cuanto tenga noticias.

—Buenas noches, mamá.

—Buenas noches.

Colgó y Mary aprovechó para lanzar una de esas preguntas que odiaba Katherine.

—¿Y si le llamamos?

—¿Adónde lo quieres llamar? —exclamó—. ¿A la base? ¿A estas horas? ¿Qué quieres, darle un susto de muerte?

—Sí, tienes razón.

Todo terminó ahí, Charles no llamó esa noche ni tampoco a la mañana siguiente.

Banana River decidió hacerse cargo también de la búsqueda de su aparato desaparecido, envió un mensaje al *SS Gaines Mill:* «Mantengan la posición hasta que lleguen equipos de rescate marítimos y aéreos».

El Training 60 estaba por fin listo y despegando para sumarse al operativo y junto a él salieron aparatos de Daytona

Beach, Vero Beach, Jacksonville y Dinner Key. La maldita tormenta, la más severa del invierno, estaba vapuleando a un puñado de valientes voluntarios que trataban de encontrar a veintisiete hombres desaparecidos.

En el cuartel general de los guardacostas en Miami se seguían recibiendo informes de los barcos que operaban en toda la zona, no solo los de la Marina norteamericana, sino también de unos cuantos mercantes y pesqueros que, desafiando al mar y las olas, se habían lanzado a la búsqueda de los desaparecidos.

—Comandante Baxter, comunicado del *SS Payne:* han avistado bengalas por la zona de Cabo Cañaveral.

—¿Tenemos aviones de rescate en esa parte? Quizá son de ellos, de los Dumbos de búsqueda... Bueno, será mejor que por si acaso se aproximen y comprueben que no hay nadie.

Otro de los operadores de radio llamó la atención de Baxter.

—Señor, otra más; el *SS John Dward* ha visto una bengala al noreste de Cabo Cañaveral.

Baxter se quedó pensativo por un instante, demasiadas señales en el mismo lugar.

—Sorenson, ¿teniente?

—Señor.

Ellen Sorenson se acercó hasta donde estaba su superior.

—¿No le parecen muchas bengalas en la misma zona? Déjeme que le haga una pregunta con trampa: si estuviera en el agua en una balsa, ¿qué haría si escuchara ruido de barcos o aviones?

—Lanzar todo lo que tuviera para que me vieran —contestó ella sin dudarlo.

—Exacto, que alguien se dirija hasta donde se están viendo esas luces, ahí tenemos a alguien en el agua.

Por fin parecía que podían dar con alguno de los desaparecidos. Nadie lo sabía, pero era justo la zona donde había caído el FT 117. Desde su pequeño y frágil bote amarillo, Stivers, Gallivan y Gruebel habían comenzado su 4 de julio particular lanzando algunas de las señales que había en el kit de supervivencia, y eran todas las armas que tenían en su poder para ser encontrados.

—Señor, el *SS Payne* se dirige a toda máquina hacia la zona, también el mercante *SS President Tyler* ha escuchado los mensajes y pone rumbo hacia ese lugar.

«Vamos, necesitamos buenas noticias; estoy seguro de que estos chicos están vivos», pensó Baxter para sí mismo mientras continuaba leyendo informes.

Gallivan seguía indestructible, con todas sus fuerzas intactas. En la guerra ya le había pasado, en situaciones límite se sobreponía y multiplicaba su capacidad para resolver problemas, pero Gruebel y Stivers estaban ya bajo los síntomas de la hipotermia. El agua y las bajas temperaturas estaban pudiendo con ellos. Al verlos así, decidió poner luz a la noche, sabía que o los encontraban pronto o sus compañeros no lo lograrían. El plan funcionaba, o al menos eso parecía; varios barcos se dirigían hacia donde estaban, pero esa noche el dueño de los mares y océanos, el dios Poseidón, no estaba de humor ni quería ayudar, pues el bote no paraba de subir y bajar ola tras ola y el viento y la corriente los llevaba hacia el noreste lejos, muy lejos de sus salvadores.

Dinner Key avisó a su Dumbo para que se acercara de nuevo al punto al que se dirigían el *SS Payne* y el *SS President Tyler,* era la segunda vez que estaba en esa zona de búsqueda; en la primera, el frío les había congelado la antena dejándolos incomunicados, sin radio y sin opciones de escuchar a nadie. Lo repararon, no querían abandonar, continuarían en la búsqueda, aunque se encontrasen maltrechos.

Desde las siete de la noche se había dejado de escuchar al Vuelo 19, ninguna frecuencia, nadie conseguía contactar con ellos, las últimas palabras habían sido las de Bossi en el FT 3 hablando con Taylor. Miami tenía la firme intención de lograr comunicarse creando un mensaje en un bucle sin fin que cada quince segundos se repetía machaconamente: «FT 28, aquí Miami, ¿nos recibe?, cambio; FT 28, aquí Miami, ¿nos recibe?, cambio». Una y otra vez se repetía el mensaje, pero no encontraba respuesta.

El portaaviones *Solomons,* dos destructores y las lanchas de los guardacostas se encontraban en la zona que había estado sobrevolando el Training 32, el último punto conocido donde se había localizado al 19 antes de las seis de la tarde.

En las Bahamas los aviones de la RAF y de la Marina británica estaban movilizados tratando de rastrear alguna señal.

En las bases de Florida se trabajaba sin descanso, se habían suspendido los permisos y se había avisado a pilotos y tripulaciones para que se presentaran inmediatamente. El personal de tierra estaba poniendo a punto todo lo que pudiera volar.

El teniente comandante Poole estaba de los nervios junto al teniente comandante Charles Kenyon, oficial de operaciones, que se había mostrado tan optimista como su jefe con el regreso de los Avenger a la base por sus propios medios. La verdad era otra muy distinta y terrible y pasaba por no haber logrado comunicarse con ellos, no les habían detectado en los radares y se desconocía si los pilotos habían puesto en marcha el procedimiento de emergencia.

—Esto es un desastre, Kenyon; ¿cómo es posible que no hayan sido capaces de encontrar el camino de vuelta? ¿Qué han hecho?

Era muy difícil contestar a esas preguntas porque no tenían respuesta alguna. El desánimo era palpable en la base de Fort Lauderdale, y lo peor era que no habían lanzado ni un solo avión para ayudarlos. El desastre era de tal magnitud que las malas decisiones tomadas a lo largo de la tarde habían provocado un estado próximo a una debacle. Fort Lauderdale lanzaría treinta y seis aviones, todos los que tenía, al amanecer. Se trabajaba contra reloj y sin descanso, todos tenían que estar listos para despegar a las seis en punto. El plan era volar en varios grupos y recorrer, si el tiempo lo permitía, la misma ruta que el 19.

—Debemos poner en el aire todo lo que tenemos, ¿entendido, Kenyon? Estén donde estén, hay que encontrarlos.

—Pero...

—No hay peros. Hasta que regresen todos se suspenden los vuelos de prácticas, las clases, todo, absolutamente todo; cada hombre de esta base tiene que buscar a sus compañeros y necesito que se redacte un telegrama tipo para enviar a todas las familias de estos chicos, no quiero que se enteren por la prensa. —Mientras se alejaba, gritó una orden más—. Y que alguien encuentre a Burch, maldita sea.

Fort Lauderdale pensaba enviar todo lo que tenía, pero no de una manera coordinada con los guardacostas, habían decidido ir por libre. Y no eran los únicos, muchas bases estaban funcionando por propia iniciativa y muy poco coordinadas; el resultado fue más confusión y menos efectividad a la hora de cubrir áreas de búsqueda.

La madrugada del 5 de diciembre era dantesca, el mal tiempo comenzó a causar bajas entre los equipos de rescate. Jacksonville se vio obligado a retirar sus aviones porque no eran capaces de seguir volando en esas condiciones; un Dumbo de Dinner Keys sufrió un problema de hielo en su estructura por las bajas temperaturas, parecía que estaban trabajando en Minnesota y no en el Caribe; a uno de los PBM Mariner de Mayport le tocó girar cola y regresar, aterrizando a la desesperada en Jacksonville...

En el agua todo era peor, la mayoría de barcos y lanchas tenía problemas para aguantar el ir y venir de las olas; dos torpederas, la PT 613 y la 614, abandonaron la búsqueda, una con un hombre herido al romperse la pierna en un golpe de mar, la otra con problemas mecánicos...

Sin embargo, no todo eran malas noticias, finalmente aparecieron algunos rayos de esperanza: un vuelo de la Pan American, sobrevolando las Bahamas, reportó bengalas verdes al oeste de la isla de Andros, aviones y barcos británicos fueron enviados hacia ese punto.

Otro buque bajo bandera de su majestad, el *HMS Basuto,* vio luces que parecían enviar un mensaje en código.

—Oficial de navegación a puente, ¿alguien está viendo las mismas señales que yo por el lado de estribor?

Había observado una luz mandando un mensaje en morse.

—Capitán, solicito cambiar de rumbo y dirigirnos hacia las luces.

—Ya lo han oído, todo a estribor. Comuniquen que el *HMS Basuto* cambia su ruta y pone rumbo hacia la luz, a toda máquina; si hay alguien ahí en medio, tiene que estar al límite.

Otro barco más, el *SS John D. Ward,* comunicaba que estaba en camino hacia una zona en donde se observaban bengalas.

Los hombres en el agua del Vuelo 19 estaban haciendo lo imposible para que los encontraran. Bossi y Baluk, con sus señales morse, finalmente habían perdido la balsa y solo rezaban para que alguien viera sus luces, pues los ánimos de los dos se consumían al mismo ritmo que la batería de sus linternas; Gallivan, viendo que sus amigos se apagaban muertos de frío y agotados, lanzaba las bengalas que tenía a mano; nadie de los equipos de rescate había ido lo suficientemente lejos como para estar cerca de donde habían caído Taylor, Parpart y Devlin.

Charles Taylor, flotando, rodeado por el paracaídas, pensaba en todo lo que había sucedido durante las más de cinco horas de vuelo de aquella tarde, dudaba y mucho de haber acertado en todas las decisiones tomadas. Tenía lagunas en sus recuerdos, ya no estaba tan seguro de si había sobrevolado el área de Cayo Hueso ni tan siquiera de si estaba en el Golfo de México. En Guam tardaron tres días en encontrarlo, pero sabía que allí no estaba tan lejos de la costa como para no ver ni oír los motores de los aviones de rescate. Se consoló pensando en que quizá todo era culpa del mal tiempo y se resignó a pasar más horas en el agua; empezaba a estar desesperado y gritó para ver si Parpart o Harmon estaban cerca de él.

—¡¡Parpart!!, ¿estás aquí…? —Esperó, pero nada, solo oía el ir y venir de las olas—. ¡¡¡Harmon!!! ¡¡Harmon!! ¿Me oyes? —Pero nadie escuchaba sus gritos.

Parpart estaba lejos y asustado, tan solo como sus compañeros y pasando una tras otra por todo tipo de fases; al principio se sentía seguro y confiaba en que los rescatarían, pero eso no duró mucho. Su mente dejó atrás los pensamientos positivos cuando notó que algo rozaba su pierna y entró en pánico, pues recordó historias de hombres devorados por los tiburones mientras esperaban flotando en el agua. Decidió no mover las piernas, quedarse inmóvil, aunque no sabía si eso serviría para algo. No era fácil tener tantas cosas en las que pensar ni tanto tiempo, así que después de un buen rato de no ver ningún animal a su alrededor, optó por resignarse y creer que su destino era morir solo y aterrado en mitad de la nada.

A George Devlin únicamente le preocupaba su nombre, odiaba pensar que moriría como Robert Francis Harmon, los suyos jamás conocerían la verdad. No se arrepentía de haber mentido para poderse alistar y luchar por su país, pero le dolía terminar así. Quizá alguien investigaría y la verdad terminaría por salir a la luz. Pero la culpa de todo era de Taylor, no podía parar de gritarlo en voz alta, de maldecirle a él y a su locura, ¿cómo le habían dejado volar? Si sobrevivía le denunciaría a él y a todos los que no habían hecho nada para evitar que volara. Era imposible que el doctor no supiera lo de sus alucinaciones. Llevaba días intentando no subirse a un avión y nadie se preguntó el porqué. «Vamos, hombre, no es posible que estemos rodeados de locos y nadie diga nada». Estaba enfadado consigo mismo y con Dios por tenerle ahí en medio, tragando agua. «Ya sé que he mentido y he engañado a la gente, Señor, pero no es para tanto, era por una buena causa, ¿qué tipo de prueba es esta a la que me estás sometiendo? De verdad, ¿hasta aquí hemos llegado?, ¿este es el fin? Ya está, ¿no me queda nada más por hacer? Tan solo llorar y esperar que me encuentren para poder contar la verdad de este despropósito». Pensar en mitad de la noche le tranquilizaba; realmente no tenía miedo, solo rencor, y esperaba que Dios le ayudara.

Banana River estaba en estado de máxima alerta; después de confirmar la desaparición del Training 49 había llegado el momento de despertar al comandante. Robert Cox vivía a unas 15 millas de la base en Eau Gallie, una zona al lado de Indian River con casas bajas y un centro histórico repleto de museos. El comandante Cox estaba ya en la cama, sobre las cinco de la tarde había salido de la base con todo en perfecto orden y sin la más mínima noticia de aviones desaparecidos. El plan de operaciones para esa noche pasaba por un vuelo de entrenamiento nocturno de un par de aviones, ejercicios rutinarios, y siempre que el mal tiempo lo permitiera. Le encantaba cenar con su mujer en casa, el menú de esa noche había sido uno de sus preferidos, pura cocina sureña: filete acompañado de mazorca de maíz y puré de patatas. Pensó que no podía ser más feliz mientras disfrutaba del postre y de una copa de brandy entre risas en una agradable charla familiar. A las diez se había ido a acostar.

El ring ring del teléfono despertó al comandante sacándolo de un plácido sueño.

—Cox al habla.

—Señor, tenemos un problema serio.

La voz del teniente comandante Norman Brule sonaba afectada.

—¿Qué sucede, Brule?

—Estamos en un operativo de rescate desde las siete y media de la noche de un grupo de cinco Avenger de Fort Lauderdale...

Cox le interrumpió.

—¿Y qué hacían a esas horas volando ese grupo de Avenger?

—Por lo que parece estaban perdidos desde las dieciséis en punto, señor, pero no nos lo comunicaron, esperaban que llegaran por sus propios medios a la base.

—Fantástico; como siempre, llaman a la caballería tarde.

—¿Cómo dice, señor?

—Nada, cosas mías; ¿y los han encontrado?

—No, señor, hemos enviado tres Dumbos, pero uno de ellos ha desaparecido.

—¿Qué significa que ha desaparecido?

—No contactamos con él desde que despegó.

—¿Quién es el piloto?

—El teniente Jeffery, señor.

Jeffery era un tipo totalmente capacitado para vuelos difíciles, si no comunicaba era porque le había pasado algo.

—Muy bien, salgo ahora mismo hacia la base.

—Disculpe, señor, hay una cosa más: han detectado en la zona de vuelo del teniente Jeffery una explosión y una bola de fuego que ha caído al mar.

Se hizo un tenso silencio antes de que Cox preguntara de nuevo.

—¿Hemos enviado a alguien hasta ahí?

—Sí, señor, al Training 32, y hay varios barcos en superficie.

—Entonces ¿qué es lo que tenemos ahora exactamente, teniente?

—Cinco Avenger perdidos con un total de catorce hombres y el PBM Mariner desaparecido con trece hombres.

—Madre de Dios, ¿y las condiciones?

—El tiempo es terrible, señor. Está siendo una labor de titanes buscar a todos estos hombres.

—Muy bien, me visto y me voy enseguida a la base. Si hay alguna novedad en los próximos minutos, llámame.

—A la orden, comandante.

Se detuvo un instante para pensar qué se podía hacer en una situación que a priori se le antojaba dantesca. Mientras procesaba todos los datos, se convencía aún más de que no pintaba nada bien. Cogió su uniforme, salió de la habitación y entró en el baño para darse una ducha rápida y fría para terminar de despejarse. Unos minutos más tarde, su mujer le estaba esperando en la puerta con una taza de café recién hecho.

—Toma, cariño, lo vas a necesitar.

—Gracias, mi amor, me temo que me harán falta unos cuantos más.

Se lo tomó en tres sorbos de camino hacia el coche, se subió en el vehículo, besó a su esposa y se dirigió a la base. A la una y media de la madrugada entre el 5 y el 6 de diciembre el comandante Robert Cox estaba al frente de las operaciones de búsqueda y rescate en Banana River.

En el cuartel general de los guardacostas en Miami, el comandante Baxter pedía una y otra vez los informes de todos los avistamientos.

—Necesitamos delimitar en qué zonas se están produciendo y si siguen algún patrón.

Si esto fuese así, es decir, si se estuvieran produciendo en los mismos lugares, es que andaban cerca de encontrar supervivientes.

—Sorenson, tiene que haber al menos dos o tres tripulaciones en el agua; nada de lo que está pasando tiene ninguna explicación.

—Señor, el NAS Mayport informa: «Avistado en la zona de la posible explosión un cuerpo en el agua con chaleco salvavidas, solicitamos apoyo de superficie».

—Si lo encuentran, es uno de los chicos del Training 49; ¿qué tenemos más cerca de esa zona?

—Lanchas, señor.

—Que establezcan un curso inmediato hacia ese lugar y que informen.

Sorenson había trazado una pequeña ruta sirviéndose de los avistamientos de bengalas y luces; sin saberlo, estaba siguiendo el curso del bote de los muchachos del FT 117. Lo que provocaba tanta confusión en los equipos de rescate era que la pequeña embarcación se movía mucho más rápido debido a las corrientes y al mal estado del mar; además, había que sumarle la oscuridad absoluta, nadie conseguía encontrarlos.

El *SS Thomas Payne* redujo su marcha y comenzó a moverse en círculos en el punto donde habían visto las bengalas; no lo sabían, pero se habían quedado cortos en unos veinte kilómetros, era imposible verlos ni escuchar los gritos desesperados de Gallivan, que intuía unas luces cada vez que el bote llegaba al punto más alto de la ola y se mantenía por unos instantes en todo lo alto.

—Estamos aquí, nos tienen que ver, aquí, aquí.

Agitaba los brazos a la desesperada cuanto podía, entre ola y ola, agarrándose de nuevo a sus compañeros cuando el bote enfilaba a toda velocidad la bajada vertiginosa que le llevaba de nuevo a la siguiente ola. Stivers intentó ayudar, con las últimas fuerzas que aún le quedaban, y se armó de valor, ya que estaba quizá ante su última oportunidad y lo intuía. Gritó todo lo que pudo, mientras hacían señales con las linternas, pero no los vieron.

El mensaje recibido en el cuartel general de los guardacostas decía: «SS *Thomas Payne* abandona búsqueda, no se ha encontrado nada en la zona donde hemos avistado bengalas, continuamos curso original».

Mientras, desde otro punto y navegando al noreste, el *SS John Dward* y el *SS President Tyler* estaban camino de la misma área en donde el *SS Thomas Payne* abandonaba; dos barcos estarían de nuevo cerca de los valientes del 117.

22

27 de diciembre de 1945
Mississippi

George Paonessa había subido al autobús sin mirar a nadie, agarrado del brazo de Julie y medio escondido detrás de esa hermosa mujer, esperando que no se fijaran en él. No sabía a ciencia cierta si el hombre que había intuido reconocer era el mismo que protagonizaba sus miedos, pero le había hecho regresar a su pesadilla, a lo que intentaba evitar a toda costa: sentirse de nuevo dentro del FT 36 junto a Powers y Thompson.

Con el movimiento del autobús y la oscuridad, la mayoría de los pasajeros se acomodaban lo mejor posible para dormir un rato, faltaban muchos kilómetros y muchas paradas para llegar a California. Julie apoyó su cabeza en el hombro de Paonessa, a George se le cerraban los ojos, para cuando los abrió de nuevo no estaba en ningún autobús ni tenía la cabeza de una hermosa chica apoyada en su hombro, sino que sujetaba a Thompson con la cara destrozada y muerto... Lo dejó lentamente con todo el cariño que pudo en la torreta del artillero, no se podía hacer nada por él, y entre lágrimas llamó a Powers.

—Powers, capitán, ¿puede oírme?, Thompson está muerto.

Nadie le respondió.

No sabía cuánto tiempo había estado inconsciente, caminó por dentro del avión apoyándose en sus paredes de metal hasta la puerta, el agua le llegaba por encima de los tobillos, estaban rodeados de árboles y vegetación, pero no era capaz de intuir dónde se encontraban. Salió con cuidado, fijándose dónde pisaba, estaba muy mareado. Miró de nuevo a su alrededor, no había a la vista ni una sola referencia a la que agarrarse, ni un solo signo de civilización, ni una casa ni un camino ni un poste de electricidad. Pensó que por lo menos estaban en tierra firme, volar al oeste los había sacado del mar.

Powers seguía en la carlinga del piloto, con su cuerpo echado hacia delante, inmóvil, seguramente desvanecido como él por la brutal caída. No sin esfuerzo se encaramó al ala, el Avenger había soportado mejor que ellos el impacto y estaba en bastantes buenas condiciones. Caminaba con cuidado para no resbalar mientras seguía llamando a Powers.

—Powers, ¿estás bien? Capitán, capitán...

No recibió ninguna respuesta ni percibió ningún movimiento aparente, la carlinga estaba rota en el costado de babor; cuando metió la mano para abrirla y agarró a Powers por el hombro, el cuerpo del piloto cayó hacia atrás a plomo sin vida. Un «no» desgarrador salió del alma de George Paonessa y retumbó entre los árboles, Edward Powers estaba muerto.

—No puedes morir, tienes una vida para disfrutar con tu hija recién nacida. Despierta, ¿me oyes?, despierta.

Paonessa le sujetaba por la chaqueta de vuelo mientras trataba de despertarlo de un sueño imposible.

—No puedes morir.

Por un instante quiso reanimarle con todas sus fuerzas, le golpeó a la altura del corazón, una, dos, hasta tres veces; al tercer intento le puso la mano sobre la mejilla, estaba helado.

—No me puedes hacer esto. Oh, Dios mío, ¿por qué sigo vivo y tú no?, yo no tengo nada que perder ni a nadie que me esté esperando en casa, tienes que ver crecer a tu bebé. Por favor, Powers, abre los ojos, respira. Mamá, ayúdame, ayúdame a devolver a este hombre con su familia, es un buen hombre, no se merece morir, tiene una bebé preciosa, mamá, mamá...

Lloraba desconsoladamente abrazado a su amigo.

—Virgen del *mio cuore*, ayúdame, por favor, ayúdame. *Ave Maria, piena di grazia il Signore è con te...* Ayuda, ayuda, que alguien nos ayude, yo no debería estar vivo, yo no quiero vivir así. No quiero esta vida sin vosotros, quiero morir, ¿por qué sigo vivo?, ¿por qué?

El autobús seguía cruzando Mississippi con un hombre a bordo que no quería vivir, que acababa de entender que estaba huyendo de él mismo, de su vida, que no quería ser más George Paonessa, que le daba igual ser condenado por desertor o por amotinarse, pero que por encima de todas las cosas no podía enfrentarse a las familias de sus amigos, de Thompson, de Stivers, de Gallivan o de Gerber; no podía ver a Joan, la esposa de Powers, ni a su hijita y decirles a todos que él había sobrevivido por una gracia del destino y que los demás habían muerto. Tenía que huir y desaparecer para siempre, esa sería su condena: seguir vivo, pero a qué precio. Mientras continuaba recordando, algo en lo más profundo de George Paonessa se rompió para siempre.

23

6 de diciembre de 1945
Doce horas sin noticias del Vuelo 19

Al amanecer la actividad en todas las bases era frenética, cientos de aviones despegaban sin descanso para buscar a los desaparecidos. Fort Lauderdale, Banana River, Dinner Key, Boca Ratón, Miami, Daytona Beach, Jacksonville, Sarasota lanzaban una tras otra a sus escuadrillas; los británicos en las Bahamas tenían a la RAF sobrevolando cada pequeño rincón de las islas. Supuestamente la coordinación estaba en el cuartel general de los guardacostas en Miami, pero no era cierto..., a pesar de los esfuerzos del comandante Baxter por controlar lo que pasaba.

—¿Cuántos tenemos en el aire ahora mismo?

—Unos doscientos, señor, con todos los cuadrantes hasta las Bahamas cubiertos y se están comprobando de nuevo los puntos en donde se han visto señales durante la noche.

—¿Cuántos barcos activos?

—Dieciocho barcos entre portaaviones, destructores, lanchas torpederas, lanchas rápidas..., pero desconocemos la cifra de mercantes y pesqueros. En realidad, señor, no sabemos cuántos han salido porque se han activado de nuevo los miembros de la Mosquito Navy y de la Corsair Navy.

—¿De qué me está hablando? ¿Quiénes son?

Baxter no había escuchado nunca esos nombres y era lógico porque solo los que habían estado en primera línea durante la Segunda Guerra Mundial en Florida sabían quiénes eran y lo importantes que fueron este puñado de voluntarios en la lucha antisubmarina y en la vigilancia de las playas.

Al principio, cuando todo comenzó, después del bombardeo de Pearl Harbor, los alemanes no solo se atrevían a torpedear a los barcos cerca de la costa norteamericana, también tocaban tierra. El caso más famoso sucedió en junio de 1942 cuando un submarino alemán fue capaz de llegar hasta Ponte Vedra Beach, a unas 150 millas de Banana River, en mitad de Florida, y desembarcaron unos cuantos hombres con la misión de volar fábricas, vías del ferrocarril, plantas eléctricas y de agua, pero no lo lograron. La suerte estuvo del lado de los federales, que los atraparon gracias a la colaboración ciudadana de los Mosquito y los Corsair que funcionaban como la resistencia francesa en acciones de guerrilla en un mar ocupado por los U-Boat enemigos. Realmente eran una gran red autónoma de propietarios de pequeñas embarcaciones y barcos pesqueros armados por la Marina.

Su actividad de día y de noche no se centraba tan solo en las labores de vigilancia, sino también en salvar vidas de muchos náufragos. En todos los puertos costeros desde los que operaban se los conocía popularmente por el sobrenombre de la Hooligans Navy.

—Hemos alertado de nuevo a las compañías de vuelos comerciales, señor.

En las últimas horas, junto a Baxter, el comodoro Benson supervisaba las decisiones que tomaban los hombres en el cuartel general de Miami. Benson era la máxima autoridad de los guardacostas y creía firmemente en la capacidad de todos los que estaban bajo su mando para realizar el trabajo tan delicado que se les había asignado. Estaba seguro de que Baxter tenía razón al pensar que algunas de las señales que se avistaron durante la noche habían sido lanzadas por los supervivientes.

Los aviones de búsqueda utilizaban bengalas para iluminar zonas en las que sospechaban que podía haber algo, pero era poco probable por no decir imposible que todas fueran de ellos, sobre todo donde supuestamente no había nadie volando.

La razón por la que Miami no controlaba todo lo que estaba pasando tenía a Fort Lauderdale de ejemplo. Poole observaba cómo despegaban los treinta y seis aviones de la base, pero a última hora se le había ocurrido un plan que no había comunicado: quería que sus pilotos sobrevolaran el mayor tiempo posible toda el área de las Bahamas. Se había puesto en contacto con el portaaviones *Solomons* solicitando permiso para que sus hombres pudieran aterrizar, repostar y continuar la búsqueda sin necesidad de ir y venir desde la base. Estaba pendiente de su respuesta, pero una vez más se hallaba sobrevalorando la realidad, nada salía como habían previsto.

El teniente Hines acababa de recibir la respuesta enviada desde el puente de mando del portaaviones y se dirigió a Poole.

—Noticias del *Solomons,* señor.

—Dime que todo está bien y nos van a cubrir para poder seguir con el plan.

—No, señor, me temo que no. Dicen que tienen vientos fuertes continuados y muy mala mar y que todo está muy complicado. El mensaje textual es «intentar aterrizar en estas condiciones es extremadamente peligroso, no solo para sus pilotos, sino también para todos los hombres que están a bordo; permiso denegado». Nos confirman que van a seguir navegando en la búsqueda de posibles supervivientes.

—Maldita sea, maldita sea un millón de veces, ni en esto nos pueden ayudar.

Poole estaba agotado, no había dormido ni un minuto, algunas cabezadas mal sentado en una silla y poco más, mientras esperaba noticias de sus hombres. La mala cara, los litros de café y la tensión acumulada le estaban haciendo envejecer diez años de golpe.

—El frente sigue muy activo, señor, el día se presenta muy difícil para todos.

—Está bien, está bien, que los nuestros continúen volando hasta las Bahamas, pero que nadie, repito, nadie bajo ningún concepto apure el consumo de combustible, no quiero ni pensar que se pueda perder alguien más. ¡Ah!, y no se vuela solo, si algún avión tiene problemas regresa acompañado, ¿queda claro?

—Sí, señor.

La orden fue transmitida de inmediato.

Mientras los hombres de la base estaban centrados en la búsqueda, Poole se puso a trabajar en los otros dos asuntos que se había marcado como máxima prioridad. En primer lugar, la localización del capitán Burch; el máximo responsable de la base seguía en su cacería de patos y desconocía cuanto estaba sucediendo. Le tenía totalmente desquiciado que a esas horas no hubiera aparecido. Pero lo peor, lo que le preocupaba sobremanera, era tener que comunicar a las familias que sus hijos, hermanos, esposos habían desaparecido antes de que la noticia se filtrara a la prensa y la leyeran en algún periódico o se enteraran por la radio; el procedimiento pasaba por enviar cuanto antes un telegrama.

Sentado frente a una hoja en blanco, abrumado por todas las horas perdidas, incapaz de haber resuelto la situación y arrepentido de las decisiones no tomadas y de la falta de noticias de los desaparecidos, comenzó a redactar un primer borrador. No era el primero que le tocaba escribir; sin embargo, pensó en qué le gustaría leer a él en un caso como este, si fuera el padre de alguno de esos muchachos. Utilizaría palabras para no desanimar, pero que transmitieran la gravedad del momento. Nadie podía creer, no obstante, que estaban ante un final trágico de una historia, quizá porque realmente él no quería que fuera así. Aunque, si lo pensaba bien, todo era espantoso y se habían equivocado mucho. Él hasta el último momento había confiado en la capacidad de vuelo y en la decisión de sus hombres, no había querido ver que tenían problemas graves. Por primera vez, y en la soledad de su oficina, se puso en lo peor, le tembló la mano, pero no podía abandonar, miraba los informes de cada uno de los muchachos que formaban el Vuelo 19... Ahí estaban, uno tras otro, encima de la mesa, ordenados por aparatos: el FT 28 con la fotografía de Taylor, Parpart y Harmon; el FT 36, con Powers, Paonessa y Thompson... Pensó en cada una de las familias y cómo su telegrama les cambiaría la vida para siempre. Agarró con fuerza el lápiz y comenzó a escribir:

Siento mucho tener que informarle de que su hijo (nombre del soldado) ha desaparecido cuando volaba sobre el Atlántico y no ha regresado a la base a la hora prevista, las 17,23 de la tarde del 5 de diciembre. Hay una gran búsqueda en marcha con aviones y barcos que continuará hasta que sea encontrado o que no tengamos esperanzas de poder recuperarlo. Le mantendremos informado.

Atentamente

Poole sabía que si no aparecía el capitán Burch le tocaría poner su nombre detrás del atentamente y no quería hacerlo. Abrió la puerta de la oficina, al otro lado cinco hombres sentados a sus mesas estaban coordinando todo el trabajo de esa mañana y vieron cómo su comandante estaba a punto de perder los estribos.

—No sé cómo lo vais a hacer ni si tenemos que enviar a la Policía Militar a por él, pero quiero a Burch en mi teléfono y ¡lo quiero ya!

Katherine Taylor se había despertado temprano esa mañana, intranquila, no había descansado mucho durante la noche. Quería distraerse, bueno, más bien deseaba que Charles llamara y terminar con esa tortura, así que pensó hacer un par de recados antes de ir a la escuela para matar el tiempo. No trabajaba hasta la tarde, tenía tiempo para desayunar y para convencer a su hermana Mary de que se fueran de compras juntas.

El silbido del agua caliente de la vieja tetera de acero anunciaba que el desayuno estaba en camino. Mary apartó la cabeza de la almohada, el sol ya entraba por la ventana de su habitación; tampoco había pasado buena noche, siempre era así cuando esperaba noticias de Charles y no llegaban. Sentada junto a la cama se calzó unas zapatillas de color crema que los años y sus talones se habían encargado de desgastar en la parte de atrás, un suave escalofrío fue la excusa perfecta para ponerse su vieja bata, y caminó hasta la cocina al olor de las tostadas. Su hermana estaba frente al fuego levantando la tetera.

—¿Sabemos algo de Charles?

Katherine la miró mientras seguía llenando de agua caliente las dos tazas en donde estaban las bolsas con el té.

—Qué tal, hermana querida, ¿cómo has pasado la noche?, ¿has descansado bien? Todo acompañado de un buenos días estaría fenomenal, ¿no te parece, Mary?

—Muy bien, hermana querida, como prefieras, buenos días, ¿sabemos algo de Charles?

—No, y es normal si salió anoche; estará durmiendo, ya llamará, no te preocupes. ¿Cuántas tostadas quieres?

Katherine era consciente de que las palabras con las que había contestado a su hermana eran para convencerse a sí misma y quitarse los malos pensamientos. Representaban un mantra de tranquilidad para ella porque estaba muy preocupada por la falta de noticias, no quería ni imaginar que le hubiera sucedido algo a su hijo. Ya habían pasado por malos momentos antes, durante la guerra, cuando Charles desapareció. La de Guam fue la peor, una pesadilla sin fin que terminó al escuchar su voz en una llamada repleta de lágrimas tres días después, el día en que no solo recuperaron la tranquilidad, sino también la fe en los milagros.

—¿Aún queda algo de crema de cacahuete? —preguntó Katherine a su hermana, como si nada ocurriese.

—Sí, hay un tarro en la despensa.

—¿Quieres acompañarme esta mañana de tiendas? Es para mirar algo de ropa para regalar a los chicos en Navidad.

—¿Quieres ir de compras? —Mary se sorprendió, definitivamente algo no andaba bien con su hermana.

Katherine insistió.

—Por no esperar hasta el último momento; además, tenemos que cambiar algunos adornos del árbol y me gustaría volver a decorar la entrada de la casa.

Mary sonrió, la vio tan aparentemente animada que decidió seguirle el juego; ya que estaba resuelta a organizar unas bonitas fiestas, así sería. Además, le parecía estupendo, eran las primeras sin guerra y se merecían una buena celebración. Desayunaron tostadas, té y hasta un par de galletas mientras hablaban de adónde ir y de qué cosas pensaban comprar cada una. No tardaron mucho en vestirse, estaban ya listas y saliendo por la puerta cuando sonó el teléfono; Katherine no pudo contenerse y corrió hacia el aparato seguida por su hermana.

—Seguro que es Charles —dijo nerviosa Mary.

—Hola, Charles, ¿qué tal estás, hijo?

Pero no, Charles no estaba llamando, era Georgia preguntando precisamente por su hermano.

—¿Qué tal todo, mamá? No soy Charles, soy Georgia. ¿Cómo está Charles?

—No lo sé, hija, no ha llamado aún.

—Pero ¿y eso? A estas horas... ¡Ya está bien! Mi hermanito es un cabeza loca, estamos todos pendientes de él y seguro que sigue durmiendo...

—Me imagino. —Katherine quería disculpar a su hijo—. Seguro que terminó tarde anoche, Georgia, ya le conoces.

—Muy bien, pues te llamo más tarde.

—¿Sabes qué?, hija, mejor te aviso yo en cuanto tenga noticias. Pasa el día tranquila y recuerda que esta tarde estoy en el colegio.

—Muy bien, mamá, te quiero, dale un beso a tía Mary.

—Era Georgia de nuevo.

Mary notó la voz de preocupación y de decepción de su hermana. Esta vez a Charles se le había ido de la mano al no dar señales de vida, sabía que todos estarían preocupados en casa.

Pero Charles estaba sin fuerzas en mitad del Atlántico. Agotado, había devorado las raciones de comida del kit de emergencia, aún le quedaba agua. Pensó que llevaba demasiado tiempo en remojo y que se estaba apagando. Para animarse, decidió cerrar los ojos, ahí estaban su madre, su tía y su hermana en casa. En la calidez del hogar era tanto el amor que recibía...; esa dosis de felicidad pensando en los suyos le animó y abrió los ojos para mirar su reloj; una vez más había olvidado que no funcionaba, que sus agujas marcaban desde hacía tiempo las dos de la tarde, hora en la que se había sentado dentro de su Avenger y había comenzado la pesadilla. No sabía ni cuántas horas llevaba en el agua. Miró a su alrededor y acercó de nuevo el paracaídas empapado que aún se mantenía a flote porque él se encargaba de que así fuera. Regresó a su casa, pero esta vez no había calidez, solo preocupación; y no se equivocaba, muy lejos de donde se encontraba él perdido, dos de las tres mujeres más importantes de su vida estaban buscando cosas que hacer para mantener su cabeza ocupada y no pensar en por qué no llamaba.

A las once de la mañana del 6 de diciembre el capitán William O. Burch Jr. llamó a Fort Lauderdale.

—¿Qué sucede, Poole? ¿De quién ha sido la idea de enviar a por mí a la Policía Militar?

El teniente comandante Donald Poole se controló antes de mandar a paseo a su capitán.

—Tenemos cinco aviones y catorce hombres desaparecidos desde ayer por la tarde.

—Pero ¿qué me está contando?, ¿cómo ha pasado, Poole?

Dudó si decirle que por qué estaba cazando patos, pero se guardó la grosería para otro momento.

—No lo sabemos, se perdieron y se quedaron sin combustible; otro avión más de Banana River con trece hombres que participaba en la búsqueda también ha desaparecido.

A Burch se le vino el mundo encima, ya no le importaba ni la Policía Militar ni los patos ni la acritud de Poole, ese permiso le iba a costar caro. Burch estaba en silencio, la magnitud de lo que le contaba Poole presagiaba un desastre total.

—¿Entiendo que continúan con la búsqueda?

—Afirmativo, señor, desde todas las bases de Florida.

—Intentaré estar ahí en un par de horas. ¿Han avisado a las familias?

—Estamos en ello, le he redactado un telegrama tipo y si lo aprueba los enviaremos en cuanto llegue, señor.

—De acuerdo, que no se filtre nada a la prensa antes de que lo comuniquemos.

—Tranquilo, señor, por ahora nadie sabe nada, pero es cuestión de tiempo.

—¿Cuántos de nuestros hombres están participando?...

Poole respondió de inmediato.

—De Fort Lauderdale treinta y seis aviones con sus tripulaciones al completo, del resto de las bases en Florida unos doscientos y además los británicos, en cuanto a barcos unos dieciocho...

A Burch le flaquearon las fuerzas, era un despliegue masivo, no recordaba nada igual ni durante la guerra. Y estaba en lo cierto, se había convertido en la misión de búsqueda más grande hasta entonces y eso significaba que llegaría muy arriba..., y a él se le caería el pelo, ¿cómo explicar que había estado de cacería sin atender a las llamadas desde la base?

—Más nos vale que encontremos a este puñado de chicos cuanto antes, Poole. —Fueron sus últimas palabras antes de colgar.

Poole respiraba algo más tranquilo, pero poco le duró esa sensación.

—Señor, tiene una llamada por la línea dos.

—¿Quién es?

—Joan Powers, señor, la mujer del capitán Powers.

Joan, una mujer alta de pelo castaño que no quería que su marido volara aquel día por un mal pálpito, no había podido aguantar más. La esposa de Powers llevaba toda la noche esperando preocupada alguna señal, no era posible que su marido no hubiera llegado a casa. No podía explicarse que fuera tan tarde y continuara sin noticias, seguía con su mal presentimiento. Al principio pensó que con la alegría de haber completado el curso quizá su esposo estuviera de celebración con los muchachos, solo trataba de justificar que algo no andaba bien. La verdad es que Edward Powers estaba loco por su hija recién nacida y siempre salía corriendo de los ejercicios para verla un rato y disfrutar de ella. Además, esa mañana habían quedado en que regresaría directamente de la base, no había nada previsto. Le extrañaba mucho que se hubiera ido con los chicos de copas.

—Buenos días, señora, ¿en qué puedo ayudarla?

A Poole le costaba encontrar las palabras que debería pronunciar a continuación.

—Estoy buscando a mi marido, el capitán Powers, que salió ayer en el vuelo de prácticas número 19. No ha regresado a casa y no sé si alguien me puede decir qué está pasando, estoy muy preocupada.

—Señora, siento informarle de que el Vuelo 19 desapareció anoche cuando volaba sobre el Atlántico.

—¿Cómo que desapareció? —Joan apretó el puño con fuerza confirmando sus peores temores.

—Tuvieron problemas con la tormenta, se desorientaron y los estamos buscando.

—Pero ¿los están buscando dónde? Ay, Dios mío, pero ¿sigue vivo, saben dónde está?

—No, señora, tranquilícese, por favor. Se han quedado sin combustible y deben de estar en el agua, los encontraremos... Hay muchos hombres en la operación de rescate.

—Me está diciendo esto para que no me preocupe, pero algo malo le ha pasado a Edward, lo sé, dígame la verdad —le suplicó Joan entre sollozos.

—No, no, escuche, no sabemos nada aún, no los hemos encontrado, pero no están muertos, tranquila. —Poole se acordó de la niña recién nacida—. ¿Está sola en casa con la niña? ¿Quiere que vaya alguno de mis hombres para que se quede con usted?

—No, estoy con mi madre y unas amigas, pero dígame la verdad, ¿qué ha pasado?

Cada palabra de súplica de esa mujer encogía el corazón de Poole.

—Se complicó el ejercicio de ayer y con la tormenta y el mal tiempo no fueron capaces de llegar a la base; no le puedo decir más por el momento, pero esté tranquila, la mantendré informada de cualquier novedad.

Joan colgó temblando, su sexto sentido no aceptaba ni una sola palabra, su marido no estaba bien. Nada de lo que decía Poole era verdad. Se abrazó a su madre y lloró de rabia, desconsolada. Su marido tenía que haberle hecho caso y no volar.

Stivers, Gallivan y Gruebel andaban justos de fuerzas y de provisiones, a pesar de racionarlas. La pelea durante toda la noche contra las olas en su pequeño bote tratando de no volcar los tenía machacados. De los tres el que seguía más entero era Gallivan, que en esos momentos angustiosos estaba pensando en la locura de que en realidad ya no formaba parte de los marines, que legalmente a esas horas ya estaba licenciado y que lo que debería estar haciendo en vez de encontrarse en mitad del océano era recorrer bares y pistas de baile hasta llegar a su casa, al norte del país. Pero no, el destino le tenía atrapado en esa pesadilla que era peor que ninguna de las batallas en las que le había tocado pelear. Miró a Stivers y a Gruebel, ya no les contaba historias, pero los animó para que no se rindieran, iban a sobrevivir..., pero la maldita tormenta no daba tregua a los del FT 117, los primeros en caer.

Más de doce horas en ese trozo de goma amarillo, ya sin bengalas, con solo una granada de humo, algo de agua y de comida y con un hilo de vida que estaba cerca de romperse por el envite sin fin del mal tiempo. Desde el amanecer no veían ni barcos ni aviones, habían estado tan cerca..., pero nadie conseguía dar con ellos.

Gruebel llevaba un par de horas sin moverse, sin reaccionar, muerto de frío, con vómitos... Le daban agua para que no se deshidratara, lo abrazaban y lo calentaban con lo poco que tenían a mano, pero la muerte los rondaba, jugaba con ellos sin parar. Habían pasado de la esperanza del rescate a la crueldad de que los barcos no se acercaran hasta donde estaban, convirtiéndose en invisibles para sus rescatadores.

—Stivers, despierta, tenemos que sujetar bien el bote, si volcamos estamos muertos.

El capitán tiró una vez más del coraje y de la fuerza que daba ser un oficial de los marines. El agua pasaba por encima de ellos una y otra vez, achicaban lo que podían, pero era una guerra perdida, todo a su alrededor era gris oscuro.

—No puedo más, amigo. —Todo su cuerpo temblaba—. Me parece que no te voy a poder seguir ayudando mucho más.

—No digas eso, capitán, vamos a salir de esta.

—Me temo que estamos jodidos, creo que se nos está terminando el crédito en esta partida.

Comenzaba a tener los labios algo amoratados y estaba pálido, Gallivan le abrazó con fuerza mientras luchaba por que el bote no zozobrara. Nada se podía hacer ya, la batalla estaba perdida. Dos olas después, los tres hombres flotaban en el agua mientras su bote se alejaba; Stivers, inmóvil en los brazos de Gallivan, que se resistía a soltar a su amigo, y el joven Gruebel bocarriba... Gallivan se los ató a su chaleco salvavidas, continuarían juntos. Flotando en el agua, Gallivan hablaba con ellos.

—Vamos, Stivers, no me dejes, salimos vivos de Tarawa, no estamos peor que en esas malditas noches; Stivers, dime algo, amigo.

No le respondió, no se movía, pero no le soltaba, continuó aferrado a él, no quería quedarse solo. Gallivan seguía luchando y acercó con la otra mano el cuerpo inerte de Gruebel.

24

6 de diciembre de 1945
16.00 horas. NAS Fort Lauderdale

El capitán Burch entró en las oficinas de la torre de control, Poole le estaba esperando.

—¿Cómo va la búsqueda?, ¿hemos encontrado a alguien?

—Nada, ni tripulantes ni aparatos, ni botes ni chalecos, nada de nada.

—Pero ¿cómo puede ser?

—No lo sé, señor, hemos movilizado a todo el mundo, pero no somos capaces de localizarlos.

—¿Y qué pasa con las señales que se han visto durante la noche?

—Se ha sobrevolado de nuevo cada uno de los lugares, los barcos han regresado a esas coordenadas, pero lo poco que se ha avistado no tenía nada que ver ni con nuestros chicos ni con los de Banana River.

Perder a veintisiete hombres en una noche en tiempos de paz no solo era una tragedia, sino también una cagada monumental, y se pedirían las cabezas de todos y cada uno de los responsables. Casi veinticuatro horas después de la desaparición del Vuelo 19, Burch se sentó a una mesa apartada y comenzó a repasar los nombres de los desaparecidos para incluirlos en los telegramas que se enviarían inmediatamente.

En casa de los Paonessa, en Mamaroneck, Frank, el padre de George, abrió la puerta y un taxista le entregó un telegrama de la Western Union que arrancaba con estas palabras:

Siento mucho tener que informarle de que su hijo el sargento George Richard Paonessa ha desaparecido cuando volaba sobre el Atlántico...

Frank se sentó en el suelo junto a la puerta, apoyado contra la pared y arrugando con fuerza ese pedazo de papel que no había podido terminar de leer; sus ojos estaban enrojecidos y maldecía su suerte una y otra vez. En tiempos de guerra todos los días había temido la llegada de un telegrama con el nombre de alguno de sus hijos, pero ahora no podía pasar eso, no podía ser verdad.

Katherine Taylor estaba en clase pidiendo a los chicos que se sentaran para comenzar con la lección de español; las compras con Mary por la mañana habían despejado un poco las cabezas de las dos hermanas dejando por un rato de pensar en Charles y su falta de noticias. La puerta de la clase se abrió, y los chicos en silencio observaron cómo un hombre depositaba encima de la mesa de su profesora una carta.

Katherine estaba de espaldas escribiendo en la pizarra, escuchó el ruido de la puerta abriéndose y se giró para ver quién entraba sin llamar... Todo fue muy rápido, aquel taxista con cara de susto, el sobre, el silencio de los chicos... Algo en su interior se removió, abrió el telegrama y lloró.

> Siento mucho tener que informarle de que su hijo el teniente Charles C. Taylor ha desaparecido cuando volaba sobre el Atlántico y no ha regresado a la base a la hora prevista, las 17.23 de la tarde del 5 de diciembre. Hay una gran operación de búsqueda con aviones y barcos que continuará hasta que sea encontrado o que no se tengan esperanzas de poder recuperarlo. Le mantendré informada.
>
> Atentamente
> Capitán William O. Burch Jr.
> Comandante en jefe de la estación aeronaval de Fort Lauderdale

Caminó hacia la puerta y salió de la clase sin despedirse, sin decir una palabra. Corrió desesperada intentando alejar sus temores; un volcán de miedos se manifestó en su interior, algo malo le había pasado a Charles, su hijo llevaba semanas que no estaba bien. Solo quería encontrarse con Mary. Ya nunca volvería a ser la misma, siempre la acompañaría la imagen del sobre encima de la mesa, nunca más regresaría a la escuela...

Los Lightfoot, Thompson, Parpart, Baluk y el resto de las familias fueron informados de la situación de sus hijos y hermanos. En algunos casos el destino estaba a punto de darles un mazazo aún más terrible con la llegada de las cartas que habían enviado los chicos, como Bossi o Thompson, antes de despegar.

El 6 de diciembre las condiciones atmosféricas fueron peores que el día anterior, los trabajos para encontrar al Vuelo 19 y al Training 49 se hicieron al límite de máquinas y hombres. No se recuperó nada ni se encontró a nadie. Durante la noche se continuó sin descanso en el mar y en el aire; cada señal, por pequeña que fuera, era inmediatamente cubierta por aviones y barcos. Para entonces se habían visto bengalas en tierra en la zona de los Everglades cerca de donde habían caído Gerber y Lightfoot. Paonessa estaba en el ala del FT 36 desmayado junto al cadáver de Powers.

En el agua Bossi y Baluk seguían con vida agotados, pero firmemente atados el uno al otro; sin saberlo, habían actuado como Gallivan. La verdad es que ya ni podían mover las manos porque las tenían agarrotadas debido a los nervios por mantenerse a flote, pero también les afectaba el frío y el terror de separarse, de que los nudos de sus chalecos cedieran entre tantas olas. Gallivan se encontraba agarrado a Stivers y a Gruebel. Y mucho más al este, en mitad del océano, solos y separados, estaban Taylor, Parpart y Devlin. De los catorce hombres del Vuelo 19 solo ocho seguían vivos en la madrugada del 6 al 7 de diciembre.

Los soldados que regresaban a su país desde Europa en el *USAT Ernest J. Hinds* maldecían cada instante del viaje, se agarraban a lo que podían, sentados en el suelo o tirados en las literas, muchos de ellos mareados. La bienvenida que estaban teniendo en el Atlántico, a poco más de 100 millas de casa al noreste de San Agustín, era dantesca. En el puente la tripulación trabajaba a destajo para seguir navegando en el curso indicado.

El sargento Gallivan vio unas luces no muy lejanas, era un barco.

—Stivers, Stivers, amigo, veo luces, un barco está muy cerca.

Su amigo no se movía, así que el sargento decidió que debía empezar a hacer señales con la linterna, lo único que le quedaba.

El mensaje en morse era una K de «detenga el barco inmediatamente, necesitamos ayuda»; Gallivan, medio temblando, sujetando a su amigo y en mitad de la mala mar, intentaba llamar la atención del *Hinds* y lo logró.

En el puente se comunicó que por el lado de estribor se veía una señal muy tenue, un mensaje en morse; el capitán y el oficial de guardia se concentraron en la luz y en el mensaje, a los dos les pareció entender una palabra: «llamada».

—Señor, podría ser alguno de los hombres a los que están buscando.

El capitán pensó unos instantes, se fijó de nuevo con el largavistas por si era otro barco y así lo comunicó.

—Avisen a Miami de que hemos detectado una luz tenue de otro barco con una señal en morse con la palabra «llamada», den nuestra posición. Continuamos nuestro viaje sin novedad.

Gallivan repetía una y otra vez el mensaje en morse, pero el buque no cambiaba de dirección, no se acercaba hasta donde ellos estaban.

Sorenson escuchó el mensaje que había llegado del *Ernest J. Hinds,* situó al barco en la zona donde estaba y trazó una línea recta hacia el lado de estribor; allí no había otro barco, esa luz no venía de ninguna nave que ellos controlaran. Estaba segura de que eran hombres del Vuelo 19, se giró y vio detrás de ella a Baxter mirando exactamente lo mismo.

—¿No hay ningún barco, verdad, Sorenson?

—No, señor; que sepamos, esas luces son de alguien pidiendo auxilio.

—¿Qué aviones hay en esa parte ? ¿Tenemos alguna lancha cerca?

—Alguno de los Dumbos de Banana River.

—Que se dé una vuelta por la zona, esas luces tienen que ser del mismo grupo de las bengalas de hace un par de horas.

Una hora después y mucho más al este, Parpart intuyó una luz en el mar; sabía que los estaban buscando, así que era solo cuestión de tiempo que alguien se acercara por donde estaba. Se planteó lanzar su bengala. «Tengo un cohete, mejor lanzarlo, por muy mal tiempo que haga seguro que me ven». Las luces se intuían lejos, muy lejos, pero Walter Parpart no sabía si tendría otra oportunidad y lo lanzó.

A 190 millas al este de Ormond Beach el *SS Chancellorsville* vio un cohete blanco iluminando parte del cielo, pero muy lejos de donde estaba, la sirena de a bordo sonó de inmediato; Parpart no escuchó la sirena, pero intuyó que el barco cambiaba de rumbo. La duda era hasta dónde llegaría y si le vería en el agua, no tenía nada más para hacer señales.

Los que sí habían visto el cohete blanco eran Taylor y Devlin. Charles Taylor tenía la duda de si se trataba de una bengala de búsqueda o si era alguno de sus hombres el que estaba avisando de su situación. Apostó por lo segundo, si encontraban a uno los localizarían a todos y estarían salvados. La información que diera a los rescatadores se lo pondría fácil para llegar hasta donde se habían estrellado. Pero todo seguía bajo esa especie de tormenta perfecta para terminar con sus vidas, nada salía bien.

Devlin estaba en las mismas; había visto caer a Parpart y estaba convencido de que era él el de la señal, pero desde donde estaba no se veía nada ni a nadie, tampoco escuchaba ningún motor.

Dos horas después, cuando los supervivientes habían superado su segunda noche en el agua, antes del amanecer, los operativos de rescate seguían sin encontrar a ningún superviviente del Vuelo 19, los intentos desesperados de Gallivan y Parpart habían fracasado de nuevo...

25

7 de diciembre de 1945
Cuarto aniversario del ataque a Pearl Harbor

Aún no había amanecido y ya había un grupo de hombres formando junto al mástil principal de la base; la bandera se agitaba al ritmo del viento, que había disminuido en la última media hora. Parecía que el tiempo estaba dispuesto a dar una tregua a todos los que trabajaban por encontrar a sus compañeros.

No era una mañana más, ni un día cualquiera, hacía cuatro años que los japoneses habían atacado a la flota norteamericana en Hawái. Era el día en que el presidente Roosevelt se vio obligado a pronunciar el discurso de la infamia ante la muerte de más dos mil hombres a traición, bombardeados sin previo aviso, el día en que Estados Unidos entró oficialmente en la Segunda Guerra Mundial.

Las mujeres y los hombres de Banana River querían formar parte de ese momento de recuerdo. En silencio, sin esperar ninguna orden, comenzaron a formar junto al pelotón de sus compañeros, que miraban sorprendidos, pero a su vez agradecidos, cómo la gran explanada se llenaba con cientos de marineros, pilotos, mecánicos... A las 7.48, la hora en que se había lanzado la primera bomba muy lejos de ahí, en Hawái, y cuando el sol ya despuntaba en el horizonte, una corneta sonó, toque de silencio, un puñado de cientos de mujeres y hombres uniformados, emocionados, saludaban mirando al cielo bajo la bandera por la que habían estado luchando los últimos años de sus vidas.

Era una mañana de sensaciones encontradas, *The New York Times* no abría solo con el recuerdo de Pearl Harbor en su portada, sino con otro titular que tenía al Vuelo 19 y el rescate desplegado como protagonistas: «Gran búsqueda de veintisiete pilotos de la Marina perdidos en seis aviones en Florida».

América desayunaba con un puñado de sus hombres desaparecidos de los que no se tenía ninguna noticia desde hacía dos días; ¿cómo en tiempos de paz podían suceder estas cosas?, se preguntaban desde el artículo.

Las llamadas desde el cuartel general de la Marina exigiendo resultados en la misión de búsqueda y rescate se multiplicaron por mil, los teléfonos no dejaban de sonar en Fort Lauderdale, en Banana River y en el cuartel general de los guardacostas en Miami.

—Parece que la prensa ha puesto nerviosos a los jefes —comentaban Sorenson y Baxter, que tenían la suerte de contar con el comodoro Benson para lidiar con la avalancha de críticas y comentarios por la falta de resultados.

Aunque a primera hora parecía que el viernes se presentaba más tranquilo y con menos viento, no era cierto, fue tan solo un espejismo que duró mientras el corneta tocaba silencio. Un rayo cruzó el cielo seguido de un trueno que puso en alerta a todos los que estaban a punto de volar en sus aviones. A pesar del mal tiempo, salieron trescientos aparatos y todo lo que flotaba con motor tenía orden de hacerse a la mar. Se había vivido otra noche en blanco con alertas, pero sin resultados, sin restos, sin supervivientes...

El *USS Solomons* junto al destructor *USS Shenandoah* y el resto de buques de escolta que lo acompañaban seguían llevando el peso de la coordinación de las embarcaciones.

—¿Cree que seguirán vivos?

La conversación entre la teniente Ellen Sorenson y su comandante reflejaba la dureza de lo que estaba sucediendo en las últimas setenta y dos horas. No era una premonición exclusiva de ellos, estas dudas asaltaban también a muchos de los que seguían buscando sin desfallecer a los perdidos. Demasiadas dificultades para sobrevivir en altamar, demasiado frío.

—Sinceramente, teniente, no lo sé. ¿Usted qué opina? —preguntó Baxter.

—Que quizá alguno de ellos lo haya logrado y siga a flote a estas horas, pero me temo que no todos, el tiempo va en contra de los que estén en el agua. Estoy confundida por la secuencia de bengalas y luces, deberíamos haber localizado a más de uno, estoy segura de que parte de las señales son suyas. ¿Qué piensa de las luces de la zona de los Everglades?

Era algo en lo que pensaba Sorenson desde hacía tiempo, pues esas señales podían significar que alguien había logrado llegar a tierra.

—¿En los pantanos?

Baxter no estaba al tanto de esas señales; tan preocupado por todo lo que sucedía en altamar, no reparó en la bengala de Lightfoot.

—¿Tenemos algún informe sobre esas luces?, me gustaría repasarlo.

Sorenson se lo acercó.

—No tiene sentido que no sea de alguien con problemas —le puntualizó—, quizá lo han logrado.

—¿El qué, Sorenson?

—Llegar hasta allí, pasar por encima de nosotros en la tormenta y terminar en los pantanos.

El marine de primera clase William Lightfoot había tomado la decisión de caminar y alejarse del avión. Donde se encontraba había mucha vegetación, estaba rodeado por los cuatro costados. Cuando escuchó un motor, lanzó la bengala, pero no pasó nada. Y su cabeza empezó a funcionar: «Demasiada maleza, será muy difícil que nos encuentren, tengo que salir de aquí». Estaba malherido, pero sentarse a esperar no entraba en sus planes, tenía que buscar un espacio abierto desde donde hacer señales. Cogió el kit de supervivencia, tenía sed, pero antes de abrir una lata, probó el agua que cubría sus tobillos, era dulce. «Un problema menos, no me voy a deshidratar». Como pudo, curó alguna de las heridas, se despidió de Gerber, al que miró por última vez sentado en su cabina con la cabeza apoyada hacia un costado, y caminó hacia el este, quizá no estaba lejos de la playa.

Pero Lightfoot andaba mucho más justo de fuerzas de lo que pensaba, seguramente tenía algo roto, tal vez una costilla, porque le costaba respirar con normalidad. No aminoró el paso, se recompuso como pudo y se anudó la camiseta al costado para que le doliera menos. Al amanecer consiguió llegar a una zona totalmente despejada, enorme. Buscó donde sentarse y descansar un rato para recuperar fuerzas; era una zona seca, sin agua, hacía un buen rato que andaba por una especie de camino o al menos esa era la sensación que él tenía. Preparó una pequeña fogata con algunas ramas y hojas secas, no necesitaba más, la idea era encenderla en cuanto escuchara ruido o pasaran cerca los aviones de rescate que los debían de estar buscando. Rodeó la hoguera, no sin dificultades, con un puñado de piedras; mientras lo hacía, se le ocurrió que no sería una mala idea componer con las que sobraban una F y una T enormes con una flecha señalando la dirección en donde estaba Gerber, desde el aire lo verían bien. Tardó más de una hora en tenerlo listo, en todo ese tiempo nadie pasó por ahí; finalmente, apoyado en un árbol se puso a esperar.

—¿Cree que alguna de las tripulaciones del Vuelo 19 habrán llegado a tierra, Sorenson? ¿Quizá los que volaban hacia el oeste?

Sorenson pensó que era muy probable y que podría estar en lo cierto, pero quiso compartir con su superior todas las inquietudes que se agolpaban a un ritmo frenético en su cabeza.

—Pero tengo algunas dudas, señor.

—¿Como cuáles?

—Muy bien, supongamos que sí, que alguno de los aviones logró evitar caer en el mar y llegar a tierra... Primera duda, ¿por qué no se comunicaron?; segunda duda, estaban todas las luces de todas las pistas de aterrizaje encendidas, aunque estuviesen muy al norte, había muchas luces; y tercera duda, habrían escuchado a las bases que estaban emitiendo mensajes en su frecuencia al llegar a la costa; ah, y cuarta y última, los radares nunca los localizaron, creo que alguno los habría tenido que localizar.

Baxter la miraba e intentaba tener una respuesta para cada una de las preguntas planteadas, la verdad es que eran buenos argumentos, pero no todo era blanco y negro en esta historia.

—Vamos a ver, Sorenson, la quiero dentro de un Avenger.

—Muy bien, ahí estoy.

—De acuerdo, lleva usted volando durante horas y está perdida, se le hace de noche en mitad de una tormenta y, por lo que sabemos, decide desobedecer las órdenes de su superior e instructor del ejercicio, ¿hasta aquí bien? ¿Me sigue?

—Sí, le sigo.

—Le recuerdo que eso supone amotinarse, pero volar hacia donde cree que está su salvación. Estamos en que seguramente esto es lo que ocurrió más o menos.

Sorenson asintió con la cabeza y de palabra.

—Sí, creo que esa fue la situación del Vuelo 19.

Parte del equipo de los guardacostas se fue acercando al gran plano para escuchar con atención a Baxter.

—Por lo que sabemos, las dificultades de comunicaciones fueron un problema grave y manifiesto durante toda la tarde, la tormenta eléctrica y el mal funcionamiento nos dejaron sin escuchar al grupo, solo puntualmente algunos mensajes entre ellos, tan solo no perdimos comunicación con el teniente Taylor...

—Le sigo, señor —le respondió Sorenson.

—Bueno, pues ya que estamos aquí, le vamos a sumar las interferencias de las emisoras comerciales, la música desde Cuba terminaría volviéndonos locos. Nada de lo que le cuento, Sorenson, cambiaría por estar en tierra o en mitad del Atlántico, así que lo más probable es que las comunicaciones continuasen sin funcionar fuese cual fuese su situación... Apostaría a que los operadores de radio de los Avenger trataron de contactar con Fort Lauderdale a la desesperada, pero sin resultados, con esto aclaramos su primera duda. Segunda, la visibilidad, desconocemos si se veía algo, los Dumbos llegaron a reportar que no veían más allá de tres millas. Todo eran nubes, lluvia, noche cerrada y sin luna. Nada ni nadie nos dice que pudieran ver mucho más allá de tres o cinco millas, por eso si hablamos de los Everglades no verían ni una sola luz, ni la de las bases ni la de ninguna casa cercana, cero, y además tengo muchas dudas de que intuyeran con estas condiciones que estaban sobre tierra firme.

—¿Está insinuando que los que llegaron hasta la costa no lo sabían?

Eso no entraba en los cálculos de Sorenson, pero tenía sentido. Si no veían las luces y seguían en mitad de la tormenta, probablemente creerían que continuaban en altamar.

—No, no es una suposición, Sorenson, lo afirmo, estoy seguro. Y añada un factor más, el pánico.

—¿El pánico a qué, comandante?

—A la falta de combustible, esta situación los llevaría a su límite mental a la hora de pensar qué hacer. No veían ni escuchaban nada y tenían que decidir si saltar en paracaídas o intentar posar el Avenger donde fuese.

Las tres primeras dudas habían sido resueltas por Baxter y tenían sentido, pero quedaba la más difícil, ¿cómo se justificaba el tema de no aparecer en ningún radar?

—¿Y los radares, señor? ¿Por qué no funcionaron?

—No es cierto, Sorenson. Entiendo a qué se refiere, pero pienso que lo que pasó es que nadie los detectó. Creo que los radares sí funcionaron, pero que no se interpretaron las señales correctamente. Según el *USS Solomons* captó esa tarde al norte de Florida una señal de varios aparatos volando hacia la costa, no tenemos noticias de nadie volando a esas horas, ninguna base ha confirmado noticia alguna de tener alguno de sus aviones en vuelo, la señal correspondía a algunos aviones del Vuelo 19 y al estar tan al norte era imposible que estaciones como la de Port Everglades captara nada...

Sorenson lo miró y giró la cabeza hacia el gran mapa.

—¿Así que quizá deberíamos empezar a sobrevolar Florida? —concluyó Sorenson.

—Ya estamos tardando, no tenga ninguna duda de que gran parte de la búsqueda en las próximas horas tiene que ser en tierra firme. Hay que buscar por todo el estado, pero sobre todo en los pantanos.

—Pero eso condena a los que estén en el agua...

—No, para nada, no vamos a dejar de buscar en el Atlántico ni nosotros ni los británicos, pero tenemos que comprobar si hay alguien en los Everglades o en otras áreas deshabitadas.

Sorenson seguía, sin embargo, muy preocupada por los que estaban en el agua; debían de estar muy al límite, llevaban camino de setenta y dos horas en ese infierno.

El análisis de los guardacostas, basado en medias informaciones y en supuestos, estaba muy cerca de la verdad, los pasos seguidos por el Vuelo 19 habían sido casi calcados por Baxter.

En el gran mapa central se veían perfectamente las líneas marcadas alrededor de la zona en donde distintas embarcaciones habían visto las señales de Stivers, Gallivan y Gruebel. Una segunda zona con avistamientos era el territorio donde seguían Bossi y Baluk, que, a pesar de sus dificultades y de haber perdido la balsa, insistían con las linternas mandando señales intermitentes, pero tenían el mismo problema que el resto de sus compañeros del 19: el viento, las olas y las corrientes los alejaban de los lugares desde los que lanzaban una señal, las luces que veían los barcos terminaban lejos de su punto real de rescate, y esto hacía que jamás llegasen hasta ellos. Estaban siendo arrastrados hacia el sur. El punto tres en el mapa era donde se había visto el cohete lanzado por

Parpart; a cierta distancia, seguían Taylor y su paracaídas; y más al este, Devlin maldiciendo en voz alta para vencer al miedo.

Después de las explicaciones de su comandante, los guardacostas marcaron como cuarta zona prioritaria el área donde se vieron bengalas azules y verdes cerca de la ciudad de Christmas, al este de Orlando. Era otro punto caliente para ser sobrevolado e investigado desde tierra por unidades de rescate.

—Parece que nadie nos ve, amigo.

Bossi y Baluk habían estado cerca de barcos y aviones de rescate, pero no lo suficiente como para ser rescatados.

—Estar fuera de la balsa nos da menos oportunidades, piloto; una mancha amarilla es más fácil de ver en mitad de la nada, aunque no me parece que ese sea el problema.

Los dos hombres comenzaban a resignarse a su destino, no saldrían vivos de esa si no los localizaban rápidamente.

—Siempre he pensado que tienes un futuro brillante como piloto...

Baluk trataba de pensar en cualquier cosa que no fueran olas y agua, y por eso no dejaba de dar conversación a su amigo.

—Y tú podrías ser mi operador de radio... Aunque si te animas y aprendes a pilotar, podríamos trabajar juntos en alguna compañía comercial, dicen que es el futuro. Ya lo veo, piloto y copiloto..., y siempre rodeados de chicas, ¡la que nos espera!

Baluk lo miró por un instante y no le dijo lo que estaba pensando. Se habían perdido la guerra, pues había terminado antes de tiempo para ellos..., y ahora se perderían una vida llena de emociones como pilotos privados. Sonrió intentando disimular.

—Claro que sí. En cuanto salgamos de esta, pediré apuntarme al curso de piloto.

—Vamos, Baluk —le jaleó Bossi—, ya verás qué bien nos va a ir.

Los dos sabían que estaban acabados.

En Fort Lauderdale el capitán Burch tenía el segundo de los telegramas listo para las familias donde se informaba de que oficialmente se pasaba a tratar como desaparecidos a los miembros del Vuelo 19 y que no se había podido encontrar nada ni a nadie hasta entonces.

Poole escuchaba en su despacho con la puerta abierta los informativos de la radio que emitían informaciones sobre lo que ya era la noticia del día.

—¿Qué es eso que suena, Poole? —le preguntó Burch a voz en grito.

—Las emisoras de noticias, señor, solo hablan ya del Vuelo 19.

—A ver si tenemos suerte y encuentran algo, parece que lo saben todo.

El teniente pensó que no era un comentario muy acertado, sobre todo porque él se había tenido que enfrentar a la realidad de las decisiones tomadas durante las primeras horas, y no estaba nada satisfecho. Siguió escuchando a los locutores de la radio: «Tenemos una última hora informativa del Vuelo 19; adelante, John». «Gracias, Mike, hablamos sobre la desaparición de veintisiete hombres en el Atlántico. Todo parece indicar que la Marina ha reconocido que ignora lo que le ha sucedido realmente al Vuelo 19. Según fuentes consultadas por esta emisora, desaparecieron sin poder comunicarse por radio con ellos; se desconoce por qué ninguno de los aviones llamó pidiendo ayuda; además, uno de los aviones de rescate, un PBM Mariner, tampoco ha dejado rastro alguno en lo que ya califican como el accidente aéreo más extraño de la historia. Estos son los últimos datos que se unen a lo que ya avanzábamos en el anterior boletín donde hemos contado que alguno de los pilotos podría estar confundido al creer que volaba en los Cayos y no en las Bahamas».

Poole no podía más; cuando los dos locutores se enzarzaron en descifrar por sí mismos el misterio, apagó la radio.

—¿De dónde sacarán todas estas mentiras?

—No todo son mentiras —replicó Hines mientras entraba en la oficina de Poole, recién llegado de su puesto en la torre.

—Si tú lo dices, yo creo que nos van a crucificar como no aparezca alguno de los muchachos para contar la verdad —apuntilló Poole.

El teniente Hines, encargado de las operaciones en la torre de control, estaba muy al tanto de lo que se decía en la base sobre la formación de un grupo de investigación para aclarar lo sucedido, por experiencia sabía que terminarían señalando a un responsable sin ninguna duda.

—Creo que han decidido constituir un grupo de investigación en Miami.

—¿Dónde has escuchado eso, Hines?

—En la base no dejan de hacer comentarios, es la noticia del día; los jefes quieren respuestas y por ahora no tenemos nada.

Poole sabía que eso llegaría, pero esta vez debería dar explicaciones.

26

28 de diciembre de 1945

Día de los Santos Inocentes. Jacksonville, Florida

Joseph Paonessa había encontrado a un conductor que recordaba a su hermano subiendo al autobús de California un par de días antes. La idea era hacer el mismo trayecto, preguntar por el camino y esperar un golpe de suerte. Quizá no lograría alcanzarlo si hacía noche en alguna de las paradas, no quería pensar en llegar a California sin noticias. Pero tenía un par de problemas extra que iría resolviendo con unas mentiras sin mala intención. Por una parte, no había entregado el telegrama; y por otra, tampoco regresaría a tiempo a Washington para cumplir con el corto permiso que le habían concedido. Lo que no entraba en su cabeza era defraudar a su padre, así que mentiría y encontraría a George, o al menos lo intentaría.

—Papá, soy Joseph.

—¿Has encontrado a tu hermano? —preguntó con ansia Frank.

—Aún no, pero creo que tengo una pista, quizá esté en California.

—¿En California? ¿Y qué hace ahí tu hermano? ¿Por qué no ha llamado?

—No lo sé, pero te prometo que voy a encontrarlo. No te preocupes, haré todo lo que sea necesario.

—Joseph, ¿hay algo que sabes y que no me quieres contar?

—No, papá, ¿por qué piensas eso? No te escondo nada. La verdad es que no sé qué está pasando, creo que el telegrama es para que estemos tranquilos, para que sepamos que está bien, pero nada más.

—No sé qué decirte, hijo.

—Prométeme que estarás tranquilo, papá, te llamaré para contarte lo que vaya averiguando.

—Joseph, ¿tu hermano estaba metido en algún lío?

—No, que yo sepa, y sabes que me lo cuenta todo. Si tiene algún lío, es de estos días. La verdad es que no le entiendo, quizá tiene que ver con la desaparición del vuelo y de sus compañeros.

—¿A qué te refieres?

—Pues que no es muy normal que no aparezca nadie y que George esté camino de California... Vio o sabe algo que no se puede contar. No sé, papá, estoy tan confundido y preocupado como tú.

—Si es así, ándate con ojo, Joseph, y mira con quién hablas. Quizá no sea tan buena idea que lo encuentres. Estoy seguro de que se pondrá en contacto con nosotros cuando se sienta con fuerzas.

—¿Y si no lo hace, papá? ¿Podrás vivir con la incertidumbre?

—No lo sé, Joseph, pero son tantas las cosas que no casan. Déjame que lo piense un poco, sigue con lo que estás haciendo, pero con cuidado, y mañana hablamos. Tienes razón, es todo muy extraño, algo no está bien.

Frank Paonessa colgó el teléfono y caminó hasta su habitación, sentándose a los pies de la cama; después de charlar con su hijo Joseph recordó cómo se habían desarrollando los acontecimientos desde el día 5... Tenía que haber alguna explicación al comportamiento de George, algún detalle que justificase todo el enredo, pero no era capaz de encontrar ningún sentido a lo que estaba ocurriendo.

Joseph compró el billete para California y llamó a Washington. Les contó que estaba esperando para ver al capitán Burch, pues se había ausentado de la base cuatro días, y le extendieron el permiso. A los de Fort Lauderdale les explicó que en cuatro días le daban el permiso para volar a entregar el telegrama en mano. Subió al autobús de la Greyhound pensando en su hermano y en todo lo que le había dicho su padre y, por primera vez, tuvo cuidado de que nadie le siguiese, se sintió ridículo mirando disimuladamente a las personas que estaban a su alrededor.

27

Uno de los PB4Y Privateer de la Marina acaba de informar de la localización de una mancha de aceite al este de Daytona Beach, comandante.

Robert Cox estaba en su oficina estudiando todos los informes que habían ido entregando sus hombres en los vuelos anteriores y casi no prestó atención a Brule, que se hallaba de pie frente a él. Estaba absorto organizando la búsqueda del Vuelo 19 y preparando un grupo especial de pilotos destinado únicamente a encontrar cualquier rastro del teniente Jeffery y el Training 49. Pero se enfrentaba al mismo dilema que los guardacostas, demasiadas señales y ningún resultado, ni una sola pista en el inmenso rompecabezas en el que se había convertido esa misión. No sabía con exactitud si ese avión había estallado en pleno vuelo y trataba de justificar de alguna manera cómo se había volatilizado todo, hombres y máquina.

—Señor, el Privateer, la mancha de aceite.

Robert Cox reaccionó.

—Sí, sí, le he oído, teniente Brule, que siga ahí dando vueltas hasta que llegue alguna embarcación de superficie, comuníquese con el *Solomons* a ver quién está cerca y también pasen el aviso a los guardacostas.

El PB4Y, que era un bombardero de larga distancia, muy efectivo durante los últimos años de guerra, empezó a dar vueltas sobre la mancha; no había pasado ni una hora y una lancha rápida ya estaba en la zona, pero no veía nada; buscó la supuesta mancha de aceite, pero no fue capaz de encontrarla ni tampoco vio resto alguno.

Brule entró de nuevo a la oficina de Robert Cox.

—Nada, señor, otra falsa alarma. No han sido capaces de situar la supuesta mancha de aceite.

—¿Cómo pueden desaparecer seis aviones sin más?

—Perdón, señor, no entiendo —contestó Brule, al que las palabras de Robert Cox le habían cogido por sorpresa.

—Ni yo tampoco. ¿Cómo han podido desaparecer los seis aviones sin dejar ni un solo rastro?

—Sinceramente, no lo sé; nunca he vivido algo así, señor. La verdad es que es difícil de explicar.

—Vamos a convocar ahora mismo una reunión de oficiales, quiero repasar todo lo que se está haciendo, algo no va bien. ¿Cuántos aparatos tenemos en el aire?

—Entre todas las bases cerca de doscientas salidas, calculo que al anochecer habrán volado en torno a doscientos cincuenta aviones.

—Sé que tenemos mucho océano por cubrir, más todo lo que estamos haciendo en tierra, pero ¿no encontrar nada de nada? Hemos pasado algo por alto.

La reunión convocada por Robert Cox parecía más un gabinete de crisis que otra cosa. Junto al hangar principal se juntaron el teniente Norman Brule, oficial de vuelo; el teniente Charles Johnson, instructor de vuelo; Robert Dinegar, teniente encargado de los partes meteorológicos; y el teniente Hussey, oficial a cargo de las comunicaciones de radio y del radar.

Cox no se anduvo por las ramas.

—Les voy a ser muy sincero: no entiendo cómo pueden desaparecer seis aviones y que no seamos capaces de encontrar nada. ¿Alguien tiene la más mínima teoría que nos pueda ayudar a centrar la búsqueda esta noche?

El equipo de oficiales estaba tan confundido como su comandante. Johnson fue el primero que se lanzó a hablar.

—Señor, partiendo de que arrancamos muy tarde la operación de rescate debido a que no recibimos la llamada de Fort Lauderdale, creo que además perdimos un tiempo precioso para encontrar a alguien antes de que la tormenta se desatase del todo. Ahora bien, dicho esto, me parece que se han visto demasiadas bengalas en zonas cercanas, en todas esas áreas solo tenemos un avión, quizá dos, pero nada más para cada cuadrante y, sin embargo, han detectado muchas luces... Pienso que ahí hay alguien.

—Bien —asintió Cox con la cabeza—, entonces ¿su propuesta es?

—Volver a volar en todos esos lugares.

—Perfecto, primera idea; hablaré de nuevo con los guardacostas a ver qué piensan de esto, ¿qué más?

Fue Hussey el que se animó a dar su punto de vista.

—Estoy casi seguro de que el Training 49 estalló en el aire y que con la carga de combustible que llevaba y el poco tiempo de vuelo es probable que se desintegrara del todo. Por eso creo que el fuego cayendo del cielo que vio el *Gaines Mill* era nuestro aparato.

—Opino lo mismo que usted, teniente, pero entienda que no voy a dejar de buscar a nuestros hombres por mucho que crea que tiene razón.

—Lo sé, señor, pero destinar efectivos a esa búsqueda... Quizá los estamos desaprovechando.

—Además, comprendo lo que estamos hablando, comandante, pero las condiciones del tiempo están siendo muy malas y es muy difícil que se vea nada. —Era Robert Dinegar, el hombre del tiempo de Banana River—. Ahora mismo seguimos con bancos de niebla y visibilidad restringida y es muy complicado trabajar en esa parte donde no se ve más allá de un cuarto de milla.

—Una cosa más, comandante.

—Dime, Brule.

—Desde que está la noticia en los medios de comunicación estamos recibiendo un sinfín de llamadas de explosiones, luces, aviones... Hemos enviado a muchos de los aparatos de búsqueda a comprobar algunos de estos avisos, estamos sobrevolando muchas zonas interiores, pero no creo que podamos hacer más, estamos superados.

—A ver si les he entendido bien a todos, me proponen que, a pesar de que el tiempo nos lo está poniendo difícil, ¿nos demos una vuelta por el Atlántico por los lugares donde se hayan visto bengalas? ¿Esto es correcto?

—Sí, y, por supuesto, seguir buscando en otros cuadrantes —remató Brule.

Robert Cox dio la reunión por terminada con la sensación de que no había solucionado mucho, pero habló con Baxter, de los guardacostas, y ambos coincidieron en reforzar las áreas de las bengalas, que eran justamente los cuatro puntos marcados por la teniente Sorenson. También estaban de acuerdo en que todo era demasiado complicado, las horas seguían avanzando, los supervivientes ya llevaban dos noches en el agua, no aflojaba ni la tormenta ni las bajas temperaturas y había ya pocas ideas de dónde los podrían encontrar.

Antes del anochecer un nuevo aviso por parte de un petrolero informaba de un posible chaleco salvavidas y un objeto metálico en forma de cilindro. Fort Lauderdale envió al FT 76 mientras activaban a una de las lanchas para acercarse por superficie. Cuando llegaron, el supuesto cilindro era una cesta larga de papel, posiblemente arrojada desde algún barco. Se siguió buscando el chaleco salvavidas, pero no se encontró nada.

El viernes terminó igual que había arrancado, sin ninguna respuesta. A los más de doscientos cincuenta aviones que participaron en la búsqueda por parte norteamericana había que sumarle unas cincuenta salidas realizadas por los británicos en las Bahamas... Otro día lleno de falsas alarmas y decepcionante para los equipos de rescate, que se resistían a que cundiera el desánimo.

28

8 de diciembre de 1945
Sábado, tercer día de búsqueda

George Paonessa se había puesto en marcha, no era consciente de cuánto tiempo llevaba desmayado sobre el ala junto a sus compañeros muertos, pero tenía que continuar caminando... Nadie le encontraría en ese lugar. Hacía una noche cerrada y no veía más allá de lo que iluminaba su linterna. El marine andaba sobre el agua despacio cuando a lo lejos le pareció ver una luz.

L. C. Smith estaba cazando ranas, pues se sacaba un dinero extra vendiendo su carne a algunos restaurantes de la zona. El hombre se conocía los Everglades como la palma de su mano. Era un tipo duro, de voz ronca, rota por el alcohol y el tabaco de mascar, y vestía una camisa de manga larga para evitar que los mosquitos le devoraran y unos pantalones de aspecto militar de tono caqui metidos por dentro de unas botas altas de agua. Las zonas, como el cuello o las manos, expuestas a los ataques de los insectos las cubría con barro, un buen recurso casero para evitar las picaduras. Sus armas eran una linterna y un palo terminado en forma de red. Trabajaba solo, no tenía muchos amigos y era uno de esos hombres a los que la sociedad y la vida no habían terminado de tratar bien, odiaba las leyes y a los que las hacían cumplir y, por supuesto, no quería saber nada de los militares.

Cerca de la zona donde estaba, Smith tenía una pequeña cabaña de madera construida años atrás por los moradores de esas tierras, muchos de ellos inadaptados y otros tantos fugitivos del mundo que los rodeaba. La había arreglado y la utilizaba para descansar los días que estaba de caza, así se ahorraba el ir y venir desde el pueblo donde tenía su casa.

Paonessa se detuvo un instante para fijar de nuevo la mirada en una luz que oscilaba de un lado a otro; de pronto pensó que podrían ser los del FT 81 y empezó a gritar los nombres de Gerber y Lightfoot, pero no obtuvo ninguna respuesta. Tampoco era fácil, ya que el griterío de las distintas especies impedía, con sus graznidos nocturnos, que se escuchara su voz. Creyó que sería una buena idea acercarse algo más y lanzar una bengala, esa señal la verían seguro. La zona era un calvario, tropezó varias veces con raíces sumergidas que era incapaz de ver ni tan siquiera intuir bajo el agua. Se había caído ya tantas veces que estaba empapado.

Por unos instantes recuperó algo de felicidad pensando que iba a ver a sus compañeros, pero era una sensación llena de amargura al recordar al instante que Powers y Thompson no lo habían logrado. Esas reflexiones hicieron que se deprimiera aún más, era imposible aceptar que estaban muertos. Continuó caminando y tropezando en línea recta hacia la pequeña luz. El agua le cubría ahora hasta la cintura, claramente estaba en una zona más profunda. Se asustó, no veía nada y seguía hundiéndose más y más. No quería ni pensar en qué podría estar pasando cerca de él; se animó, sin embargo, a enfocar con la linterna hacia su lado derecho, y una serpiente enorme cruzó a escasos veinte centímetros de su brazo. Petrificado, la siguió con el foco de luz mientras se alejaba; había tenido suerte y no había sucedido nada.

El agua le llegaba al pecho, caminaba con los brazos en alto y le costaba continuar; entonces lanzó la bengala que se elevó en el cielo unos trescientos metros iluminando la noche de un rojo intenso. Paonessa solo veía agua a su alrededor, pero delante de él, donde estaba la luz, intuyó algo parecido a un islote, un pedazo de tierra.

A L. C. Smith se le hizo de día en mitad de la noche y se sobresaltó al ver a un hombre en medio del agua. Corrió hacia a él agitando los brazos para que saliera de ahí; en realidad, le quería avisar de que era una zona infestada de caimanes, se encontraba en el peor lugar del mundo. No lo dudó, se lanzó al agua. Paonessa estaba a punto de perder de nuevo el sentido, el esfuerzo por avanzar y las pocas fuerzas que le quedaban le jugaron una mala pasada. Cuando abrió de nuevo los ojos, estaba bocarriba y alguien le agarraba por el cuello de su chaqueta, sacándole del agua. Ya en tierra firme, Smith le preguntó quién era, qué hacía en ese lugar y si pretendía morir devorado por los caimanes.

—Me llamo George Paonessa, soy sargento de los marines y pertenezco a la base de Fort Lauderdale.

—Así que eres uno de los muchachos del Vuelo 19.

George lo miró atónito. ¿Cómo un hombre de los pantanos podía saber nada del Vuelo 19?

—Pero ¿cómo sabe usted eso?

—Muchacho, hace días que os están buscando, la noticia está en todos los periódicos y la radio no para de hablar de vosotros. —Smith se dejó de formalismos y enseguida le trató de tú.

—Pero ¿a qué día estamos?

—Es sábado, hijo, hace cuatro días que desapareciste.

—¿Han encontrado a todos mis compañeros?

—No, a nadie, y hay otros trece hombres desaparecidos de uno de los aviones que os buscaba.

No lo habían conseguido, nadie había salido vivo de ese infierno, pero quizá no era el único y, más tarde o más temprano, encontrarían a alguno más.

—¿Qué quieres hacer, muchacho, te llevo a alguna parte?

A Paonessa le costaba reflexionar, pero hizo un gran esfuerzo. Si nadie estaba vivo, él tendría que dar muchas explicaciones, aunque eso no era lo peor. Lo que no quería era enfrentarse al momento de hablar con las familias de sus amigos siendo él el único superviviente, no lo podría soportar. Se sentía culpable. La imagen de Powers y Thompson sin vida le atormentaba, tenía que escapar de todo y de todos.

—¿Sería capaz de ayudarme a huir? No quiero que me encuentren nunca, no sé cómo afrontar todo esto.

A Smith le sorprendió la petición del muchacho, le dio mucha pena ver a ese joven destrozado y perdido, no sabía por lo que habría pasado, pero pensaba ayudarle sin pensar en las consecuencias.

—Te ayudaré. Tengo una cabaña cerca de aquí, será mejor que te escondas un par de días más, aún os buscan.

No había terminado de hablar cuando un avión los sobrevoló, era el Vuelo 56 de Eastern Airlines pilotado por el capitán J. D. Morrison, que había visto la bengala lanzada por Paonessa, y ahora intuía lo que parecía una luz parpadeante entre la maleza, en el suelo. Era la linterna del marine.

—Escóndete, tírate al suelo y no te muevas —le gritó Smith al joven italiano.

Paonessa le obedeció instintivamente y se quedó inmóvil. Mientras, Morrison sobrevolaba de nuevo la zona, observó a su derecha lo que quizá fuera un fuego, como de restos de una bengala, pero no se veía nada que fuese parecido al fuselaje de un avión. Lo que sí tenía claro es que había un hombre o quizá dos ahí abajo, encendió las luces de aterrizaje del aparato e iluminó a Smith, que saludaba con una mano; junto a él parecía que había otra persona más inmóvil.

Morrison decidió informar inmediatamente sobre los hombres que había visto y también sobre las bengalas, las luces parpadeantes, el fuego y sus esfuerzos por encontrar los restos de un aparato estrellado. La noticia cayó como una bomba en el cuartel general de los guardacostas.

Baxter daba órdenes sin parar para tener a todos los hombres que fuera posible preparados para entrar en los pantanos con el primer rayo de sol. Jeeps, vehículos anfibios y tropas del Ejército de Tierra estaban listos para comenzar la búsqueda en una zona en donde se creía que por lo menos podían estar dos de los aparatos del Vuelo 19.

Cuando Morrison aterrizó, le tocó explicar de nuevo todo sobre lo que había informado a través de la radio.

—He visto a dos hombres, uno de ellos estaba en el suelo y no se movía. Me acerqué allí después de ver una bengala roja, a lo lejos se podía intuir un incendio. Había mucha agua por todas partes y el hombre que estaba en pie agitaba los brazos, no sé si pidiendo ayuda. La verdad es que no sé muy bien qué hacía.

El plan de Smith no había salido del todo mal, aunque sabía que volverían en cuanto amaneciera, pero para entonces ya estaría escondido ese muchacho en la cabaña.

—Bueno, George, ¿puedes ponerte en pie y caminar si te ayudo?

—Sí, claro.

—Está bien, iremos hasta la cabaña y ahí tienes que estar escondido hasta que regrese a por ti, seguramente al amanecer volverán a ver qué ha sucedido.

—Pero encontrarán mi Avenger con Powers y Thompson muertos y me buscarán.

—Tranquilo, ya veremos. Hasta ahora han sido incapaces de encontrar nada, así que no te preocupes.

Caminaron despacio durante más de una hora parando a cada momento hasta llegar a la cabaña.

—Mira, tengo algo de ropa limpia por aquí. A ver si te valen estos pantalones y esta camisa. Quítate la ropa mojada y vamos a enterrarla. Si alguien te encuentra aquí, puedes fingir que vives en los pantanos, que esta es tu casa. —No era un mal plan si se trataba de desaparecer—. No enciendas ninguna luz y nada de fuego. Ahí está la cama, descansa un rato. Yo regresaré en unas horas, tienes agua y algo de comida en esas latas de conserva. Toma, aquí tienes una cuchara y el abridor.

Smith cerró la puerta de madera y regresó hasta donde estaba cazando ranas, la idea era continuar en ese lugar por si alguien volvía y convencerlos para que dejaran de buscar, pues allí no había nadie.

Paonessa se quedó solo de nuevo, a oscuras. Tapó con la mano la luz de la linterna y miró la comida, eran un par de latas de carne de cerdo con judías y salsa de tomate. No tenía hambre, así que decidió tumbarse en la cama; no quería pensar en nada, su alma estaba rota de dolor y por primera vez sentía que se estaba liberando un poco de la tensión acumulada durante horas. Entonces tomó conciencia de que todo había sido un desastre: el vuelo, las decisiones, quedarse sin combustible, caer, morir... «He vuelto a nacer», se repetía una y otra vez, «soy un renacido de la posguerra». Lloró y se sintió muy solo en una cabaña de madera en mitad del pantano. Su mundo tal y como lo conocía había muerto para siempre, quería olvidarlo... porque sabía que una parte de él había sido borrada para siempre en el Vuelo 19.

—Teniente Murphy, ¿dónde está usted?

—Aquí, señor, junto a la zona de comunicaciones.

Baxter estaba dispuesto a ir a por todas con su teoría de los aviones en los Everglades, reforzó la búsqueda terrestre con un dirigible y un helicóptero. La orden era encontrar a cualquier precio a las personas que había visto el capitán Morrison durante la noche.

—¿Sabemos si ha aterrizado Morrison?

—Sí, señor, lo ha hecho. Ha confirmado punto por punto todo lo que contó esta madrugada por radio.

—Pues que se suba al helicóptero que va a sobrevolar toda el área donde estaban esos hombres y las bengalas; el piloto es Walt Winchell, quiero que Morrison le ayude a localizar el punto exacto donde los vio.

Nervios, muchos nervios, quedaban menos de setenta y dos horas para que fueran suspendidas oficialmente las operaciones de búsqueda y rescate. La sensación era que había mucho por hacer, pero la realidad era cruel y estaba marcada por el ritmo del protocolo a seguir, que obligaba a detener toda búsqueda a los cinco días de desaparecer. Así eran las reglas de la Marina.

El teniente comandante Poole lo sabía, había discutido con Burch para ganar algo de tiempo, pero las órdenes desde Washington no daban lugar a interpretaciones, se suspendería la búsqueda porque consideraban que era imposible sobrevivir tantos días en el agua y con las condiciones de mal tiempo por las que estaban pasando.

Poole caminaba con paso firme por la pista, había ordenado que le prepararan un Avenger para liderar las operaciones de la mañana. Había vuelto a la carga con el *Solomons* y con la pequeña mejora del tiempo le habían autorizado a aterrizar en el portaaviones.

Los once aparatos de Fort Lauderdale enfilaron la pista dos dos, la misma en la que había despegado cuatro días antes el Vuelo 19. Poole habló a los pilotos.

—Señores, no me voy a andar con rodeos, lo hemos visto en la reunión de esta mañana, tenemos que encontrarlos hoy; no creo que aguanten mucho más si siguen vivos. El alto mando ha marcado el lunes como fecha para dar por terminada la búsqueda, así que vamos a hacer bien los deberes.

Poole decidió volar porque su conciencia le torturaba a cada paso que daba por no haber dejado a Cox ir hacia las Bahamas, es decir, por no haber enviado a alguien para ayudar a Taylor a encontrar el camino de vuelta. Se sentía responsable de todas las decisiones tomadas en las primeras horas, no había sido una buena idea esperar a que regresaran por sus propios medios ni menospreciar que las condiciones meteorológicas eran realmente dantescas, nunca pensó que pudiera haber tan mal tiempo. La mano izquierda hizo subir de revoluciones el Avenger, Poole despegó con la cabeza llena de todas aquellas ideas, solo rezaba por rescatar a alguien, no podía ser que se hubieran esfumado sin más.

Los once Avenger seguían su ruta hacia el portaaviones. Algunos de los pilotos estaban preocupados porque la mayoría de ellos, incluido Poole, no se habían posado en un portaaviones desde la guerra. Era un buen plan tener más tiempo para buscar en el área sin necesidad de ir y venir de la base, pero el riesgo era muy alto.

En el *Solomons* eran conscientes de a lo que se enfrentaban, todos los hombres disponibles con las unidades de emergencia estaban en alerta y en sus puestos, de tal manera que si alguno de los Avenger se estrellaba, actuarían, pero llevaban semanas sin practicar esas maniobras. El final de la guerra los había oxidado a todos. Por suerte, la escuadrilla liderada por Poole se posó sin problemas, uno tras otro, en esa pista flotante en mitad del Atlántico. El océano seguía con mucho movimiento, pero los pilotos hicieron un gran trabajo.

Mientras tanto la mañana continuaba con mucha más actividad que el día anterior. Al igual que en Fort Lauderdale, todas las bases tenían la orden de detener la búsqueda al día siguiente, así que se redoblaron los esfuerzos en cuanto a hombres, aviones y barcos.

A media mañana uno de los vuelos de Mayport lanzó una alerta de un posible bote salvavidas al noreste de Jacksonville; un dirigible y varias lanchas rápidas se acercaron hasta el lugar y durante más de una hora de búsqueda no fueron capaces de encontrar nada. Seguían acumulando decepciones.

Pero cosas peores estaban por llegar, los británicos informaban de que en las Bahamas, al noreste de la Isla de Ábaco, habían avistado algo parecido a una gran mancha de sangre; se envió de inmediato una lancha que solo encontró un área infestada de tiburones, pero nada más.

Mientras Poole y los once Avenger seguían volando sobre el Atlántico buscando en el área donde se situó por última vez al teniente Taylor, Morrison ya estaba en el helicóptero dirigiéndose a la zona de los Everglades donde había visto a dos hombres la noche antes. Smith escuchaba el ruido de motores cada vez más cerca, sabía lo que tenía que hacer y como si nada seguía cazando ranas.

Lightfoot, apoyado en un árbol, deshidratado y consciente de que poco podía hacer, esperaba a que alguien viera alguna de sus señales, guardaba sus últimas fuerzas para encender la hoguera, pero estaba demasiado lejos de ningún lugar. Por mucho que estuvieran peinando los Everglades, con tanta vegetación era difícil ver al FT 81 estrellado; y aunque él estaba en campo abierto, si no pasaban por encima, jamás le encontrarían.

Otro que andaba justo de fuerzas era Gallivan, que seguía aferrado a Stivers. Había decidido desengancharse de Gruebel, ya no podía hacer nada por el joven operador de radio que hacía horas que no respiraba. Seguramente tampoco Stivers estaba vivo, pero lo que tenía claro es que no quería morir solo.

Katherine Taylor estaba dispuesta a llamar al capitán Burch para preguntarle cómo seguía la búsqueda, la llegada diaria de un telegrama era poca información y aunque escuchaba la radio las veinticuatro horas del día, necesitaba saber mucho más de todo lo que se estaba haciendo para traer de vuelta a su hijo.

No era la única, Joan Powers estaba en las mismas esperando con angustia las noticias de su marido. Poco a poco, padres, hermanos, hijos comenzaron a llamar a Fort Lauderdale. Burch intentó ser amable con todos y explicar a grandes rasgos lo que se estaba haciendo, también les pidió paciencia y no perder la esperanza. Pero las circunstancias reales se alejaban mucho de las palabras del capitán.

Charles Taylor pensó por primera vez que no le iban a encontrar; acababa de superar su propio récord de tres días en el agua en Guam, ya apenas sentía las piernas. Cada vez las tenía más entumecidas y las movía con dificultad. Se había bebido la última lata de agua que le quedaba, no tenía nada más. Como no podía hacer otra cosa, mientras llovía se pasaba un rato con la boca abierta hidratándose un poco; también pensó en acumularla en algún lugar, lo mejor sería utilizar la lata vacía: era todo lo que le quedaba del kit de emergencia.

Intentó pensar en otras cosas, y así no dejar sitio ni al hambre ni a la sed. Se concentró en todo lo que había sucedido durante el vuelo y fue más allá, reflexionó sobre sí mismo y sobre qué le había pasado durante las últimas semanas. ¿Por qué se había negado a volar? Se dio cuenta de que había intuido que le podía ocurrir algo malo, lo había visto en otros pilotos veteranos que simplemente no aguantaban más la presión después de todos los años de guerra.

Lo único que quería era volver a casa, abrazar a su madre y a su tía Mary. Las extrañaba tanto, unos días en Corpus Christi le sentarían fenomenal. Su cabeza le llevó de nuevo al vuelo y a su empecinamiento en creer que estaba en la zona de Cayo Hueso. No encontraba ninguna razón a la mala pasada que le había jugado su cabeza. Seguía flotando rodeado por su paracaídas, pero Charles Taylor se iba apagando cada minuto que pasaba; por más que quisiera mantenerse despierto, el cansancio le vencía. En algún momento le pareció intuir el periscopio de un submarino, si le atrapaban los alemanes la guerra habría terminado para él. «Pero ¿qué guerra? Maldita sea, me estoy volviendo loco. Ya no estamos en guerra con nadie, ya no hay submarinos que vigilar, ¡estoy solo!, ¡muy solo!, y en mitad del océano. No quiero terminar así mi vida». La corriente seguía llevando a la deriva al joven piloto hacia el este, cada vez más lejos, cada vez más difícil de encontrar.

Morrison estaba de nuevo sobre los Everglades en el helicóptero junto a Winchell, repitiendo punto por punto el trayecto nocturno. Volaron por el sitio donde le pareció ver a los dos hombres, buscaron y buscaron y le hizo aterrizar en varios sitios donde creía haber visto fuego o bengalas. Paonessa escuchó al helicóptero por encima de la cabaña, quería salir y gritar, pero la decisión de desaparecer estaba tomada, los árboles y la maleza camuflaban perfectamente su escondite y pasaron de largo. No lejos de allí vieron a alguien rebuscando en el agua, despacio se posaron muy cerca, en el único lugar que parecía seguro para aterrizar. Walt Winchell saltó y, como pudo entre la maleza, se acercó a aquel hombre que lo miraba con cara de sorprendido.

—¿Cómo está usted, señor? Me llamo Walt Winchell y formo parte de una unidad de rescate del Ejército de los Estados Unidos, ¿le puedo hacer unas preguntas?

Smith asintió con la cabeza.

—¿Cómo se llama usted, señor?

—Smith.

—¿Hace mucho rato que anda por aquí?

—Toda la noche, estoy cazando ranas.

L. C. Smith le mostró una cesta con unos cuantos animales.

—Verá, estamos buscando unos aviones que se estrellaron hace unos días, creemos que cerca de donde estamos, ¿ha visto algo?

—No, nada, por aquí no ha pasado nadie hasta que han llegado ustedes.

Detrás de Winchell estaba el capitán Morrison escuchando atento al hombre de los pantanos. Decidió intervenir.

—¿No estaba usted ayer por la noche? Yo le sobrevolé con mi avión y creo que había otra persona junto a usted.

La conversación subió de tono, pero Smith estaba preparado.

—Sí, claro, usted es el que pasó varias veces por encima de mi cabeza, iluminando toda la zona, ¡menudo susto!

—Sí, era yo, pero había alguien junto a usted haciendo señales con una linterna y también vi un fuego mucho más allá.

—No, imposible, estaba solo; quizá lo que vio fue una hoguera que encendí a media noche, cuando estoy tanto tiempo en el agua necesito entrar en calor.

—No es posible, vi perfectamente al otro hombre, usted no estaba solo; además, lanzó unas bengalas.

—Sí, tenía alguna para iluminar la zona de caza, a veces me ayudan a evitar a los caimanes, esto está plagado de estos bichos.

Morrison no le creyó ni una sola palabra y la verdad es que Winchell tenía sus dudas. Por qué se había extrañado de que aterrizara un avión si andaba tirando bengalas; no había ni una señal de hoguera en los alrededores; además, con toda esa humedad era difícil creer que se pudiera hacer una, y ¿la luz parpadeante, qué explicación tenía? Winchell se fijó en la linterna que llevaba en la mano Smith, parecía que no alumbraba mucho y no creía que fuera posible ver su parpadeo desde las alturas.

De regreso al helicóptero ambos pensaban que algo no estaba bien, pero Morrison y Winchell se toparon con los restos de unas bengalas lanzadas desde los aviones de búsqueda. Smith esperó a que se alejaran para caminar de vuelta a la cabaña.

Ellen Sorenson llamó al comandante Baxter y se aproximó hasta donde se encontraba.

—Winchell y Morrison se han topado con un cazador de ranas en la zona, el hombre dice que era él al que estuvieron sobrevolando anoche y que estaba solo, que utiliza bengalas para alejar a los caimanes y que se asustó cuando el avión le pasó por encima.

—No me lo puedo creer, ahora resulta que cuando pensábamos que habíamos encontrado a alguien del Vuelo 19, tan solo nos habíamos topado con un morador de los pantanos.

—Eso parece.

—Pues no me lo creo, quiero hablar con ese hombre.

—Se llama L. C. Smith y vive en una pequeña casa en Grant.

La puerta de la cabaña se abrió, Paonessa estaba al acecho detrás de la cama.

—Tranquilo, hijo, soy yo, os siguen buscando. Creo que será mejor que duermas aquí esta noche.

—¿Crees que estoy seguro?

—Sí, no van a ver esta cabaña, esa gente que os busca no conoce nada esta zona. ¿Crees que alguno de tus compañeros puede estar vivo?

—No en mi avión. Quizá Gerber y Lightfoot, ellos cayeron antes que nosotros.

—Muy bien, voy a dar una vuelta por si veo algo y después me iré a casa. Te aconsejo que cierres bien la puerta, no salgas y menos de noche. Ah, y evita la luz y el fuego. Si en dos días no he regresado, y ves que todo está más tranquilo, camina hacia el noreste, la ciudad más grande cerca de aquí es Jacksonville, tienes una carretera cerca y seguro que alguien se parará para llevarte.

—Pero ¿y si me reconocen?

Tenía razón, no era una buena idea andar haciendo autostop, estaban todas las fotografías de cada uno de ellos publicadas en los periódicos locales. Todo sería más seguro cuando dejasen de imprimirse sus imágenes y la gente olvidara sus rostros. Pero todavía faltaba tiempo para que eso ocurriese y no podía estar tantos días aislado en la cabaña.

—De acuerdo, volveré a buscarte, descansa hasta entonces. ¿Tienes algo de dinero?

Miró en su cartera de piel marrón empapada; sí, le quedaba algo de dinero.

—Sí, llevo unos dólares.

—No sé si con eso tendrás suficiente para salir del estado. Vete pensando adónde quieres ir.

Smith recogió sus ranas y se fue. Paonessa se dejó caer de nuevo en la cama y aunque la angustia no le dejaba en paz y su cabeza no paraba de pensar, el agotamiento le pudo y se durmió.

Los comunicados seguían llegando sin parar, de la base del Ejército de Tierra Morrison Army Air Field, uno de sus pilotos reportaba bengalas al este de Melbourne, en Florida. Una vez más se peinó la zona, pero sin éxito.

Poole y su escuadrilla de Avenger tampoco eran capaces de ver nada ni a nadie; el teniente estaba de un humor de perros, al igual que muchos de los hombres de Banana River, que no eran capaces de encontrar al Training 49.

Cuando llegara la noche tenían órdenes de disminuir durante unas horas el ritmo de salidas. Temían, con razón, que ni las máquinas ni los hombres aguantaran sin descansar después de cuatro días. Todos los aparatos sin excepción tenían que ser revisados a fondo durante las primeras horas de la noche. Pero aún faltaba mucho para que anocheciera y las patrullas seguían a lo largo y ancho del Atlántico y por toda Florida.

El comandante Jay Kislak, de la Marina, había despegado de Mayport en un bimotor y se dirigía hacia una zona en donde un Dumbo había localizado lo que parecía ser un bote; cuando llegó se topó con algo amarillo en forma de balsa, no parecía que hubiera nadie dentro. El comandante decidió dar vueltas mientras llegaban las lanchas de los guardacostas a comprobar qué era ese objeto; a lo lejos, el comandante detectó que un carguero se acercaba a toda máquina.

—Kislak para NAS Mayport, ¿me recibe?, cambio.

—Sí, comandante, le recibimos.

—Tengo a la vista un carguero sin identificar acercándose a la posible balsa, ¿me podrían confirmar si forma parte de la operación de rescate? Es para continuar con la búsqueda en otra área.

—Espere, comandante, se lo confirmo con los guardacostas.

—Ok, recibido.

Mientras Kislak esperaba, vio que el carguero paraba máquinas, recogía el objeto del agua y continuaba navegando.

—Kislak para Mayport, ¿me recibe?, cambio, el carguero ha recogido la balsa, doy por concluida mi misión en este punto, sigo volando al noreste.

—Entendido, comandante.

Media hora después Kislak recibía una extraña llamada desde NAS Mayport.

—Aquí Kislak, les escuchamos, Mayport.

—Señor, ¿podría identificar el carguero que ha visto?

—Negativo, base, no hemos visto su nombre; ¿sucede algo?

—Verá, señor, los guardacostas no tienen identificado ningún mercante en la zona, ni tienen información de que nadie haya recogido una balsa del agua.

—¿Cómo dice? Lo han hecho enfrente de nosotros, debe de ser un malentendido.

—Negativo, señor, se ha contactado con todos los buques de la zona.

Kislak y su tripulación no daban crédito a lo que estaba pasando. Al final del día ningún barco reportó lo que había visto el comandante Kislak.

Llevaban cuatro días en el agua y aguantaban. Parpart había dosificado el kit de emergencia que había cogido del avión antes de saltar, ya no tenía comida y apenas agua, pero se sentía con fuerzas para aguantar hasta que llegara la ayuda. Optó desde el principio por relajarse, bocarriba flotando con el chaleco y pensando en cosas que lo tranquilizaran. Se había alistado con diecisiete años; casi al final de la guerra, su padre le autorizó a hacerlo, pero a su madre no le hizo ninguna gracia y sabía que estaba preocupada cada minuto por si le ocurría algo. En el océano sin nada más que hacer, le reconfortaba recordar a los suyos y darse cuenta de cuánto los quería. Su madre no le perdonaría nunca si no salía con vida y seguramente jamás se lo perdonaría a su padre. Respiró profundamente, esperaba que nada durara ya mucho más, quería salir del agua y tomar una sopa caliente.

A pesar del buen tono de voz que tenía, a Devlin se le terminaban los insultos y los improperios, se había vaciado, estaba en paz con todo lo que quería maldecir, pero la broma ya duraba demasiado. Y esta vez siguió pensando, para sí mismo: «Señor, te lo suplico una vez más, ¿serías tan amable de sacarme del agua, de permitir que me rescaten?, ¿no estarás pensando en que todo termine aquí, así sin más, con las cosas que nos quedan por hacer? Envía a alguien a rescatarme, a que me encuentre, por favor. Ya sé que a veces el carácter me pierde, pero no soy mala persona, lo sabes, déjame vivir un poco más».

Salvo Paonessa, escondido en la cabaña, el resto de los hombres que seguían vivos del Vuelo 19 se estaban apagando minuto a minuto, la falta de efectividad y suerte de los equipos de rescate los tenía en las últimas.

El último sobresalto del sábado para los rescatadores llegó en forma de luz que supuestamente emitía una señal de SOS en morse cerca de la Isla de Ábaco en las Bahamas, un avión británico comunicaba que tenía detectada una luz con esa señal, pero resultó ser una boya. La mayoría de los aviones y los barcos regresaron a sus bases por la noche, la búsqueda continuaba pero con menos unidades. El trabajo en las próximas horas era para los ingenieros y mecánicos, que trataban de dejar todo a punto para el amanecer del domingo. Sin resultados, con la presión de las familias y del alto mando para encontrar a los supervivientes, con la opinión pública en shock informada minuto a minuto por los medios de comunicación, la historia de los veintisiete hombres desaparecidos en los seis aviones era un rompecabezas de difícil solución para todos aquellos que estaban en algún puesto de responsabilidad dentro de la operación de rescate.

29

28 de diciembre de 1945
Cerca de Dallas, Texas

Todo empezaba a estar más claro, ya apenas quedaban lagunas, ya recordaba lo que había pasado durante el vuelo, las malas decisiones, el empecinamiento de Taylor de volar al este, la valentía de Powers al rebelarse contra lo evidente, las brújulas estropeadas, las radios inservibles en donde se escuchaba mejor la música cubana que al resto de pilotos, el viento, el maldito viento y la tormenta que había borrado de un plumazo al Vuelo 19. Pensó en todos los que durante días arriesgaron sus vidas por encontrarlos, como los chicos del 49, que desaparecieron como ellos.

Ahora también tenía claro que huía sobre todo de él mismo, pues no quería enfrentarse a los que habían perdido a sus seres queridos en ese accidente. Pero le quedaban muchas cosas por resolver, como si de verdad se había topado con el hombre del pantano o descubrir si su hermano habría sido capaz de entender el mensaje del telegrama. En ningún momento pensó que su familia iría a por él, que tratarían de encontrarlo a cualquier precio, y que por eso su hermano Joseph viajaba en un autobús unas cuarenta y ocho horas por detrás.

Julie se despertó.

—¿Cómo van esos dolores?

—Mucho mejor —respondió Paonessa con buena voz.

—¿Alguna herida de guerra?

—Sí, en una ocasión se estrelló el avión en el que volaba.

—¿Eres piloto?

—No, no, para nada. —Paonessa sonreía, en otra ocasión su respuesta habría sido afirmativa, todo valía para encandilar a una mujer, pero no era el momento—. Era operador de radio y artillero.

—¿Y qué pasó? ¿Os derribaron?

—Algo así. —No quería dar muchos detalles, quizá ya se había equivocado al hablar de aviones, pero era más fácil así para no meter la pata—. Aterrizando tuvimos un problema.

Julie notó cómo a su compañero de aventuras le costaba hablar de la guerra.

—Bueno, lo importante es que estés bien.

—Sí, sí, claro.

El autobús estaba cruzando la ciudad de Dallas. Fue la primera vez que Julie perdió el interés por la conversación, pero porque centró toda su atención en los tranvías circulando en todas direcciones, en los coches, en el bullicio de gente por las calles y en los edificios altos. Pero el contraste era salvaje, pues había también muchas zonas sin construir en donde se veían rebaños de ganado vigilados por cowboys a caballo.

—¿Has visto todo esto? Vaya dos mundos, es increíble.

Paonessa estaba tan sorprendido como ella, lo más cerca que había estado de un cowboy era en el cine porque en su pueblo no tenían ni caballos.

—¿Tienes hambre? —preguntó George.

—La verdad, no mucha.

—¿Nos damos una vuelta por la ciudad?, tenemos casi dos horas de parada.

—Me parece un buen plan.

Julie estaba feliz con la propuesta, sola seguramente no se habría atrevido a pasear por esas calles, pero junto a George era otra cosa. El autobús se detuvo una vez más en el garaje principal de la compañía en la ciudad. Se levantaron y caminaron hacia la parte delantera, Paonessa miró a su alrededor en busca del hombre del pantano, pero no fue capaz de encontrarlo.

—Bueno, ¿hacia dónde vamos? —preguntó una Julie radiante.

—Hacia donde nos lleven las vías del tranvía.

—Pero si hay muchas.

La carcajada de Paonessa vino acompañada de la de Julie al darse cuenta de que su amigo le estaba tomando el pelo... Se encaminaron hacia donde estaban los edificios altos y la gente.

30

9 de diciembre de 1945
A treinta y dos horas del final de la búsqueda

Aviones reparados y listos para el despegue y barcos con las tripulaciones yendo y viniendo terminando de acomodarlo todo para zarpar cuanto antes, puesto que se corrió la voz de que si el lunes pasadas las 15.00 no habían sido localizados los hombres del Vuelo 19 ni los del Training 49, se darían por terminadas las operaciones.

En los comedores de las bases, durante el desayuno, la noticia había caído como una bomba. Muchos preferían pensar que no era cierto, que era un bulo más de los que salían a cada momento y que no se sabía muy bien quién los hacía circular.

Pero para los hombres de Banana River y Fort Lauderdale estas historias dolían mucho más porque eran sus amigos los que estaban perdidos ahí afuera, compañeros con los que se había compartido el día a día y no pensaban en ningún momento en abandonar, no era de recibo ni tan siquiera plantearse algo así.

Desafortunadamente era verdad, el lunes se los buscaría por última vez ya que no se tenía demasiadas esperanzas de que pudieran seguir con vida después de tanto tiempo. La actividad era frenética, muchos de los pilotos habían descansado por primera vez en las últimas setenta y dos horas, pero querían despegar cuanto antes.

En Fort Lauderdale, Poole discutía con el capitán Burch para mandar de nuevo a toda la flota de aviones disponibles de la base; él estaba dispuesto a volver a intentarlo, pero Burch temía las operaciones de despegue y aterrizaje en el *Solomons* y mantenía que se habían arriesgado mucho el día anterior.

—Me da igual lo que piense, capitán, estos hombres están preparados para hacerlo de nuevo. Ayer salió todo bien y ganamos mucho tiempo en la búsqueda.

—Y ¿encontraron algo, Poole? Todo el riesgo que asumieron no nos sirvió para nada.

—Pero eso no lo sabemos..., vamos contra todo y contra todos. Están a punto de suspender la búsqueda... Por eso, qué más nos da, si están ahí fuera, los rescataremos.

—Con todo respeto, teniente, si estuvieran ya los habríamos localizado. No hay nada ni nadie, estamos buscando fantasmas.

A Poole no le gustó ni la frase ni la actitud del capitán.

—No es cierto, nada desaparece sin más, son seis aparatos y veintisiete hombres, ¡claro que están y por supuesto que los hallaremos! Y con todo respeto, señor, llevo desde el primer minuto intentando salvar la vida a estos muchachos mientras usted...

Poole no terminó la frase, se aguantó para no entrar en un enfrentamiento personal.

—Termine, teniente, mientras yo estaba cazando patos.

Ya no se aguantaban más. Poole salió de la oficina hinchado de rabia y rencor contra Burch. Pero al final los dos estaban en el mismo punto, Burch por estar cazando y no haber atendido a las llamadas desde el principio, y Poole por no haber dejado que fueran a buscar a los chicos del 19.

El mismo ritmo de actividad de las bases se respiraba en el cuartel general de los guardacostas en Miami. Se habían repetido los cálculos de Sorenson una vez más, tratando de buscar un patrón en las luces y las bengalas avistadas durante los tres días, y se confirmó de nuevo el primer punto que situaba a Taylor yendo hacia el este.

Se sumaron las teorías de dónde se había dispersado la escuadrilla y se añadió la variante de que el primer aparato sin combustible cayera cerca de Cabo Cañaveral, pero con todo no habían sido capaces de dar con ninguno de los supervivientes.

No eran ni las ocho de la mañana y el *SS Harold Jordan* informaba de que había visto una enorme mancha de aceite junto a unos restos de un fuselaje y tres chalecos salvavidas; un Dumbo de Vero Beach acudió a la llamada.

El teniente Robbins de los marines acababa de avistar en una boya de profundidad un pañuelo blanco, se acercó todo lo que pudo y no vio a nadie a su alrededor; inició una segunda maniobra volando muy bajo en una nueva pasada, pero el motor falló una primera vez, una segunda vez...

—Jacksonville, aquí el teniente Robbins, ¿me reciben?

—Aquí Jacksonville, ¿qué le sucede, teniente?

—Tengo a la vista un pañuelo blanco atado a una boya. He estado sobrevolando el área, pero no vemos a nadie.

—¿Quiere que enviemos algún barco hasta la zona?

—Si hay alguien cerca, no sería una mala idea que se dieran una vuelta por aquí. Yo tengo que regresar a la base por problemas en el motor.

—Afirmativo, teniente, confirmamos aviso para que se inspeccione la zona.

—De acuerdo, Jacksonville, pongo rumbo hacia la base, corto y fuera.

Mientras Robbins hablaba con su base aérea, los guardacostas recibían la confirmación de que los restos encontrados por el *SS Harold Jordan* no pertenecían a ningún avión, sino que seguramente eran de un barco de pesca.

El Training 32, uno de los primeros aviones que había salido a buscar al Vuelo 19, seguía incansable en el aire.

—Banana River para Training 32, ¿me recibe?, cambio.

—Banana River, le recibimos, teniente Bammerlin.

—Por nuestro lado de estribor observamos algo que podría ser un paracaídas.

—¿Siguen volando al este de Cabo Cañaveral?

—Afirmativo, Banana River, estamos a poco más de 200 millas.

—Recibido Training 32, avisado el *USS Solomons;* se dirige hasta su punto de encuentro.

—Seguimos sobrevolando la marca, Banana River.

Una nueva falsa alarma, otros restos que no se correspondían a nada parecido a un avión.

La casa de los Taylor en Corpus Christi se había convertido en el punto caliente de encuentro de la familia y desde donde se llamaba a diario, varias veces al día, para preguntar si se había producido alguna novedad en la búsqueda. Mary, Georgia y su marido, Whitney Lowe, estaban moviendo cielo y tierra entre todos sus amigos y contactos para conseguir que alguien de la Marina les explicara qué estaba sucediendo, pero nadie se atrevió a decir ni contar nada. Todo era muy extraño, nadie entendía qué diablos estaba pasando realmente.

Katherine Taylor no era la única que estaba pendiente de las noticias y de las llamadas al NAS Fort Lauderdale, algunos padres se habían puesto en contacto y entre todos pretendían hacer más fuerza para que la Marina encontrara a sus hijos. Pero los ánimos empezaban a flaquear; eran demasiados días, demasiadas horas para sobrevivir en el agua y lo sabían.

Paonessa se despertó con hambre, primero intentó comprender dónde estaba, qué era ese lugar, poco a poco las imágenes del accidente y del hombre que le ayudó en los pantanos le hicieron volver a la realidad. Se giró hacia un costado y apoyó los pies en el suelo, la cama crujió y parecía que se fuera a partir; estaba aturdido, caminó cuatro pasos y se apoyó en una silla junto a la balda donde estaban las latas de comida. Abrió una y la devoró con saña, no recordaba cuándo había comido por última vez; se paró un momento a pensar y fue incapaz de saber en qué día estaba. Le pareció que no se escuchaba nada, algún que otro graznido de pájaro, pero nada más. Bebió un poco de agua y se sentó de nuevo sobre la cama, lentamente se tumbó y siguió durmiendo.

31

9 de diciembre de 1945
12.30 horas. Cuartel general de los guardacostas,
Miami

El comodoro Benson llevaba un buen rato escuchando los argumentos de Ellen Sorenson, de Richard Baxter, de William Murphy y de John Harding para seguir con un nuevo plan que permitiese localizar, gracias a los nuevos puntos que habían ido marcando, a alguno de los supervivientes del Vuelo 19. En realidad se trataba de regresar a alguno de los lugares en donde supuestamente se sabía que no había nada, y a partir de ahí seguir con los cálculos hechos, teniendo en cuenta la dirección del viento y de las corrientes. Baxter apostaba por utilizar solo una pequeña parte de los equipos de rescate, algunos de los aparatos de los guardacostas, mientras el resto de la búsqueda seguiría con el plan inicial.

—Vamos a ver si la entiendo, teniente Sorenson, ¿quiere que desde las coordenadas que me está indicando desvíe a parte del personal que tenemos repartido en los cuadrantes para que vuele en la supuesta dirección que sospecha que podrían haber seguido, después de ser arrastrados por las corrientes y el viento?

—Sí, señor, sinceramente a estas alturas poco tenemos que perder. No estamos encontrando nada y solo recibimos avisos de falsas alarmas, una detrás de otra.

—Pero, teniente, eso son puras especulaciones.

—No le falta razón, señor —respondió Sorenson resuelta—, pero hace horas que estamos dando palos de ciego.

No había terminado su frase cuando el operador de comunicaciones entró sin llamar a la reunión para entregar un nuevo mensaje.

—Supervivientes, informan de que han localizado a dos supervivientes.

Benson leyó el mensaje.

—Parece que un B-24 Liberator, uno de los bombarderos pesados del Ejército pilotado por el teniente Leonard Bostic, ha avistado a dos hombres en una balsa saludando frenéticamente.

—Por fin tenemos a alguien. —Sonrió el comandante Baxter—. Radio, que el Liberator no abandone la zona, que los sobrevuele continuamente mientras llega alguien a por esos muchachos. ¿Dónde los han visto?

—A unas 240 millas al este de Cabo Cañaveral.

—¿Tenemos algún barco cerca?

La respuesta le llegó de inmediato.

—Señor, el *Shenandoah* informa de que cambia su rumbo y se dirige a toda máquina hacia ese punto. El *Pandora* y el *USS Solomons* se dirigen también hacia ese lugar.

Baxter por primera vez en cuatro días se mostró ansioso.

—Quiero saber cuánta autonomía de vuelo tiene el B-24. Debe aguantar en la zona mientras llegan los barcos, ¿podemos enviar algún avión más por si acaso?

—Señor, hay un Dumbo de Saint Petersburg volando en curso hacia el lugar.

No era el único, otro avión del Ejército informaba de que se dirigía al lugar con combustible para cuatro horas.

Pero la fina línea del descontrol que rondaba constantemente toda la operación estaba a punto de mostrar su parte más cruel. Pasaban ya algunos minutos de la una de la tarde del domingo 9 cuando la llamada de un petrolero que acababa de encontrar a unos supervivientes cogió por sorpresa a los guardacostas.

—Un nuevo informe, señor, del petrolero *Irwin Russell,* parece ser que ha subido a bordo a dos supervivientes cerca de Jacksonville.

—¿Otros dos? —preguntó Baxter—, pero ¿dónde ha sido? Necesitamos confirmar ya los nombres de esos hombres.

En las radios de todos los aviones y barcos que participaban esa mañana en la búsqueda y rescate se vivían instantes de máxima excitación, algunos intentaban confirmar con sus bases dónde estaban los supervivientes y a qué punto debían dirigirse para apoyar. Quizá había más hombres en esa zona y ¿eran del Training 49 o del Vuelo 19? Muchas preguntas, pero sin respuesta por el momento.

Miami llamó a la calma a todas las unidades, primero tenían que confirmar la información del petrolero y después asegurarse de salvar a los hombres que había encontrado el teniente Bostic.

La información llegaba a trompicones.

—Señor, el *Solomons* ha lanzado a varios aviones por delante, vuelan en formación dirección este para encontrarse con el teniente Bostic.

—Perfecto, que informen en cuanto tengan contacto visual con ellos.

Los operadores de radio de Fort Lauderdale, Banana River, Jacksonville, Port Everglades y de cada una de las bases de la Marina y del Ejército implicadas en la misión informaban al minuto de lo que estaba sucediendo, una emoción contenida y compartida se respiraba por los cuatro costados de Florida. Se informó a Washington sobre las últimas novedades de lo que estaba sucediendo en la búsqueda del Vuelo 19.

Mientras tanto Bostic esperaba la llegada de refuerzos, justo de combustible, y los guardacostas trataban de confirmar los nombres de los rescatados por el *Irwin Russell,* pero no lograban contactar con el buque.

—Operador, insista, tenemos que saber de quién se trata y si nos pueden dar alguna información que nos ayude a encontrar al resto de los pilotos.

—¿Qué le sucede, Sorenson?

El comodoro veía a su teniente repasar una y otra vez en el gran mapa central las líneas que había marcado con los posibles caminos de algunos de los supervivientes arrastrados por la corriente y la tormenta.

—No me cuadra, señor, ni el punto donde está el petrolero ni donde ha encontrado Bostic a los dos supervivientes.

—Quizá esté equivocada, la tormenta los puede haber sacado del cálculo que tenemos.

—No lo creo, señor, están demasiado lejos de todo, tenemos que saber quién está en el barco ahora mismo.

Pasadas las dos de la tarde, los barcos seguían a toda máquina hacia donde se encontraba Bostic, el teniente informaba de que apenas le quedaba combustible y abandonaría el lugar pronto. Los aviones del *Solomons* estaban a punto de llegar.

Pero los guardacostas no eran los únicos que aguardaban impacientes los nombres de los supervivientes, Fort Lauderdale contenía la respiración en espera de noticias. Una y otra vez el operador de radio insistía llamando al *Irwin Russell*, pero el silencio era la única respuesta.

A las tres de la tarde, como si fuera un enorme castillo de naipes, todo se desmoronó.

—Fort Lauderdale para *Irwin Russell*, ¿nos recibe?

—Sí, los recibimos, cambio.

Al escuchar al operador de radio del petrolero un silencio recorrió la sala.

—Necesitamos que nos confirme los nombres de los supervivientes que han subido a bordo en el área de Jacksonville. Repito, cuáles son los nombres de los supervivientes.

La espera era eterna para todos.

—No, Fort Lauderdale, no hay supervivientes.

Burch soltó un sonoro «Mierda».

—Pregúnteles que qué narices han visto.

El operador no sabía cómo hacer la pregunta, estaba tan en shock como el resto de hombres que escuchaban atentamente. Se dejó llevar.

—Y ¿entonces qué narices habéis recogido?

—Un puñado de puntos para hacer prácticas de tiro desde barcos o aviones, ni balsas ni supervivientes, lo sentimos.

La decepción fue enorme, en el cuartel general de los guardacostas había una mujer que tenía razón, Sorenson, pero ahora toda la atención estaba a 240 millas de Cabo Cañaveral.

Bostic llamó avisando que regresaba a Boca Ratón y que se quedaban en la zona otros aparatos. Las coordenadas cambiaban porque la balsa se movía. El *Solomons* ajustaba el nuevo rumbo y seguía a toda máquina, pues era el que a priori estaba más cerca de los supervivientes, pero aún tardaría unas horas. Desde los aviones del Ejército se avisaba de que ya no se veía a los hombres, quizá estaban agotados dentro de la balsa, pero no se movían.

Frank Paonessa estaba escuchando la radio ese domingo por la tarde sentado junto a una de sus hijas en una pequeña pero acogedora sala junto al salón, en la parte de atrás de la casa, y esperaba alguna noticia, algo nuevo sobre el Vuelo 19. Desafortunadamente sus deseos se cumplieron.

«Esta cadena ha podido confirmar que al menos dos hombres del Vuelo 19 han sido localizados con vida en mitad del Atlántico, se espera que en las próximas horas el destructor *Shenandoah* llegue hasta ese lugar y rescate a los supervivientes. Es la primera noticia esperanzadora que se ha producido después de cuatro días de búsqueda...».

A Frank se le disparó el corazón con lo que acababa de escuchar, el problema es que eran dos de los catorce y eso no garantizaba que uno de los supervivientes fuera su hijo.

No fue el único que estaba pegado a la radio, todos los familiares comenzaron a llamar al capitán Burch para que les contara lo que supiera. ¿A quién habían encontrado?

Las cuatro horas que el *Shenandoah* tardó en llegar hasta al lugar fueron eternas.

A las 20.16 de la noche Miami emitía para todos los equipos de rescate de aire y mar: «Sentimos informar de que los avistamientos de una balsa salvavidas y de supervivientes son negativos, repetimos: negativos; continuamos con la búsqueda».

El *Shenandoah* se había encontrado un puñado de cajas, unas atadas con otras y dos embaladas juntas, que desde un avión podían parecer dos hombres... La locura del domingo terminaba en ese instante con las familias aún más destrozadas por esas pocas horas de esperanza y con los equipos de rescate fundidos y desesperados.

Pero quedaba un extraño capítulo imposible de explicar, y fue la llamada que hizo el teniente Falk al comandante Baxter después de aterrizar en Boca Ratón. Todo este suceso ocurrió cerca de las doce del mediodía... en adelante.

—Comandante, soy el teniente Falk.

—Dígame, teniente.

—Quería informarle de lo que he visto sobre las 11.15 de la mañana cuando he localizado un bote salvavidas en mitad del Atlántico a más de 200 millas de Cabo Cañaveral.

—Pues usted dirá, teniente.

—Cuando estaba volando hasta el área asignada de exploración descubro algo en medio del agua, doy una primera vuelta perdiendo algo de altura y me acerco. Lo que veo es un bote con otros dos atados juntos y dos hombres agotados. A las dos personas no las llego a ver en la primera pasada, sí en la segunda volando a menor altitud. Decido avisar y mantener la posición mientras espero a que se acerquen algunos buques para rescatarlos. Finalmente abandono el lugar no sin antes dejar una señal, le envío mi informe por escrito inmediatamente.

—Gracias por todo, teniente.

—A usted, señor.

—¿Qué quería el teniente, señor? —le preguntó Murphy, al ver a su comandante con la cara un tanto desencajada.

—Informarme de la operación de lo que al final ha sido una nueva falsa alarma, la de los posibles supervivientes.

—Pero ¿hay algo que no le encaja?

—Sí, que era el teniente Falk el que me ha informado y no Bostic; mientras hablaba con él estaba repasando la lista de pilotos y no está su nombre.

—¿Era el copiloto?

—No.

—Entonces ¿estaba en el avión como tripulante?

—Tampoco. Mire, insisto, aquí tengo el listado completo de todos los pilotos de rescate que están en activo en esta operación y no tenemos a ningún teniente Falk entre las tripulaciones de hoy de Boca Ratón, al menos no nos han pasado ese nombre. Si fuera tan amable, ¿podría preguntar a la base quién es este teniente?

—Inmediatamente.

La cantidad de datos y el tipo de información cuadraba con lo que había realizado Bostic, pero entonces ¿quién era este otro teniente?

Mientras el *Shenandoah* seguía buscando algo más que las cajas recogidas, un B-29 apoyaba desde el aire el rastreo una vez que ya había caído la noche.

Otro aviso llegaba de un marine a más de 300 millas de San Agustín, que había avistado un posible paracaídas con algo metálico junto a él. Varios de los barcos de la Marina se acercaron sin hallar nada, ni paracaídas ni nada metálico.

Sorenson seguía recalculando posibles puntos con todos los informes que llegaban justo cuando Murphy estaba informando a Baxter.

—Tiene razón, señor, no hay ningún teniente Falk.

—Y entonces ¿con quién he estado hablando?

—No lo sé, pero nadie con ese nombre vuela en Boca Ratón.

Baxter se quedó pensando y miró a Sorenson.

—¿Cómo puede ser que me dé un informe sobre lo que ha sucedido esta tarde un teniente que no existe?

—No lo sé, señor, pero ¿le ha dado suficientes datos como para creerle?

—Si está insinuando que puede tratarse de algún tipo de broma, le puedo asegurar que no. Esa persona conocía muy bien todo lo que ha pasado, podría ser tranquilamente el informe de Bostic, solo que no era Bostic y que aún no nos ha llegado ese informe.

En aquel momento ni Baxter ni Sorenson ni Murphy sabían que el informe de Falk existía, nunca fue localizado un teniente con ese nombre no solo en Boca Ratón, sino entre nadie de los que participaron durante todos esos días en las operaciones de rastreo.

El domingo terminó sin resultados, pero entre las miles de personas que participaban en la misión para encontrar al Vuelo 19 cundía el desánimo, había pasado demasiado tiempo, «sobrevivir» ya era una palabra imposible.

CUARTA PARTE

SIN DEJAR RASTRO

32

10 de diciembre de 1945

Lunes. A menos de veinticuatro horas del final de la
operación rescate

Los rumores de los últimos dos días que hablaban de la
creación de una junta de investigación eran ciertos. Los
almirantes de la Marina habían encargado al capitán Albert
K. Morehouse, piloto veterano y comandante del NAS
Miami, que formara el equipo encargado de la investigación
para dar una respuesta a lo que sucedió con el Vuelo 19.

Esa misma mañana, mientras por última vez despegaban
trescientos aviones y una flota de treinta barcos se hacía a la
mar para intentar encontrar a Taylor y a sus hombres, en un
gran barracón de madera presidido por una mesa larga, acompañada por las banderas de Estados Unidos y de la Marina y
un puñado de sillas, comenzaron oficialmente los interrogatorios para descubrir qué había pasado con el Vuelo 19.

La comisión formada por Morehouse la completaban
varios hombres. El teniente comandante Richard S. Roberts,
responsable de la oficina de operaciones del NAS Fort
Lauderdale, tenía el papel más destacado; su trabajo era lo

que se conocía como *recorder*, o encargado de buscar a los testigos para ser citados frente a la junta y realizar las preguntas para llegar a averiguar qué había pasado.

Los otros dos miembros eran los comandantes Joseph T. Yavorsky y Howard Roberts, dos veteranos de guerra condecorados y sobre todo con mucha experiencia en situaciones límite de vuelo.

Pero al primer hombre al que había llamado Morehouse era a Richard; lo conocía bien, hacía un par de meses que se había casado y estaba viviendo en un motel con su mujer mientras buscaban una casa.

—Roberts, ¿qué tal estás? Soy el capitán Morehouse.

—Albert Morehouse, ¿qué tal estás, amigo? ¿Cómo va todo?

—Te llamo por un tema de trabajo y te necesito urgentemente.

—No sé si te voy a poder ayudar, estoy recién llegado a Fort Lauderdale y con lo del Vuelo 19, estos días son una locura.

—Por esto te llamo y es de forma oficial; te incorporas ahora mismo a la comisión que investiga la desaparición del 19, la orden viene de arriba del todo.

—Qué me estás contando.

—Lo que oyes, en las próximas semanas nuestro trabajo será examinar todo lo que se ha hecho para ver si averiguamos las causas de este desastre.

Roberts se quedó mudo por un instante; era un veterano condecorado en el Pacífico, se libró de que le cogieran los japoneses en el 42 en Filipinas por los pelos, había participado en la batalla del mar de Java y había sido nombrado oficial de operaciones en dos portaaviones, en el *Anzio* y en el *San Jacinto* (donde combatía un joven piloto George H. W. Bush), pero la misión que le acababan de asignar era peor que cualquiera de las batallas que le había tocado vivir.

—¿Por qué yo, Albert?

—Necesito a los mejores y tú eres el número uno. Tienes que venir a Miami inmediatamente, coordinaremos todas las entrevistas en la base.

—Entendido.

Colgó y le dijo a su mujer que cambiaban de motel, se mudaban por unas semanas a Miami.

Durante la madrugada del lunes, sentado junto a un árbol y delirando, deshidratado y herido, el marine de primera clase William Lightfoot pulsaba intermitentemente su linterna que aún alumbraba, ya era incapaz de arrastrarse hasta la pequeña fogata y prender algo de fuego para llamar la atención. Era difícil que lo vieran, pero a un piloto del Ejército le pareció observar una luz de regreso a su base cuando sobrevolaba los Everglades y lanzó la señal de alarma. Lightfoot no lo vio, ni tan siquiera le escuchó, estaba a punto de perder el sentido.

Al amanecer despegaron los aviones de nuevo rastreando el área en donde se había avistado la luz, era una zona enorme. El *Solomons* había hecho despegar también a dieciséis de sus Avenger, pero nadie vio nada; para la tripulación del FT 81 era demasiado tarde.

Paonessa seguía escondido en la cabaña. De madrugada se acercó Smith con algo de comida y ropa, pero el marine se pegó un susto de muerte cuando este golpeó la puerta.

—Ábreme, chico, soy yo. Traigo algo de comida y de ropa.

A oscuras y tanteando por dónde se movía, se acercó hasta la puerta y abrió.

—Os siguen buscando, pero no encuentran nada ni a nadie, chico. Esto se va a poner muy feo, te vas a tener que ir muy lejos. Toma, aquí tienes algo de ropa limpia, un poco de comida y unos periódicos.

Fue lo primero que cogió, y como pudo, alumbrando con la linterna, comenzó a leer todo lo que se comentaba de ellos. Ahí estaban las fotografías de los cinco pilotos junto a sus tripulaciones, vio su imagen y la del resto de sus amigos. Anímicamente estaba lejos de ser el George Paonessa de siempre, era un despojo humano roto por el dolor y la rabia que aún no había salido del shock de ver a sus amigos muertos y que creía que si aparecía vivo, terminaría frente a un consejo de guerra.

¿Cuántos días más estaría escondido? Hizo un pacto consigo mismo: si localizaban a alguien, se entregaría; pero si él era el único superviviente, huiría. Durante las últimas horas en la cabaña, había pensado mucho en su madre y en la familia... No sabía si llamarlos, pero cómo les podía explicar la situación en la que se encontraba... Y lo que era peor: si les decía algo, era más que probable que se terminaran enterando los militares.

—No sé muy bien en qué piensas, hijo, pero cuando paren de buscaros, te puedo llevar hasta Jacksonville. Tengo un amigo que trabaja en un motel y que puede darte una habitación sin preguntar; no está lejos de la estación de autobuses, así que quizá ese sea el camino más fácil para desaparecer.

George miró a ese hombre que no lo conocía de nada, pero que parecía tan preocupado como él en que no dieran con su paradero.

—¿Por qué me está ayudando?

A Smith no le sorprendió la pregunta.

—Porque no me gustan los uniformes.

—Pero yo llevaba un uniforme...

—Sí, hijo, pero tú no eres uno de ellos.

Paonessa no terminó de entender las palabras del viejo, pero el sur seguía siendo el sur.

—Me han llamado de los guardacostas y es probable que tenga que explicarles lo que sucedió la noche en que nos encontramos. No te preocupes, les voy a contar lo mismo que a los tipos del helicóptero.

—¿Qué helicóptero?

—Uno que vino a buscarte, pero ya lo arreglé.

No sabía qué extraña razón le llevaba a confiar en el cazador de ranas, pero estaba claro que no le quedaba otra.

—Tienes comida para tres días, que es lo que voy a tardar en ir y venir de Miami; para entonces ya no creo que os estén buscando y organizaremos cómo y cuándo vamos a Jacksonville.

—Muy bien, entonces nos vemos en tres días.

No había amanecido y Smith estaba regresando a su casa. George cogió uno de los periódicos y comenzó a leer de nuevo; se mareaba y le dolía la cabeza, no estaba recuperado ni mucho menos de los golpes ocasionados por la brutal caída que había sufrido el avión. El marine perdió el sentido y cayó de lado, afortunadamente estaba sentado en la cama.

33

29 de diciembre de 1945
Olivia's Café, Birmingham, Alabama

Joseph Paonessa se sentó en la barra y Rouse se acercó con una jarra de agua con hielo y le sirvió.

—¿Cómo quieres el café, soldado?

—Solo, por favor.

—Aquí tienes el menú, te recomiendo los huevos revueltos.

—Muchas gracias.

Miró todos los platos que tenían, pero también observó que a su alrededor estaban la mayoría de los pasajeros que viajaban con él. «Si George siguió este trayecto, seguramente paró aquí... No he visto otro bar cerca».

Rouse se acercó para tomar nota.

—Así que ¿qué vamos a comer, soldado?

—Los huevos revueltos están bien.

—¿Con patatas y beicon?

—Sí, y con algo de queso.

—Huevos revueltos con beicon, queso y patatas.

Antes de que se alejara, Joseph se armó de valor.

—Perdone, ¿este es el único lugar donde se puede comer en esta zona?

Rouse lo miró extrañada.

—¿Qué te sucede, chico, no te gusta el menú?

—No, no, no es eso —le tembló algo la voz—, es que estoy buscando a mi hermano, que pasó hace un par de días por aquí y quería saber si le ha visto.

—Por aquí pasa mucha gente, no recuerdo la cara de todo el mundo.

—Bueno, si me permite, le quiero enseñar esta foto. —Ahí estaba George de nuevo junto a su padre.

—Así que tu hermano también es soldado.

—Sí, es que se enfadó; ya sabe, cosas de familia, y se fue sin dar explicaciones y mi padre está ya muy mayor.

Joseph estaba dando una explicación que le resultara tierna a esa mujer para que lo ayudara.

—Vaya juventud —soltó Rouse—, yo también soy madre y si algún día mi hijo se fuera de casa sin más, me iría derechita a por él.

Joseph aprovechó para dar una nueva vuelta de tuerca, Rouse había entrado en el juego y ahora le tocaba saber que ellos ya no tenían madre.

La historia causó el efecto deseado, la camarera volvió a mirar la fotografía.

—No, no, recuerdo a tu hermano, lo siento, pero quizá Sophie o Dorothy, sí.

Habló con ellas y medio discutieron cuando les enseñó la foto, parecía que le recordaban o al menos esa fue la sensación que le dio desde la distancia a Joseph.

—Toma, soldado. —Rouse se acercó de nuevo—. Cómete los huevos tranquilo, que Dorothy se acercará a hablar contigo en un rato.

—Pero ¿le ha visto?

—Ya te lo explicará ella, no seas impaciente, chico.

Eso era un sí en toda regla. Mientras comía, seguía pensando que el mayor problema estaría en Los Ángeles. ¿Cómo podría encontrar a alguien en una ciudad tan enorme? No tenía la respuesta.

—Así que este chico es tu hermano.

Dorothy se sentó en un taburete junto a Joseph.

—Sí, sí, lo es, ¿lo recuerda?, ¿estuvo aquí?

Miró de nuevo la foto.

—Sí, y viajaba con una chica.

A Joseph le pilló por sorpresa la afirmación de la camarera.

—Se pasaron el rato riendo y hablando, y creo que se gustaban mucho, pero no iba vestido de militar.

—Ya, es que se licenció hace unas semanas.

—Pues por lo poco que escuché, creo que él se estaba ofreciendo a cocinar unos canelones en casa de un familiar, unos tíos me parece... No sé, es todo lo que puedo decirte.

Dorothy se levantó, pero cuando ya se alejaba, se giró y soltó una pregunta.

—¿A tu hermano le hirieron en la guerra? —Antes de que Joseph respondiera, añadió—: Porque cojeaba y se apoyaba en la chica para moverse.

Estaba herido, le habían herido. Ahora sí que le daba vueltas a la cabeza haciéndose un montón de preguntas, todas sin respuestas, pero que le confirmaban que algo malo le había sucedido. Estaba terminando de comer cuando un hombre, desde la puerta, gritó que el autobús de California continuaba su viaje en cinco minutos. Se levantó, le dio las gracias a Rouse y le dejó una buena propina.

34

10 de diciembre de 1945
9.30 horas. Base aeronaval de Miami

Richard Roberts estaba a punto de comenzar el primero de sus interrogatorios, en la mesa se encontraban en sus asientos Morehouse, Yavorsky y el comandante Howard Roberts. Enfrente de ellos, Thomas Jenkins.

—Indique su nombre, su rango y la base en la que está destinado.

—Me llamo Thomas Jenkins, comandante adjunto a la estación aeronaval de Fort Lauderdale.

—¿Cuáles son sus obligaciones?

—Soy el oficial de entrenamiento de aviación.

—Dígale a la comisión qué es lo que usted sabe sobre la pérdida de cinco aviones TBM Avenger de la estación aeronaval de Fort Lauderdale y de la desaparición de su personal el 5 de diciembre de 1945.

Mientras Jenkins respondía, Margaret Anderson y Elvera Erquist eran las encargadas de apuntar palabra por palabra todo lo que se decía en la sala para adjuntarlo posteriormente al informe final que se presentaría al almirantazgo.

Por sus manos pasaron las declaraciones de los cincuenta y seis testigos involucrados de algún modo en la desaparición del Vuelo 19.

Roberts había solicitado para ese primer día a cuatro mandos de Fort Lauderdale, la búsqueda seguía activa y muchos de los hombres a los que quería entrevistar la comisión estaban totalmente involucrados en las operaciones que aún se llevaban a cabo.

A media mañana las alertas saltaron de nuevo con una mancha de combustible en el agua a unas 30 millas de Vero Beach, la búsqueda por parte de las lanchas de los guardacostas no obtuvo ningún resultado.

A primera hora de la tarde el tiempo se complicó de nuevo, una gran tormenta llegó por el noreste, los aviones y barcos fueron obligados a regresar a sus bases. A las 15.37 Miami enviaba un mensaje a todas las bases, barcos y aviones: «La búsqueda de los cinco aviones desaparecidos el 5 de diciembre de 1945 se da por concluida. Se dará por terminada cuando todos los aviones y barcos regresen hoy a sus bases, no se prevé ninguna búsqueda especial, pero sí que se mantendrá la alerta para que cualquier avión que vea o encuentre algo lo comunique».

Era el final, el mar se había tragado a Taylor envuelto en su paracaídas y también cuestionado por las órdenes dadas. Parpart y Devlin a la deriva, igual que su teniente, también desaparecieron en el Atlántico. El final de Gallivan y sus historias fue como el de sus compañeros en una lucha injusta contra un enemigo invencible, pero no se fue solo, lo hizo agarrado a Stivers. Tampoco Bossi y Baluk lo lograron y también terminaron juntos en el fondo del mar. En tierra los Everglades marcaron sus reglas y solo en una cabaña sin conocimiento estaba Paonessa... El resto, todos muertos.

35

La orden de dar por terminada la operación de búsqueda y rescate del Vuelo 19 fue desoladora. La mayoría de los pilotos que recibieron la información de regresar a sus bases mintieron, todos sin excepciones estaban más lejos de lo previsto. No era cierto, lo que pasaba es que solo querían ganar tiempo. Al amanecer, antes de despegar, se había corrido la voz de que el operativo estaba a punto de finalizar, así que muchos de ellos pactaron seguir hasta agotar la última gota de combustible en el aire.

En el agua ocurrió lo mismo, todos los barcos desde el *Solomons* hasta el *Shenandoah* pasando por la flota de las pequeñas embarcaciones de civiles, todos continuaron buscando.

Jamás en la historia de Estados Unidos tantos aviones y tantos barcos habían participado en una operación masiva de rescate. Trescientos aviones y más de treinta barcos para buscar al Vuelo 19. Además, en Banana River el fin de la historia y del gigantesco esfuerzo de los últimos cinco días tenía una carga emocional especial. Ellos añadían a los del 19 trece nombres más, los trece del Training 49. El comandante Robert Cox observaba con tristeza el pesar de cada uno de sus marineros, pilotos y personal de tierra por no haber conseguido encontrar a los Avenger y, sobre todo, por no saber nada de sus amigos que volaban en el Mariner. La supuesta explosión en pleno vuelo tampoco era algo que infundiese tranquilidad al espíritu de la base. Las conjeturas no servían para nada, Cox lo sabía. Ese era un mal final para todos, la prioridad desde un primer momento pasaba por encontrar cualquier cosa que indicara qué les había sucedido.

Poco a poco los segundos, minutos y horas iban cayendo; las excusas terminaban al mismo ritmo que se quedaban sin combustible. Barcos y aviones regresaban al límite de sus depósitos, ya no volverían a salir, no seguirían patrullando cuadrantes en busca de supervivientes alrededor de donde se suponía que habían caído al mar.

Desde por la mañana en la base de Miami ya todo giraba en torno al comité de investigación, en el barracón de madera, donde todas las preguntas sobre los desaparecidos trataban de dar un sentido al 5 de diciembre.

—Entonces, comandante Jenkins, ¿podemos afirmar que los hombres del Vuelo 19 tenían la experiencia necesaria para superar una operación de entrenamiento como la del día 5?

—Si me lo permite, seguiré hablando en presente, por ahora a esos hombres no se les ha dado oficialmente por muertos.

—El mal tono de Jenkins levantó un murmullo que recorrió toda la sala mientras trataba de continuar con su respuesta—. Verá, señor, el teniente Taylor tenía más de dos mil quinientas horas de vuelo; además, les recuerdo que conocía perfectamente el aparato en el que volaba. El Avenger fue su avión de combate durante la guerra. En cuanto al resto de los pilotos en prácticas, reunían una media de trescientas cincuenta horas de vuelo cada uno; eso significa que sí estaban capacitados para el ejercicio, para navegar a ciegas y para enfrentarse a cualquier tipo de dificultad relacionada con el vuelo.

Estaba siendo un arranque más complicado de lo previsto por parte de la comisión de investigación, pero los ánimos andaban muy alterados ese día de norte a sur de Florida.

—Pero no han regresado... —apuntilló Roberts.

—No, no lo han hecho, que sepamos.

Jenkins ya no estaba para más monsergas, a él no le acusaba nadie, pues no era culpable de nada.

—¿Podría calmarse un poco, comandante Jenkins?

—¿Podría seguir preguntando y dejarme en paz?

—¿Cuándo se enteró de que el Vuelo 19 tenía problemas?

Roberts intentó mantener su compostura y continuar con el interrogatorio.

—Sobre las 16.30 se interceptaron unos mensajes de alguien que volaba aparentemente perdido, sin saber dónde estaba exactamente. No activamos el protocolo de emergencia inmediatamente porque intentamos confirmar de quién se trataba hablando antes con ellos; cuando logramos confirmar que era el Vuelo 19, avisamos a algunas bases como al NAS Miami para que nos ayudara con el radar. Hicimos un cálculo inicial por el que en ningún caso podrían estar volando después de las 20.00. Sinceramente, teníamos la esperanza de que para entonces hubiesen regresado. Suponíamos que el conocimiento de la zona del ejercicio les haría más fácil encontrar el camino de vuelta. Les recuerdo que todos los pilotos y las tripulaciones se habían formado en esta base de Miami; bueno, menos los dos hombres que volaban con Taylor, Parpart y Harmon, que lo habían hecho en Fort Lauderdale.

—Muy bien, no tengo ninguna pregunta más por ahora.

Terminadas las preguntas se le informó al comandante Jenkins de que ninguna de las partes deseaba volver a examinarle en un futuro, tan solo era parte del protocolo, aunque si lo creyeran necesario se le llamaría de nuevo para hablar de la desaparición del Vuelo 19.

—Ni se les ocurra, todo lo que les he dicho es lo que sé, que pasen un buen día.

No dio un portazo saliendo del barracón porque no había puerta, pero dejó claro que la hostilidad acompañaría la investigación de la desaparición del Vuelo 19.

Era la primera de las cincuenta y seis entrevistas que estaban previstas para intentar aclarar el asunto. Richard Roberts respiró algo aliviado después de terminar con Jenkins, lo había llevado por donde él quería a pesar de todo y comenzaba a conocer datos que podían ser relevantes para el informe final. Se acercó a la mesa mientras esperaba que se sentara su siguiente testigo, el teniente comandante Charles Kenyon.

Morehouse y Yavorsky estaban comentando sorprendidos a Howard Roberts la tardanza en aplicar el dispositivo de emergencia.

—Es normal —replicaba Howard Roberts—, me temo que fallaron muchas cosas y nos queda mucho por escuchar. Y no me parece nada disparatado; al contrario, tiene mucha lógica que en un principio intentaran contactar con ellos.

Kenyon ya estaba sentado y esperando.

—Diga su nombre, rango y base en la que está destinado.

—Teniente comandante Charles Kenyon, NAS Fort Lauderdale en Florida.

—¿Su ocupación?

—Oficial de operaciones.

Las preguntas a Kenyon se centraron en el segundo gran problema, los fallos en la comunicación, en los avisos de emergencia y en cómo se había informado a Taylor de que cambiara de frecuencia a 3000 kilociclos. No fue una entrevista cómoda, especialmente cuando le tocó responder sobre cuándo se había enterado de que alguien tenía problemas, y lo peor fue explicar por qué se permitió que las horas fueran pasando sin aparentemente actuar. Esa respuesta comenzó a descubrir lo que sucedió en Fort Lauderdale, ya que confirmó que a las cinco de la tarde aún no se había enviado a nadie a por el Vuelo 19. Para entonces realmente los que estaban trabajando en esa alerta eran Sorenson, Baxter y los guardacostas.

Durante toda la tarde la comisión siguió escuchando las declaraciones de dos oficiales más de Fort Lauderdale. El teniente Donald Beuttenmuller, el hombre del tiempo, el encargado de comunicar las previsiones del día; y el teniente comandante William Krantz, último responsable del mantenimiento de todos los aparatos.

Muchos nervios y tensión mal controlada, eso era lo que se seguía respirando frente a la comisión. Las preguntas de Roberts comenzaban a dejar al descubierto los errores de funcionamiento en el equipo de tierra en Fort Lauderdale.

—Entonces, teniente Beuttenmuller, reconoce que solo se entrega a los pilotos el parte meteorológico de la mañana, ¿no es así?

—Sí, sí, así es.

—¿Y qué sucede si entra un frente frío? Si se produce algún cambio, ¿no se avisa?

—Señor, al igual que en la mayoría de las bases, por la mañana se entrega a los pilotos el parte del tiempo de todo el día, no hay reuniones para comentar lo que se espera ni ningún tipo de charla especial con ellos, tampoco se comunica nada más, suceda lo que suceda.

—¡En serio! ¿Y si cambia el tiempo, teniente?

—No pasa nada.

—¿Cómo que no sucede nada? No me lo puedo creer. Morehouse le llamó la atención.

—No necesitamos escuchar sus opiniones, señor Roberts.

El teniente comandante se quedó callado por un instante, quería ir más allá, estaba seguro de que si se hubieran tomado en cuenta los cambios de tiempo a peor y se hubiera avisado del frente frío, el día 5 no habrían dejado volar al 19 a las horas en que lo hizo.

—Permítame que insista para comprender mejor lo que ocurrió el pasado miércoles: ¿cuál era la situación del tiempo para la tarde del 5 de diciembre?

—Mucho peor que por la mañana: menor visibilidad, más viento.

—¿Y la situación del mar?

—Muy movido con olas de mayor tamaño, me atrevería a decir que seguramente olas enormes.

—¿En algún momento consideró que el tiempo era demasiado malo para el vuelo en prácticas?

—No, no lo hice.

—Ya, ya sabemos que no lo hizo, teniente, pero ¿no cree que con los datos del aumento del viento y de la tormenta no debería haber avisado para que no volaran esa tarde?

—No lo sé, se supone que están capacitados para afrontar condiciones adversas y no sabemos si el mal tiempo fue el problema para la escuadrilla.

—¿No le parece muy osado lo que está diciendo, teniente? Lo digo porque no sabemos qué ocurrió.

—Que se perdieron, señor.

Roberts se mordió la lengua antes de responder a Beuttenmuller.

—En fin, para ir terminando y concretando sus respuestas: ¿en algún momento se avisó al 19 de que estaba cambiando el tiempo y que podía afectar al vuelo?

—No, nunca se les informó de nada sobre el tiempo ni cómo iba afectar al vuelo ni a la zona en la que estaban operando.

Las caras de la comisión después de las tres primeras entrevistas eran de preocupación. Ya se vería si los pilotos del Vuelo 19 habían tomado las decisiones correctas, pero claramente en tierra habían fallado unas cuantas cosas.

El remate de la tarde llegó con Krantz y la confirmación de que las cantidades de combustible y aceite que llevaba cada avión no aparecían en las hojas oficiales de chequeo.

—Pero ¿cómo puede ser que no tengamos esos datos, teniente comandante Krantz? ¿No sabemos si estuvieron volando hasta las 20.00? Le recuerdo que es la hora estimada por ustedes, el momento en el que se quedarían sin combustible.

—Señor, déjeme que le diga que son los pilotos los que manejaban esa información; por lo que me han comentado mis hombres, el FT 117 del capitán Stivers y el FT 28 del teniente Taylor tenían menos combustible que el resto.

—Pero, vamos a ver, ¿me está usted diciendo que dos de los cinco aviones no tenían suficiente combustible?

—Sí, así es.

Morehouse pidió calma a la sala y un poco de silencio.

—Y en cuanto a las brújulas, ¿estaban revisadas?, ¿tenían conocimiento de alguna avería, quizá en algún otro aparato en vuelos anteriores?

—Las brújulas fueron chequeadas y, como el resto de los instrumentos de los Avenger, funcionaban y nunca hemos tenido un fallo en ese instrumento como el que reportó el teniente Taylor.

—Muy bien, eso es todo.

A las 16.30 de la tarde la comisión dio por concluida la primera jornada, pero toda la atención estaba en las últimas horas de luz, al anochecer habría terminado oficialmente la operación de búsqueda.

36

11 de diciembre de 1945
Corpus Christi, Texas

Katherine y Mary estaban sentadas en la cocina convertida en el centro de operaciones de estas dos mujeres. Cinco días con sus cinco noches casi en vela, esperando la llamada de Charles o alguna noticia, pero nada de lo que llegaba era tranquilizador o dejaba un hueco para la esperanza. La verdad es que nada terminaba de llegar.

—Georgia y Whitney están a punto de llamar a la puerta, Mary.

—Sí, tienes razón, será mejor que caliente un poco de agua.

—Déjame, ya lo hago yo.

Katherine se acercó con paso firme hasta donde estaban la tetera y las tazas.

—No te preocupes, de verdad, que ya preparo yo el desayuno.

Las hermanas estaban desoladas, aunque aparentaban ser inasequibles al desaliento. Ambas se hacían las fuertes, pero el sufrimiento las tenía atrapadas. Las dos luchando por igual para que nadie notara el dolor que acumulaban cada minuto sin noticias.

Sonó el timbre de la puerta; Katherine ya estaba en pie y fue a abrir por alguna razón inexplicable, tal vez por puro instinto. Mary decidió seguirla, aceleró el paso y se encontraba junto a su hermana cuando esta abrió la puerta. Ahí estaba el hombre del telegrama, como cada día a la misma hora, con su cara de tristeza ante la ternura que desprendían las dos mujeres, que le recibían siempre con el corazón encogido. Un día más el capitán Burch se había comunicado con los familiares de los desaparecidos enviando uno de esos mensajes. Los primeros venían todos bajo un mismo patrón donde utilizando las mismas palabras explicaba que seguían sin noticias y que continuaban buscando, pero la mañana del 11 de diciembre el texto era distinto, desafortunadamente la suerte de Charles había llegado a su fin.

Con mucho pesar les informo de que la búsqueda de su hijo el teniente Charles C. Taylor se da por terminada al no tener esperanzas de que pueda ser encontrado. A pesar de dar por finalizada la operación, todos los barcos y aviones que naveguen por el área lo harán en estado de alerta.

Mientras las dos leían y releían el telegrama, Georgia y su marido llegaron a la puerta de la casa y se las encontraron llorando sin consuelo.

—Qué pasa, mamá, por Dios, ¿qué ha pasado?, ¿está muerto?, ¿es eso?

—No, mi niña, no tienen esperanzas de encontrar a Charles. —Sollozando le entregó el telegrama a Georgia, que lo leyó con avidez agarrando con fuerza la mano de su marido.

Las tres se fundieron en un abrazo. No querían creer que ya no volverían a ver ni a escuchar a Charles, al final se confirmaba lo peor. Pero si algo destacaba en esa familia era la fortaleza. Poco duraron las lágrimas de Katherine, esta madre se negó a aceptar que su hijo había desaparecido en las aguas del Atlántico.

—Tenemos que hacer algo, esto no termina aquí, quiero saber que está pasando.

—¿De qué hablas, mamá?, ¡se ha perdido en el Atlántico! —gritó Georgia con los ojos enrojecidos.

—No todo es tan fácil, hija, quizá aún esté en el agua; ¿o no recuerdas la última vez?, lo dejaron tres días... ¿Me oyes?, tres días con sus tres noches en el bote salvavidas, en Guam.

Mary miraba con estupor a su hermana, ella deseaba que Charles estuviera vivo, pero no parecía que fuera posible... A pesar de todo, escuchó con atención.

—Tú has sido militar, has luchado junto a estos hombres, te contarán más a ti que a nosotras.

Whitney Lowe, marido de Georgia, se acababa de convertir en el centro de atención de esas tres mujeres. Este miró a su suegra fijamente y asintió con la cabeza porque no le pareció una propuesta disparatada. Katherine quería que fuera a Fort Lauderdale a la mañana siguiente y se entrevistara con el comandante de la base.

Los telegramas de Burch llegaron a cada una de las casas de los desaparecidos. Lo que vivieron Katherine, Mary y Georgia se repitió en el resto de los hogares de los catorce hombres del Vuelo 19. Los periódicos publicaron en portada el fin de la búsqueda. El último telegrama se convirtió en un arma de doble filo al ser utilizado por algunas familias como su última arma para presionar a la Marina para que no se detuviese la búsqueda. Una vez más el debate estaba en las ondas, las emisoras de radio lanzaban la pregunta de cómo podían desaparecer seis aviones y veintisiete hombres sin más, sin dejar rastro, y no continuar buscándolos.

En el almirantazgo los nervios terminaron por aflorar, nadie respondía a ninguna llamada ni de periodistas ni de familiares, no sabían qué explicar, no había un discurso con sentido sobre lo que había sucedido. No tenían ni la más mínima idea de qué había pasado o de dónde estaban los hombres y los aviones.

En Miami en el cuartel general de los guardacostas, en el edificio Dupont, había una revuelta en marcha. La búsqueda terminaba precisamente por la orden dada por el comodoro Benson, pero a pesar de que ya hacía un buen rato que había comunicado el punto y final a los cinco días más intensos de la unidad, la mayoría de su equipo le estaba pidiendo que ampliara el plazo a un par de días más para intentar encontrar algo o a alguien. La situación rozaba la locura y la insubordinación; Benson se plantó..., ni los ruegos de Baxter y Sorenson le convencieron, la orden era irrevocable, todo había llegado a su fin.

En Fort Lauderdale el comandante médico Harold Burke caminaba hacia los barracones donde dormían las tripulaciones y los pilotos, cruzó por detrás de los hangares... Iba en busca de Kosnar. Le habían avisado de que habían ordenado al chico que recogiera todas las pertenencias de sus amigos desaparecidos para poder enviárselas a sus familias. Le pareció un despropósito, Allan Kosnar estaba hundido moral y físicamente con lo que había pasado con sus amigos y llevaba cinco días casi sin dormir. Durante todas estas jornadas Kosnar había estado sentado en la torre junto al operador de radio mientras trataba de escuchar cada una de las comunicaciones con la esperanza de oír que alguien estaba vivo.

—De quién habrá sido la brillante idea, ya estoy harto de estos oficiales que siguen actuando como si estuviéramos aún en guerra. Ya ha terminado todo, malditos desgraciados, y estas actitudes no ayudan a nada ni a nadie.

Doc Burke tenía razón, muchos hombres tardarían años en ser capaces de superar sus traumas, pero parecía que algunos no lo querían entender.

Kosnar seguía con su sinusitis, la que le había impedido volar la mañana del día 5, y estaba sentado frente a los baúles de sus amigos leyendo uno tras otro sus nombres en la parte superior de cada caja.

Ahí estaba, enfrentándose con el alma rota a un torbe-
llino de recuerdos, y no sabía cómo empezar. No llevaba
ni cinco minutos y rompió a llorar; no le quedaba otra que
buscar en su interior, en lo más profundo, algún recuerdo
divertido compartido con ellos para recuperar el ánimo y
lo encontró. Estaba frente a la caja de Gallivan sacando
fotografías, junto a ellas una prenda de ropa interior de
alguna enamorada, cartas y más cartas, revistas... Cada cosa
que tocaba lo hacía con mimo recordando la noche anterior
al 5 de diciembre, las risas en la cena mientras su amigo
explicaba adónde iría al día siguiente después de cerrar su
etapa de vida de militar.

Las lágrimas resbalaban por sus mejillas y no lo pensó
dos veces, comenzó a sacar las pertenencias de Thompson.
Este tenía de todo, hasta un mechero de gasolina y algo de
tabaco. No podía parar, si lo hacía no terminaría con esa
tortura; sin embargo, pensó que en el fondo le alegraba que
le hubiera tocado a él y no a cualquier desconocido. Siguió
con las cajas de cada uno de sus compañeros, una tras otra
las trató con el mismo mimo y cariño. Poco a poco iba
quedando todo listo para ser enviado. Una de las últimas fue
la de Paonessa; mientras apilaba sus cosas, se le escapó una
sonrisa pensando en las locuras del italiano. Ya no volverían,
sus colegas se habían ido para siempre. No era la primera vez
que perdía un amigo, muchos se quedaron atrás en las playas
y en las selvas a lo largo y ancho del Pacífico, pero habían
muerto en combate, en plena guerra... Los del Vuelo 19
habían desaparecido en un maldito entrenamiento en el que
no debería haber pasado nada.

—¿Cómo vas, Kosnar?

Se asustó cuando escuchó que alguien le hablaba y trató de secarse las lágrimas de la cara.

—Ahhh, es usted. Hola, doctor. Todo bien, señor, ya he guardado la mayor parte de las cosas. No es fácil de entender, ¿sabe? Nada de todo esto es justo. No ha sido por una acción bajo el fuego enemigo o una emboscada, sino por un mal día con una maldita tormenta.

El comandante Burke se preocupó al ver a Kosnar tan abatido.

—¿Quieres que hablemos de todo esto?

—¿Tiene usted alguna explicación? Porque yo no encuentro ninguna con algo de lógica. Ya sé que estamos en el Ejército y que estas cosas pasan, solo que no es fácil. Nada de esto debería haber sucedido, no deberían haber volado con mal tiempo... Si quiere, hablamos de las decisiones que no se han tomado en tierra. ¿Qué es eso de no enviar a nadie, de no dejar volar a Cox?

—Kosnar, sabes que se tomaron en caliente y sobre la marcha. Quizá es más fácil verlo todo ahora, ¿no crees?

—No sé si fueron las más sensatas, Doc, pero da igual, yo no pinto nada. Sin embargo, he perdido a todos mis amigos de golpe, pero, claro, eso da igual.

Kosnar estaba lleno de rabia. Burke se acercó y le puso la mano en el hombro.

—Ya hemos pasado antes por esto los dos. Tienes razón, no es fácil perder a un puñado de amigos, pero son los tiempos en los que nos ha tocado vivir y hay que continuar. Estoy seguro de que si uno de ellos fuera el que estuviera en tu situación, tendría que tomar la misma decisión..., es el único camino para seguir en esta vida de locos.

—¿Y a partir de ahora qué, Doc, qué pasará?

—Supongo que la comisión intentará descubrir qué les sucedió, investigarán hasta el más mínimo detalle y seguro que al final todo se aclarará y si alguien tiene que pagar por esto, pagará. —El comandante Burke quería sacar a Kosnar de la habitación—. ¿Has terminado? Salgamos de aquí. Por cierto, para mañana están organizando una ceremonia en su recuerdo, si quieres vamos juntos.

—¿En qué cree usted más, comandante, en las casualidades o en tener buena estrella?

La pregunta cogió por sorpresa a Burke.

—¿A qué te refieres, Kosnar?

—Estuve muy cerca de morir en Guadalcanal, señor. Cuando estalló el obús a mi lado y toda esa metralla terminó en mi cabeza, por un momento pensé que era el final. Tenía la cara cubierta de sangre y no veía nada, el dolor era tan fuerte que deseé morir ahí mismo para estar en paz, pero aquí me tiene. Después de todo, de la angustia, de la mala vida que me dan estos trocitos de metal y de esta maldita sinusitis que no me deja tranquilo, resulta que sigo vivo gracias a esto.

Si la pregunta le había descolocado, las explicaciones le habían dejado noqueado, Burke no sabía muy bien qué decir. El tono de Kosnar era una mezcla de alivio y culpa. Atinó a responder con una frase hecha.

—Las cosas son así, Kosnar, no tenemos control sobre casi nada.

—Sabe qué le digo, que debería estar muerto como ellos, son mis amigos y mi familia, y ahora aquí me tiene, empaquetando recuerdos.

Definitivamente tenía que ayudar a aquel hombre.

—Creo que sería una buena idea que te pasaras por la enfermería para echar una mirada a la sinusitis y no te preocupes por los paquetes, voy a hacer que se los lleven ahora mismo para que sean entregados a sus familias. Por cierto, una cosa más: ¿tú sigues durmiendo aquí?

—Sí.

Burke no quería que Allan Kosnar estuviera más horas reviviendo el sinsentido de estar vivo entre las cosas de sus amigos muertos, pensaba hablar con quien hubiera dado esa orden y decirle a la cara que se estaba comportando como un memo.

George Paonessa se incorporó en la cama sintiéndose algo mejor. Le dolía todo, hasta el pelo; bueno, quizá las piernas eran lo peor, pero podía moverse con un poco de esfuerzo. Miró los periódicos y se puso a ordenarlos, los había traído Smith y los estaba guardando dentro de una pequeña bolsa de viaje, que le había proporcionado también el cazador de ranas, donde había un par de camisas más y un pantalón, los leería con calma en otro momento. Cogió su cartera, un encendedor y unas medallas de su madre... Era todo lo que tenía.

—Chico, chico, soy yo. —Smith llamaba de nuevo a la puerta de la cabaña—. Parece que todo se ha calmado. Ya no os buscan, siento decirte que oficialmente eres un desaparecido.

—¿Cómo dice? ¿No han encontrado a nadie?

—No, y me temo que si después de todo lo que han buscado estos días no han sido capaces de dar con alguien o con algo, ya no van a rescatar a nadie.

—Pero no puede ser —replicó Paonessa—. Al menos Gerber y Lightfoot tendrían que estar también en los pantanos.

—Este no es un buen lugar para caer de un avión, hijo —le dijo Smith—, tú has tenido suerte de toparte conmigo, pero si no te hubiese visto, ahora estarías en la barriga de algún caimán. Hay muchos animales en esta zona y pocos lugares en los que refugiarse.

Era cierto lo que decía el viejo cazador de ranas, tenía sentido, pero ¿cómo era posible que no hubieran visto el avión con Powers y Thompson? No estaban tan tapados por la maleza, ¿o quizá sí? Sus recuerdos no eran claros.

—Bueno, te voy a contar lo que va a pasar al anochecer. —Smith tenía un plan para sacarle de ahí y llevarle hasta Jacksonville—. Irás escondido en la parte de atrás de la furgoneta; cuando lleguemos al motel, me esperarás mientras consigo la llave de la habitación en la que te quedarás un par de semanas. No te preocupes por nada, todos los días te dejarán comida y bebida suficiente. El día 26 por la mañana, esa es la fecha, aprovecha que hay más viajeros que regresan a casa después de Navidad, coge un autobús que te lleve lo más lejos posible y comienza una nueva vida, ¿lo entiendes? Es importante que aguantes hasta el día 26. Te aconsejo que hasta entonces no hables con nadie y, por supuesto, no llames ni a la familia ni a ningún amigo. Tengo estos dólares para que sobrevivas un tiempo.

El viejo sacó un puñado de dólares enrollados y sujetos por una goma elástica.

—Pero yo no puedo aceptar dinero.

—Escúchame bien, hijo —dijo Smith en tono grave—, en mi vida he hecho muchas cosas y no estoy orgulloso de la mayoría de ellas, pero por primera vez puedo ayudar a alguien que se lo merece. Pareces buena gente, así que lo haré hasta las últimas consecuencias. Quédate el dinero y comienza una nueva vida, olvídate de todo si eres capaz, pero no será fácil, te lo aseguro.

Las palabras del cazador de ranas le recordaron a su padre por un momento.

—¿Lo has entendido todo?

—Sí, lo tengo claro.

—Bueno, descansa un poco más y con los últimos rayos de sol estaré de vuelta y nos iremos, pon algo de comida en tu bolsa.

El hombre se marchó y George se quedó con los ojos entrecerrados. Anocheció, esa era la señal, la oscuridad del cielo le avisaba de que estaba a punto de salir de ese lugar para siempre. Smith llegó de nuevo, pero esta vez con una linterna, mascando algo de tabaco y con pocas ganas de hablar.

—¿Estás listo?

—Sí, sí, lo tengo todo.

—Pues vámonos, la camioneta está aparcada a algo más de un par de millas, ¿puedes andar?

—Me duele, pero aguantaré.

El camino se convirtió en un pequeño calvario para George Paonessa, sobre todo porque las dos millas se convirtieron en casi tres. Cuando llegaron, había una *pickup* negra, una Ford, que no debía de tener más de un par de años.

—Vamos, sube a la parte de atrás, te taparé con la lona y trata de no hacer ningún ruido. Si nos paran, ni respires.

Paonessa no entendía nada, qué más daba hacer o no ruido, estaban en mitad de la nada por una carretera de tierra, y el motor sí que hacía ruido. El camino hasta Jacksonville fue una tortura. Cada agujero era un brinco, cada cambio de sentido o cada frenazo en un cruce hacían que su magullado cuerpo se quejara. La idea del viejo era evitar la ruta principal hasta alcanzar la ciudad, todo terminó por fin al llegar al motel. Allí los estaban esperando y pasó lo que estaba previsto.

—Bueno, hijo, a partir de ahora estás solo en esto. No sé qué será de tu vida, pero espero que tengas mucha suerte.

—No sé muy bien cómo agradecer todo lo que ha hecho por mí.

—No me tienes que agradecer nada, pero un último consejo: esta ciudad está llena de militares, no tengas la tentación de salir de la habitación porque te pueden reconocer. Si tienes algún problema o no te sientes bien, espera al turno de noche. En ese turno es cuando trabaja mi amigo, se llama Arthur. A él pídele lo que necesites, te ayudará en todo lo que pueda.

—Gracias de nuevo; si consigo salir adelante, le devolveré el dinero y todo lo que ha hecho.

—Si lo consigues, olvídate de mí y de esta historia, olvídalo todo —le repitió mientras se subía de nuevo a la Ford y se alejaba.

Los siguientes días no fueron fáciles. Afortunadamente, Arthur le ayudó con algunas medicinas que hicieron que le bajara la fiebre y que mejorara su malestar. Las pesadillas le acompañaron a diario y el recuerdo de todo lo sucedido se convirtió en una especie de nebulosa. Una semana después de que Smith le dejase en el motel, George Paonessa estaba en un estado lamentable fruto de la fuerte conmoción que sufría.

37

11 de diciembre de 1945
Base aeronaval de Miami

Los hombres de la comisión de investigación discutían acaloradamente sobre algunas de las cosas que se habían escuchado el día anterior.

—No puede ser, capitán, que tengamos condiciones meteorológicas adversas y que nadie avise a los grupos que vuelan en esa zona.

El comandante Yavorsky se mostraba contrariado con esa práctica habitual hasta entonces.

—¿Qué te parece, Richard?, ¿cómo lo ves? —preguntó el capitán Morehouse queriendo escuchar a quien de verdad llevaba el peso de la junta; él era el encargado de seleccionar a los testigos y de realizar las preguntas.

—Pienso que nos quedan muchas cosas por oír y muchos a los que entrevistar, pero si lo que realmente me estás preguntando es si hay algo que me preocupa, te digo que sí. No me gustaría descubrir que se cometieron tantos errores que no nos permitan encontrar una causa clara de lo que le pasó al Vuelo 19. El comandante lleva la razón, parece increíble que algo tan normal como avisar cuando viene una tormenta no se haga.

Morehouse se quedó pensando en qué era lo peor que les podía suceder; sin duda, el escenario que no quería era el de una montaña de errores y ningún culpable claro; por desgracia, necesitaba un nombre y poco más. En las últimas cuarenta y ocho horas le habían acribillado a llamadas desde el almirantazgo preguntando si ya había detectado el error o al culpable. Trabajar en estas condiciones le sumía en un mar de dudas. No sabía si sería capaz de aguantar la presión durante las quince jornadas que calculaba que podría necesitar para hablar con todos los involucrados en el caso del Vuelo 19.

—¿Quién viene hoy?

—Mayoritariamente hombres de Fort Lauderdale, señor, pero el más interesante es el teniente Robert F. Cox, el piloto que escuchó a Taylor diciendo que se había perdido y que le intentó ayudar a regresar a la base y al que el teniente comandante Poole no dejó volar de nuevo al encuentro de los aviones perdidos.

Morehouse negó con la cabeza, eso era algo que ya sabía de lo poco que se había ido filtrando a la comisión. No salían nada bien parados los máximos responsables de la base aeronaval de Fort Lauderdale. Ni Poole ni el cazador de patos, Burch, gozaban de mucha popularidad en esos días. Así que se esperaban con mucho interés las explicaciones de Cox.

A las nueve y media de la mañana, con la comisión al completo, se sentó el primero de los testigos del día.

—Diga su nombre, graduación y en la base en la que está.

—Richard W. Kohlmeier, teniente de la Marina asignado a la base aeronaval de Fort Lauderdale.

—¿Cuál es su trabajo?

—Soy el encargado del mantenimiento de la radio y el radar.

—Dígame, ¿qué tipo de radio instaló en cada uno de los TBM Avenger desaparecidos y en qué frecuencias podían operar?

Las primeras preguntas giraban en torno a los equipos de radio de cada uno de los aparatos por si podía existir algún tipo de problema. Kohlmeier dejó claro que todos tenían sus radios en orden, revisadas y operativas, que habían pasado todos los controles y funcionaban a la perfección y que no era cierto que algunas de ellas hubiesen sido reparadas en varias ocasiones, el día 5 ninguna presentaba problemas. No mencionó ninguno de los problemas que planteó el teniente comandante William Krantz a Charles Kenyon antes de que partiera el Vuelo 19. Solo quería salvar su culo.

Roberts quiso hacer hincapié en las dificultades aparentes a la hora de cambiar de canal para pasar al de emergencia.

—Entonces ¿por qué cree que el teniente Taylor no cambió al canal 1?

—Lo desconozco, señor, los canales en todos los Avenger funcionaban correctamente. Si hubiera pasado a la frecuencia de emergencia en el canal 1, en 3000 kilociclos, habría sido más fácil ayudar a regresar a los Avenger, pero al mantener el canal 4 en la frecuencia 4805 se perdió cualquier posibilidad.

—¿En cuanto al radar y a la señal IFF?

—Todo estaba correcto y funcionando; además, si me permite, señor, parte de mis obligaciones consiste en enseñar el manejo de estos aparatos a los pilotos, y precisamente todos los miembros del Vuelo 19 realizaron ese curso conmigo.

—Si es así, ¿por qué cree que no fueron capaces de conectar el IFF?

—No lo sé, señor, lo desconozco, estaban totalmente capacitados para ello.

Charles Taylor era quien peor parado salía con esa afirmación. ¿Hasta dónde quería llegar Roberts? Estaba claro; si el líder del Vuelo 19 hubiera cambiado la frecuencia de su radio y hubiese conectado el IFF, probablemente habrían conseguido regresar con vida.

El teniente Curtis estaba al final de la sala esperando su turno, era el siguiente. Se le notaba intranquilo, las preguntas que había podido escuchar en los últimos minutos le complicaban la vida a Taylor, y si todo seguía igual, sus respuestas tampoco ayudarían mucho al teniente desaparecido.

—Su nombre, rango y la base a la que pertenece.

—Arthur Curtis, teniente, pertenezco a la base aeronaval de Fort Lauderdale.

—¿Sus funciones?

—Soy el encargado de las reuniones de estudiantes y las salidas de los vuelos.

—No me voy a andar con formalismos protocolarios, teniente, veo en su informe que el Vuelo 19 despegó con retraso, ¿eso es correcto?

—Sí, es correcto.

—¿Podría decirnos por qué se produjo ese retraso?

—Porque el teniente Taylor, el piloto, llegó tarde a la reunión con los estudiantes.

—Pero ¿estaba todo listo para poder despegar a su hora?

—Sí, señor.

—¿Las condiciones meteorológicas eran favorables para el despegue?

—Sí, señor, habíamos recibido el parte por la mañana y eran buenas. Entendimos, al no recibir ningún informe posterior hablando de mal tiempo, que todo estaba correcto.

—Pero ¿no es cierto que había llovido?

—Sí, es cierto, señor.

—¿Y eso no retrasó el despegue de los últimos vuelos?

—No tengo información sobre eso, señor. —Curtis estaba agobiado. No quería que Taylor y Jenkins tuviesen problemas por su declaración.

—¿Qué quiere decir que no tiene información?, ¿no vio usted si llovía?

—Sí, señor, llovió, pero no sé si se retrasó el despegue del Vuelo 19 por la lluvia.

—¿Nadie le informó de que estaba entrando un frente de mal tiempo?

—No, señor. Había previsión de mal tiempo, pero nada especialmente importante que impidiera volar con normalidad a los estudiantes.

—¿Notó algo anormal en el comportamiento de los pilotos ese día?

—Sí, señor, el teniente Taylor me preguntó si podía conseguir otro instructor para que le sustituyera, que no había ningún motivo especial, simplemente no quería volar ese día.

—¿Cuándo le hizo esa petición el teniente Taylor?

—A las 13.15.

—Y ¿qué le contestó?

—Que no había nadie para sustituirle, que no tenía ningún instructor libre.

—Y ¿qué hizo entonces el teniente Taylor?

—No lo sé, señor, desapareció algo más de media hora.

—¿Vio algo extraño en el comportamiento del teniente Taylor?

—No, señor; si todo esto le parece normal, claro.

Curtis había dicho la verdad, pero se sentía mal, cada pregunta del interrogatorio iba encaminada a crear dudas sobre las capacidades de Taylor y él no lo vio mal, tampoco notó nada que le hiciera sospechar que el joven instructor no podía volar ni llevar a cabo con normalidad su asignación de esa jornada.

Detrás de Curtis entró Lee Conklin, quien le había relevado a las 15.00 de la tarde antes de que comenzara todo el lío. Conklin contó cómo a partir de las 16.10 comenzaron a recibir noticias de la patrulla perdida.

—Y ¿qué decisión tomó usted?

—Avisar al teniente comandante Poole y seguir preguntando cada quince minutos a la torre sobre lo que estaba pasando. Pregunté si ya teníamos aviones y hombres preparados para salir a por ellos, pero la única respuesta que se me dio fue que no podían salir a buscarlos.

—Y ¿sabe el porqué?

—No, señor, a las 17.30 informé de que ya estaban perdidos oficialmente porque deberían haber aterrizado a las 17.23, y fue entonces cuando el teniente comandante Poole me ordenó preparar al grupo de búsqueda para las seis de la mañana.

—¿En algún momento avisó a las unidades de rescate aéreo?

—No, señor.

Todo seguía girando, parecía un partido de tenis donde la bola cruzaba de lado a lado, de Poole a Taylor, de Taylor a Poole, y por el camino muchas dudas y decisiones no tomadas. Nadie se explicaba cómo no se había avisado a rescate aéreo y a los guardacostas. Conklin había volado anteriormente con Taylor, con Powers y con Stivers, los conocía muy bien, sabía que si estaban perdidos era porque había algún problema serio y ni aun así tomó la decisión de que rescate aéreo entrara en acción. No podía desobedecer a Poole, pero sí avisar a otras bases.

Samuel Hines estaba sentado mirando cómo los rostros de los cuatro oficiales de la comisión mostraban un rictus de desaprobación por lo que habían escuchado hasta entonces y era consciente de que iba a sumar más de lo mismo. Las decisiones de Poole y de Taylor habían marcado la forma de obrar del oficial al mando de la torre de Fort Lauderdale.

—Así que dice usted, teniente Hines, que a las 16.06 de la tarde recibió un aviso del operador de radio que informaba sobre algunos aviones perdidos, ¿verdad?

—Sí, así fue, subí rápidamente hasta la torre en donde se me informó de lo que sucedía. Mi primera acción fue avisar a la unidad de barcos por si tenían que salir al rescate; eran las 16.10 y el teléfono comunicaba, así que bajé las escaleras y me topé con el teniente comandante Kenyon, que estaba hablando con ellos; se les informó del problema y regresé a la torre. Después se activó el protocolo para tratar de rastrearlos a través del radar, pero no identificamos ninguna señal, tampoco los podíamos escuchar en 4805 kilociclos, pensé que quizá el Ejército de Tierra en Boca Ratón conseguiría contactar, así que los llamé.

—Y ¿después qué hizo usted, teniente?

—Hablar con el teniente comandante Crandall en el NAS Miami; para entonces aún no sabía de quién se podía tratar, de dónde eran los aviones desaparecidos. La charla con Miami me aclaró las ideas. Crandall se comprometió a ayudarnos a intentar localizarlos y a encender las luces al atardecer, aún realicé dos llamadas más al Ejército de Tierra en Morrison para que también nos echaran una mano en la búsqueda. Cuando me di cuenta de que entre todos no lo conseguiríamos, a las 17.30, después de declarar oficialmente perdido al Vuelo 19 y ser conscientes de que no regresaban, avisamos a rescate aéreo y a los guardacostas.

Creo que sobre las 18.00 se había ordenado que todas las pistas de aterrizaje entre Miami y Banana River encendieran las luces.

El tono y la actitud de Hines se habían ido apagando a medida que avanzaba en su historia, dudaba de si había hecho todo lo correcto o si quizá debería haber hecho mucho más.

—¿Cuáles son sus obligaciones en un caso como este, con un avión perdido, teniente? —Roberts había decidido ponerle una velocidad más al interrogatorio, quería saber los nombres de quienes actuaron bien y de quienes actuaron mal ese día—. Comprenderá, teniente, que solo queremos entender todo lo que se hizo, ¿verdad?

—Claro, señor, dentro de mis obligaciones he de avisar a la unidad de rescate número 4 de Port Everglades, cosa que hice, señor, fueron ellos los que consiguieron comunicar en varias ocasiones con el teniente Taylor.

—Muy bien, mi última pregunta es si ustedes registraron las conversaciones de la torre en un disco magnético; comprenderá que esta comisión quiere conocer esas conversaciones y los datos de los que estamos hablando.

—No, señor, no se grabó nada, pero tenemos todas las conversaciones manuscritas. —Hines entregó la copia manuscrita como prueba—. ¿Es todo? ¿Necesitan algo más o me puedo marchar?

—Es usted libre de irse, teniente. Ahora vamos a hacer un receso antes de que responda nuestras preguntas el teniente Cox.

Había sido una mañana extremadamente intensa y difícil de valorar. El trabajo del teniente Taylor al frente del grupo de estudiantes quedaba en entredicho. Pero lo mismo sucedía con las acciones puestas en marcha por la base de Fort Lauderdale; Poole y sus subordinados habían sido muy lentos y poco efectivos a la hora de intentar salvar a los hombres del Vuelo 19.

38

30 de diciembre de 1945
Cerca de la ciudad de Los Ángeles

Julie se iba emocionando por momentos, estaban llegando ya a su destino final, Los Ángeles. Se encontraría con sus tíos y su nueva vida, y eso la mantenía en una dulce tensión, con ganas de salir del autobús y de comenzar a caminar por su nueva ciudad. También pensaba en su compañero de aventura, en George, y realmente no le apetecía que todo terminara sin más, tan solo con un abrazo en una estación de autobuses y listo. Habían hablado mucho durante las interminables horas que había durado el viaje, ya se conocían y le parecía un tipo noble y le gustaba…, le gustaba mucho. Pero no sabía cómo hacer para seguir viéndose con él, para no perder el contacto…

Julie pensó que algún amigo le estaría esperando y que después se marcharía más pronto que tarde a San Francisco. Las reflexiones de la joven estaban muy alejadas de la realidad: Paonessa estaba intranquilo; es más, la palabra preocupación era la que ocupaba su mente. No sabía qué hacer. Tenía que valorar con serenidad si llamaba o no a alguno de sus camaradas.

Un mal paso podía ponerle en una situación delicada. Pero a decir verdad tampoco es que tuviera muchas salidas, se estaba quedando sin dinero, no podía llamar a la familia y estaba en una ciudad desconocida para él. Optó por ir solucionando prioridades, el primer problema que debía solventar era encontrar un sitio donde dormir esa noche y el segundo encontrar trabajo.

—Bueno, ya estamos cerca y, la verdad, estoy un poco nerviosa, hace tiempo que no veo a mis tíos y encargarme de la tienda me da un poco de vértigo. No sé si seré capaz de hacerme cargo del negocio.

Paonessa sonrió, Julie estaba radiante mientras le explicaba sus temores.

—Estoy seguro de que vas a poder con todo y mucho más, tu familia es la que debería estar preocupada porque contigo llega la revolución.

La risotada de Julie le salió del alma.

—No me conoces tanto como para predecir lo que sucederá en esa tienda de comestibles.

—Eso es lo que tú te crees —le respondió George—, me gustaría mirar por una rendija esa entrada en acción, ese primer día no me lo perdería por nada del mundo.

—Pues si quieres le pregunto a mi tío si hay algún empleo libre, ¿necesitas trabajo, verdad? Me podrías ayudar.

—Sí, claro que lo necesito, tengo que buscarme algo para comenzar. Tendré que ahorrar mucho si quiero montar mi propio negocio en San Francisco.

A Julie le encantó la respuesta, pues ese era el camino para no perder contacto con George y quién sabe si eso los llevaría más allá.

—Estarán esperándome. En cuento lleguemos, si te parece, les pregunto qué podemos hacer. Por cierto, ¿dónde vas a vivir?

Esa era una gran pregunta, pensó Paonessa, y por ahora con una única respuesta fácil y directa.

—No tengo ni la más remota idea. Vaya, que no lo sé todavía. No he dejado nada resuelto, voy un poco a la aventura.

—Y entonces ¿cómo vamos a poder localizarte?

—Me temo que va a ser al revés, seré yo quien llame para encontrarte.

—Bueno, a ver si podemos resolver lo del empleo ahora en la estación, y quizá conozcan algún lugar donde quieran acoger a un veterano que está intentando abrirse camino en la ciudad.

Julie tenía una sonrisa permanente en su expresión, estaba claro que le hacía muy feliz empezar su nueva vida en Los Ángeles.

—Tampoco quiero ponerte en una situación de compromiso con los tuyos —comentó Paonessa—. Tu tío pensará que quiero tomar una posición de ventaja, y no me conocen de nada.

—Estoy segura de que les valdrá con mi palabra. Él se fía de mí y no pareces una mala persona.

Eso era lo que más perturbaba a Paonessa; no era una mala persona, pero sí un mentiroso, un fugitivo que quizá nunca podría ser sincero con Julie porque su verdad le aterraba.

—Seguro que todos tenemos secretos, yo misma tengo algunos que no confesaré nunca, pero eso es parte de la vida,

¿no, George? Tus secretos son tuyos y el día que decidas contarlos dejarán de ser un misterio. Esa es la gracia de todo, no puedes dejar de tener secretos si no desaparecen.

Paonessa se quedó descolocado y tardó unos segundos en reaccionar mientras pensaba en lo que le había dicho Julie. Para cuando le fue a responder, el conductor ya había parado el autobús, el viaje había terminado.

—Estamos en Los Ángeles, punto final del viaje. Por favor, pueden ir saliendo por la puerta delantera. No olviden sus cosas.

De equipaje, pensó Paonessa, no tenía nada más que una bolsa de mano con un par de mudas y los periódicos que le había dejado el hombre del pantano. Nadie le estaba esperando. Pesimista, pensó que ya nadie le esperaría nunca. Miró a Julie, que estaba abrazada a sus tíos. No se acercó, pues había quedado con Julie que no lo haría hasta que ella le hiciese una señal. Esperó, mientras veía cómo su joven compañera de viaje hablaba con sus familiares señalándole cada dos por tres. Finalmente el tío de Julie se aproximó a George.

—Parece que está buscando trabajo, ¿verdad?

—Sí, señor, acabo de llegar a la ciudad y quiero comenzar con una nueva vida después de la guerra.

—Me parece muy bien. Dice mi sobrina que es usted un hombre serio y responsable y yo necesito a alguien para la tienda; además, si le interesa hay un pequeño cuarto en la trastienda donde podría dormir, se lo descontaría de su sueldo.

Estaba claro que la suerte no le abandonaba.

—Sería fantástico para mí si a usted le parece bien, claro.

George estaba entusiasmado, pero quería ser prudente. Ahora tenía dónde quedarse, pues se había visto durmiendo en la calle.

—No se hable más, venga con nosotros en el coche, le acercaré hasta su nuevo hogar.

—Muchas gracias.

Julie se había salido con la suya y no pensaba dejar que ese chico se alejase mucho de su vida. Cuando ya estaban saliendo de la estación, el conductor del autobús llamó su atención a voces.

—Señorita, señorita, espere, se ha dejado esto.

Con las prisas y la emoción de ver a sus tíos, Julie había olvidado en el autobús una chaqueta.

—Muchas gracias, qué cabeza la mía.

Mientras Julie le agradecía al conductor el detalle de devolverle la chaqueta, su tío se acercó hasta un hombre que vendía periódicos, junto a un banco cerca de la puerta principal de la estación de autobuses. Por un minuto a George se le paró el corazón, no sabía si la prensa seguía hablando de ellos, si aún aparecía su foto en algún lado.

—¿Ha sucedido algo en el mundo?

—No, hijo, lo de siempre, conversaciones de paz y los líos que empezamos a tener en Los Ángeles, donde cada vez somos más.

George sonrió aliviado al escuchar las palabras del tío de Julie. Sin más, continuaron hasta el coche que lucía en la puerta la publicidad de la tienda de comestibles Ralphs Grocery Store.

39

11 de diciembre de 1945
Base aeronaval de Miami
Media hora más tarde

Después de una pausa de poco más de media hora la comisión estaba de nuevo sentada y dispuesta a escuchar al teniente Cox, el hombre que había intentado reconducir el Vuelo 19 para que llegara hasta Fort Lauderdale.

—Señor, necesito que nos diga su nombre, rango y la base en que presta servicio.

—Robert F. Cox, teniente de la Marina, destinado en la estación aeronaval de Fort Lauderdale.

—¿Cuál es su trabajo?

—Soy instructor de vuelo senior.

—¿Qué estaba haciendo usted la tarde del 5 de diciembre de 1945?

—Un vuelo táctico con un grupo de principiantes, despegamos a las 15.15 de la tarde y el ejercicio tenía una duración de una hora.

—Cuando estaba usted volando, ¿pasó o escuchó algo anormal?

—Sí, señor.

—¿Podría explicar a esta comisión qué es lo que sucedió?

—Estábamos volando alrededor de la base y, de repente, escuché desde un avión o un barco, no sabía en ese momento lo que era, a un hombre que estaba hablando por la frecuencia 4805 a Powers. Quien estaba hablando le preguntaba por lo que indicaba su brújula y terminó diciendo: «No sé dónde estamos, quizá nos hemos perdido después del último giro»; mientras eso sucedía, sobre las cuatro menos cuarto, avisé a Fort Lauderdale de que había un barco o un avión perdido, acusaron recibo del mensaje e intenté contactar otra vez con esa voz: «FT 74 para avión o barco llamado Powers, por favor, identifíquese, ¿le puedo ayudar?». No recibí respuesta. Los escuché de nuevo, ahora preguntaba si alguien tenía alguna sugerencia. Insistí y llamé de nuevo, me identifiqué como FT 74 y me respondió alguien diciendo que era MT 28, entonces le dije: «MT 28, soy FT 74, ¿cuál es tu problema?». Fue entonces cuando me respondió que sus brújulas no funcionaban y que estaba tratando de encontrar Fort Lauderdale, Florida. «Veo tierra, son unos islotes, estoy seguro de que vuelo sobre los Cayos, pero no sé si estoy muy al sur ni hacia dónde he de volar para llegar a Fort Lauderdale».

—Y entonces ¿qué pasó, teniente Cox?

—Que si estaba donde me decía, tenía que poner el sol en su ala de babor y volar hacia la costa para llegar a Miami.

Frase a frase, Cox fue contando todo lo que había sucedido durante el tiempo que se mantuvo en vuelo ayudando a los chicos del 19, cómo les advirtió en repetidas ocasiones de que cambiaran de frecuencia y de que conectasen el transmisor IFF para ser localizados por algún radar. El teniente Cox no desfalleció en ningún instante y además hizo todo lo posible para que regresaran hasta Fort Lauderdale. Pero en todas sus explicaciones quedaba claro que Taylor estaba desorientado y que actuaba de una manera extraña.

—Y, bien, ¿qué hizo después de todo ese tiempo, teniente?

—Mi radio aparentemente dejó de funcionar, así que aterricé con la intención de cambiar de aparato y dirigirme hacia las Bahamas, que es donde pensaba que se encontraba el Vuelo 19.

—¿Y qué sucedió?

—Que el teniente comandante Poole me dijo que no podía volar, que no quería mandar a nadie ahí afuera y perder otro avión, así que me quedé en la base hasta las seis de esa tarde y al ver que ya nadie saldría a volar, me fui a mi casa.

Los murmullos regresaron al barracón, pero esta vez era para dejar en evidencia las malas decisiones de Poole. Estaba claro que Taylor tenía mucho que ver en todo lo sucedido, pero en tierra no se había obrado correctamente.

—¿Tenía algún tipo de relación personal, de amistad, con el teniente Taylor?

—No, señor.

—¿En qué dirección voló mientras perdía la señal del FT 28?

—Siempre al sur, suroeste.

—¿Está familiarizado con los procedimientos de emergencia?

—Sí, señor.

—¿Observó si había mucho viento y cuál era el estado de la mar?

—Por donde yo volaba el viento iría a unas 30 millas por hora y en el agua las olas era muy grandes; tenía muy buena visibilidad hacia todos los lados excepto al oeste, donde supuestamente se encontraba el Vuelo 19.

—No tengo ninguna pregunta más.

Cox se levantó y salió del barracón. Sus palabras mostraban las dificultades que había pasado Taylor como líder del 19 para saber dónde se encontraba y cómo tenía que operar, aunque claramente había tomado malas decisiones, una tras otra. Pero no era el único, en tierra todo lo hecho por Poole era digno de ser estudiado con detenimiento.

El teniente Steven Smith cerraba el segundo día de interrogatorios, su trabajo era el de supervisar las operaciones de vuelo, él se encargaba de asignar el personal y lo que tenían que hacer en cada uno de los aviones. Para su desgracia, el día 5 no se habían completado correctamente todos los formularios de control explicando lo que se había preparado y cuáles eran los niveles de repostaje de combustible y aceite de los Avenger del Vuelo 19. Smith defendió con vehemencia que todo estaba correcto, que a pesar de no tener los formularios sus hombres habían cumplido con su trabajo. No era cierto.

40

Interrogatorios de la comisión de investigación.
Diciembre, 1945
Base aeronaval de Miami

Durante las siguientes jornadas uno tras otro continuaron entrevistando a todos los oficiales que estuvieron directa o indirectamente en contacto con los hombres del Vuelo 19 o con sus aparatos.

El teniente comandante Jerome Rapp, que había volado desde enero de 1944 en la guerra con el escuadrón número siete junto a Taylor, explicó que no solo era un gran piloto, sino que también se había ganado el respeto de sus compañeros y que estaba totalmente capacitado para el entrenamiento que realizó el 5 de diciembre.

El teniente Stoll, el líder del Vuelo 18, confirmó los datos que ya se conocían de los problemas con el viento y cómo esto hizo más difícil el ejercicio. Antes de aterrizar escuchó a Taylor decir que estaba sobre los Cayos y le sorprendió porque era imposible que el Vuelo 19 estuviera ahí, no podían haber llegado por un tema de distancia, de millas recorridas.

—¿Notó algo extraño en el comportamiento de Taylor en la reunión con los pilotos?

—Nada, pero la verdad es que no presté atención a todo lo que hablaba. Yo estaba con mis estudiantes, sí me llamó la atención que en la pizarra utilizaba los mismos datos que nosotros para el ejercicio, velocidad del viento y condiciones atmosféricas. Supuse que iban a realizar el mismo ejercicio.

El comandante Harold Burke, cirujano médico de Fort Lauderdale, entró con paso firme en la sala y con un montón de carpetas bajo el brazo. Le habían pedido que aportara todos los exámenes y las revisiones que se habían hecho a los catorce hombres desaparecidos. Llevaba un par de días esperando ese momento y discutiendo con Poole, la relación entre los dos amigos se había enfriado mucho desde la tarde noche del día 5. Burke le había insistido a Poole que enviara a alguien a buscar al Vuelo 19, que dejara volar a Cox, pero este no le había hecho caso.

—Entonces, doctor, ¿cuándo los examinó por última vez?

—A Taylor, el 28 de marzo; a Powers, Bossi y Stivers, el 22 de agosto; y el 15 de agosto examiné a Gerber.

—¿Eran todos aptos para volar?

—Sí, no tenían ningún problema ni físico ni mental para volar.

—¿En cuanto a las tripulaciones?

—Estaban todos bien, eran aptos para volar.

—No sé muy bien cómo preguntarle esto doctor, pero ¿conoció personalmente a alguno de los pilotos o tripulantes que están bajo investigación?

—¿Me está preguntando si era amigo personal de ellos?

—Sí, así es.

Burke tomó aire, no entendía la importancia de ser amigos o no, conocerlos los conocía a todos, no les podía llamar amigos, pero él se preocupaba por cada uno de esos chicos; sin embargo, esa no era la pregunta.

—Comandante, ¿ha entendido la pregunta?

—Sí, la he entendido, aunque no sé qué puede importar. No, no tenía relación personal alguna con ellos, son parte de las tripulaciones que pasan a diario por mi consulta y nada más.

Se quedó pensando en todos los hombres que pasaban a diario a verlo y de los que en el fondo sabía muy poco a pesar de sus esfuerzos por conocer algo más de ellos e intentar ayudarlos. Poco más tenía que contar, se levantó y se alejó del barracón; al salir se cruzó con Poole.

—¿Qué tal te ha ido, Doc?

—Todo bien, Poole.

—Nadie lo diría por la cara que traes.

Burke lo miró, vio que no estaba tranquilo. El doctor estaba seguro de que tenía algunas dudas sobre lo que había sucedido durante la tarde del 5 de diciembre. Burke pasó al ataque, no quería callarse.

—¿Crees que hiciste lo correcto, Poole, para salvar a esos chicos?

—¿A qué te refieres?

—Me refiero a que si hoy volviera a ocurrir lo mismo, ¿qué decisiones tomarías?

Las palabras del doctor descolocaron a Poole.

—Las mismas, no nos equivocamos. El problema fue Taylor y su desorientación.

—En serio, ¿esto es lo que vas a contar ahí adentro? Te deseo mucha suerte porque no te lo crees ni tú.

—Maldita sea, Doc, no me fastidies; hicimos todo lo que pudimos para que regresaran. No sé si habríamos podido hacer algo más si hubiéramos dejado que alguien saliera a por ellos..., pero no quise poner en riesgo la vida de más pilotos.

—Pero al final salimos igual a por ellos, como dices, ¿no?, y se jugaron la vida... ¿Qué tal si lo hubiéramos hecho durante la tarde, quizá estarían todos vivos?

El tono burlón de Burke encendió los ánimos de su compañero. Poole se enfadó bastante y estuvo a punto de una de sus salidas de tono.

—No pienso escucharte ni un segundo más, Doc, esta historia te está haciendo perder la razón. ¿Qué querías que hiciera?, ¿que enviara a Cox hacia una muerte probable con las malas condiciones previstas? Por Dios, Burke, soy yo quien tiene ya sobre su conciencia a todos esos chicos del Vuelo 19...

Poole se marchó sin despedirse y refunfuñando soltó palabras sin sentido contra Doc.

—Diga su nombre, rango y la base en la que está destinado.

—Donald J. Poole, teniente comandante de la Marina, destinado en la estación aeronaval de Fort Lauderdale con rango de oficial de vuelo.

—¿Cuáles son sus obligaciones?

—Al ser el oficial de vuelo, soy responsable de autorizar y supervisar todos los vuelos de entrenamiento, decido las competencias de los instructores, de los asistentes y de los estudiantes a pilotos para que realicen sus obligaciones de vuelo de manera satisfactoria. También me encargo de que los estudiantes a piloto cumplan con los estándares prescritos, definidos en todos los cursos de la escuela, y que todos los oficiales y los instructores estén totalmente cualificados para enseñar a los estudiantes, y todo con la ayuda y supervisión del comandante Jenkins.

Poole decidió desde el primer instante marcar distancia, mostrándose firme y resolutivo en las respuestas para evitar preguntas complicadas. Pero Roberts le estaba esperando, sabía perfectamente a quién se dirigía, la importancia de las no decisiones de ese hombre la tarde del día fatídico y su responsabilidad en todo lo que sucedió el 5 de diciembre.

—Muy bien, teniente comandante, entiendo que fue usted quien autorizó que el Vuelo 19 fuera liderado por el teniente Taylor, ¿verdad?

Poole hizo una pequeña mueca antes de responder, su cara le delató, lo que tenía por delante era un combate en toda regla y no parecía que ninguno de los contrincantes quisiera perder.

—¿Está usted bien, teniente comandante? ¿Le repito la pregunta?

—No es necesario, estoy bien. Sí, yo autoricé que el Vuelo 19 fuera liderado por el teniente Taylor, tiene razón. Despegaron a las 14.10 de la base el 5 de diciembre de 1945. Consideré que todo el personal estaba capacitado para realizar este tercer y definitivo vuelo de navegación de forma satisfactoria.

—Muy bien, señor; ¿podría decirme dónde estaba la tarde del día 5?

—En mi oficina.

—¿Sucedió alguna cosa rara esa tarde?

—Sí, señor, a las 16.30 me notificaron que había un vuelo con problemas.

—Y ¿qué hizo usted?

Con cada pregunta aumentaba la tensión en la sala, cada gesto, cada mueca era analizada con detenimiento por parte de los hombres de la comisión de investigación. Estaba claro que Taylor tenía una parte de culpa en todos los sucesos del Vuelo 19, pero Poole no había tomado el camino correcto.

—Notifiqué a la oficina de operaciones que parecía que el teniente Taylor se había perdido.

—¿Eso es todo?

—No. Cuando escuché que el teniente Taylor pensaba que estaba sobre los Cayos, comprobé a qué hora empezaron los problemas, sería más o menos a las 16.00, calculé qué parte del ejercicio podían haber realizado hasta entonces y confirmé que era imposible que estuviese tan lejos de la zona predeterminada para el vuelo de esa tarde. Para entonces, los hombres de Port Everglades tenían la orden de notificarle a Taylor que volara dirección 270 grados en dirección hacia el sol.

—¿Por tanto hacia el oeste?

—Sí, hacia el oeste, de regreso a la base; calculo que serían para entonces las 16.45. Sé que esto fue transmitido porque lo escuché en la radio, lo que no sé es si fue escuchado por FT 28. También sé que se le pidió que cambiara al canal de emergencia, pero eso nunca sucedió. Preparé algunos aviones para salir inmediatamente en su ayuda, pero esperamos, necesitábamos saber algo más de dónde se encontraban para no enviarlos a ciegas. Sobre las 17.00 iba a ordenar el despegue, pero el teniente Hines me dijo que aguantásemos un poco más a que los guardacostas nos dieran una posición y así fue, pero eso no sucedió hasta las 18.15 cuando ya oscurecía y la tormenta estaba muy cerca.

—A ver si le he entendido bien, teniente comandante Poole; usted tenía la intención de enviar aviones para ayudar al Vuelo 19, pero estaba esperando las noticias de los guardacostas, que llegaron a las 18.15, ¿es así?

—Sí, esa era la idea.

—Pero entonces ¿por qué no dejó volar de nuevo al teniente Cox? o ¿por qué, cuando conoció las coordenadas enviadas por los guardacostas, no lanzó los aviones que tenía preparados?

—Ya le he dicho que para entonces recibí el parte meteorológico de Palm Beach en donde se confirmaba la entrada de un frente que alcanzaba Fort Lauderdale; me pareció demasiado arriesgado enviar a ningún piloto hacia esa zona, sabiendo lo que se encontraría.

—Ya, pero eso era lo que estaba sufriendo el Vuelo 19, ¿verdad?

—Seguramente.

—Y ¿entonces? —Poole no respondió; ante el silencio, Roberts continuó preguntando—. Bueno, díganos, ¿qué decisión tomó?

—A las 17.51 ya advertí al oficial de operaciones en servicio de que se avisara a todas las bases de rescate aéreo desde Cayo Hueso hasta Melbourne y de que todas las pistas de aterrizaje estuvieran iluminadas. Confiaba en que los aparatos llegarían a tierra antes de quedarse sin combustible y que podrían aterrizar en cualquier base de Florida que encontraran. Mis decisiones fueron confirmadas por las palabras del teniente Taylor cuando dijo a Port Everglades que volaría hacia el oeste hasta que llegaran a tierra firme o se quedaran sin combustible.

—Pero eso nunca pasó, ¿verdad?

—Hice lo que tenía que hacer, creí que Boca Ratón localizaría gracias al IFF al Vuelo 19 con el radar, pues pueden cubrir una distancia de 150 millas, pero tampoco lo consiguieron. Taylor y sus estudiantes sabían que tenían que conectar el IFF en caso de emergencia, volar hacia el oeste y pasar al canal de emergencia de 3000 kilociclos, pero no hicieron absolutamente nada. ¿Qué podíamos hacer nosotros?

Se notaba la desesperación de Poole, se calló por un instante. No habían realizado ni una sola de las maniobras que les habían enseñado; trató de comprender la magnitud de lo que había sucedido con esos hombres entrenados, algunos veteranos que conocían perfectamente punto por punto cada uno de los pasos que él acababa de explicar, pero no hicieron nada, ni uno de ellos...

—¿Quiere apuntar algo más, teniente comandante Poole?

Las palabras de Roberts le activaron de nuevo.

—Sí, quiero decir algo, quiero precisar que a las 23.05 el comandante Baxter, de los guardacostas, nos dio unas posibles coordenadas en donde encontrar a los hombres desaparecidos y ordené que todos los pilotos, sin excepción, estuvieran listos para despegar a las 06.00 del 6 de diciembre.

—Déjeme que le pregunte una cosa más: ¿escuchó durante la tarde del 5 de diciembre alguna conversación del Vuelo 19?

—En un par de ocasiones escuché a alguien que decía que si volaban hacia el oeste llegarían a casa, no identifiqué al piloto, y después una segunda en donde alguien maldecía y decía lo mismo, que si volaban al oeste llegarían a la base.

Poole abandonó por un instante mentalmente el interrogatorio, ni tan siquiera veía quién estaba a su alrededor, pensaba en la sala de reuniones, en cómo había examinado la pizarra y estaba todo correcto, la fuerza del viento, el ejercicio que marcaba dónde tenían que girar en cada manga, toda la información se había entregado a la comisión de investigación...

—¿Cuándo comenzaron los problemas del Vuelo 19?

—Perdón, ¿decía usted?

—Le preguntaba que cuándo cree que comenzaron los problemas del Vuelo 19.

—¿Los problemas?, creo que unos veinte minutos después del ejercicio de bombardeo, cuando cruzaron Hen and Chickens Island y tenían que llegar a Great Sail Bay; ahí recibimos las primeras señales de que tenían problemas.

—Gracias, teniente comandante. Por ahora no tengo más preguntas para usted.

Poole se levantó, cruzó por delante de Roberts y se topó de frente con el comandante Newman de Port Everglades, al que ni saludó, porque no tenía los cinco sentidos con él. Abatido, abandonó el barracón de madera; los recuerdos paso a paso de todo lo que se había hecho y lo que quizá pudieran haber hecho le habían dejado tocado. Roberts llevaba un buen rato viendo cómo se desmoronaba Poole, que no estaba del todo bien anímicamente, y había optado por aflojar, no quiso forzar la máquina, sabía que le podía volver a llamar en otro momento, en un par de días, y seguir preguntando.

El comandante Charles Claude Newman se sorprendió de que Poole no le saludara, se sentó en la silla de madera y relató todo lo que habían vivido en Port Everglades: cómo consiguieron escuchar y hablar con Taylor, cómo les invadió el desánimo cuando fueron conscientes de lo perdido que estaba el FT 28... La verdad es que no daban crédito cada vez que el líder del Vuelo 19 se empeñaba en volar hacia el este, hacia la nada.

Newman había avisado a Banana River, mientras Fort Lauderdale seguía pensando qué tenía que hacer, y también a los guardacostas cuando fueron conscientes de que Powers había decidido dar la vuelta y poner rumbo al oeste obligando a Taylor a seguirlo para no quedarse solo.

41

Interrogatorios de la comisión de investigación.
Diciembre, 1945
Base aeronaval de Miami

E sa jornada terminó con una reunión informal entre los cuatro miembros de la comisión. El capitán Morehouse tenía dudas de cómo había ido la entrevista con Poole.

—No estaba bien, señor, no me estoy justificando, pregunté lo que quise, pero ya en las tres últimas preguntas no sé si era del todo consciente de lo que me respondía.

Así argumentaba Richard Roberts cómo había manejado la última parte de la entrevista.

—Creo que se han quedado muchas cosas sin concluir, tiene que regresar y explicar muchas de las decisiones que tomó.

Yavorsky pensaba igual que Morehouse.

—Me parece bien, señores, pero estaréis de acuerdo conmigo en que no era el hombre más lúcido que ha pasado por esta sala.

—¿Sala? ¿En serio que estamos llamando sala a esto...? —bromeó Howard Roberts para relajar un poco la tensión del momento.

Funcionó con Morehouse, al que se le escapó una sonrisa.

—Tampoco es el peor barracón en el que hemos trabajado, querido amigo.

—Eso es verdad —replicó Howard—, pero por favor no tiene nada de sala, y ya que estamos y volviendo sobre Poole, creo que Roberts está en lo cierto sobre que no estaba bien, pero deberíamos haberle preguntado mucho más.

—Le tendremos de vuelta en un par de días —puntualizó Roberts—, pero lo cierto es que por mucho que no se obrara bien en tierra y que se debería haber informado sobre el mal tiempo, e incluso si me apuráis deberían haber enviado algunos aparatos hacia las Bahamas, el principal problema fue el teniente Taylor. Su desorientación hizo que no se obrara correctamente, y no solo hablo de no saber dónde se encontraba, sino que también fue responsable de no activar el procedimiento de emergencia.

Yavorsky optó por interrumpir a su compañero.

—Entonces, según esto, ¿todo es culpa de Taylor? Y ¿qué pasa con el resto de pilotos del Vuelo 19? Conocían bien el procedimiento y podrían haber tomado alguna decisión...

—¿Qué estás insinuando, Yavorsky? ¿Que deberían haber desobedecido a su líder en las órdenes que daba?

—Al final Powers lo hizo.

—Sí, al final, pero no siguió un protocolo, simplemente puso rumbo al oeste. Además, con sinceridad, no creo que nadie, a excepción de Taylor, escuchara lo que se hablaba desde Port Everglades ni tampoco lo que decía el teniente

Cox. Nadie intervino, solo Taylor, y eso nos pone frente a un problema de comunicaciones, que para mí es uno de los puntos clave de toda esta historia.

—Perdóname que insista, entiendo lo de las comunicaciones, pero algo más sucedió y, regreso al mismo punto, si es así, ¿por qué Powers, igual que tomó la decisión de volar al oeste, no hizo algo más como, por ejemplo, activar el procedimiento de emergencia? —reiteró Yavorsky.

—Y ¿por qué Powers? —replicó Morehouse—, también estaban capacitados Bossi, Gerber o Stivers, y nadie hizo nada.

—Pero es cierto, señor, que fue quien claramente tomó la iniciativa a la hora de liderar el grupo.

—Por Dios, Roberts, eso no significa nada. No creo que seamos capaces de imaginar el infierno en el que estaban, tenían a su líder perdido, sin brújula y empeñado en volar al este en mitad de una tormenta dantesca, oscureciendo y quedándose sin combustible.

—Pero para esto nos entrenan, ¿no?

Morehouse se contuvo, su mirada seria le delató, supuestamente así era, estaban preparados para esto, o quizá eso era lo que creían.

Roberts continuó hablando:

—Pero ¿tenemos que suponer que unos veteranos de guerra, curtidos bajo fuego enemigo y que han superado todos y cada uno de los exámenes, no estaban realmente listos? Si es así, vamos mal porque ¿cuántos hombres han pasado por el mismo entrenamiento y han vivido situaciones límite durante la guerra? No podemos seguir por ahí, no se puede cuestionar a estas alturas todo el sistema, lo que nos ha hecho ganar una guerra...

La comisión tenía claro que si tocaban muchas sensibilidades, los jefes en Washington se pondrían nerviosos, y eso no era una buena idea.

—Muy bien, Roberts, entonces, ¿qué propones que hagamos con Poole?

—Capitán, creo que deberíamos llamarle de nuevo cuando lo necesitemos y volverle a preguntar, igual que estamos haciendo con el resto de los testigos.

—Me parece bien —afirmó Morehouse—, ¿cuántos días más necesitamos para hablar con todo el mundo?

—Buff, por lo menos una semana más, o quizá diez días.

—No tenemos tanto tiempo, ya sabes lo que están presionando. Vamos a ver qué nos inventamos para tener tranquilos a los jefes.

—Haz lo que puedas, pero no podemos parar y dejar esto a medias. Realmente no tenemos nada.

—Tampoco exageremos, alguna sospecha de lo que sucedió sí que tenemos.

—¿A qué te refieres?, ¿a que Taylor estaba perdido? ¿Quizá se tomaron malas decisiones en Fort Lauderdale? Yo no sé qué es lo que piensas, pero me temo que esto no basta para tranquilizar a la opinión pública, que es en lo único que piensan en Washington, les importan cero y nada los desaparecidos, solo piensan en sus brillantes carreras.

Por desgracia, Roberts no exageraba. Esa era la situación en los despachos lejos del barracón de madera de Miami.

—No, Roberts, creo que no es suficiente, pero ¿qué podemos hacer?, no hay nada, ni un mínimo trozo de avión que nos dé una pista, algo a lo que agarrarse, pero lo peor sería que nos obligaran a poner un nombre en ese informe, un único culpable... Y si es así, quien está saliendo peor parado es el teniente Taylor, y eso es algo que no podemos negar.

La comisión estaba bajo presión continua y sistemática del almirantazgo, que quería cuanto antes que el equipo de Morehouse presentara el informe con las claves que explicaran el porqué de la desaparición de todos esos hombres. La comisión tenía dos frentes abiertos; aunque el Vuelo 19 por sí solo absorbía la mayor parte de la energía del equipo, y en esos primeros días la atención se había centrado prácticamente al cien por cien en ellos, al sexto día se abrió el otro gran misterio: ¿dónde estaba el Training 49? ¿Qué había pasado con Jeffery y sus doce hombres? El comandante Robert D. Cox, máximo responsable de Banana River, fue el encargado de contar qué se conocía sobre este segundo misterio.

—Nombre, rango y base en la que está destinado.

—Robert D. Cox, comandante en jefe de la base aeronaval de Banana River.

—Permítame que comencemos hablando del avión desaparecido, el PBM 5; me gustaría saber si estaba convenientemente equipado para la misión, teniendo en cuenta la situación meteorológica tan adversa en la que tenía que operar.

—Sí, llevaba todos los equipos de emergencia. El aparato había sido revisado convenientemente y repostado para una autonomía de entre doce y quince horas, con la tripulación completa y entrenada para estos casos.

—¿Por qué volaban trece hombres en ese aparato?

—Lo habitual son doce hombres, pero había sido preparado para el vuelo nocturno y sumamos un operador especialista en radar para la misión.

—¿En qué momento dieron por desaparecido al Training 49?

—A las 10.30 de la mañana del 6 de diciembre; en ese instante supuestamente llevaba más de quince horas de vuelo, no le quedaba combustible y no habíamos conseguido comunicarnos con él en ningún momento.

Roberts consultó las hojas en donde tenía apuntadas las preguntas y parte de los datos del Dumbo; no lo podía comprender, era muy difícil encontrar una línea de investigación que los llevara hasta el final de lo que había sucedido con el vuelo de Banana River. La entrevista con Cox duró poco y quedaron en que le volverían a llamar. Estaban en los preliminares del asunto, así que empezó a desfilar uno tras otro el resto de personal, comenzando por el teniente comandante Brule, los tenientes Johnson y Walker, operadores de radio, meteorólogo, mecánicos... Todos sumaron documentación y datos, pero nada explicaba la desaparición.

—Diga su nombre, rango y la base en la que está destinado.

—Gerald Edward Bammerlin, teniente de la base de Banana River.

—Muy bien, teniente; ¿cuál es su ocupación?

—Soy instructor de vuelo y también realizo tareas administrativas en el departamento de navegación.

—¿Qué órdenes recibió la noche del 5 de diciembre de 1945?

—Mis asignaciones cambiaron durante la tarde cuando se confirmó que había un vuelo con problemas, entonces se me asignó a una misión de búsqueda y rescate en un PBM 5.

—Bien, entiendo su respuesta, pero necesito ir más allá; regresando a la pregunta anterior, ¿qué órdenes recibió relativas a esa misión nocturna de búsqueda?

—De acuerdo, señor, ya le entiendo. Sobre las 18.30 me llamó el oficial de operaciones para decirme que cinco aviones TBM Avenger estaban perdidos a unas 130 millas al este de Smyrna y que no les quedaban más de veinte minutos de combustible. Se marcó un cuadrado en esa zona para realizar una búsqueda visual y con la ayuda del radar; además, mantendríamos la frecuencia 4805, que era con la que operaban los Avenger, por si escuchábamos algo.

—¿Qué aviones estaban incluidos en esta misión?

—A la hora de la reunión solo estaba el teniente Jeffery con la tripulación del Training 49 y nosotros, nadie más.

—¿Usted y el teniente Jeffery hicieron planes para trabajar conjuntamente en esta búsqueda?

—Sí, los hicimos, la idea era que el teniente Jeffery se dirigiera hacia New Smyrna, que era la ruta donde se creía que volaban los Avenger, para interceptarlos, mientras que yo cubriría el área donde se había reportado por última vez la posible presencia del Vuelo 19.

—¿A qué hora despegó?

—El Training 32 despegó a las 19.04.

—¿Con cuánta gente contaba de tripulación?

—Quince hombres, señor; cuatro pilotos, un oficial instructor de navegación y diez de tripulación.

—¿Cuando estaba volando escuchó en algún momento al Training 49?

—No, señor.

—¿Interceptaron alguna comunicación en la frecuencia de 4805?

—No, señor.

—¿Podría explicar a esta comisión cómo operaron esa noche, cuáles fueron los sucesos que vivieron?

—Después de despegar, nos dirigimos hacia el cuadrante que teníamos asignado para la búsqueda de los cinco Avenger perdidos, utilizamos el radar y lanzamos bengalas de búsqueda para iluminar las zonas en donde sospechábamos que podría haber alguien o algo, pero el resultado fue negativo. Sobre las 21.45 nos informaron de un cambio de planes, debíamos volar hasta unas 25 millas al este de New Smyrna porque un barco había informado de una explosión en el cielo en esa área. Debido al mal tiempo y a los fuertes vientos, tardamos una hora aproximadamente en alcanzar el lugar.

—Y ¿vieron algo?, ¿con qué se encontraron?

—No, señor, no vimos nada, empezamos a volar en ese cuadrante observando con el radar donde nos aparecían posibles objetivos, lanzamos varias bengalas para hacer una búsqueda visual, pero no obtuvimos resultado alguno. Nos mantuvimos en el aire dando vueltas hasta las 03.00. Mientras realizábamos ese trabajo, paralelamente continuamos con el seguimiento de la posible ruta de los cinco Avenger. Cuando nos quedamos sin combustible regresamos a Banana River, eran las 06.00 de la mañana y estaba amaneciendo.

—¿Cómo eran las condiciones atmosféricas cuando llegaron al área donde se suponía que podía estar el Vuelo 19?

—Llegamos a nuestra primera zona de búsqueda a las 20.15, vientos de 30 nudos del oeste y de suroeste, muchas turbulencias muy fuertes, era difícil controlar el aparato, con lluvias intermitentes y el mar con enormes olas, muy movido.

—¿Utilizaron el piloto automático en algún momento?

—No, señor, en las circunstancias que estábamos era imposible, volamos manualmente durante toda la misión.

—Cuando llegaron a 25 millas de New Smyrna, ¿cómo eran las condiciones?

—Muy parecidas, señor; permita que le diga que era el mismo infierno, vientos de 30 nudos de oeste suroeste, turbulencias constantes que nos tenían de lado a lado y el mar en muy malas condiciones con grandes olas, lo único que cambió es que no llovía.

—Se encontraron con alguna tormenta eléctrica, ¿problemas con rayos?

—No, señor, donde estuvimos no sufrimos nada de este tipo, aunque sí observamos en varios puntos, algo más alejados, que había actividad de tormenta eléctrica.

—¿Vieron algún barco cerca de la zona de la explosión?

—Sí, muchos barcos de pesca, particulares, y también un gran buque justo en la zona exacta en donde se había reportado la explosión. Todos navegaban a marcha lenta buscando en esa zona.

—¿Identificó al *SS Gaines Mill?*

—No, no identifiqué a ninguno de los barcos, deduje que debía de ser el de mayor tamaño; pero insisto, por pura deducción, era imposible identificar ningún barco.

—¿Quiere añadir algo más a su declaración, teniente?

—No, nada más, señor. Bueno, ahora que lo dice, solo me gustaría que quedase claro que durante cinco días he buscado sin descanso a los hombres del Vuelo 19 y a mis amigos y compañeros del Training 49, y no he encontrado nada. En mi opinión, la única explicación con algo de sentido de lo que quizá le sucedió a Jeffery fue que el aparato estalló en vuelo, la explosión en el cielo reportada por el *SS Gaines Mill* es lo único que tiene algo de lógica. No encontramos ningún cuerpo ni restos en la zona en la que cayó la bola de fuego, nada de nada, pero solo podemos agarrarnos a eso para intentar explicar este desastre.

—Gracias, teniente, puede retirarse.

42

30 de diciembre de 1945
Los Ángeles, California

Ralphs Grocery Store, la tienda de los tíos de Julie, era enorme. Mucho más grande de lo que se había imaginado Paonessa. Mostradores hasta arriba de fruta, neveras con botellas de cristal llenas de leche, pasta (se fijó en los *tortellini* y en que no tenían lasaña), embutidos de toda clase... Era la tienda de sus sueños. En la trastienda, junto al almacén, había una pequeña habitación con un baño, y uno se abría paso hasta ella entre un montón de cajas.

—Esta es tu habitación, muchacho —señaló el tío de Julie—, yo pasé muchas noches aquí cuando estaba montando la tienda. Dormirás bien, la cama es cómoda y entra luz de la calle por esas ventanas con rejas.

Se sentó en la cama y estaba firme, se le escapó un pequeño suspiro de alivio, todo estaba limpio. Menudo golpe de buena suerte, se había imaginado durmiendo en la calle, pero ahí estaba, frente a su pequeño cuarto.

—¿Te gusta? —preguntó Julie cuando sus tíos los dejaron solos.

—La verdad es que no sé cómo agradecerte esto. Necesitaré algo más que una lasaña. El sitio es fantástico y estoy deseando comenzar a trabajar.

—No te preocupes por eso, que mañana se cumplirán tus deseos. A las seis empieza el jaleo, así que será mejor que descanses todo lo que puedas del viaje para estar fresco al amanecer, me han dicho que la nueva jefa es muy estricta.

Paonessa sonrió.

—Si es así, entonces lo haré. Me preocupa la nueva jefa, aunque creo que con lo cansado que estoy no me costará nada dormirme.

—Estoy segura de eso. Si has sido capaz de hacerlo en el autobús en esos asientos del infierno, esto te va a parecer una cama del Ritz.

No paraban de reírse de pura felicidad; después de todo, Paonessa estaba convencido de que su madre le había ayudado desde el cielo para tener una nueva vida y comenzar otro camino. Por un instante pensó que todo era demasiado bonito, que por fin algo saldría bien, pero no podía dejar atrás la verdad, oficialmente estaba muerto. Por otra parte, tenía que resolver lo que más le importaba en esta vida: volver a ver a su familia. Sabía el riesgo que suponía ese movimiento, pero no pararía hasta lograrlo.

—Dice mi tío que si tienes hambre cojas algo de la tienda, que te lo descontará de tu primer sueldo.

Julie le sacó de nuevo del bucle de la tristeza que asomaba en cuanto podía.

—Me parece justo, lo tengo que apuntar en algún sitio.

—No, hombre, no, no seas bobo, se lo dices y listo. ¿Qué has aprendido con los marines?

—A apuntarlo todo. —A Paonessa le salió espontáneamente la respuesta y le quedó graciosa.

George era feliz y Julie estaba radiante de tener a ese nuevo amigo cerca de ella, ayudándola en el negocio. A ella le parecía el mejor plan. No sabía muy bien cómo había sucedido todo, pero ahí estaban en la tienda, codo con codo reconstruyendo su mundo.

Mientras todo eso sucedía, a poco más de un día de llegar a Los Ángeles en un autobús de la Greyhound, Joseph Paonessa, el hermano de George, daba vueltas en su cabeza a cómo podía encontrar a alguien en una ciudad tan enorme.

Contaba con la poca información obtenida en una de las paradas del viaje. Lo único que sabía es que una chica acompañaba a su hermano, y que no era ninguna de las novias que conocía Joseph, y lo que le inquietaba es que parecía que su hermano cojeaba, que estaba herido. Eso era todo, ni un solo dato más.

Había tenido la precaución de dejar dicho en Washington, en el cuartel de los marines, que le comunicaran cualquier carta o telegrama que llegara a su nombre, pero por el momento nada. Lo mismo sucedía en casa de los Paonessa en Mamaroneck, en Nueva York, en donde el encargado de estar atento era Frank, el patriarca de la familia.

El viaje era tan largo que a Joseph le dio por pensar si el telegrama sería fruto de alguna venganza o de una broma pesada a mala idea. Pero ¿quién podía hacer algo tan cruel? y sobre todo, ¿por qué? Eran una familia humilde, forjada con esfuerzo y que no había hecho daño a nadie, así que la otra pregunta era ¿con qué intención? Continuó un análisis pausado del asunto; para empezar, sabía que solo alguien cercano a la familia podría conocer el diminutivo de Georgie, pero si era así, ¿cómo iba a viajar hasta Jacksonville para escribir un telegrama y enviárselo precisamente a él? ¿Quién en su sano juicio viajaría casi 1000 millas para eso? y, ya puestos, ¿por qué tomarse la molestia de mandárselo a él y no enviarlo a casa, en Nueva York? Eran demasiadas cosas, alguien que le odiara a él tanto como para viajar hasta Jacksonville y que además los conociera bien... Se le ocurrió que preguntaría a su padre si algún familiar había salido de viaje últimamente, pero en realidad le daba vergüenza, le parecía una soberana tontería.

Miraba cómo el paisaje cambiaba mientras se acercaba a California, pero su cabeza no estaba ahí, solo procesaba una y otra vez todo lo que recordaba de su hermano, repasando conversaciones telefónicas o parte de ellas antes de la desgracia... Eran tantos los detalles que se le escapaban, no encontraba pistas, ninguna cosa le parecía fuera de lo normal. A George, antes del fatídico vuelo, no le pasaba nada, tenía la misma alegría y locura de siempre, ganas de terminar el servicio militar y de decidir si trabajaba en Nueva York o si se iba a California. Eso era todo, nada fuera de lo normal.

Pero estaba la otra parte de la historia, la que no controlaba ni conocía: qué sucedió el 5 de diciembre. Supuso que era el único superviviente del Vuelo 19, pero ¿qué tenía eso de malo?, ¿de qué se escondía?, ¿de estar vivo?, ¿qué pasó en ese vuelo? Era una cascada de preguntas sin respuesta, así que decidió centrarse en los hechos. Según los informes que habían ido apareciendo, el gran problema fue la desorientación del teniente Taylor; pero entonces si su hermano no era culpable de nada, ¿por qué se escondía? Otra vez la pregunta maldita, estaba exhausto de dar vueltas a lo mismo una y otra vez. Se dejó arrastrar por el cansancio, cerró los ojos y soñó que el autobús llegaba la noche de Fin de Año a Los Ángeles y cómo él buscaba por las calles de la ciudad sin saber cómo encontrar a su hermano...

43

Interrogatorios de la comisión de investigación.
Diciembre, 1945
Base aeronaval de Miami

El capitán Albert Morehouse repasaba los más de trescientos folios que ya acumulaba de los primeros once días de la comisión. Cuanto más leía, más se convencía de los errores y problemas de Taylor al frente del Vuelo 19. Algo le pasó sin duda al líder de ese grupo de estudiantes que provocó una cadena de decisiones erróneas fatales, una tras otra. Solo Powers había intentado poner cordura en algunos momentos a ese infierno. Con los datos aportados por Sorenson y el comandante Baxter de los guardacostas, cada uno de los aviones podía haber caído en una zona distinta, quizá alguno de ellos en tierra, pero no encontraba ninguna explicación convincente a la desaparición de los aparatos y las máquinas.

Otro punto que le quedaba claro a Morehouse era la descoordinación de las fuerzas de rescate. El aviso tardío, la ansiedad por encontrarlos y quizá la mala conciencia de Fort Lauderdale por haber tardado tanto en reaccionar durante las primeras horas provocaron que no estuvieran en la misma onda que los guardacostas; además, estaba la búsqueda del avión de Banana River, que tenía a parte de sus hombres moralmente pensando en el Training 49 mientras buscaban al Vuelo 19.

Estaban metidos en un buen lío. Trescientos aviones y treinta barcos y cada uno a lo suyo, pero la gran pregunta seguía siendo la misma: ¿dónde estaban? Todo lo que habían declarado los testigos hasta ese momento les ayudaba a intuir parte de lo que había sucedido. El factor mal tiempo había sido determinante y el causante principal de los grandes problemas no solo del día 5, sino de los esfuerzos en días posteriores para encontrar a los desaparecidos.

Richard Roberts entró en la sala en la que estaba el capitán Morehouse.

—Permiso, señor.

—Adelante, Roberts, ¿tienes algo para mí?

—La última parte del informe de ayer y la lista de las personas citadas para los próximos tres días. Si todo va bien, deberíamos terminar con estas entrevistas.

Morehouse dio un vistazo a la lista de los nombres que faltaban por pasar por el barracón, como él lo llamaba desenfadadamente.

—Veo que vamos a tener de vuelta al teniente comandante Poole.

—Sí, quiero que nos dé toda la información que tenga del teniente Taylor.

—Y ¿eso? ¿Qué nos falta por conocer? ¿O es que tienes alguna sospecha?

—No, para nada, solo quiero confirmar todo lo que ya sabemos de él.

Morehouse conocía muy bien a Roberts y no tomaba este tipo de decisiones por nada, había algo que no tenía claro de Taylor. Estaba seguro de que había algo más y que por eso quería preguntar a Poole sobre ello.

—Veo que hoy arrancamos con el capitán Burch, poco nos va a contar si no se enteró de nada hasta el día 6.

—De esta entrevista te quería hablar; ¿qué quieres que hagamos?

—¿A qué te refieres?

—Bueno, me he esperado precisamente a los últimos días porque no creo que aporte mucho y no sé si se le tienen que pedir explicaciones por el permiso que se tomó.

—Creo que no, Roberts; el permiso no tiene nada que ver con la desaparición del Vuelo 19. Allá él y su conciencia por desaparecer y no atender a las llamadas que realizaron desde la base. El único problema que tiene Burch es el que sufren muchos hombres en estos días, que andan desquitándose de la guerra a su manera.

A Roberts le bastó el comentario de su capitán, no le iba a preguntar mucho a Burch. Pasaban veinte minutos de las 09.00 de la mañana y estaba previsto que la sesión arrancara a las 09.30. La sala estaba llena, la comisión ocupaba sus puestos detrás de la larga mesa y Burch estaba sentado esperando las primeras preguntas.

—Nombre, rango y base en la que está cumpliendo su servicio.

—Capitán William O. Burch Jr., de la Marina de los Estados Unidos, comandante al mando de la base aeronaval de Fort Lauderdale en Florida.

—¿Dónde estaba usted a las 16.00 del 5 de diciembre de 1945?

—De permiso.

—¿Cuándo supo que un grupo de TBM Avenger de su base tenía dificultades?

—En torno a las 11.00 de la mañana del 6 de diciembre.

—Y ¿a qué hora llegó de regreso a la base?

—En torno a las 16.00 de la tarde del 6 de diciembre.

—Entenderá que poco le puedo preguntar entonces sobre lo que le sucedió al Vuelo 19, capitán.

—Sí, lo entiendo. Mi trabajo se concentró en la búsqueda los días posteriores al 5 de diciembre.

—Esta comisión no tiene nada más que preguntarle, en su conciencia queda si obró adecuadamente con relación a su cargo y obligaciones durante los sucesos acaecidos durante esos días.

Burch se levantó y caminó hacia la puerta de salida sin fijar la mirada en nadie de la sala. Avergonzado y preocupado por las consecuencias que podrían tener sus actos durante la desaparición del Vuelo 19. Antes de salir se detuvo un instante, no había dicho nada del telegrama de Paonessa. Bueno, realmente, no tenía el telegrama en su poder, solo las palabras del hermano..., y eso no era garantía de nada. «¿En qué cabeza cabe que ese chico siga vivo?», pensó antes de continuar caminando, dejando así atrás la locura del mes de diciembre de 1945.

El comandante Claude C. Newman, el hombre de Port Everglades, estaba de vuelta para aclarar algunas dudas sobre las comunicaciones con el Vuelo 19.

—Entonces, comandante, ¿ustedes trataron de comunicarse con el teniente Taylor en otras frecuencias aparte de la 4805?

—Sí, así es; intentamos sin éxito que pasara a 3000 kilociclos, y también con otras cuatro que controlamos las veinticuatro horas del día, pero no funcionó.

—Ustedes escucharon solamente a FT 28, a Taylor, ¿no es verdad?

—No, señor, también llegamos a escuchar al FT 3, a Joseph Bossi. Toda la información a la que tuvimos acceso nos pareció vital para resolver el problema en el que se encontraba el Vuelo 19.

—Con quién se coordinaban, con quién compartían toda esta información.

—Con Banana River y con los guardacostas en el cuartel general de Miami, también mantuvimos conversaciones con Fort Lauderdale.

—¿Como oficial al mando de Port Everglades era su responsabilidad transmitir la posición obtenida para fijar dónde podría encontrarse el Vuelo 19?

—Sí, así es, y aunque no hubiera recibido las instrucciones de los guardacostas en Miami habría actuado por iniciativa propia porque había vidas en juego.

Newman siguió hablando sobre los mensajes que fueron recibiendo del FT 28 durante la tarde noche. Confirmó que Azariah Thompson, su oficial de operaciones, había escuchado y confirmado el mensaje de Taylor cuando puso rumbo 270 grados hacia el oeste hasta que llegasen a tierra o se quedaran sin combustible.

Durante toda la mañana continuaron las entrevistas; al mediodía
el teniente comandante William Murphy, de los guardacostas,
habló de la información que habían recibido del *SS Gaines Mill*
sobre la explosión que había visto la noche del 5 de diciembre
y cómo coincidía con el informe del *USS Solomons.*

—Entonces, comandante Murphy, ¿qué otros informes
tiene sobre la explosión vista por el *SS Gaines Mill* la noche
del 5 de diciembre?

—Además de la búsqueda por parte de aviones y barcos
en esa área, el portaaviones *USS Solomons* nos comunicó que
había estado siguiendo en el radar desde su despegue en
Banana River a dos aparatos que se habían separado y seguido
cursos distintos; de repente, en el mismo punto en donde se
encontraba el *Gaines Mill,* y coincidiendo con la alarma dada
al ver una explosión, uno de los puntos desapareció del radar
y ya no volvió a aparecer.

Las preguntas al comandante Murphy le llevaron a situar
la gran cantidad de avistamientos de bengalas durante toda la
noche y madrugada y cómo habían sido investigadas todas.

—Entonces, comandante, ¿las bengalas vistas por el *SS
Thomas Payne,* por el *SS President Tyler,* los salvavidas, los
botes, todos los restos vistos la madrugada del 5 y durante
el día 6 de diciembre fueron cada uno de ellos investigados?

—Todo fue investigado, señor, exhaustivamente; se
enviaron aviones y barcos a cada uno de estos puntos, pero
el resultado fue negativo.

—Muchas gracias, comandante, eso es todo.

Solo quedaba una entrevista ese día y era de nuevo al teniente comandante Donald J. Poole, que estaba sentado en la silla, pero esta vez las preguntas no serían en torno a lo que sucedió el 5 de diciembre, sino que iban a girar alrededor del teniente Taylor. El plan de Roberts quedó al descubierto rápidamente para el capitán Morehouse, quería demostrar que no era la primera vez que Taylor se equivocaba y terminaba sin combustible en el agua.

—¿Tiene usted la Qualification Jacket del teniente Taylor?

—Sí, la he traído, aquí la tienen.

Toda la vida de piloto de Charles Taylor estaba en esa Jacket. Cuándo y dónde voló por primera vez, sus notas de la academia, los informes sobre si estaba capacitado para liderar. También estaban los accidentes que había sufrido, cuándo y dónde, los informes durante la guerra, si había entrado en combate, aviones abatidos, barcos, submarinos hundidos, en qué portaaviones había servido, exámenes médicos, la relación con sus compañeros, toda su carrera militar...

En el repaso junto a Poole se hizo hincapié en las veces en las que había terminado siendo rescatado. Roberts no quería nada más, tenía suficientes datos para el informe final.

44

Interrogatorios de la comisión de investigación.
Diciembre, 1945
Base aeronaval de Miami

Después de trece días de testimonios, más de cincuenta testigos, el capitán Morehouse tenía ganas de escuchar al comandante Baxter de los guardacostas. Al fin y al cabo él era quien había estado en contacto con todas las operaciones realizadas durante el día 5 de diciembre y durante el resto de las jornadas de búsqueda. Era cierto que Baxter no se había incorporado hasta cerca de las 19.00 del día 5, pero estaba al tanto de todo lo sucedido durante esa tarde.

—¿Baxter será nuestra última estrella, capitán?

—Sí, Roberts, quiero escucharle narrando punto por punto todo lo que sucedió el día 5 y en las posteriores jornadas. He visto que tienes muy claro que el principal problema de esta historia es el teniente Taylor, yo no lo veo tan obvio. Creo que fallaron muchas cosas, que estamos ante una tormenta perfecta de errores que provocaron la desaparición de veintisiete jóvenes.

—Pero el almirantazgo no nos aceptará esta argumentación, señor.

—Me temo que no, pero si vamos a cargar las culpas de esta historia a Taylor, quiero estar seguro de que esto es así.

Joseph Yavorsky escuchaba desde cierta distancia la conversación de los dos hombres y se dispuso a intervenir.

—¿Me permites?

—Claro que sí, ¿qué piensas?

—Creo que Taylor tiene todas las de perder, yo quiero escuchar a Baxter y ojalá sea capaz de poner algo más de luz a este asunto, pero las decisiones mal tomadas son de Taylor, capitán. Por mucho que se equivocaran en tierra en las decisiones de salvamento, ahí arriba fue Taylor el que obró incorrectamente y arrastró a todo el grupo al desastre.

—Howard, ¿tú que crees?

—Creo que se han cometido cientos de errores, pero Taylor perdió la cabeza, pensó que volaba en los Cayos cuando estaba en las Bahamas, terminó obligando a sus pilotos a tomar decisiones extremas, rompiendo la formación y volando solo al este cuando estaba claro que tenía que volar al oeste. No sé cuánto tuvo que ver la brújula rota, sí sé que no sabía dónde estaba y que no cumplió con las normas básicas de emergencia.

Morehouse estaba escuchando atentamente, en parte pensaba lo mismo. Creía que lo de Taylor quizá tendría una explicación médica, un motivo de por qué había perdido la razón tomando decisiones que solo podían terminar en tragedia. Pero también estaba furioso al constatar en cada entrevista las malas órdenes dadas durante las primeras horas, y esa era clave. En parte por eso no pudieron hallar con vida a los chicos del Vuelo 19.

—Pero ¿y todas las decisiones mal tomadas durante la tarde? Y no quiero ni pensar en Burch cazando patos.

—Capitán...

—Dime, Howard.

—El punto central de todo esto es por qué pasó todo, dónde comenzó el problema del Vuelo 19 y eso, si me permites insistir, arranca de Taylor.

Mientras los cuatro hombres de la comisión seguían hablando, el comandante Baxter entraba en el barracón. Después de escucharle trabajarían toda la noche y escribirían el informe final. Lo dividirían en dos partes y se expondrían todas las pruebas aportadas durante la investigación en la primera parte y, en la segunda, la opinión de la comisión sobre lo que realmente había sucedido el 5 de diciembre de 1945 con el Vuelo 19 y el Training 49.

—Diga su nombre y su rango.

—Richard Baxter, comandante de los guardacostas de los Estados Unidos del distrito número siete en Miami, Florida.

—Comandante, ¿a qué hora tomó el control de las operaciones de búsqueda y rescate de los cinco Avenger de la estación aeronaval de Fort Lauderdale el 5 de diciembre de 1945?

—Discúlpeme, señor, yo no tomo nunca el control absoluto de las operaciones. Este es del comodoro Benson, que representa a la Marina. Dicho esto, los guardacostas asumimos el control de la situación sobre las 16.43 aproximadamente; para entonces se había alertado a la Marina y a todos los buques que estaban en el área; además, también se había avisado a los hombres del Ejército de Tierra para que ayudaran.

—¿A qué hora estaba usted en el centro de operaciones en Miami?

—No lo sé exactamente, sobre las 19.00.

—¿Qué trabajos asumió cuando llegó?

—Al llegar no asumí inicialmente el control de la situación. Primero revisé y estudié el informe de las 17.50 sobre la situación de los aviones, después hice unas sugerencias al comodoro Benson y a los controladores y oficiales que se estaban encargando de todo. Yo tomé el control después de revisar toda la información con la que contábamos.

—¿Cuál era la situación cuando llegó?

—El comodoro estaba al frente de las operaciones, se había comunicado con Banana River y Jacksonville, y desde las 17.50 se contaba con los primeros datos de dónde podía encontrarse el Vuelo 19. Estaban en alerta nuestras lanchas, Miami tenía en vuelo uno de sus Dumbos, Daytona Beach y Vero Beach estaban preparando sus Dumbos para el despegue, Jacksonville contaba con un avión en el aire y Banana River disponía de varios aparatos en espera para el despegue. Por otra parte, no teníamos la información de radio completa y no funcionaban los teletipos... Y ese fue «el problema» —Baxter puso especial énfasis en esta parte de la declaración—, porque pensamos que solo era cosa nuestra, y no era

así, todas las bases estaban en la misma situación, sin teletipos. Nadie pensó que era un hecho generalizado, todos
asumimos que era un problema local y tratamos de resolverlo
individualmente, por eso cometimos el error de no pasar
antes a prioridad clase 1.

—¿Entiendo que es su estado de máxima alerta?

—Sí, señor. Al darme cuenta informé al operador para
que rápidamente se declarara la situación de prioridad 1
y que todas las comunicaciones se realizaran por teléfono
con la mayor brevedad posible. Se dieron las indicaciones
necesarias a todos los barcos y el *USS Solomons* asumió la
coordinación en alta mar. Para entonces se estaba recibiendo
información de la unidad de rescate en Charleston, del Ejército y de la RAF desde las Bahamas. También se contactó
telefónicamente con Banana River y Jacksonville, y en el
momento que se recuperaron los teletipos se avisó a todas
las unidades de rescate, incluida la tercera fuerza aérea de la
Costa Oeste de Florida, a los guardacostas de Saint Petersburg, al Ejército y a la Marina.

—¿Para entonces tenía usted todas las transmisiones de
radio que se habían producido con el Vuelo 19?

—No, señor; hasta que no se recuperaron los teletipos,
no comencé a recibir toda la información.

—Quiero que me precise con exactitud, comandante
Baxter, cuál era la situación en el momento en el que usted
tomó el control.

—Los cinco aviones estaban definitivamente fuera de
tiempo. Por mi experiencia en otras situaciones, como la que
viví en San Diego en 1943, mi prioridad pasaba por alertar a

todas las unidades y por contactar con los aparatos del Vuelo 19 y así asegurarme de que tenían conectados los sistemas IFF para que fueran localizados por las estaciones de radar. La mayoría de estas acciones se llevaron a cabo vía teléfono en el momento en que pasamos a prioridad 1. Desafortunadamente ninguna de las estaciones, incluidas las de Boca Ratón, Cayo Hueso y Boca Chica, había localizado ningún avión en el área.

—¿Qué hizo entonces?

—Contactar con el Dumbo de Dinner Key, que llevaba un radar a bordo, pero tampoco tenía a nadie en su pantalla, así que avisamos a las estaciones más al norte por si conseguían rastrearlos. Al mismo tiempo ordenamos iluminar todas las bases, pistas de aterrizaje por pequeñas que fueran, y comprobamos el estado del tiempo, que no hacía más que empeorar. En mi cabeza estaba muy claro que el Vuelo 19 se encontraba entre 100 y 150 millas de Cabo Cañaveral, pero no tenía claro en qué dirección volaban. Por lo que habíamos calculado se encontrarían cerca de Cayo Walker y por lo que habíamos escuchado a su líder volando 030 grados oeste.

—¿Cuántas estaciones de radar estaban operativas a su disposición?

—Todas las disponibles desde Boca Chica, las del Ejército de Tierra y las de las bases de entrenamiento de la Marina, pero nadie pudo captar nada.

—¿Intentaron contactar con el Vuelo 19?

—Lo hicimos, pero no obtuvimos respuesta. El problema era que estaban en la frecuencia 4805 y no todas las bases tenían la capacidad para contactar con ellos en esa frecuencia. Intentamos que pasaran a la de emergencia, a 3000 kilociclos, pero eso nunca sucedió.

—La información que tengo dice que los cinco aviones se perdieron después de pasar Hen and Chickens al fallar la brújula de su líder. ¿De dónde provienen esos datos?

—Entiendo que de Fort Lauderdale o de Port Everglades; durante esas horas se asumió mucha información sin ver de dónde provenía, el fallo en los teletipos provocó que muchas de estas comunicaciones fueran telefónicas.

—Otra de las informaciones expone que el teniente Taylor dijo que volaría hacia el este hasta que se le terminara el combustible. ¿Es eso cierto?

—Esa información me llegó mucho más tarde, señor, no en el momento en el que asumí el control.

—¿Sabe si se les comunicó a los miembros del Vuelo 19 que volaran hacia el oeste?

—Lo desconozco.

—¿Podría decirnos quién asignó las responsabilidades de la búsqueda de los aviones desaparecidos entre el 6 y el 10 de diciembre?

—Nadie las asignó, yo asumí la responsabilidad supervisado por el comodoro Benson.

—Entonces ¿me podría decir qué tuvo en cuenta para iniciar la búsqueda el día 6?

Richard Baxter era incansable e imperturbable, sabía muy bien todo lo que había sucedido, las órdenes dadas y cómo la experiencia le había hecho seguir un protocolo cargado de intuición, por eso respondió sin titubear a Roberts.

—Marqué un perímetro calculando la cantidad de combustible y en las condiciones en las que estaban volando, busqué el punto más lejano al que podrían llegar teniendo en cuenta los vientos y la velocidad, pero también me fijé en todas las bengalas avistadas durante la noche, calculamos las corrientes e hice comprobar todos esos puntos.

—¿Y eso, comandante?

—Sigo pensando que algunas de esas bengalas las lanzaron supervivientes del Vuelo 19.

Morehouse palideció al escuchar esas palabras; si lo que contaba Baxter era cierto, no solo habían perdido el día 5 a los supervivientes, sino que los habían dejado morir, al ser incapaces de encontrarlos aun con trescientos aviones y treinta barcos. Sería difícil explicar esa parte al almirantazgo.

Baxter continuó relatando cómo se había ido modificando la búsqueda los siguientes días, por qué áreas se habían movido y cómo la ayuda de los aviones de largo recorrido, como los B-29 y los B-17, les habían permitido llegar mucho más lejos. Además, sumó nueva documentación a la que ya tenía la comisión para completar todo el trabajo que se había realizado desde el cuartel general de los guardacostas.

El informe sumaba todos los avistamientos, las cajas que parecían botes, el pañuelo, los supervivientes que nunca lo fueron, las manchas de aceite y los posibles chalecos salvavidas. También contaba lo de las luces intermitentes y los mensajes en morse. Y hablaba de lo que sucedió en los Everglades, lo del cazador de ranas y las bengalas. También hacía hincapié en cómo un piloto de Eastern Airlines había visto a dos hombres y cómo decidió acompañar al día siguiente al piloto de un helicóptero señalando el lugar exacto donde eso sucedió, encontrándose con el cazador de ranas, el señor L. C. Smith, que lo negó todo. Pero había algo más, Smith se había dirigido días después hasta Miami donde se entrevistó con Baxter y le convenció de su versión, es decir, de que estaba solo y haciendo un fuego en mitad de la nada. Lo más sorprendente es que en la carta que le entregó Smith relatando todo, había cambiado la fecha situando la acción dos días más tarde.

—Para terminar, comandante Baxter, después de observar todo lo que sucedió el 5 de diciembre de 1945 en el intento de recuperar los cinco Avenger, ¿querría sugerir alguna cosa más?

Richard Baxter tardó unos instantes en responder, le estaban pidiendo su opinión sobre lo que había fallado y él lo tenía muy claro, no se trataba del problema del Vuelo 19 ni de la coordinación..., iba más allá.

—Verá, señor, desgraciadamente no vamos a recuperar a los veintisiete hombres desaparecidos esa noche, pero si nos volviera a suceder algo parecido, el gran fallo ha estado en las comunicaciones.

—¿A qué se refiere exactamente?

—Al desastre de equipos que tenemos en las bases, los que utilizan el Ejército de Tierra, la Marina y las asociaciones civiles. Deberíamos revisar todos esos equipos y comprobar que funcionan. Y en cuanto a los aviones, no se pueden llevar frecuencias que no sirven, hay que comprobar los aparatos de radio y ver que funcionan en situaciones límite.

Las palabras de Baxter eran el punto y final a una historia difícil de creer y explicar. La opinión pública norteamericana no entendería muchas de las cosas que se habían escuchado en el barracón. Morehouse citó a la mañana siguiente a la comisión para redactar el informe final de la investigación.

45

Whitney Lowe, el marido de Georgia, caminaba con una bandera doblada en forma de triángulo bajo el brazo. Acababa de llegar de Fort Lauderdale cumpliendo el plan trazado por Katherine, la madre de Charles Taylor, y Mary, su tía. La idea de las dos mujeres era que Whitney aprovechase su condición de militar durante la guerra y se ganase la confianza de los mandos de la base para lograr averiguar algo más sobre lo que le había sucedido al Vuelo 19.

Katherine, Mary y Georgia esperaban con impaciencia las explicaciones del joven mientras tomaban una taza de té.

—¿Y entonces pudiste hablar con el capitán Burch?

—Sí, Katherine, lo hice, y siento decirte que lo que me explicó tiene bastante sentido. Además, también pude volar con el teniente James Jackson por la zona en la que se confundió Charles.

—Pero ¿qué estás tratando de decir, mi amor, que mi hermano fue el que se equivocó?

La pregunta de Georgia no iba acompañada de un tono de comprensión, más bien todo lo contrario.

—No lo sé, pero eso es lo que defiende el capitán Burch —respondió Whitney sabiendo que acababa de comenzar una guerra que no ganaría.

Mary le interrumpió sin contemplaciones.

—Eso es imposible, lo que quieren es quedar ellos libres de toda culpa. Qué fácil es cargarle el mochuelo a un desaparecido.

Katherine intervino.

—Haz el favor de dejar a Whitney que nos explique lo que ha averiguado. ¿O le vamos a estar interrumpiendo todo el rato?

Mary se calló muy a su pesar, estaba indignada con el primer comentario que había soltado Burch diciendo que Taylor era el culpable de todo lo sucedido.

—Entonces, Whitney, ¿qué es lo que te dijeron y qué pudiste ver?

—Durante los tres días que he estado he podido hablar con mucha gente que conocía a Charles y que estuvo de alguna manera involucrada en todo lo que sucedió, pero lo más importante fue la charla con el comandante de la base.

—El afamado cazador de patos, ¿el capitán Burch? —dijeron socarronamente Mary y Georgia a la vez.

—Sí, amor, Burch, déjame que continúe, por favor. Cuando llegué se iba a oficiar la ceremonia en memoria de los catorce hombres desaparecidos y me entregaron esta bandera para ti, Katherine.

—No la quiero, esa bandera no se quedará en esta casa.

—Pero ¿por qué no la quieres, mamá?

—Porque nunca la ha tocado Charles. —Brotaron algunas lágrimas de sus ojos.

Katherine se estaba rebelando a su manera, no quería aceptar que su hijo había muerto. Whitney decidió continuar con su relato, ya discutirían sobre la bandera en otro momento.

—El capitán me contó que muchas de las cosas que se han publicado o que hemos escuchado en la radio no eran ciertas. Lo que sucedió de verdad fue que Charles tenía un vuelo de rutina con un grupo de estudiantes, tenía que dirigirse hacia el este, a las Bahamas, para unas millas después girar al norte y finalmente regresar a la base.

—Pero eso es lo que ya sabemos, Whitney —le azuzó Mary.

—Ya lo sé, tía Mary, pero deja que os explique las cosas tal y como me las contó Burch, ¿de acuerdo?

—Muy bien, sigue.

—Bueno, a las dos horas Charles mandó un mensaje de radio donde decía que no sabía qué dirección tomar para volver a Fort Lauderdale, la calidad del sonido en ese mensaje no era bueno y eso empeoró la situación.

—Pero ¿tanto como para no reconocer a Charles? —preguntó Katherine, que escuchaba con los cinco sentidos a su yerno.

—No, querida Katherine, estaba claro que era Charles quien hablaba, eso me lo aseguraron. A pesar de los problemas para contactar con ellos, trabajaron duro para situar dónde estaban los aviones perdidos. La última vez que supieron de ellos hacía por lo menos una hora que había anochecido y volaban en plena oscuridad. Aunque el tiempo era terrible y poco a poco iba cubriendo toda la región, en Fort Lauderdale estaban seguros de que lograrían llegar.

—Pero entonces ¿qué pasó?, ¿por qué creen que no lo lograron?

Mary no aguantaba más la lentitud de Whitney, que iba sumando datos a lo que ya en parte conocían todos en casa.

—Lo que ocurrió es que no lo lograron. Simplemente eso. Los buscaron en las zonas en donde creían que podían haberse quedado sin combustible y donde era posible que se hubiesen caído al agua, pero no hallaron nada... Cinco días de búsqueda y ni un trozo de fuselaje ni un paracaídas, nada de nada. El capitán me contó que a la mañana siguiente él personalmente fue a revisar la pizarra en donde Charles había explicado a sus alumnos el ejercicio que se iba a realizar: todos los datos, las anotaciones, el rumbo... Todo estaba ahí y era correcto. Así que llegaron a una conclusión: el problema fue que Charles se confundió y no fue capaz de despejar su mente de los errores que estaba cometiendo a la hora de navegar.

—Volvemos al mismo punto —afirmó Mary en muy mal tono—, que Charles es el culpable de todo..., según estos señores.

Esta vez Katherine no interrumpió a su hermana porque pensaba lo mismo; a su hijo, a Charles Taylor, le iban a hacer responsable de la desaparición del Vuelo 19. Se levantó de la silla con prisa y caminó arriba y abajo por la cocina para tranquilizarse antes de dejar continuar a Whitney.

—Bueno, y ¿qué más dijo el capitán ese?

—Nada más, Katherine, yo me quedé con las mismas dudas que os asaltan ahora. En un principio no creí a Burch, pensé que lo más fácil era que el malo de la historia fuera Charles, así que le pedí al teniente Jackson, que conocía a tu hijo y que había estado ayudando en la búsqueda del vuelo, que me llevara hacia donde había sucedido todo para ver cuán fácil era desorientarse realizando ese ejercicio. Y la verdad, después del vuelo y de lo que hablé con Jackson, creo que Charles se pudo despistar en algún lugar, durante la segunda parte, en uno de los giros y eso desencadenó, junto con el mal tiempo y la llegada de la noche, que todo terminara mal.

—¿Nos estás diciendo, Whitney Lowe, que Charles se perdió y por eso desaparecieron?

El tono de Georgia, su mujer, sonaba rudo y poco respetuoso, claramente a partir de ahí las cosas solo podían ir a peor y así fue. Katherine y Mary se negaron a aceptar en redondo todo lo que les había dicho.

—Así que los aviones de la escuadrilla volaron como si fueran un grupo de roedores, todos juntitos, hasta que desaparecieron en el Atlántico... ¿Esta es la brillante conclusión de ese puñado de eminencias de Fort Lauderdale?

—Bueno, Mary, eso es lo que he podido ir averiguando en estos tres días.

—Ya, Whitney, pero tú te has creído todas esas patrañas —afirmó Mary, totalmente fuera de sí—, y ¿sabes lo que te digo?, que no será Charles el que salga peor parado de esta historia. Son unos sinvergüenzas.

No hubo contrarréplica. Whitney optó por callarse, si bien él estaba convencido de que Charles se equivocó y que dirigió al Vuelo 19 hacia la ruta incorrecta; sin embargo, esas mujeres jamás aceptarían su versión, y lo sabía. Georgia optó por una retirada a tiempo.

—Mamá, me voy a marchar, tengo que ir a la compra. ¿Os traigo algo?

—Si puedes comprar pan y algo de leche, que tu tía y yo ya casi nos la hemos terminado...

La excusa de Georgia fue perfecta para sacar a Whitney de ese embrollo, al menos por un rato. Ella cogió la bandera perfectamente doblada y miró a su madre.

—Mejor me la llevo, ¿verdad?

—Sí, prefiero no tenerla en casa, cariño. Es mejor que la guardes tú.

—Nos vemos más tarde, Katherine —dijo Whitney mientras le daba dos besos.

—Gracias por lo que has hecho —susurró la mujer al oído de su yerno.

Y era cierto, no pensaba como él, pero le estaba agradecida por toda la ayuda que había brindado a la familia en esa situación tan terrible.

—Gracias a vosotras, Katherine, ya sabes que puedes contar conmigo para lo que sea, aunque no pensemos igual.

Georgia y Whitney salieron de la casa dejando a las dos hermanas maquinando cuál sería su próxima acción para averiguar algo más sobre el Vuelo 19.

46

Última semana del mes de diciembre de 1945
NAS Miami, Florida

La comisión se enfrentaba a sus últimas horas con la parte más dura de todas aún pendiente: ordenar todo lo que había sucedido y escribir un informe en donde se relatara de manera exacta qué había sucedido la tarde-noche del 5 de diciembre de 1945.

Horas antes Morehouse había recibido su llamada diaria desde Washington, pero esta vez la conversación había subido de tono; ya no solo se le exigía enviar un informe completo, sino señalar con nombre y apellido al culpable del fracaso más grande que había vivido la Marina recién terminada la guerra. Era insostenible no saber qué había pasado con veintisiete hombres y seis aviones. ¿Desvanecidos sin más, sin dejar rastro?

Las caras de los cuatro hombres que durante catorce días habían estado escuchando uno tras otro todos los testimonios mostraban cansancio y tensión. Los cuatro estaban sentados a una mesa redonda, con tazas de café y refrescos, junto a cientos de hojas que agrupaban todos los testimonios por jornadas. Ahí, en esos papeles, se encontraba el día a día de la comisión de investigación, lo que se había dicho, aparecían marcadas todas las horas, transcritas las conversaciones... Toda la información recabada sobre una historia que había terminado en tragedia y misterio.

Albert Morehouse fue el primero en hablar.

—Antes de comenzar quiero explicaros algo que va más allá y que se escapa de mis manos. Washington quiere conocer lo que ha pasado, pero también quiere poner nombre y apellido a esta historia.

El comandante Howard Roberts fue el primero en reaccionar.

—¿Qué nos estás pidiendo, Albert, que tenemos que buscar a un único culpable?

—No, Howard, te estoy explicando la discusión que he tenido por teléfono. No puedo decir nada más porque realmente no sé nada más; mi impresión es que quieren que les demos un cabeza de turco, pero yo no estoy a favor.

Richard Roberts suspiró y se dispuso a hablar, pero se adelantó el comandante Yavorsky que dio su punto de vista y quiso mostrar su apoyo a Morehouse.

—Se me antoja difícil señalar a un hombre como culpable de todo, querido capitán; si bien quizá haya alguien que lo sea, no hay que olvidar que son miles los que han estado trabajando para encontrarlos y no han logrado nada.

Ahora sí que Roberts se lanzó.

—Pero vamos a ver, un momento, entiendo que lo que quieren desde Washington es que expliquemos cómo sucedió todo y que encontremos respuestas. Yo no estoy tampoco de acuerdo en poner un nombre y olvidarme de la historia, pero catorce días después de preguntar y volver a preguntar y de reunir más de trescientas páginas de pruebas, sería una negligencia por nuestra parte no señalar al teniente Charles Taylor como la persona que con sus decisiones provocó una serie de errores en cadena que terminaron con la desaparición y me temo que muerte no solo de su vuelo, sino también de las unidades de rescate, en este caso del Training 49.

—Podría estar hasta cierto punto en tu misma línea —apuntó Howard—, pero los errores de Taylor destaparon un sinfín de malas decisiones en la cadena de mando; nunca deberían haber tardado tanto en salir a por ellos, no es ni aceptable ni tolerable. Y no nos olvidemos de los partes meteorológicos, ¿qué pasa con ese frente frío, el peor en lo que llevamos de invierno, que nadie comunicó al Vuelo 19?

—Muy bien, os entiendo a todos —se defendió Roberts—, pero algo le sucedió al líder de ese vuelo, algo que no alcanzamos a comprender y seguramente nadie nos lo pueda llegar a aclarar. Desde luego, no puedes creer que estás volando sobre los Cayos cuando tu ejercicio está programado a cientos de millas, en las Bahamas. ¡Ah!, y no solo eso; tenemos claramente un motín en toda regla, ¿no os parece?

Los argumentos de Roberts estaban bien fundamentados, habló de lo que sucedió en las últimas horas cuando buscaban a la desesperada llegar a tierra. Powers y los marines intentaron poner cordura a las malas decisiones de Taylor para salvar sus vidas, si el Vuelo 19 rompió su formación fue porque obligaron a Taylor a volar hacia el oeste.

—Es cierto, Roberts —afirmó Morehouse—, pero de todo lo que fue decidiendo Powers tenemos pocas pruebas, tan solo algunos trozos de conversaciones transcritas y los cálculos de los guardacostas.

—Pero esa es nuestra realidad, eso es lo que hay. No se grabó nada y no encontramos nada, solo disponemos de los testimonios de todos los que se vieron involucrados ese 5 de diciembre en ese inmenso caos.

Por un instante reinó el silencio, nadie dijo nada más, los cuatro hombres designados a comunicar la supuesta verdad de lo que ocurrió aquel día estaban abrumados por todo lo escuchado y visto durante tantas jornadas.

—Propongo que hagamos una enumeración punto por punto de todo lo sucedido, o si lo prefieren paso a paso. —soltó Yavorsky. La carcajada fue general, necesitaban relajar un poco el ambiente—. Esto nos puede ayudar a estar de acuerdo en la parte de las conclusiones.

—Me parece bien, comandante Yavorsky —dijo Roberts, y mirando hacia el capitán Morehouse preguntó—: ¿estamos todos de acuerdo?

El sí fue unánime.

Elvera Erquist y Margaret Anderson eran las taquígrafas que habían estado durante todas las jornadas apuntando todo lo dicho ante la comisión y ahora se disponían a seguir con las conclusiones.

Esta comisión decide transcribir una relación de pruebas presentadas para aclarar los hechos acaecidos el 5 de diciembre de 1945.

El primer punto es que en ese día se autorizó a despegar a las 14.10 minutos al Vuelo 19 de la base de Fort Lauderdale formado por los aparatos FT 28, FT 117, FT 3, FT 81 y FT 36.

El segundo, que a este vuelo se le asignó la misión práctica conocida como Problema número 1 comenzando en 26 grados, tres minutos norte y 80 grados, siete minutos oeste, y se tenía que volar a 91 grados durante 56 millas hasta Hen and Chickens en las Bahamas para realizar un ejercicio de bombardeo. Después debían continuar a 91 grados durante otras 67 millas, cambiar de curso volando a 346 grados durante otras 73 millas para finalmente volar a 241 grados durante 120 millas y regresar a la base en Fort Lauderdale.

Tercero, Charles Carroll Taylor, teniente de la Marina, era el piloto designado para conducir esta misión...

Los cuatro hombres continuaron enumerando uno tras otro todos los puntos con las pruebas que habían ido comprobando durante catorce días. Esos eran los hechos puros y duros y sin nada más, ahí estaban todos los implicados, lo que hicieron y qué les sucedió. Junto al Vuelo 19 y a su desaparición estaban redactados con precisión los esfuerzos por rescatarlos y la desaparición del Training 49.

Morehouse, dando un último trago a su taza de café frío, dio por terminada la primera parte.

—Así que con el punto cincuenta y seis en el que confirmamos que en el lugar donde se vio la explosión del Training 49 no se encontraron ni restos de fuselaje ni de la tripulación damos por terminada la primera parte del trabajo de esta comisión... Roberts, ¿es así?

—Sí, señor, ¿estamos todos en la misma página, caballeros?

La respuesta afirmativa del comandante Howard Roberts y del comandante Yavorsky fue el remate a la lista detallada de todo lo ocurrido.

—Muy bien, capitán Morehouse, esta es la primera parte, pero ahora deberíamos redactar una segunda añadiendo nuestra opinión en relación con cada uno de estos puntos.

—Así es, Roberts, y si os parece bien arrancaría con «Esta junta, con todas las pruebas frente a nosotros, opina», dos puntos y aparte, «que a Charles Carroll Taylor, teniente; Walter Reed Parpart, operador de radio; y Robert Francis Harmon, artillero, se los considera desaparecidos como consecuencia de la desaparición del FT 28 el 5 de diciembre de 1945».

—Creo que es en este punto en donde deberíamos incluir la información de Harmon, ¿no os parece? —apuntó Yavorsky.

—Totalmente, comandante, y tengo la duda de si no deberíamos comenzar con ese apunte.

El comandante Howard Roberts no estaba de acuerdo con la apreciación de su capitán.

—Si me permites, yo creo que hemos arrancando correctamente, y ahora sí, ahora confirmamos que Robert Francis Harmon, según ha podido confirmar esta comisión, se alistó de manera fraudulenta bajo ese nombre, siendo su nombre legal el de George Francis Devlin.

—No tenemos ningún otro caso como este, ¿verdad, Roberts?

—No, capitán, este era el único caso.

—¿Y su familia ha sido informada a tiempo?

—Sí, señor, desde el principio se descubrió la treta y lo arreglamos, la misma familia de Devlin se puso en contacto con la base.

—Perfecto.

El informe con las opiniones de los cuatro hombres fue tomando forma; poco a poco, se pusieron negro sobre blanco las capacidades de cada uno de los pilotos, los problemas de mal tiempo y cómo fallaron las comunicaciones. En el punto diecisiete se añadió cómo Taylor había confundido dónde se encontraba con relación a la península de Florida y cómo eso había afectado a las decisiones posteriores.

La comisión reconocía no tener muy claro qué piloto había dirigido al grupo en las primeras mangas y cuánto tiempo había volado Taylor en una posición de seguimiento, antes de la segunda manga.

Pero a partir del punto veintisiete todo ya giraba en torno a Charles Taylor, los cuatro hombres parecían estar en la misma línea de discurso y eso, pensó Morehouse, se lo ponía más fácil a los jefazos, les estaba dando la carne que querían. Muchas de las decisiones del teniente eran susceptibles de ser reprobadas y eso era lo que estaba pasando.

—No nos olvidemos de sumar la decisión de Powers de asumir el liderazgo del grupo y volar en dirección 270 grados hacia el oeste —comentó el comandante Howard

Roberts—, ya que eso aún recalca más las diferencias de opinión con su líder.

—Pero no estamos siendo todo lo justos que deberíamos, esa decisión quizá se tomó por el fallo en la brújula.

Yavorsky y Howard Roberts estaban enzarzados otra vez.

—Pero, comandante, por favor —intervino el capitán Morehouse—, estamos opinando sobre hechos constatados. Yavorsky, ¿lideró o no Powers al grupo?

—Sí, lo hizo, señor, pero según lo estamos escribiendo parecerá un motín y no que fue por los problemas de brújula.

—Eso no lo sabes —replicó Roberts—; por todo lo que hemos podido averiguar, Powers tomó la decisión por iniciativa propia ante la insistencia de Taylor de volar al este; y por lo que escucharon en Port Everglades; lo siguiente fue la orden no acatada de Taylor a Powers de volar al este porque pensaba que estaba sobre el Golfo de México.

Poco podía hacer Yavorsky ante tanta prueba abrumadora. Al igual que Morehouse, había pasado por distintas fases a la hora de buscar culpables y errores en toda esa historia y quería evitar sumar un solo nombre a todo el enredo, pero no parecía que el viento soplara a su favor. El intercambio de fuego amigo continuaba entre los cuatro miembros de la junta.

—Me quieres decir, Howard, ¿por qué no estás de acuerdo con los puntos treinta y seis y treinta y siete en donde exponemos que volando hacia un punto indeterminado los aparatos se vieron obligados a realizar un amerizaje de emergencia al este de la península de Florida? No entiendo por qué cambias de opinión cada vez.

La pregunta era del teniente comandante Richard Roberts y recibió una respuesta directa.

—Porque no lo sabemos, Richard. Por Dios, los guardacostas sospechan que quizá consiguieron llegar hasta tierra al menos un par de ellos y tú los sitúas en mitad de dónde, ¿del Caribe? No sé, sinceramente entiendo que debemos dar nuestra opinión sobre la base de lo escuchado y probado, pero esto no lo está y por eso no estoy de acuerdo.

—Pero ¿qué quieres que haga? ¿Qué pruebas tenemos de su llegada a tierra? Te respondo yo, comandante: ninguna. No tenemos nada.

—Muy bien, pues te cambio el enunciado. —Al comandante Howard Roberts se le estaba hinchando la vena del cuello, signo inequívoco de que llegaba al límite de su paciencia—. ¿Qué tienes de las zonas de agua registradas? ¿Me puedes decir cuántos trozos de los aparatos o cuántos cuerpos han encontrado para que afirmemos sin ningún tipo de dudas que el Vuelo 19 terminó en el agua?

El final de la pregunta tenía una fuerte carga de ironía.

—No tengo nada, pero por los cálculos realizados por los guardacostas...

—Un momento, un momento, a ver si te entiendo, ¿ahora resulta que los cálculos de los guardacostas sí que valen para el agua, pero no para tierra? Por Dios, que lo que estamos diciendo roza la fina línea entre la verdad y el esperpento.

Una vez más fue Morehouse el que intervino para llegar a un consenso entre todos.

—Os recuerdo que vamos a firmar los cuatro estos documentos, podemos seguir peleando cada punto y cada coma, pero al final la firma de los cuatro estará ahí, así que vamos a hacer una votación por mayoría, ¿quién cree que terminaron en el agua? —Se levantaron tres manos—. Punto aclarado, continuamos.

Los siguientes puntos trajeron un poco de calma, el desglose del rescate, qué bases aportaron más unidades y cuáles fueron los cuadrantes investigados... Todos estos temas no daban cabida a pelea alguna. No había duda de que se habían utilizado suficientes hombres, aviones y barcos para encontrar al Vuelo 19, a pesar de no haber rescatado nada.

Se acercaba el momento de decidir hombre a hombre quién había actuado correctamente basándose en las reglas y quién no. Morehouse sabía que ese era el punto clave en el que habían puesto el énfasis los jefazos.

—Llegados al punto cuarenta y cinco. —El teniente comandante Richard Roberts sumó una frase más a lo que estaba diciendo sobre el teniente Taylor—. «El piloto instructor al cargo del Vuelo 19 por su falta de juicio ha contribuido a la desaparición...».

—Un momento, quiero volver a escuchar esa frase, ¿estamos diciendo que Taylor perdió la cabeza?, ¿que se volvió loco? ¿Y que esa es la razón de la desaparición de todos esos muchachos...?

Yavorsky era el que estaba atacando en ese momento, pero no estaba solo en esta ofensiva, el comandante Howard Roberts había cambiado de opinión y tenía la misma inquietud.

—Porque si eso es lo que estamos diciendo, queda claro que lo que sucedió ese día fue culpa de Taylor, y entonces listo, ya tenemos culpable.

—Pero espera —insistió Howard Roberts—, eso es una barbaridad, no seré yo quien defienda los errores de Taylor, pero ¿enloqueció? Quizá es demasiado, ¿no os parece?

Albert Morehouse miró a los dos comandantes.

—Os comprendo a los dos, pero ¿qué otra explicación podemos dar a cómo obró Taylor? No fue normal lo que hizo ni todas las decisiones que fue encadenando una tras otra, todas erróneas. No activó el protocolo de emergencia, que les podría haber salvado la vida; no llegó a comprender que no estaban en los Cayos... Insisto, nos están pidiendo nuestra opinión. Entonces ¿qué palabra resume todo esto? No me parece desacertado utilizar el término falta de juicio, nadie le está llamando loco.

—Por favor —dijo Yavorsky—, que lo pongamos con palabras que suenen más amables me parece muy bien, pero estamos diciendo que se volvió loco y ya está. Todos sabemos que eso es lo que va a quedar del informe... y después de quinientas hojas, lo único que se dirá es que el instructor de vuelo perdió la razón.

Algo de razón llevaba el comandante. Y todos lo sabían, pero las reacciones del teniente Taylor dejaban tantas dudas, tantas cosas difíciles de explicar que quizá esa fuese la razón, el porqué de todo.

—No puedo estar de acuerdo contigo, Roberts —insistió el comandante Howard—, creo que vamos a destrozar a la familia de este chico y con esta conclusión tampoco vamos a solucionar la pena del resto de familiares. No se ha encontrado ni un cuerpo ni un resto, nada, tan solo tenemos suposiciones y conjeturas, y en mitad de este camino vamos a soltar una bomba que ha salido estrictamente de nuestra cabeza.

—Así es —replicó Roberts—, el capitán ya lo ha explicado correctamente, no tenemos manera alguna de entender la razón por la que un hombre volando en mitad de una tormenta en las Bahamas no solo equivoca el rumbo, sino que piensa que está en los Cayos, en el Golfo de México, y para colmo, no cumple con los protocolos; por eso sus hombres no tienen más remedio que amotinarse para tratar de salvar la vida.

Quería escudarse en las palabras de quien estaba al mando para intentar doblegar a los dos comandantes, pero nada era fácil en esta reunión.

—¿Dónde ponen esa película? —preguntó Yavorsky—. Es un fantástico guion, pero es una película...

Morehouse y Howard sonrieron y consiguieron rebajar la tensión. Yavorsky siguió a lo suyo.

—Cometemos un tremendo error si incluimos ese comentario en la parte final de nuestro análisis.

—No —saltó Roberts—, el error lo cometemos si no lo ponemos.

—¿Cuál es la conclusión de todo lo que hemos visto y escuchado?, ¿que todo empezó cuando Taylor se equivocó? Ya, pero se equivocó porque no tenía brújula, sus instrumentos fallaron...

—Bueno, esta sí que es buena —insistió Roberts—, todos volamos y sabemos que tenía otras soluciones, comandante.

—Ya, Roberts, pero el problema es que no sabía qué estaba haciendo...

—Claro que lo sabía, pero se equivocó.

—Sí, Roberts, falló, pero porque le fallaron los instrumentos.

Estaban en un punto muerto, tablas en la parte más importante y complicada del asunto. Por más que sumaban datos, los criterios estaban muy alejados. Si solo eran los instrumentos, había otros cuatro aparatos con sus pilotos para corregir sus dudas, pero eso Taylor no lo intentó, aparentemente ni siquiera quiso que Cox fuera a por ellos para guiarlos, y lo peor es que no sabía dónde estaba.

—Bueno, vamos a calmarnos un poco y sigamos construyendo el documento que enviaremos a Washington, pero ya os aviso —insistió Morehouse—, tenemos que explicar algo sobre Taylor, porque si como consideráis vosotros dos, comandantes, no ponemos nada, quedaremos igual de retratados. ¿No os parece?

Tenía razón, y si se difundía cualquier fragmento de ese informe, habría mucha gente haciendo preguntas sobre el trabajo de la comisión y sobre por qué no se habían destacado los errores del teniente Taylor.

—Lo siento —dijo Morehouse mientras bebía un refresco después de haber terminado con el café; intentaba recuperar algo de voz y un mucho de paz—. ¿Me permitís que la decisión final como responsable de esta comisión la tome yo? Opino que en todo el párrafo en donde se habla de la falta de lucidez de Taylor no se puede involucrar a nadie más que a él por las órdenes que dio. Así que el punto cuarenta y cinco debería decir que no se conoce que nadie haya cometido ningún delito ni que ninguna persona o personas distintas al teniente Taylor hayan incurrido en ninguna culpa grave salvo el instructor del vuelo por su falta de juicio y que este contribuyó a la desaparición del Vuelo 19, y sumamos ahí el nombre de los aviones y el nombre de los hombres que desaparecieron con ellos.

—Pero, capitán —insistió Yavorsky—, eso es poner nombre y apellido al fin del Vuelo 19. ¿De esto se trata? ¿Eso es lo que nos exigen?

—Ya sabes que si no tenemos nada más ni a nadie más, por lo menos que se pueda comprender todo lo que pasó, ¿no le parece, comandante?

No había sido fácil llegar a un consenso, realmente no lo había y el capitán Morehouse tuvo que imponer el criterio final de la comisión. Eran casi las cuatro y media de la tarde y la historia del Vuelo 19 estaba vista para sentencia; los dos puntos que sobresalían de las cincuenta y seis opiniones de la junta eran la falta de juicio de Taylor y la causa desconocida por la que el Training 49 había estallado en pleno vuelo.

Morehouse miró el reloj.

—Bueno, a las 16.30, catorce días después, la comisión encargada de la desaparición del Vuelo 19 hace entrega de su veredicto, aceptado y aplaudido por todos.

No era del todo cierto, lo correcto habría sido decir por casi todos porque cuando Katherine y Mary, madre y tía de Charles, lo conocieron días después, entraron en cólera y comenzaron una batalla en la que políticos y militares se vieron enredados.

QUINTA PARTE

AÑO NUEVO, VIDA NUEVA

47

31 de diciembre de 1945
Los Ángeles, California

El autobús de Joseph Paonessa acababa de llegar a Los Ángeles; este se bajó del vehículo y miró a su alrededor, no sabía qué hacer. La gente iba y venía a su alrededor, a muchos los esperaban y a otros no... Se sentía perdido. Era un día especial, esa noche terminaba 1945, el año de la victoria. Cuatro cifras que recordarían cuándo terminó la guerra, pero también marcarían la desaparición de su hermano.

Se paró a la salida de la estación de autobuses y trató de imaginar qué podría haber hecho George, no había nada que le sonase familiar a su alrededor. Observó a un vendedor de periódicos algo más allá y un enorme bullicio de coches yendo y viniendo. Junto al vendedor de periódicos había un banco, Joseph caminó hasta él y se sentó.

—¿Y ahora, qué? —se preguntó en voz alta—, ¿hacia dónde voy? Menudo día para llegar a Los Ángeles... Quizá si llamo a alguno de sus amigos...

Joseph se sabía un par de nombres de amigos de George, compañeros de combate, que vivían en la ciudad. Lo más fácil era acercarse hasta algún teléfono y buscar a esos chicos, quizá con suerte daría con alguno de ellos. Cuando estaba a punto de levantarse del banco, el hombre de los periódicos le preguntó:

—¿Busca algo, amigo? ¿Le puedo ayudar?

—No lo creo, acabo de llegar a la ciudad y no conozco a nadie.

—¿Quizá necesita que le recomiende algún hotel, soldado?

No era una mala propuesta; encontrase o no a su hermano, en algún sitio debería pasar la noche.

—¿Hay algo cerca? Que no sea muy caro.

—Sí, a unos diez minutos, en la esquina de Alameda con la sexta, está el hotel Las Américas. Verá, no es un palacio, pero está limpio. Enfrente hay unos almacenes de reparto y no está lejos del centro. —Joseph pensó que le daba igual el sitio mientras estuviera limpio—. ¿Quiere alguna cosa más?, ¿quizá un periódico? Piense que es el último de este año.

El hombre sonrió y Joseph le dio las gracias por la ayuda. Mientras se alejaba caminando hacia el cruce de calles, tenía la sensación de que se dejaba algo, se detuvo y se dio la vuelta.

—Disculpe, ¿le puedo preguntar algo?

—¿Qué sucede, quiere el periódico?

—No, no es eso, le voy a ser sincero, vengo en busca de mi hermano.

—¿Y cómo le puedo ayudar?

—No sé, he pensado que si está todo el día aquí en su puesto quizá le haya visto...

—¿Sabe usted cuánta gente pasa por este lugar?

—Ya me imagino, pero George llegó hace un par de días o tres, acompañado de una chica. Mire, tengo una fotografía, es el joven que está junto a mi padre.

Joseph le enseñó al vendedor la foto en donde George estaba junto a Frank.

—No le reconozco, lo siento; me encantaría poder ayudar, pero no sé cómo.

—Haga memoria, buen hombre, seguramente iba agarrado a una chica. También sé que cojea o que anda con dificultad.

Por un instante el vendedor dudó, sí que se fijó en un cojo con una morena, la verdad es que se había fijado en la morena y no tanto en el chico que no andaba bien, pero iban con una pareja mayor.

—¿Qué sucede?

—Creo recordar a un joven que no caminaba bien, bueno, si le digo la verdad me fijé en la chica, pero no estaba solo con ella.

—¿A qué se refiere?

—Que los vino a buscar una pareja ya mayor, tenían el coche aparcado ahí enfrente.

Joseph estaba totalmente descolocado, ¿a quién conocía su hermano en Los Ángeles que no fuera de su edad?, ¿quiénes eran esas personas que le recogieron?

—¿Recuerda algo más?

—No, lo siento; bueno, creo recordar que el coche llevaba algo escrito en la puerta, pero no sé, no me acuerdo.

—¿Algo escrito?

—Sí, un anuncio, creo, pero no le puedo decir más.

—Muchas gracias, buen hombre.

Joseph sacó un billete de diez dólares.

—No, muchas gracias, pero no me dé nada.

—Acéptelo, no sabe lo que me ha ayudado.

—Bueno, llévese un periódico, aunque de verdad que lo he hecho gustosamente. Mucha suerte y feliz entrada de año.

Joseph emprendió de nuevo el camino hacia el hotel mientras daba vueltas a la cabeza, llamaría a casa a su padre y le preguntaría por algún familiar o amigo en Los Ángeles, alguien del que él no supiera nada, pero su hermano sí.

La tienda estaba repleta de gente, George Paonessa llevaba toda la mañana reponiendo productos del almacén. Sí, se sentía mucho mejor de los dolores, ya no le torturaban tanto, pero durante toda la noche le habían acompañado las pesadillas. Julie estaba como pez en el agua, sus tíos no se habían equivocado al poner la responsabilidad del negocio en manos de su hermosa sobrina; no solo era eficiente con las cuentas y organizando tanto la tienda como a sus empleados, sino que además era muy rápida con los clientes. Al trato y la agilidad con la que los atendía había que añadir su simpatía. George la miraba medio embobado, algo en lo que reparó el tío de Julie.

—Vamos, muchacho, que si sigues mirando así a mi sobrina, se te va a caer la mandíbula.

Paonessa se rio.

—Es que trabaja muy bien.

—Sí, hijo, ya me imagino que es en lo que te fijas, en lo buena trabajadora que es.

A George se le subieron los colores, no sabía muy bien qué hacer y optó por ir a buscar una caja a la trastienda. Cuando regresó de allí, se acercó Julie hasta donde estaba.

—¿Todo va bien? ¿De qué hablabas con mi tío?

George, con cara de no haber roto un plato, le contó la escena que acababa de vivir y Julie se rio a carcajadas.

—Esto te ocurre por andar mirando por ahí en vez de trabajar...

—No me digas eso, que aún me da más vergüenza.

—Vamos, George, que no será la primera vez que miras a una chica.

—No, claro que no —respondió casi ofendido—, pero que tu tío me pille, después de todo lo que está haciendo por mí, es un desastre.

—No te preocupes, que esta noche no dormirás en la calle. Por cierto, es Fin de Año, deberíamos celebrarlo, ¿no te parece?, ¿tienes algún plan?

Paonessa, con tantas emociones, ni se acordaba de que era el último día del año.

—Claro, vamos a celebrarlo, pero ¿dónde? No conozco nada por aquí. ¿Tienes alguna sugerencia?

—No solo tengo una sugerencia, tenemos una reserva a mi nombre en la fiesta especial del Ferguson Hotel, que está junto al funicular Angels Flight, cortesía de mis tíos.

—Pero ¿cómo voy a aceptar eso, Julie? No puedo ni invitarte a una copa de vino.

—Siento comunicarte que tu parte te será descontada de tu sueldo al igual que el alquiler del traje que necesitas.

—Pero no voy a poder vivir sin dinero y a este paso voy a estar en deuda toda la vida con tu familia.

—Tranquilo, mi familia, como tú dices, ha decidido que te hará un suculento descuento...

George la interrumpió.

—Me da miedo preguntar qué me tocará dar a cambio del descuento.

—Te va a encantar —le respondió Julie.

—¿Estás segura?

—Estoy segurísima. Mañana cocinas en casa los famosos canelones de la *nonna,* esos de los que tanto alardeas...

George se había quitado un peso de encima, no sabía cómo agradecer tanta amabilidad ni todas las atenciones que estaban teniendo con él. Julie continuó a lo suyo.

—Así que, querido amigo, ahora mismo vamos a cruzar la calle y nos dirigiremos hasta la tienda de alquiler de trajes.

—Pero ¿ahora mismo? —preguntó George con sorpresa.

—Sí, señor. Le he pedido permiso a mi tío y no quiero que tengamos problemas con el alquiler... A saber a estas horas si aún les queda algo de ropa decente.

Julie y George salieron apresuradamente de la tienda, no tenían que caminar mucho, apenas unos cinco minutos. El día era radiante y no muy caluroso en Los Ángeles.

—¿Estás pensando qué traje quieres llevar? —le preguntó Julie mientras lo miraba de arriba abajo.

—Supongo que uno oscuro para una ocasión como esta, ¿no?

Al abrir la puerta sonó una campanilla, dentro había unas seis personas probándose ropa, atendidas por una pequeña legión de dependientas. Estaba claro que era una fecha señalada para el negocio. Un señor de pelo canoso se acercó rápidamente hasta la entrada donde esperaba la pareja.

—¿En qué los puedo ayudar?

—Necesitamos un traje para el señor —respondió Julie—, es para esta noche.

—Por supuesto, aún tenemos algunas cosas.

George estuvo entretenido un buen rato mientras Julie le decía lo que le gustaba y lo que no, se probó chaquetas, chalecos, pantalones, zapatos, hasta el pañuelo que luciría en su bolsillo.

—¿Qué te parece, Julie?, ¿cómo estoy?

—Espectacular, George, te sienta estupendamente bien.

Paonessa se rio mientras se miraba en el espejo. Era otra persona, nada que ver con el joven luchador que estuvo a punto de perder la vida en el Vuelo 19.

—Muy bien, deberíamos ajustar el dobladillo del pantalón. Si quiere puede regresar en un par de horas a por todo.

Julie lo miró y dio su aprobación.

—Entonces, ¿señor?

El dependiente estaba esperando un nombre y George reaccionó rápidamente pronunciando el de pila.

—Me llamo George, sí, George.

—Ya, pero necesitamos también su apellido.

Era la primera vez que le sucedía desde el accidente, que alguien quisiera conocer su apellido; en décimas de segundo valoró lo peligroso que podía ser dar el verdadero, quizá nadie se daría cuenta, pero no podía asumir ese riesgo.

—Mi apellido es Trama, me llamo George Trama.

Paonessa no había mentido del todo, ese apellido era el de su madre de soltera. Desde ese instante supo que ya siempre sería George Trama. «Nueva vida, nuevo nombre», pensó.

—¿Te puedes creer que no sabía tu apellido, George?

—Claro que me lo puedo creer, Julie, nunca me lo has preguntado.

—Es cierto.

La conversación terminó en ese mismo instante mientras regresaban caminando. Después de una jornada de trabajo agotadora, Paonessa se duchó y se vistió con el traje de alquiler. Se sentía extrañamente feliz, deseaba hablar con su familia y compartir algo de esa noche de Fin de Año, quería contarles que había conocido a una chica maravillosa, pero por otra parte sabía que su vida empezaba a ser otra. Estaba seguro de que su madre, Irene, se estaría riendo desde el cielo viendo cómo su hijo había tomado prestado su apellido para construir un nuevo destino.

Por un instante se paró a pensar en sus compañeros del Vuelo 19, cómo en los últimos días ya no se hablaba nada en la prensa ni en la radio, ya se habían olvidado de ellos; aunque le tranquilizaba, le entristeció que nadie siguiera pendiente de esa historia.

A las ocho de la noche había quedado con Julie, no pasaba ni un minuto de la hora cuando ya estaba llamando al timbre de la puerta.

Joseph Paonessa había caminado durante todo el día por el centro de la ciudad; agotado, sin esperanza alguna de encontrar a su hermano, regresaba al hotel. Le había buscado por todos los rincones, pero ¿cómo podía encontrar a una persona entre un millón y medio de habitantes? Cruzó por delante de la recepción, todo lucía engalanado para la fiesta de la noche a la que no tenía la más mínima intención de asistir. Comenzó a subir las escaleras hacia su habitación cuando escuchó su nombre.

—Señor Paonessa, Joseph Paonessa.

La recepcionista se acercaba a él con un papel en la mano.

—Disculpe, señor, ¿vamos a poder contar con usted en la fiesta de esta noche?

—Mire, la verdad es que estoy muy cansado y no sé yo si estaré con ánimos.

—Venga, se lo pasará bien y no siempre podemos celebrar la entrada de un año nuevo, además sin guerra.

Era verdad, tan preocupado por su hermano y era el primer año nuevo en tiempos de paz.

—Bueno, creo que quizá valga la pena hacer un esfuerzo, aunque sea un rato.

—Claro que sí, ya verá usted cómo se le pasa el cansancio.

—Muy bien, pues nos vemos más tarde.

Joseph dio la vuelta y continuó subiendo las escaleras.

—Perdone, señor Paonessa, un hombre ha pasado hace un rato preguntando por usted; bueno, más bien me imagino que por quien preguntó era por usted. Tal y como lo describió, estoy segura de que se refería a usted... —dijo ya un poco confusa, liándose con las palabras.

A Joseph le sorprendió la explicación de la recepcionista y cómo esta había intuido que pudiera ser él.

—Lo cierto, señor, es que es el único marine que se aloja en el hotel esta noche.

—¿Y qué quería ese hombre?

Joseph se impacientó.

—No sé, algo que no termino de comprender, pero quizá para usted tenga algún sentido, el mensaje que me hizo apuntar era que en la puerta del coche estaba escrito Ralphs Grocery Store y que puede pasar a por un periódico cuando quiera.

Era un mensaje del vendedor de periódicos de la estación de la Greyhound que había recordado algo más. No era un mensaje cualquiera, tenía que encontrar esa tienda.

—¿Le suena esa tienda? ¿Sabe dónde puede estar?

—No lo sé, señor Paonessa, pero a estas horas dudo que esté abierta, ya quizá mañana por la mañana podamos buscarla, ¿le parece?

—Ni pensarlo, ¿dónde está el teléfono?

—Junto a la puerta.

—Voy a llamar ahora mismo.

—¿Ahora, señor Paonessa? Dudo que le respondan, pero quizá consiga la dirección.

—Qué gran idea, señorita —exclamó feliz Joseph—. Póngame inmediatamente con la telefonista. —Y corrió hacia el teléfono.

—Telefonista, telefonista, comuníqueme con Ralphs Grocery Store, por favor.

—¿Tiene usted el número de teléfono? —respondió la telefonista al otro lado del auricular.

—No, no lo tengo, si fuera tan amable y me pudiera dar la dirección.

—Espere un momento.

A Joseph le quemaba la vida, quería saber ya dónde estaba la tienda. Sabía que era una locura ir hasta allí en la noche de Fin de Año, ni estaría abierta ni encontraría a quien le quisiera escuchar preguntando por su hermano desaparecido. Sin embargo, sentía que estaba cerca de encontrarlo, las cartas se habían girado a su favor... Insistió un par de veces más.

—Señorita, ¿me escucha? Telefonista, ¿me oye?

—Sí, señor, le escucho, estoy en ello. Mire, está en Westwood Village, en el mismo Westwood Boulevard.

—Muchas gracias. —Se dirigió de nuevo a la recepcionista del hotel—. Señorita, ¿dónde está Westwood Boulevard?

Ella lo miró sin poder evitar sonreír.

—Lejos, señor, muy lejos, cerca de la playa de Santa Mónica. Por lo menos tardará una hora y media en llegar. No sé si tiene usted una fiesta ahí, pero le recomiendo que disfrute de la nuestra.

Era demasiado tarde y demasiado lejos, pero por lo menos tenía algo a lo que agarrarse, su único pensamiento era llegar hasta ese lugar a la mañana siguiente y comprobar si su hermano estaba vivo.

Joseph se refugió por un buen rato en su habitación, pensaba descansar y después se animaría a disfrutar de la noche, las buenas noticias parecían haber llegado por fin.

Un par de horas más tarde bajó de nuevo las escaleras, una multitud iba y venía por todos los salones de la planta baja del hotel disfrutando de las últimas horas de 1945.

—Me gustaría hacer una llamada.

La recepcionista sonrió.

—Usted y sus llamadas, ¿a estas horas adónde quiere llamar?

—A mi casa, a Mamaroneck, en Nueva York... Quiero desearle una feliz entrada de año a mi padre.

—Muy bien, espere un instante mientras le comunico.

El ruido, las risas y el alcohol ocupaban cada rincón de la recepción.

—Aquí la tiene, su llamada.

—Papá, papá, ¿me oyes? —La voz de Joseph sonaba lejana entre tanto jolgorio.

—Dime, Joseph, sí, te escucho...

—Creo que he descubierto algo, papá, mañana voy a ir a una dirección en donde espero que me puedan aclarar nuestro asunto.

Padre e hijo seguían hablando en clave, preocupados por si los tenían vigilados por lo que hubiera podido haber hecho George... La realidad era muy distinta, pues ya prácticamente nadie hablaba del Vuelo 19.

—Ve con mucho cuidado, Joseph, a ver con qué te vas a encontrar.

—No te preocupes, papá, te llamaré en cuanto pueda.

—Muy bien, hijo. —El viejo Frank estaba emocionado, le había tocado vivir tanto en las últimas semanas que la vida le superaba —. Espero tus noticias y feliz año, hijo.

—No te preocupes, papá, lo encontraré. Feliz año, te quiero mucho.

Joseph colgó y tomó la decisión de no terminar el año triste, fue directo hacia la barra y se pidió una cerveza.

Cerca del centro de la ciudad el hotel Ferguson lucía espectacular engalanado con luces, farolillos de papel, banderitas, serpentinas y globos. No faltaba detalle. Al fondo, junto a la pista de baile, tocaba la banda, veinte músicos incansables al desaliento acompañaban a los comensales que ya disfrutaban de la cena. Julie y George reían en mitad del bullicio.

—Tengo que reconocer que te sienta muy bien el traje, George.

—Muchas gracias, señorita —respondió él amablemente—. Tú estás muy hermosa, querida Julie.

—No quieras engatusarme ahora, amigo, seguro que se lo has dicho a muchas otras.

Julie se puso coqueta y George le siguió el juego.

—Pues mira, no, normalmente no voy acompañado de bellezones como tú.

Julie se reía con cada comentario de su compañero de mesa, los dos lo estaban pasando francamente bien con la broma.

—Bueno, esta será la gran noche para ver qué tal bailan los italianos.

461

El juego continuaba.

—Estoy seguro de que te vas a llevar una sorpresa, yo no solo he nacido para los canelones, también para el baile...

George había recuperado su alegría, era el Paonessa de antes del accidente, aunque ahora se apellidara Trama.

La música de la orquesta se fue tornando más y más animada, la cena se terminaba y se acercaba el momento de la cuenta atrás para salir de 1945... Copas, botellas y bolsas de confeti eran las protagonistas de las mesas. La pista de baile estaba llena y las serpentinas hacía rato que volaban de un lado a otro.

La verdad es que George bailaba muy bien. Aunque todavía estaba un poco magullado, le estaba demostrando a Julie que se le daba bien.

—¿Te has fijado en el techo, Julie?

La chica miró hacia arriba mientras movía su melena negra hacia atrás.

—¿Son globos?

—Sí.

Una red gigante aguantaba cientos de globos que caerían en el instante que dieran las doce y entrara el nuevo año, 1946. Había llegado el momento, la orquesta se detuvo y todos los invitados al unísono comenzaron a entonar la cuenta atrás.

—Diez, nueve, ocho...

1945 estaba a punto de pasar a la historia, George miró a Julie con ternura mientras ella seguía contando con los demás.

—Tres, dos uno... Feliz año nuevo, feliz 1946.

La orquesta tocó con energía y fuerza *In the mood*, de Glenn Miller. Y George y Julie se abrazaron, pero no era un simple abrazo, era el encuentro entre dos almas que se buscaban desde hacía días. Después del abrazo, se dieron un apasionado beso que selló un juramento para ser desde ese mismo instante inseparables.

Bailaron hasta el amanecer, no pararon ni un segundo, pudieron con todo, con la música de Tommy Dorsey, Benny Goodman, Artie Shaw y Louis Jordan, éxito tras éxito, incansables, con las hormonas en ebullición y con la emoción de los que recuperan las ganas de vivir.

Amaneció en Los Ángeles y mientras los amantes se despedían y regresaban a sus casas, Joseph Paonessa estaba dispuesto a ir hasta la tienda.

—Señor Paonessa, hoy no hay nada abierto. Le va a tocar esperar hasta mañana, pero si necesita algo quizá lo podamos encontrar en otro lugar.

—No, me temo que no —respondió Joseph—, lo que busco solo lo tienen en ese lugar.

Pocos días estaban cerrados los comercios, pero el primer día del año Ralphs Grocery Store no abría. Tenía tantas ganas de saber algo de su hermano, de encontrarse con él, de sentir que estaba vivo, que pensó que no iba a poder aguantar veinticuatro horas más. Joseph se dio cuenta de que la espera sería insoportable. Así que decidió cambiar el rumbo de sus pensamientos. Se planteó vivir el primer día del año sin esa sensación de agobio y estrés, cambió la ciudad por la playa, y se marchó hasta Santa Mónica. Necesitaba un poco de paz y también le serviría para calcular cuánto tardaría en llegar al día siguiente. El viaje fue largo, mucho más de una hora, tal y como le había avisado la chica de recepción, pero desde la playa hasta la tienda de comestibles calculó que serían un par de paradas menos de autobús, escasamente a un cuarto de hora de distancia...

48

Veintitrés meses después de la desaparición
del Vuelo 19. Noviembre 1947
Corpus Christi, Texas

Katherine Taylor y su hermana Mary Carroll leían y compartían comentarios del puñado de cartas que llegaban a diario para ellas de gente desconocida que quería compartir sus historias en torno a sucesos parecidos al que les había tocado vivir; muchos chicos que no habían vuelto de la guerra y de los que no se sabía nada, pero cuyas familias los seguían buscando con desesperación.

Las dos mujeres llevaban meses combatiendo, tratando de encontrar la verdad, apelando a senadores, congresistas y militares. Ellas querían saber qué le había sucedido al Vuelo 19. Oficialmente el 3 de enero de 1946 se había comunicado el informe final de la comisión de investigación que atribuía como causa directa de la desaparición del Vuelo 19 a la confusión mental de Charles Taylor.

En ese mismo instante las dos mujeres decidieron declarar la guerra a la Marina de los Estados Unidos y a los que ellas consideraban responsables de esa decisión infame y que solo se había hecho para proteger el buen nombre de la institución, que era donde estaban los verdaderos culpables.

El sol de la mañana iluminaba la mesa de la cocina de la casa de Katherine y Mary en Corpus Christi, el cuartel general de las dos mujeres. Desde allí habían dirigido brillantemente la campaña de acoso y derribo para cambiar la opinión de la comisión de investigación. Esa mañana estaban supuestamente preparadas para recibir un nuevo comunicado oficial por parte de una nueva comisión, la que se encargaba de la corrección de los registros navales, la única que podía tomar una decisión de esa envergadura. Solo les quedaba esperar con paciencia después de tanto tiempo un escrito que tumbara ese maldito informe que había perjudicado la imagen de Charles.

Mary tenía abierta de par en par una carpeta enorme con un sinnúmero de documentos.

—¿Qué haces, hermana?

—Repasando todo lo que hemos estado haciendo hasta ahora.

Katherine sonrió, Mary era muy meticulosa y estaba segura de que buscaba algún error cometido entre toda esa montaña de papeles.

—Está todo correcto, hemos luchado bien, ya verás cómo todo queda solucionado hoy, ya nos lo avisó el señor Burke.

—Es cierto que parece que por una vez acertamos con el abogado, pero también estoy recordando todo lo que hemos hecho estos meses.

—Eres incansable, Mary.

—Mira, aquí están las primeras cartas con las que agradecimos a las familias del Training 49 el sacrificio de sus hijos por intentar encontrar a Charles y a sus compañeros.

Katherine se acercó y se puso a releer las cartas recibidas de todas las familias, no solo las del Training 49, también las de cada uno de los muchachos del Vuelo 19, todas eran tremendamente tristes, cada historia le removía y le llevaba de nuevo hasta su hijo; recordar le producía una sensación física de dolor, una punzada en el estómago. Tenía en sus manos la de la madre de Lightfoot, el operador de radio del FT 81 que volaba con Gerber; la mujer relataba la desaparición de su otro hijo en combate durante la guerra, no sabía cómo superar aquella situación, le preguntaba qué debía hacer una madre que no había podido enterrar a ninguno de sus hijos porque no sabía dónde estaban. Katherine volvió a llorar; al verla, Mary le dijo con ternura:

—No deberías leer todo esto, querida.

—Déjame —replicó con muy poca voz—, tú has desenterrado esto de nuevo.

Durante semanas las cartas entre todas las familias de los hombres desaparecidos en el Vuelo 19 habían llegado regularmente: unas para contar cómo se encontraban y lo difícil que se hacía la ausencia; otras, la mayoría, para seguir apretando a la Marina para que no pensara ni por un momento que había resuelto el caso del Vuelo 19.

Sistemáticamente se había bombardeado y machacado al capitán Burch por andar de caza y por no cumplir con sus obligaciones y, como le decía Mary en una de esas misivas, por dejar a un grupo de inútiles al mando de la base.

Mary se había despachado a gusto en más de una ocasión, las dos mujeres habían visitado la base de Fort Lauderdale y le habían dicho de todo cara a cara a Burch. También le preguntaron sobre la explosión que se había visto en el cielo y que por qué no podía ser de uno de los aparatos del Vuelo 19 en vez del Training 49, como se había puesto en el informe. Cada vez que el capitán trataba de explicar algo, le caía otra pregunta que le señalaba, como, por ejemplo, por qué no habían avisado de los severos chubascos en la zona de prácticas y los habían dejado volar, o qué razón tenía el no haber enviado a nadie a por ellos.

Burch resistió como pudo el ataque de las dos mujeres; cuando terminaron con él, intentaron hablar con Poole y preguntaron por el teniente Cox, el piloto que había ayudado a Charles, pero no lo lograron, realmente no se lo permitieron. Con el que sí que hablaron, vía telefónica, durante dos horas fue con el comandante Howard Roberts, que trató de explicarles todo el trabajo realizado por la comisión y cómo habían llegado a esas conclusiones. Katherine y Mary se quedaron asombradas por lo que consideraban poco rigor en el trabajo realizado por unos hombres supuestamente capacitados para llegar hasta el último rincón de ese asunto, el comandante tampoco salió airoso de la charla con las dos mujeres.

Algunos días después de la visita, y ya encontrándose en Corpus Christi, un periódico de Nueva York publicó que en lo más profundo de los Everglades, esa zona pantanosa y selvática, había un grupo de hombres viviendo como Tarzán y que seguramente eran supervivientes del Vuelo 19. Todo partía de lo que había dicho un miembro de la tribu de los seminoles al capitán Burch, habían encontrado rastros de pisadas en esa área dentro de su territorio y se dirigían hacia la profundidad de los pantanos... La Marina se desentendió y no quiso organizar una segunda búsqueda a pesar de los ruegos de las familias.

Joan Powers, la mujer del capitán Powers, el hombre que pilotaba el FT 36, escribió a Burch exigiéndole una explicación sobre por qué no se organizaba una segunda búsqueda; ante la falta de noticias, decidió enviar una carta pidiendo ayuda al gobernador del estado de Nueva York, Thomas Dewey.

—Esa chica los tiene bien puestos —afirmó Mary leyendo de nuevo la carta al gobernador.

—Tú tampoco andas mal de eso —le soltó Katherine—; y por lo que recuerdo, el resto de las familias tampoco se quedaron atrás, hermanita.

Katherine se refería al sinfín de cartas enviadas a senadores y congresistas; encima de la mesa se apilaban las respuestas de Lyndon Johnson, John Lyle o Milton West, políticos influyentes que hicieron lo posible por ayudar en la búsqueda de los desaparecidos.

Katherine esbozó una mueca cercana a la sonrisa mientras afirmaba:

—Lo mejor fue cuando el almirante Wagner, el flamante jefe de entrenamiento aeronaval, dijo que había serias discrepancias en la ejecución del programa de entrenamiento aquel día y que por sí solas no eran un problema, pero que todas juntas fueron el causante del desastre, y, para colmo, remató hablando de nuestro Charles, que se había confundido tan desesperadamente como para haber sufrido algo parecido a..., ¿te acuerdas de la palabra que utilizó, Mary?

—Claro que sí, se me quedó clavada esa frase, dijo que había sufrido algo parecido a una aberración mental, menuda gentuza, Katherine.

A la mujer le salió del alma aquella expresión.

—Sí, pero gracias a eso, fuimos a por el almirante de la flota, a por el mismísimo Chester M. Nimitz, y le dijimos unas cuantas cosas y ninguna estupenda precisamente.

Las dos mujeres no pararon de reírse en la cocina, estaban en una montaña rusa de emociones y, a veces, reír era lo único que les valía para combatir los desasosiegos vividos día tras día.

—Creo, Katherine, que no hay político o militar a lo largo y ancho de este país que no conozca todo lo que se hizo mal en torno al Vuelo 19 y que no sepa que enviaron a esos muchachos hacia una tormenta descomunal y que fallaron en todo a la hora del rescate.

—Lo más increíble, hermana, he de reconocerlo, fue la idea de la recompensa de mil dólares que pusimos en el periódico el día después de que dejasen de buscarle.

De nuevo las risas invadieron la cocina.

—Ni que lo digas, te recuerdo que a ti te habría tocado pagar quinientos si alguien nos hubiera dado una pista para llegar hasta Charles.

—Los habría pagado feliz.

La publicación de un anuncio en el *Miami Herald* terminó convirtiéndose en una noticia en la prensa nacional y levantó un revuelo que afectó no solo a las dos hermanas, sino también a la base de Fort Lauderdale, donde recibían llamadas a diario con todo tipo de historias increíbles. A Katherine y a Mary les llegaron cientos de cartas animándolas, pero ninguna pista para llegar hasta Charles.

Ahí estaban las dos mujeres sentadas en la cocina, Katherine cogió la mano de su hermana.

—Quiero darte las gracias, Mary; sin ti no habría podido con todo esto, yo sola no habría sido capaz.

—Vamos, vamos, hermanita, siempre hemos estado juntas en las buenas y en las malas.

La llamada que estaban esperando era el final de un camino que sin ellas saberlo se había acelerado sobremanera durante el mes de octubre. El día 14 habían cambiado las conclusiones del informe de la comisión, que pasaba a considerar que la desaparición del Vuelo 19 se había producido por «causas o razones desconocidas»; el 28 de ese mismo mes se había recomendado que Charles Taylor fuera absuelto de su culpa por la pérdida del Vuelo 19.

El teléfono sonó en casa de Katherine y Mary.

—Katherine, deberíamos contestar.

Era la llamada que tanto habían esperado, pero no confiaban, a pesar de las promesas de su abogado, en que todo saldría bien. Burke estaba seguro de que la Marina había cambiado de opinión con todas las pruebas presentadas, ¿sería cierto? En todos esos meses se habían llevado más chascos que alegrías y nada les garantizaba que ya no tendrían que seguir peleando con la Marina. Katherine levantó el auricular mientras su hermana acercaba la oreja para escuchar a quien estuviese al otro lado.

—¿Señora Taylor? ¿Katherine Taylor?

—Sí, soy yo, ¿con quién hablo?

—Señora, mi nombre es John Brown y soy el secretario auxiliar de la Marina para los asuntos de la aviación.

—¿En qué le puedo ayudar?

—No, señora, en nada, espero que sea yo quien la pueda ayudar.

—¿Cómo me va ayudar?

—Quiero comunicarles oficialmente que después de repasar, con cuidado y concienzudamente, por parte de la comisión de los registros navales el caso de la desaparición del Vuelo 19 se ha llegado a la conclusión de que dicho suceso se produjo por causas o razones desconocidas y que el teniente Charles C. Taylor queda exonerado de toda culpa en este caso.

Katherine y Mary estaban abrazadas llorando, no habían encontrado a Charles, pero habían conseguido limpiar su nombre.

—Señora, ¿sigue ahí? ¿Ha escuchado lo que le he dicho?

Katherine reaccionó y aguantó la emoción que la invadía por unos segundos.

—Sí, hijo, sí, le he escuchado, muchas gracias. —Y entonces colgó.

Tantos meses de lucha habían servido para algo.

—Bueno, hermana —dijo Mary—, esta victoria es nuestra.

—Sí, lo es, pero ahora vamos a por la segunda.

Mary la miró con los ojos muy abiertos mientras escuchaba con atención.

—¿Y qué quieres hacer ahora?

—Encontrar a Charles.

Katherine lo dijo convencida, pero con el alma desgarrada. Con el alma de una madre que sabía que ya nunca más vería a su hijo.

49

2 de enero de 1946
Los Ángeles, California

Hacía frío y era muy temprano, poco más de las seis. Joseph disfrutaba de un café en el bar del hotel, un par de hombres más le acompañaban, estos iban tan bien vestidos que pensó que serían vendedores, y no estaba muy equivocado.

El camarero se le acercó con unas tostadas y una cafetera humeante que olía a café recién hecho. Mientras llenaba la taza otra vez, le preguntó:

—¿Quiere unos huevos revueltos, señor?

—No, gracias, con las tostadas es suficiente.

Estaba muy nervioso, se sentía como un niño en la mañana del día de Navidad. Si no se equivocaba, iba a ver a su hermano después de todo lo que había pasado. Pero lo que más le preocupaba es que no sabía qué decirle ni se imaginaba cómo podría reaccionar George. Se apresuró con el desayuno, tenía que coger el autobús de las siete menos cuarto, le esperaba más de hora y veinte de viaje y sobre las ocho y cuarto estaría entrando por la puerta de la tienda. Dudó en ir vestido de marine, pero no tenía otra ropa. Se terminó el café de un trago y salió a paso rápido hacia la parada. Faltaban todavía quince minutos para las siete y ya estaba subiendo al autobús, todo como lo había previsto, parecía una operación militar; se sentó en la parte de atrás junto a la ventanilla.

Comenzó a fijarse en todo para tener la cabeza distraída, calles, gente, tráfico... Intentó no pensar en su hermano, pero era imposible. Recordó la primera llamada de su padre cuando George había desaparecido, después también cuando terminaron con la búsqueda sin éxito y al final el telegrama, dio una vuelta más al telegrama, lo llevaba consigo, con cuidado lo sacó del bolsillo y lo leyó de nuevo: «Te han informado mal sobre mí. Estoy muy vivo. Georgie». Todo pasaba por ese telegrama, y ahora estaba camino de una tienda de comestibles en donde supuestamente estaba George. Lo guardó de nuevo, era el bien más preciado que tenía, ese trozo de papel. De pronto, en su mente, cambió de personaje, ¿quién sería la morena? Trató de adivinar quién era la chica, pero no podía ser ninguna de las novias de George, ya lo había pensado antes y era imposible, ¿entonces? ¿Quién estaba con su hermano?

Distraído entre paisajes y pensamientos, Joseph Paonessa llegó al final de su destino, ya no había ni más preguntas ni más especulaciones, tenía que afrontar lo que podía suceder en el próximo instante, bajó del autobús y caminó de frente hacia Ralphs Grocery Store... La tienda estaba abierta, un hombre apoyaba una pizarra en la entrada con las ofertas del día. Joseph le saludó:

—Buenos días.

Y entró. Algunos madrugadores estaban comprando mientras varios empleados se afanaban en reponer los productos. Una chica de melena morena se acercó a Joseph:

—¿Le puedo ayudar con algo, señor?

La miró fijamente y pensó que tenía que ser la chica que acompañaba a George. A Julie se le hizo familiar la cara:

—Disculpe, ¿quiere que le ayude con algo? —insistió.

Joseph no respondió porque le llamó la atención el mozo que salía de la trastienda con un par de cajas; era George, su hermano, caminó hacia él y le llamó:

—¡George!

George Paonessa soltó las cajas y no pudo contener la emoción de estar frente a Joseph, frente a su hermano del alma, le abrazó, se abrazaron... Tal y como rezaba el telegrama le habían informado mal: estaba muy vivo.

50

Quince años después de la desaparición del Vuelo 19.
1960
Condado de Indian River, Florida

Había estado lloviendo toda la noche, pero el amanecer lucía limpio y claro en Sebastian, en el condado de Indian River. Se acercaba la época de lluvias, pero hasta que eso pasara, el joven abogado Graham Stikelether no quería desaprovechar ni una sola oportunidad para salir a caminar por los Everglades. Le apasionaba la naturaleza y los ruidos que hacían los animales en su entorno natural, tenía la suerte de vivir a las puertas de uno de los parajes más hermosos y deshabitados del sur de Estados Unidos.

Cada semana encontraba una excusa para ir de caza con su amigo Medlin, y aunque cazar no cazaban casi nada, disfrutaban mucho con esas salidas aventureras. Siempre buscaban una nueva ruta, otro rincón desconocido al que se adentraban como si fueran los primeros hombres en la tierra en reconocer esos lugares.

Graham era un brillante abogado, muy conocido en el condado de Indian River donde trabajaba y todo apuntaba a que terminaría de juez; Medlin era su amigo del alma, su compañero de aventuras. Desde jóvenes habían aprendido que nunca debían adentrarse en los Everglades sin armas, hacerlo suponía rozar el suicidio. Esa zona, que los nativos llamaban río de hierba, era el territorio de la pantera de Florida y de los caimanes y aunque eran ellos los que marcaban las reglas del juego, no había que temerlos, solo respetarlos. Los nativos decían que si no tenían hambre no atacaban, el problema era saber en qué momento les apetecía dar un bocado.

Graham siempre gastaba la misma broma a su amigo, no había día que no le preguntara si creía que habrían comido ya las fieras; Medlin tenía una única respuesta:

—No son horas para andar con el estómago vacío por estos parajes.

Caminar entre cientos de aves con sus sonidos, ver tortugas o manatíes... Los dos se sentían especiales en ese entorno y por eso aprovechaban la más mínima ocasión para explorar esa tierra.

—¿Adónde vamos hoy, querido Medlin? —preguntó Graham mientras subía al coche y cargaba una mochila de tela en donde llevaba comida, agua y un chubasquero.

—Nos vamos hacia el suroeste de Sebastian, pasados los canales parece ser que hay una zona espectacular de árboles. Si te parece podemos hacer una pequeña ruta circular que nos llevará unas cuantas horas de caminata, hasta el mediodía más o menos.

—Pero ¿de dónde sacas estos caminos?

—Es mi secreto, querido abogado.

Graham sabía que su amigo tenía muy buena relación con algunos de los nativos que compartían con él caminos y sendas para disfrutar al máximo del río de hierba. Aparcaron el coche en una pista de tierra que solo usaban algunos cazadores de ranas y los nativos, cerca de la cual había una cabaña de madera difícil de encontrar porque la maleza la cubría. Cruzaron el canal por un maltrecho puente, comenzaron a adentrarse en la zona de los manglares y al fondo vieron la silueta de los árboles altos hacia los que se dirigían. Una vez que llegaran al bosque todo se tornaría más oscuro y sería más complicado caminar. Por eso no solo los rifles eran parte del equipo de los dos hombres, también portaban machetes por si tenían que abrirse camino entre tanta vegetación tropical. ¡Zas! un golpe rápido de la mano de Graham hacia su cuello terminó con la vida de un mosquito.

—Vaya por Dios, ya están aquí, es la señal de que pronto no vamos a poder dar estos paseos, Medlin.

—Ya sabes, abogado, en cuanto arranquen las lluvias y aumente la humedad, estamos listos.

Los Everglades en época de lluvia, desde junio hasta noviembre, se convertían en un pequeño infierno, los insectos y el calor terminaban con la paciencia de cualquiera que se atreviera a adentrarse; además, subía el nivel del agua.

—Bueno, ¿qué tal la semana, abogado?

Medlin había convertido en un ritual preguntar siempre por los casos en los que se veía envuelto su amigo, le fascinaban las historias que le contaba, era llevar una novela negra a la excursión.

—Esta semana ha sido floja. —Sonrió Graham—. Nada especialmente macabro, amigo, unas cuantas peleas y poco más...

No había terminado la frase y Graham reparó en algo que había justo a la entrada de la zona de árboles, estaba medio hundido en el agua, eran los restos de lo que parecía ser un avión.

—Medlin, a tu derecha, ¿lo ves?

—Es un avión de la Marina, ¿verdad? —respondió el amigo medio preguntando—, un Avenger, de los de la guerra.

Era un TBM Avenger, el morro estaba clavado en el agua y sobresalía algo más la parte de la cola, las alas estaban prácticamente intactas.

—¿Tus amigos los nativos te han dicho algo de esto? —preguntó Graham a Medlin.

—No, nada. Me parece que nos hemos desviado algo más al oeste de donde está la entrada del camino, por eso lo hemos encontrado.

Así era, los dos amigos no estaban exactamente donde arrancaba el paso entre los árboles, por eso se habían topado con esa sorpresa.

—¿Qué hacemos?

—Querido Medlin, lo que siempre hemos hecho, investigar.

Mientras continuaban acercándose, el agua subía de nivel. El fuselaje estaba en un pequeño punto elevado, aunque medio sumergido. Graham fue el primero en llegar y vio una puerta, un agujero lateral por el que se podía entrar, se aproximó y miró primero con precaución que no hubiera algún animal refugiado, pensó que quizá fuese el hogar de una pantera.

—Espera, no entres.

—¿Qué sucede, Medlin?

—En la parte de atrás, mira, parecen restos humanos.

—Es verdad, y delante lo mismo, el piloto no salió vivo de esta.

—No, ni el artillero ni el piloto, pero ¿cuánto tiempo llevarán aquí?

—A saber, abogado, quizá desde la guerra. —Medlin se fijó en el costado, había unas letras pintadas—. Debe de poner FT, ¿no? ¿Te suena, abogado?

—No, ni idea, pero esto cambia nuestros planes de hoy, tenemos que regresar y avisar a la Marina.

—¿En serio?, ¿te parece que tenemos que hacerlo?

—Por supuesto, aquí están los cuerpos de dos de sus hombres, que seguramente constarán como desaparecidos, amigo. ¿Cuánto llevamos caminando, Medlin?

—Una media hora.

—Pues regresemos y llamemos a la Marina.

Dos hombres muertos en un avión no era precisamente el plan programado para una mañana en los Everglades, pero sin duda era algo emocionante. Tres horas después estaban de regreso con un montón de soldados y una unidad de ingenieros que los acompañaban; el teniente que dirigía a todos esos hombres torció el gesto cuando se paró al lado del Avenger.

—Vaya por Dios, muchachos, habéis encontrado uno de los aparatos del Vuelo 19.

Graham no sabía ni de qué le estaban hablando.

—¿A qué se refiere, teniente?

—A una escuadrilla que desapareció a finales de 1945. Nunca nadie los volvió a ver y este es uno de los aviones, el FT 36.

—Entonces ¿esto les va a ayudar a resolver esa desaparición?

—Me imagino.

No hablaron nada más. Los restos de los dos hombres fueron retirados con cuidado y puestos dentro de dos bolsas negras. Del avión, primero se desmontaron las alas y después el cuerpo y lo cargaron todo en camiones, después desaparecieron.

Graham y Medlin no daban crédito a lo rápido que lo habían desmontado, en el agua medio sumergido quedaba el motor.

—Mira, abogado, se han dejado el motor.

—Seguro que vuelven a por él.

—Y ahora ¿qué hacemos?

—Regresar a casa, la próxima semana lo intentamos de nuevo. Por hoy ya hemos hecho el día, ¿no te parece?

Medlin no se mostró muy satisfecho.

—Genial, me debes una.

Durante toda la semana el abogado Graham Stikelether se dedicó en sus ratos libres a leer lo publicado en diciembre de 1945 sobre el Vuelo 19, tenía a su secretaria desesperada buscando periódicos antiguos y algo de documentación.

—Pero ¿para qué caso es esto? —le preguntaba ella cada vez que podía.

—Para ninguno, son cosas mías.

La tripulación del avión encontrado, el FT 36, la formaban tres hombres: Powers, el piloto, era seguramente uno de los cuerpos que vio; el otro era el artillero Thompson, pero no estaba Paonessa, el operador de radio, quizá algún animal terminó con él.

Otros artículos hablaban de que habían desaparecido en el Triángulo de las Bermudas, que abría una puerta a otros mundos.

Cinco días después se animó a llamar a la Marina para preguntar si los habían identificado, la respuesta que recibió le dejó descolocado. No habían identificado a nadie por falta de datos y cuando insinuó que eran del Vuelo 19, el teniente que estaba hablando con él lo negó rotundamente, no tenía nada que ver con el Vuelo 19. No le creyó, había interrogado a demasiados hombres en su vida como para darse cuenta de que le estaban mintiendo. Por más que el abogado insistió que había visto el FT 36, el teniente le dijo que no una y otra vez y casi le colgó de mala manera.

Medlin pasó a por Graham temprano.

—¿Cómo estás, abogado? Te veo con mala cara.

—¿Recuerdas el avión y los muertos?

—Cómo no me voy a acordar amigo, ¿por qué?

—Me han dicho en la Marina que no eran del Vuelo 19, que no tenía nada que ver.

—¿No te sigo, Graham?

—Pues que sí que era el avión de Powers del Vuelo 19 y faltaba el operador de radio, un tal Paonessa.

—¿Qué quieres decir, que la Marina niega que encontramos ese avión?

—Así es, amigo, algo no anda bien con esta historia.

—Pero para que lo entienda, ¿quince años después la Marina no reconoce algo que pasó terminada la guerra?

—No solo lo niega, sino que además esconde los cuerpos.

—Vamos, abogado, no puede ser. ¿A quién le puede importar esa historia hoy en día...?

—Pues a ellos, querido Medlin, pero sé de alguien que me ayudará en esto.

Graham tenía un buen amigo, compañero de carrera, trabajando para la Marina en el Pentágono. Esa misma noche le llamó y le explicó lo sucedido, quedaron en hablar al día siguiente.

El teléfono sonaba en la oficina de Graham mientras estaba terminando de afeitarse, con las prisas de la mañana no le había dado tiempo. Fue su secretaria la que respondió:

—Oficina del abogado Stikelether, ¿con quién hablo, por favor? Es para usted, le llaman del Pentágono.

Se limpió la espuma de la cara apresuradamente con la toalla, aún estaba a medio afeitar.

—Sí, dime, soy Graham; ¿has averiguado algo?

La voz al otro lado de la línea sonó seria y preocupada.

—Mira, amigo, no tengo mucho tiempo, te voy a dar un consejo, olvídate del tema, no vuelvas a preguntar ni le digas a nadie que encontraste esos cuerpos ni un avión ni nada, ¿me oyes? Ah, y lo más importante, ni se te ocurra decir que era parte del Vuelo 19.

Graham no tuvo tiempo ni de preguntar por qué tenía que ocultar esa información, el teléfono ya estaba comunicando al otro lado de la línea. Se quedó pensando mientras lentamente colgaba el auricular. ¿Qué pasaba con el Vuelo 19? ¿Por qué nadie en la Marina quería hablar de ese tema quince años después?

—¿Está todo bien, señor?

La secretaria entraba en el despacho con una taza de café caliente.

—Sí, todo bien, cosas mías.

Algunos años después Graham Stikelether llegó a ser un respetado juez en el condado de Indian River y continuó con sus aventuras junto a Medlin por el río de hierba, pero nunca más preguntó a la Marina por lo que encontró esa mañana a mediados de 1960 en los Everglades.

NOTA DEL AUTOR

Cuando a principios de 2014 buscaba información sobre George Paonessa (llevaba ya dos años de investigación), mi pasión por el Vuelo 19 se había multiplicado por mil, pues había podido acceder y leer los documentos del famoso primer informe de la comisión de investigación de la Marina sobre el asunto. Además, Keyla Medina, periodista e inquieta por naturaleza, y que junto a Edu Ortiz era miembro de mi equipo de trabajo en Radio Caracol en Miami, me había conseguido una entrevista con Jon F. Myhre, el hombre que llevaba décadas buscando al Vuelo 19. Sé que la gestión no fue fácil porque Myhre estaba delicado de salud. Me había citado a las cuatro de la tarde en su casa en Sebastian, en Florida.

Recuerdo que conducía desde Miami hacia Sebastian con la emoción contenida; tenía muchas preguntas que hacerle, pero me habían pedido que la entrevista fuera breve por su estado de salud. Por fin llegué hasta una típica urbanización de casas móviles. Junto al embarcadero había un hermoso *motorhome*, era el de Jon. Nos sentamos fuera, donde había dos sillas y una mesa. Myhre no esperó a que yo le preguntara nada.

—¿Así que andas buscando al Vuelo 19? —No fue un mal arranque: el periodista estaba siendo entrevistado.

—No exactamente, señor Myhre, me interesa George Paonessa porque todo lo que voy encontrando sobre él me hace pensar que fue un superviviente del vuelo.

Jon me miró, me sonrió y me dijo:

—Yo también lo creo.

Pienso que se dio cuenta de que me había quedado sin palabras tras escuchar su afirmación. Myhre era un expiloto de combate; durante la guerra de Vietnam fue derribado, pero sobrevivió; y también había trabajado para la Agencia. La vida hizo que se cruzara con el Vuelo 19, al que buscó en el mar y en la tierra durante varias expediciones.

—Pero se supone que yo he venido a entrevistarle, ¿no? —Sonrió.

—Mira, José, estoy convencido de que el avión de Paonessa, el que pilotaba Powers, cayó cerca de aquí y que fue el que encontró con dos cuerpos dentro el juez Stikelether, pero la Marina sigue sin decir nada.

—Sí, lo sé, he leído que intentó forzar a la Marina para obtener una respuesta con la ley de libertad de información. Si no me equivoco, lo solicitó la última vez en el 2013; usted expresó que quería conocer los nombres de los dos cuerpos encontrados en el Avenger en los Everglades...

—Sí, así es, pero por ahora nada.

La Marina a día de hoy, año 2019, sigue insistiendo en que no tiene suficientes datos para identificar ni a los dos hombres ni el aparato en el que volaban.

La charla que no iba a durar más de quince minutos se alargó horas, tanto que vimos el atardecer y después continuamos hablando entrada ya la noche.

—¿Qué más quieres preguntar, José?

—Bueno, Jon, además del telegrama, que la familia siempre ha dicho que era verdadero, me topé con una lápida en el cementerio de Arlington en memoria de «George Richard Paonessa de Nueva York, sargento de los marines en la Segunda Guerra Mundial, nacido el 26 de noviembre de 1917 y muerto el 5 de diciembre 1945». Una lápida, pero vacía, sin cuerpo... —No me dejó terminar, pues un tema nos llevaba a otro más.

—¿Es el único de los desaparecidos con lápida en Arlington?

—Efectivamente, pero ni la familia ni la Marina la ha puesto ahí. En el registro no se identifica ni quién lo ha hecho ni quién ha pagado por ello.

—¿Entonces?

—Entonces no lo sé. ¿Y lo de la novia?

—¿Qué pasa con la novia?

—Lo de su antigua novia, que contó a la familia que había quedado con él en dos ocasiones a principios de los cincuenta en California. También parece que esto ocurrió, al menos la chica así lo contó.

—Pero ¿no te parece que son demasiadas cosas alrededor de un supuesto desaparecido?

—Sí, y todas con la misma persona. De los catorce solo con Paonessa sucedieron cosas llamémoslas diferentes. Además, he tratado de hablar con la familia, pero no quieren ni oír hablar del tema. —Keyla lo había intentado por *e-mail* y por teléfono, y no recibió respuesta—. Y el sobrino nieto que estaba preparando un documental sobre la vida de George lo ha parado en seco.

—Me parece, José, que nadie quiere que se remueva mucho este asunto.

—Pienso lo mismo, Jon.

Me habló de otros periodistas e investigadores, amigos suyos, que habían estado indagando y con los que tenía muy buena relación. Y se había dado cuenta de que casi todas las noticias publicadas en los últimos años en la prensa de Florida se centraban sobre todo en tratar de encontrar los aviones, yo era el primero que directamente buscaba a uno de los desaparecidos. La verdad es que nunca lo había visto desde esa perspectiva, pero lo que sí es cierto es que al final la persona que yo buscaba era del Vuelo 19 y todo iba ligado.

Los dos teníamos la mesa invadida de mapas, notas y papeles con las conversaciones entre los pilotos o la actuación de los mandos en Fort Lauderdale. Además, también estaban mi cámara y mi grabadora porque le pedí grabarlo todo.

El libro de Jon es un referente, en él están volcados sus conocimientos, los que ha recopilado durante todos los años de trabajo. Ahí se podían consultar los cálculos que había hecho con todos los datos recogidos de lo que se sabía de aquel día: vientos, rumbos, dirección de la tormenta..., todo sumado en un programa para calcular los puntos donde fueron cayendo uno tras otro. Conectó su ordenador y me mostró el estudio, era fascinante.

Ambos coincidimos en que los guardacostas hicieron el mejor trabajo y que Ellen Sorenson estuvo brillante. Por cierto, años después se convirtió en la primera mujer en la historia del cuerpo en llegar al rango de comandante y siguió con su carrera militar hasta 1968.

Me recomendó para entender mejor a Charles C. Taylor el libro de Larry Kusche sobre la desaparición del Vuelo 19. Y, sí, la investigación de Kusche es brillante. Especulamos sobre lo que le pudo pasar a Taylor en esa situación tan al límite... Sufrió algo que hoy en día se maneja con toda normalidad a la hora de hablar de veteranos de guerra en medio mundo: el estrés postraumático, concepto no tan identificado en aquellos tiempos y que seguramente provocó que se desorientara.

Después de esta larga conversación, seguimos comunicándonos durante semanas intercambiando *e-mails* y llamadas. De esta manera pude confirmar algunos de los datos que aparecen en la novela, y no solo eso, además Jon me envió un correo con las coordenadas donde se encontraría el FT 81 en los Everglades, el avión de Gerber y Lightfoot, con la promesa de acercarme hasta allí cuando terminara con mi investigación, promesa que pienso cumplir. Jon murió mientras yo trabajaba en la parte final de este libro el 6 de octubre de 2018.

En todos estos años he ido comprobando que muchos de los hechos que supuestamente apuntaban a Taylor como el malo de esta historia eran muy discutibles, todo empezó porque se despistó, pero los hicieron volar hacia una tormenta descomunal. Los que vivimos en Miami estamos acostumbrados a ellas. De pronto las nubes más negras que jamás he visto convierten en noche el día y la lluvia inunda las calles, las tiendas, los garajes, las casas... Y no, no se trata de los famosos huracanes, solo son tormentas. Powers tomó la decisión más salvaje de su vida, pasar de las órdenes de su líder, y estuvo a punto de vivir para contarlo, igual que Gerber y Stivers. Claramente los marines funcionaron en equipo y estoy seguro de que su entrenamiento básico los ayudó a tomar esas decisiones para sobrevivir, no tenemos que olvidar que eran veteranos de guerra. Bossi se metió en un lío, pensó que caer cerca de un islote era la única solución y quizá lo fuera, pero se lo tragó la tormenta.

No sé si Joseph fue a por su hermano después de recibir el telegrama, pero intuyo que la familia Paonessa no se quedó con los brazos cruzados a ver si era verdad o no lo que ponía ese telegrama, su silencio hoy en día me hace suponer que es algo que ha estado muy presente en sus vidas.

Después de leer toda la documentación se me hace inexplicable el que Poole no enviara a nadie a por el Vuelo 19 durante la tarde o que el permiso de Burch para cazar patos nunca fuese cuestionado. El capitán de navío Brett Fullerton, de la Marina de los Estados Unidos y que sigue hoy en día en activo, me explicó de una manera muy visual y trasladada a mi realidad profesional que es muy fácil ser entrenador los lunes cuando ya se ha jugado el partido; quizá esté en lo cierto, pero en tierra no se hicieron las cosas correctamente. Kosnar, el único que salió vivo por la sinusitis, durmió en los barracones vacíos de sus compañeros otros tres meses más hasta que le licenciaron. Creo saber quién dio esa orden y me parece una crueldad.

Las historias de los catorce desaparecidos del Vuelo 19, para mí auténticos héroes, me ayudaron a conocer otros momentos de la guerra y batallas como la de Tarawa. O también, por ejemplo, descubrir que el dibujante de Flash Gordon era el autor, como cuento, de uno de los logos de la unidad de marines o que el final de la guerra no fue fácil para los que lucharon porque querían salir del Ejército cuanto antes y volver a sus casas. Lo que más me sorprendió, y reconozco que no sabía nada sobre ellos, fue la historia de los voluntarios de la Mosquito Navy y la Corsair Navy que patrullaban con sus barcos particulares por el Caribe buscando submarinos alemanes. Nunca había tenido noticia alguna de lo que vivieron los habitantes de Florida y lo impresionante que era que cada día las playas, que hoy disfrutamos, se llenasen de restos de barcos y de cuerpos sin vida que llegaban arrastrados por la marea y las corrientes. El miedo era tal en esos tiempos que los vecinos se organizaban para patrullar las playas porque creían que serían atacados por comandos alemanes (como al final sucedió, si bien los atraparon antes de que pudieran sabotear plantas eléctricas y contaminar los pozos de agua).

En cuanto a Banana River, qué historias tan increíbles, existe un diario de guerra sobre el día a día en la base. Se cuenta todo lo que pasaron para construirla, por ejemplo, que no tenían bombas los primeros días después del ataque a Pearl Harbor y cómo cargaban bidones con combustible para arrojarlos sobre el enemigo si lo encontraban en su camino. Cuando la guerra empezó estaba a medio construir y durante un par de años la base no dejó de crecer. Estados Unidos seguía siendo un país donde se maltrataba a las minorías, la segregación en Banana River era tan real como en el resto de las bases. En los cuarenta ser negro en el sur del país seguía siendo ser un ciudadano de segunda, pero también las mujeres lo tenían muy difícil y, además de no poder ejercer todos los trabajos, vivían apartadas en otra área de la base. Todo está reflejado en esos cuadernos escritos.

El Vuelo 19 siempre se ha llevado la atención mediática, la luz de los focos, y en ocasiones se han olvidado del teniente Jeffery y sus doce hombres. Sinceramente creo que acertaron al considerar que el Training 49 estalló en pleno vuelo, fue la bola de fuego que se vio esa noche. No era la primera vez que uno de esos aparatos desaparecía para siempre sin dejar rastro, la cantidad de combustible que llevaban podía hacer que se volatizara todo en caso de explosión.

También estoy seguro de que en la noche del 5 de diciembre algunos de los miembros del Vuelo 19 sobrevivieron tal y como sospecharon los guardacostas. Esta posibilidad me parece terrible. Stivers y su tripulación fueron los primeros en quedarse sin combustible y llegaron a lanzar bengalas, pero no los encontraron porque estaban sobre la segunda corriente más grande de nuestro planeta; si sumamos las olas enormes, no puedo ni imaginar por lo que pasaron antes de morir. Por cierto, Gallivan se licenciaba el día 6. Taylor terminó muy al este, seguramente solo, y es cierto que Harmon se llamaba en realidad Devlin y que se cambió el nombre para alistarse, así lo destacó la comisión en sus conclusiones.

La historia de la familia Lightfoot es increíble por su defensa del país y de la bandera y también triste. Es verdad que perdieron a dos hijos durante la Segunda Guerra Mundial y los dos desaparecidos; uno durante la contienda, Eugene, y después William con el Vuelo 19, pero también es cierto que cuando leí el historial de los hombres de esa familia se me encogió el corazón porque dieron la vida en combate en guerras posteriores como en Corea y en Vietnam. Los Lightfoot lucharon y nunca regresaron.

Lo de Katherine y Mary también merece una mención aparte porque revolucionaron durante años todo el asunto del Vuelo 19, incluso contactaron con el almirante Chester Nimitz y consiguieron también que se cambiaran las conclusiones del informe. Además no dejaron en paz a ningún político o militar que las pudiera ayudar a lavar la imagen del teniente Taylor. Katherine no volvió a la escuela para dar clase nunca más desde que recibió el telegrama. Una curiosidad, durante la guerra Taylor voló junto a George H. W. Bush, presidente de los Estados Unidos, y este siempre destacó lo buen piloto que era Taylor.

La operación de rescate del Vuelo 19 fue la más grande de la historia en Estados Unidos: trescientos aviones y más de treinta barcos porque nunca se contabilizaron las flotas de barcos particulares. Participó la Marina de los Estados Unidos y la británica, los aviones de la Navy, del Ejército de Tierra y de la RAF apostados en las Bahamas. Los nombres de los barcos que aparecen en el libro y las decisiones que tomaron son ciertas. También son verdad las luces que vieron, las señales de morse y todo lo que fueron sacando del agua, incluso el incidente del teniente Falk que habló con el comandante Baxter de los guardacostas. Se tiene constancia de esta conversación, pero no había ningún Falk en ninguno de los trescientos aviones. No sé ni quién era ni quién llamó, pero la cantidad de datos ciertos que aportó era tan abrumadora que tenía que haber estado en donde decía.

Es cierto lo que vio Morrison en los Everglades. Sí observó a otro hombre junto a Smith, el cazador de ranas. El cazador fue a hablar con Baxter a Miami y le entregó una carta en donde mentía con la fecha en que había ocurrido todo y afirmaba que él tiraba bengalas por la noche para cazar ranas; desconozco la razón, pero se dio por buena la versión narrada por Smith, mientras que no se creyó a Morrison, el piloto que los vio y que no cambió nunca su discurso. Al contrario, siempre dijo que había dos hombres en los Everglades.

Una cosa más, esa noche el *Solomons* detectó en su radar aviones en la zona de los Everglades, pero no se tuvo en cuenta esa información porque nadie podía estar volando por esa área; para Myhre, y estoy totalmente de acuerdo con él, seguramente eran parte del Vuelo 19.

Me gustaría dar ahora un salto en el tiempo para trasladarnos hasta el 28 de enero de 1986, cuando estalló el *Challenger* al despegar de Cabo Cañaveral, murieron los siete astronautas y el mundo lo vivió en directo. La pregunta obligada es: ¿qué tiene que ver el *Challenger* con el Vuelo 19?; la respuesta es que la NASA organizó una operación de búsqueda y rescate de piezas descomunal para poder entender qué le había sucedido al Space Shuttle precisamente en gran parte de la zona en donde en 1945 se buscó al Vuelo 19. Pues bien, por el camino los submarinos se toparon con los restos de un avión mal identificado y que Jon sacó del agua tiempo después en una de sus múltiples búsquedas, era un Avenger, pero no pudo demostrar si era el FT 117 de Stivers.

Me imagino que llegados hasta aquí sin rastro alguno del Vuelo 19, la gran pregunta que se harán algunos lectores es: ¿qué pasa con el triángulo de las Bermudas, Ponseti? Y es una buena pregunta porque esta desaparición es la primera que cuenta Charles Berlitz en su libro *El triángulo de las Bermudas,* o forma parte de las primeras imágenes de una película que amo de Steven Spielberg, *Encuentros en la tercera fase.*

No sé si existe o no el triángulo, sí sé que fue a principios de los cincuenta cuando la prensa en Estados Unidos le puso ese nombre a una zona que he sobrevolado cientos de veces. Desde la playa, en Miami Beach, he mirado de frente al triángulo infinidad de veces, hacia la izquierda hasta Bermudas y a la derecha hasta Puerto Rico, cerrando el triángulo la línea recta que va de Bermudas hasta Puerto Rico. Ha desaparecido mucha gente y han pasado muchas cosas en este trozo del planeta, no puedo explicar la mayoría de ellas, pero lo que sí que os aseguro es que la desaparición del Vuelo 19 se produjo por una cadena de errores: las malas decisiones, el mal tiempo, la noche, no salir a rescatarlos a tiempo... Creo que esos chicos las pasaron canutas, que volaron y tomaron un mal camino para salvar sus vidas y que no lo consiguieron. Pienso que en tierra se metió la pata de una manera escandalosa y que, por alguna razón que no he sido capaz de descubrir, setenta y cuatro años después se sigue sin contar toda la verdad.

Durante estos años Keyla y yo hemos asistido a la ceremonia del 5 de diciembre que se continúa celebrando en Fort Lauderdale en memoria de los hombres desaparecidos ese día. En 2018 coincidió con la ceremonia del adiós del presidente George H. W. Bush, cosas del destino. Viví algo único y cargado de emoción, por primera vez vi cámaras de televisión y cómo se entrevistaba a alguno de los veteranos que asistían al acto de recuerdo de aquel fatídico 5 de diciembre.

Esta novela está cargada de hechos reales, pero también una buena parte cuenta con el fruto de mi imaginación... Sí, he disfrutado soñando con lo que podría haber sucedido realmente. Lo único que siento es no haber tenido la oportunidad de conocer a muchos de los que estuvieron involucrados de primera mano en toda esa historia, llegué casi setenta años tarde.

BREVE GUÍA DE PERSONAJES DEL *VUELO 19*

No están todos los personajes de la novela, pero sí los más destacados.

Tripulaciones de los aviones del Vuelo 19

FT 28

Charles C. Taylor, teniente. Responsable del Vuelo 19. Hijo de Katherine Taylor, sobrino de Mary Carroll, hermano de Georgia y cuñado de Whitney Lowe. Luchó en la guerra junto a George H. W. Bush, presidente número 41 de los Estados Unidos.

Robert Francis Harmon, artillero. Su verdadero nombre era George Devlin; mintió al ser menor de edad —tenía quince años durante la guerra— y de esta manera pudo alistarse para pelear.

Walter Reed Parpart, operador de radio. Hijo único, consiguió alistarse con una autorización de su padre porque solo tenía diecisiete años. Su madre, Dorothy, nunca perdonó a su marido que se lo permitiera. Con la desaparición de su hijo, Dorothy sufrió una depresión profunda que no superó hasta su muerte. Los Parpart eran de origen vasco.

FT 36
Edward Joseph Powers, piloto y capitán de los marines. Casado con Joan Powers y padre de una niña recién nacida cuando desapareció. Formado en la Universidad de Princeton, era el único casado de los catorce hombres del Vuelo 19.

George Richard Paonessa, nuestro protagonista era sargento de los marines. Operador de radio en el Vuelo 19. Hijo de Irene y Frank, nacido en Mamaroneck, en Nueva York. Su hermano Joseph fue el que recibió veintiún días después el telegrama. Es el único de los catorce que tiene una tumba en el cementerio de Arlington, aunque se desconoce quién la puso porque ni la familia ni la Marina lo hicieron.

Howell Orrin Thompson, artillero y sargento del cuerpo de los marines. Con veinte años, el marine escribía cartas a diario a su familia; la última fechada el 4 de diciembre y enviada el día 5, jornada en la que desapareció. Muchas de sus cartas se conservan en el museo de Fort Lauderdale.

FT 81
Forrest James «Jimmy» Gerber, piloto. Nacido en Minnesota, tenía venticuatro años. Cuando los japoneses bombardearon Pearl Harbor se alistó en los marines al día

siguiente. Luchó en una de las acciones más extrañas durante la Segunda Guerra Mundial, la campaña de las Aleutianas en Alaska. Voló solo con el operador de radio el día 5 de diciembre.

William Earl Lightfoot, marine, operador de radio. Nacido en Nuevo México en el seno de una familia de larga tradición militar. Los Lightfoot lucharon en la guerra de la Independencia, en la Guerra Civil, en la Primera y la Segunda Guerra Mundial, en Corea y en Vietnam. Su hermano Eugene desapareció en combate. Era hijo de Ora Lee y John Arnold.

Allan Kosnar, cabo de los marines, el único hombre que sobrevivió al Vuelo 19. Herido durante la batalla de Guam (en el verano de 1944), la mañana del 5 de diciembre amaneció con una sinusitis provocada por los trozos de metralla que seguían alojados en su cabeza, no se le permitió volar con Gerber y Lightfoot.

FT 117
George William Stivers, piloto y capitán de los marines. Se formó en la Academia Naval de Annapolis. Fue miembro de una unidad legendaria en el Pacífico durante la Segunda Guerra Mundial, los Raiders. Luchó en Tarawa y en Guadalcanal, donde recibió varias menciones por su valentía.

Robert Peter Gruebel, operador de radio. No llegó a luchar durante la Segunda Guerra Mundial, formaba parte del cuerpo de marines. Tenía dieciocho años.

Robert Francis Gallivan, artillero y sargento de los marines. Veterano de guerra, luchó en Guadalcanal, Bougainville y Tarawa. Se licenciaba oficialmente del Ejército el 6 de diciembre de 1945, el día después de su desaparición.

FT 3
Joseph Tipton Bossi, piloto. Nacido en Kansas, su ilusión era volar y dedicarse profesionalmente a ser piloto. Tenía ventiún años. Formaba parte de la Marina de los Estados Unidos.

Burt Edward Baluk, operador de radio. Nacido en Nueva Jersey, era novato y no había participado en la Segunda Guerra Mundial. Había realizado su entrenamiento inicial en Tennessee y las prácticas las hizo en Miami, desde donde fue trasladado a Fort Lauderdale. Tenía diecinueve años y era amigo personal de Bossi.

Herman Arthur Thelander, artillero. Nacido en un pequeño pueblo de Minnesota de ciento quince habitantes. Era otro de los novatos. Se alistó el 1 de septiembre de 1944 y la guerra terminó antes de que pudiera participar. Tenía diecinueve años el día en que desapareció.

Otros protagonistas durante el vuelo del 5 de diciembre

FT 74
Robert F. Cox, teniente y piloto de la base de Fort Lauderdale. Escuchó al Vuelo 19 cuando estaban perdidos, intentó ayudar al teniente Taylor a regresar a la base. El

teniente comandante Poole se negó a que volara de nuevo para que prestara su ayuda a Taylor y sus hombres.

Vuelo 18

Willard Stoll, teniente y piloto. Realizaron el mismo ejercicio que el Vuelo 19 y también tuvieron problemas, pero sí regresaron a Fort Lauderdale. Coincidieron con el teniente Taylor y su grupo antes del despegue en la reunión para explicar el ejercicio. Stoll llegó a escuchar al Vuelo 19 cuando estaban teniendo dificultades en su vuelo.

Base de Fort Lauderdale

William O. Burch, capitán de la Marina y comandante de la base. El 5 de diciembre estaba de permiso cazando patos. No se enteró de la desaparición del Vuelo 19 hasta la mañana del 6 de diciembre.

Donald J. Poole, teniente comandante de la Marina, oficial de vuelo y máximo responsable de la base en la ausencia del capitán Burch. Sobre él recaen las decisiones que se tomaron y también las que no aquel 5 de diciembre.

Harold Burke, comandante de la Marina y responsable médico de la base de Fort Lauderdale.

Arthur A. Curtis, teniente de la Marina y oficial responsable de los ejercicios de entrenamiento. El hombre al que Taylor pidió no volar y que le sustituyera.

Base Banana River

Robert D. Cox, comandante de la Marina y máximo responsable de la base. Durante la noche del 5 de diciembre desapareció uno de los aviones de rescate de Banana River, un Mariner pilotado por el teniente Walter George Jeffery y sus doce hombres de tripulación.

Base Port Everglades

Claude Charles Newman, comandante de la Marina y responsable de la base. Desde Port Everglades pudieron escuchar las conversaciones del teniente Taylor, intentaron conseguir que volara hacia el oeste y que aplicara los procedimientos de emergencia.

Guardacostas de Miami

Howard H. J. Benson, comodoro de la Marina y comandante en jefe del equipo de los guardacostas. Fue el responsable de poner fin a la búsqueda del Vuelo 19.

Richard Baxter, comandante de los guardacostas. Coordinó las operaciones de búsqueda y rescate del Vuelo 19.

Ellen M. Sorenson, teniente de los guardacostas. Nacida en California, ella realizó los cálculos gracias a la señal de alta frecuencia para situar dónde estaban los aviones del Vuelo 19. Hizo historia al convertirse en la primera mujer en conseguir el grado de comandante de los guardacostas.

Los hombres de la comisión de investigación

Albert K. Morehouse, capitán de la Marina y máximo responsable de la comisión.

Joseph T. Yavorsky, comandante de la Marina de los Estados Unidos.

Howard S. Roberts, comandante de la Marina de los Estados Unidos.

Richard S. Roberts, teniente comandante de la Marina, responsable de la elección de testigos y de realizar las preguntas durante los días que se llevó a cabo la investigación.

AGRADECIMIENTOS

Vuelo 19 existe porque mis padres compraron el libro de Charles Berlitz, *El triángulo de las Bermudas,* a mediados de los setenta; lo devoré y dejó dentro de mí un trocito que me ha acompañado toda la vida, apareciendo y escondiéndose, pero que ha estado siempre ahí hasta hoy. Desafortunadamente Juana y José, mis padres, se marcharon demasiado pronto de este mundo, tan rápido que no pudieron disfrutar de muchas de las cosas que me han sucedido, algunas tan mágicas como esta. Es mentira que el tiempo lo cura todo, os sigo echando de menos.

Keyla Medina, periodista, pero sobre todo amiga, ha sido pieza fundamental en esta historia. Su fuerza indestructible al desaliento ha logrado llegar hasta gente que ha sido vital para tener un mayor conocimiento de todo lo sucedido.

Mención especial y toda mi gratitud para el capitán Jon F. Myhre, por el apoyo incondicional, por las charlas y por haber creído en *Vuelo 19*. Realizó un trabajo impresionante no solo con la búsqueda física de los aviones, sino documentando toda la información en un fantástico libro, *Discovery of Flight 19*. Gracias, Jon, conseguiste que entendiera cómo era el mundo en 1945 y qué sucedió aquel mes de diciembre en Fort Lauderdale.

A Steven Spielberg, director o como dicen en Estados Unidos *american filmmaker* (cineasta), por echar gasolina a mi imaginación haciendo aparecer al Vuelo 19 en las primeras secuencias de *Encuentros en la tercera fase*. Para el joven soñador que yo era cuando se estrenó la película fue demoledor ver aquellas imágenes.

Al trabajo de chinos que ha realizado Andy Marocco, pues logró organizar el informe de más de quinientas páginas de la Marina, el famoso documento de la comisión de investigación. Ha puesto orden a un rompecabezas descomunal.

A Mauricio Sánchez y David Connell, de la embajada de los Estados Unidos en Madrid, por su ayuda, por apasionarse con esta historia, por la complicidad y el compromiso... y por meter en todo este maravilloso lío a Brett Fullerton, capitán de navío, que debe de estar hasta el gorro de mis mensajes-pregunta. Gracias por toda la ayuda y por inculcar una nueva máxima en mi vida: vuela, navega, comunica.

A todos y cada uno de mis amigos y compañeros, muchos no saben que estoy metido en este embrollo, otros esperan con pasión el poder leer algo que he ido compartiendo a pedacitos. Sentíos todos incluidos en este párrafo y en este libro porque es todo vuestro.

Es poco original hablar del editor, pero sin Gonzalo Albert nada de esto habría sido posible. Gracias por creer y por la pareja de humoristas ochenteros que hemos forjado.

A Antonia María y Miguel Fernando, mis tíos, que se hicieron cargo de mí cuando mi vida zozobró y siguen aguantándome y queriéndome paciente e incondicionalmente.

A Larry Kusche, que, como muchos otros, ha buscado antes al Vuelo 19. Kusche tiene la mejor investigación que he visto sobre Charles Taylor. Recogió un sinfín de datos de la familia que en mi opinión son clave para entender todo lo que pasó en la desaparición del Vuelo 19.

He conocido Tarawa y me he estremecido en sus playas gracias a Oscar E. Gilbert y sus historias de una compañía de tanques en ese infierno. Quien me descubrió Banana River fue Barbara Marriot.

La parte más complicada para mí ha sido entender cómo funcionaba un TBM Avenger. No soy piloto de aviones de combate de la Segunda Guerra Mundial, pero he sido lo suficientemente ingenuo para creer que podía pensar como uno de ellos. La ayuda ha llegado de la mano de Barrett Tillman, Terry Treadwell y Alain Pelletier.

Pero lo mejor ha sido conseguir el *Manual para pilotos, instrucciones de operación de vuelo*, documento autorizado por el comandante general de las Fuerzas Aéreas del Ejército de los Estados Unidos, que viene acompañado de páginas censuradas para que no se conozcan todos los secretos de un aparato que ya lleva muchos años fuera de servicio. ¡Ah!, y con una nota en donde se advierte que no está diseñado para ser usado como parte de un programa de entrenamiento de vuelo real, maravilloso...

Sería injusto no incluir a Yako, mi perro, que ha compartido horas de escritura, buscándome con su hocico en los momentos de bajón, tirado a mis pies incondicionalmente noche tras noche.